2022海外年度华语小说

夏商 选编

漓江出版社
· 桂林 ·

图书在版编目（CIP）数据

2022 海外年度华语小说 / 夏商选编 .-- 桂林：漓江出版社，2023.7

ISBN 978-7-5407-9454-5

Ⅰ. ① 2… Ⅱ. ①夏… Ⅲ. ①中篇小说—小说集—世界—现代②短篇小说—小说集—世界—现代 Ⅳ. ① I14

中国国家版本馆 CIP 数据核字（2023）第 098386 号

2022 HAIWAI NIANDU HUAYU XIAOSHUO

2022 海外年度华语小说

夏商　选编

出版人：刘迪才
责任编辑：刘红果
书籍设计：石绍康
责任监印：张璐

出版发行：漓江出版社有限公司
社址：广西桂林市南环路 22 号　邮编：541002
发行电话：010-85891290　0773-2582200
邮购热线：0773-2582200
网址：www.lijiangbooks.com
微信公众号：lijiangpress
印制：廊坊市海涛印刷有限公司
［河北省廊坊市安次区码头镇金官屯村　邮编：065003］
开本：690 mm × 1000 mm　1/16
印张：20.25　字数：286 千字
版次：2023 年 7 月第 1 版
印次：2023 年 7 月第 1 次印刷
书号：ISBN 978-7-5407-9454-5
定价：78.00 元

目 录

contents

前　言

夏　商*

在《2021海外年度华语小说》的前言收尾处，我说了一个小目标，希望漓江版“年选”能成为海外华语小说的一个标杆性选本。这听上去像吹牛，事实上也可能真是吹牛。以一己之力做标杆，标杆的高度也高不到哪儿去，充其量也只是一个人的虎皮大旗。

要做好小说选本，必须是杂食动物，选家一定会有自己偏爱的口味，每位小说家端出的“菜”可能派系不同。这就要求选家不挑食，你可以不喜欢川菜，然而得知道川菜的妙处；也可以不喜欢粤菜，然而得洞悉粤菜的精髓；不能因为只钟情于淮扬菜，就盯着淮扬菜下箸。换言之，选家既要具备各式风格的领会力，也要有打破成见的心胸；既要能甄别文本的优劣，也要有不囿于狭隘趣味的眼界。

好在，即便风格各异，进入“短名单”的海外华语小说家均训练有素。舌尖上的鉴赏，无须吃完一盘菜，只要味蕾接触少许，便知菜肴的火候。很多时候，读一两页，甚至几行，便知笔力。总体而言，选稿是乏味的工作，可因时有惊喜，又值得期待。

疫情时代是萎靡的、不确定的，带着病态，文学也不能置身事外。好小说承载的不只是真善美的说教，还应该有假丑恶的剥茧。也可以这样说，透过人

---

* 夏商，当代小说家。生于上海。著有长篇小说《东岸纪事》《乞儿流浪记》《标本师》《裸露的亡灵》，另有四卷本《夏商自选集》及九卷本《夏商小说系列》。现居纽约。

世间的假丑恶，反观出真善美的镜像。

这批小说中，以新冠疫情为背景的委实不少，譬如江岚《一个手工皮夹的旅行》，再譬如张翎《疫狐纪》……事实上，去年第一次编这套年选时，已出现若干疫情题材的作品。从我自己的创作观来说，不会用太新的材料来构筑小说，我希望沉淀十年廿年乃至更久之后，用钩沉的方式来还原世情。然而，对小说家们的按捺不住，我又是谅解并理解的。这场疫情改变了每个人的际遇，世界突如其来的停顿，被消弭的日常，恐惧、诡秘和难圆其说的谣言，无数情节无须包浆，就直接进入历史，加上病毒题材本身带有的文学性，导致小说的入场券被提前派发。

当然，除了特殊年景的疫情写作，更多华语小说家提供的是置身海外的别样叙事，虽然对母国故土的追忆仍是华语文学的恒久光斑。不可否认的是，随着老一代移民的驻期拓长，以及新一代移民跻身多元文化的深入，华语小说家们的题材变得愈加开阔，华裔与盎格鲁－撒克逊人的交织，与西班牙裔非裔印度裔的混合，打开了另一种小说想象。就像此刻，一只知更鸟趁着我打键盘的间隙，飞进了电脑屏幕。这只鸟曾因出现在美国一本著名小说的标题中而暴得大名，我愿意花笔墨来描述它漂亮的橘色胸羽、小巧的喙和鲜花般的鸣叫——复活节甫过，知更鸟开始筑巢，繁殖季开始了，四五枚小蛋，青绿色，像恐龙蛋那般神奇。为防止蛇和渡鸦偷袭，知更鸟夫妇轮流孵化，半个月后，雏鸟破壳，又过半月，知更鸟一家离开鸟巢，与其他知更鸟一起，恢复群居的集体生活——也愿意附议哈珀·李的指责：知更鸟不吃院子里的花果，不在玉米垛内做窝。用唱歌为我们的生活伴奏，杀死一只知更鸟，是一种罪恶。

移民作家用汉字写作，包括知更鸟在内的异域风物，自然而然成了小说拼图中的一块。

本质上，文学是一种趣味，也是一种人间暗号。在收集篇目的过程中，遴选出心仪的文本是一种惊喜，联系上旧友更是额外馈赠，在本辑中亮相的赵彦和苏瑛，即是例子。

在马德里读博的赵彦，是由另一位旅居西班牙的小说家牵线加的微信。说来惭愧，我对她几无印象，她说曾在上世纪九十年代初见过我，在场的还有小说家丁丽英，我被拉入那个模糊的下午，似乎有点想起来了。丁丽英的短篇小说写得很好的。我说。是呀，可惜她后来不太写了。她说。

记得你在锦绣社出过书吧，那是我最后工作的出版社。她说的上海锦绣文章出版社，2009年出过我的四卷本自选集。当然，她不是责编，不然早该联系上。几次去淮海中路弄堂里的编辑室，也没有与之邂逅。锦绣社前身是上海画报社，据说现在又改名了。

陆续读了几篇她的作品，这位研究拉美文学的在读博士生，文字精确而富有想象力，总能把平常之事写得妙趣横生，使吝于表扬的我，阔绰地扔出了惊艳一词。

跟苏瑛接上头更为偶然，去年三月的某一天，北美某群的张浩音女士@我道，请问你是不是在《文汇报》写过专栏？我说没有，但在《文汇》的两份子报《电影时报》和《读书周报》上开过专栏，很多年前的事了。

张浩音说，对对，就是《文汇电影时报》，我那时是记者，怪不得觉得夏商这名字眼熟。

我说，既然是《电影时报》记者，一定认识苏瑛了。

张浩音说，认识认识，她也在美国，在洛杉矶。

热情的她就拉了个小群，于是在三十年后，苏瑛从时间的野草丛中猝不及防地冒了出来。

此刻，我从书架上抽出一本小册子，翻到最后一页：

大约1991年，在文艺会堂认识一位身材修长的姑娘，喜欢戴款式夸张的帽子。她叫苏瑛，《文汇电影时报》记者。

有一天，她说，你给我们报纸评论版写点东西吧。我刚看完《罗丹的情人》，就写了一篇。过几日，又写一篇《走出非洲》的影评。后来好像还有一篇德尼罗赏析。

接下来，便开始写专栏《电影随笔两题》，每次找两个与电影相关的词语，装模作样思辨一下。

以上摘自拙著《银色笔记》后记，正是这组专栏文章的结集。

事实上，我记不太清是在延安中路文艺会堂，还是在虎丘路文汇报老大楼认识苏瑛的。能确认的是，她对当年那个化工厂工人兼文学青年产生了实质性帮助，很多年以后，当我在纽约用语音向远在洛杉矶的她郑重道谢时，她说那只是举手之劳，我说对你或许是举手之劳，对我却意义重大。

须知彼时，作为一个屡被退稿的青工，能获得给一张著名报纸写专栏的机会，是多么难得。虽然后来我并未成为影评人，那组专栏在我的创作谱系中也未见得多有价值，但赐予我的自信和鼓舞，怎么形容也不过分。

除了当记者，苏瑛也写小说。记得她喜欢法国“新小说”，喜欢阿兰·罗布-格里耶，好像也喜欢玛格丽特·杜拉斯，有一次见她戴宽檐帽，有点像西贡时代的杜拉斯。她出国很早，因并无深交，也就没有义务跟我道别，从此杳无音讯。

这次重新联系上，恍如时空坍缩，她已在美国扎根，与大洋彼岸的上海联系甚少，更与国内文坛没有瓜葛。三十年坚持写小说，从不寻求发表。这种无功利性的写作，是海外华语作家的常态，文学还原为纯粹的爱好，如同园艺，是颐养人心的一种自我完善，也因此无限逼近文学的内核。读过她两部长篇和若干中短篇，小说主题集中，描写了华裔中产在美国的生存处境，语言带有欧化印记，景致写得很细，人心也写得很细，密不透风的个人风格。

纽约深秋，又到了向出版社交稿的时刻。那些春天孵出的知更鸟，已出落成会唱歌的鸣禽，跟随迁徙的鸟群飞过落基山脉，飞过密西西比河，飞往墨西哥湾无边的棕榈树林。但我知道，明年春天，它们又会飞回，收拢羽翼，栖于旧巢。

2022 年 10 月 16 日　于纽约长岛

和妹妹最后的日子

陈永和 *

接到妹妹走的电话，我正坐在浦东机场候机室椅子上，等 21 点飞往福州的班机。查了一下，更早的有一班，19 点 40 分从虹桥飞。时间很充裕，我马上买了一张机票。

虽然妹妹已经死了，但我还是想早点见到她。

泪水啪嗒啪嗒往下掉，对面座位上一个五六岁的女孩瞅了我几眼。我感到羞愧。其实我没有想要羞愧，大人也是人，早点让孩子懂得这个也未必不好。但谁禁得住孩子瞅着你专注而且带着疑问的目光呢？

我站了起来，走进厕所，坐在马桶盖上，痛痛快快哭了一场，呜咽着，发出一种难听的声音。

走出厕所前，我用冷水狠狠洗了一把脸，眼睛肿了，红红的，戴着眼镜也遮不住。

我决定乘机场大巴去虹桥。下午四点，但星期日应该不会堵车，一小时多一点能到。

去年回国，妹妹正在化疗，但病情还算稳定。临走前一天，她对我说，姐，你下次回来可能见不到我了。我说，不会的，你一定会好好的。我知道自己在撒谎，但当时觉得只能这么说。现在想起来，心隐隐作痛，比起听那些没用的

---

* 陈永和，福州人。著有长篇小说《一九七九年纪事》《光禄坊三号》。现两栖于日本北海道与中国福州。

话，妹妹是希望我能留下多陪她几天。

就像小时候，父母忙着工作、忙着开会，哥哥又大我们许多，妹妹整天跟着我，有几年时间我们相濡以沫，虽然用这个词不太合适，但在我，就是这种感觉。

我那时有什么事要急着走呢？想不起来了。就是有，也一定不是什么非走不可的事。

三个兄妹中，妈妈最喜欢妹妹。妹妹要强，人长得漂亮，嘴甜，在人群中高出一头，不像我，长相平平，嘴钝。妈妈说我唯一的优点就是听话。

拆迁分到房子后，妈妈不跟哥哥妹妹住，一直住我家。平日我们家没人，她就一个人住。妈妈总是对人说，还是住自己房子好。妹妹就会顶她，这不是你房子，是姐姐的房子。是我的，你可以问你姐。妈妈说。

只有我的房子妈妈才会说是她的。别人的她不会。

我不懂得为什么得到那么多爱的妹妹会走得早，而得到不是那么多爱的我却留了下来。

有时候，公平会以另外一种意想不到的方式呈现出来，让你瞠目。

但这，使我更加沉重，我宁愿我走妹妹活得长，这样，妈妈的痛就会是那种平静的痛。妹妹会做菜，每天都会给妈妈做好吃的，妈妈本来就爱吃，妹妹会哄着她吃，会说很多她爱听的话，吃着吃着，听着听着，水就流过去了。

可现在呢？留下的是我。我一想到中间没了妹妹，剩下光秃秃的妈妈和我，心就紧了。

我知道面对妈妈的脸，我什么话也说不出来，就是说也说不好，会走样，比如想说糖就会变成醋，想说醋就会变成盐，不如不说。

可只要妹妹在，她就能把我的话变回来，把盐还原成醋，把醋还原成糖，我的话在妈妈耳朵里就不会走样了。

妹妹大大咧咧的，话在她那里就是话，说出来就说出来了，不会说者无心听者有意，可到我，事情就全变了。

我没有跟哥哥说我改了班机，在长乐机场打的回家。我知道哥哥会怪我为什么不说，他会开车到机场接我。可正因为这个，我才不说。换了妹妹一定说，说了哥哥也高兴。从长乐机场到家开车一个小时，途中，妹妹一定跟哥哥两个人又哭又说。可我就算知道哥哥高兴也不会说。说不出来，一想到家里忙乱的样子话就没了。

使哥哥高兴好还是替哥哥省事好，我一直觉得后者好，但现在，我已经知道这是很难说的了。

飞机晚点，到妹妹家已经半夜 11 点半了。

门敞开着，里面静悄悄的，进去一看，只有哥哥一个人坐在棺木前发愣，旁边桌上有一酒瓶、一个茶杯。

我知道哥哥又喝多了。只要心里不痛快，哥哥就会用茶杯喝酒，什么酒都行，好像只要酒精进肚，苦楚就躺平了。

哥，我叫了一声，泪水顺着声音就下来了。

哥哥抬起头，看到我的脸，什么话没说，端着茶杯走到我面前，说，先喝一口，身体就暖了。

我接过茶杯喝了一口，又喝了一口。是我跟妹妹最爱喝的青红酒。哥哥爱喝白酒，今晚喝青红酒是为了我跟妹妹。

我身体暖和了起来。

哥哥掀开棺木上盖着的一层纱，我看见了妹妹的脸，脸比得病前小了近一半。

妹妹年轻时候脸就这么小，结婚以后越变越大，到死的时候又变小了。

她的脸抹着浓妆，虽然不能说不好看，但我不喜欢。我知道妹妹也不会喜欢。妹妹喜欢淡妆，虽然为了妹夫，她有时也会浓妆。妹夫不知道这个，以为她就是喜欢浓妆了。

妹夫呢？我问。

刚送阿四回家。哥哥说。

阿四是妹妹的女儿，不久前刚生了第二胎，老公又凑巧出差了。

我去看看妈妈。我说。

妈妈睡了……哥哥说。

知道。我走出妹妹家门。

我家就在妹妹家对门，走五步就到了。我掏出钥匙开门，听见锁咔嗒的声音。

打开门，看见妈妈正坐在黑暗的沙发上，手里端着一个酒杯，窗外路灯的光照在她面前的茶几上，上面有一瓶酒。

哥哥以为她睡了，但她还没。

我立刻感到山的沉重，眼睛湿了，想跟她一起哭一哭妹妹。

我关上门，打开灯，叫了一声妈。

妈看到我，说了句，你回来了，就再没话了。她很平静，连声音都平静，脸上什么表情也没有，有一瞬我都怀疑她知不知道妹妹的死。

但当然，她知道。妈妈从来不喝酒，桌上这瓶酒，是我去年喝剩留下来的。

呜咽哽在喉咙，泪水不知什么时候没了。我不知道该说什么，我不能提妹妹，怕引起她伤心，但不提妹妹，我想不出能说什么，头脑里都是妹妹，涌不出别的话。

恐怕就沉默了几秒，等我想说妈我陪你喝酒吧，妈已经先开口，说，我去睡了，说着站起来走进卧室，我想上前陪她进去，但还没等我抬脚，砰的一声，妈妈已经把卧室门关上了。

好像我破坏了她的私人空间，我不应该在这个时间这个地点出现。

我懊恼极了。我总是这样，该说话的时候没有话，该动作的时候没有动作，总是慢了一步。

要是妹妹在就好了，她会抢在妈妈前面说，抢在妈妈前面做，妈妈一高兴，就会把对我迟钝的那一点不快消解了。

可现在，妈妈的那点不快就会留在心里，到明天，不懂会变成什么样的话或动作从她那里出来了。

我回到妹妹家，走前故意把门关出点声音，也没有收拾茶几上的酒瓶。想要是知道我离开了，妈妈睡不着了，可能会重新回到厅里喝酒。

从我家门到妹妹家门那五步中，一个念头掠过我头脑，是什么冲动使妈妈站起来走进卧室呢？难道她在我面前羞于表达自己的情感吗？

不是，我马上否定。刚才妈妈一定想多留在妹妹那里一会，但哥哥不断催她回去睡，怕她年纪大了撑不住。哥哥一定是觉得人老了睡觉比表达感情更重要，但感情还是感情，水流了就要找出口，这样，被哥哥推回家的妈妈最终只能坐在黑暗中孤独地喝酒了。

哥哥跟妈妈为什么各喝各的？他们就不能坐在一起喝酒吗？

我突然同情起妈妈来。或许妈妈并不像我感觉的那样是座冰山，她只不过像我一样不会说话，不善于表达，要不，怎么会被哥哥推回家？怎么会孤独地坐在黑暗中喝酒？

所以妈妈只有跟善于表达的妹妹在一起时才会表达，妹妹替她表达了。妹妹把她想说的话想做的事都先说都先做了，而对我，她就如面对木鱼，味同嚼蜡了。

妈妈一定跟我一样，从没有想过，其实我们也是可以坐在一起喝酒、一起流泪的。

妹夫还没有回来。我看着妹妹的脸，突然起了一个念头。

哥，我想给妹妹重新化个妆。我说。

你高兴怎么做就怎么做吧。哥哥说。

哥哥知道我跟妹妹好，也知道妹妹跟我好。他知道我这时候想为妹妹做点什么，什么都可以，只要做就行。

他宠我爱做什么做什么，没有提起妹夫。

我从包里拿出化妆袋。我的化妆袋鼓鼓的，里面装满了各种各样的化妆品。虽然我不像妹妹那样爱美，对穿着不讲究，也不天天化妆，但我喜欢，尤其是给妹妹化。

我拿出油，往妹妹脸上抹。妹妹脸很冰，我想用我的手把它焐热。我一点一点抹，动作很细很慢，泪水一滴一滴往下掉，我任它们流出来，没有用手去擦。泪水把双眼模糊了，我闭上眼睛，让它们停在里面。

妹妹的脸变花了，五颜六色，看上去像孩子了。孩子时就这样，只要妹妹太吵，我就拿出外婆化妆盒里的口红、胭脂往她脸上抹。从来安静不下来的妹妹不懂怎么，在我给她化妆的时候就安静下来了，闭着眼睛一动不动，按捺不住了，嘴角就会一牵一牵地微微往上翘，好像闭着嘴也在说话似的。我要问她，想说什么？她会闭着眼睛狠命摇头，但话还是不说的。我看着好玩，也心疼她，就逗她说话，但终归，她一句话不说，等到我说好了，她还没睁开眼睛，话已经从嘴里出来了，然后就咕噜咕噜停不住了。

妈妈从来不化妆，也不知道我给妹妹化妆的事，在她回家之前，我们已经把妆卸掉了。妹妹自己擦。那时候没有卸妆棉，连纸手巾都没有，妹妹就从作业本上撕纸沾水擦，脸变得一道红一道青，像被猫抓了似的。我看着妹妹笑，妹妹看着镜子笑。

这是我跟妹妹的秘密，我跟妹妹童年最开心的一件事。

但妹妹从来没给我化过妆，即使我们长大了以后。

有一次，忘了什么事，我突然性起，对妹妹说，你帮我化个妆吧。那时妹妹妆已经化得相当好了，也常常有女友叫她化，我觉得她比我化得还好。但妹妹不肯。我问为什么，妹妹说，你是姐姐嘛。我就没往下问。现在回想，你是姐姐嘛到底是什么意思？是给姐姐化妆没自信，还是对自己化妆没自信？就不知道了。

但妹妹给妈妈化过妆。参加表妹的婚礼，妹妹突发奇想，说要给妈妈化妆。妈妈开头不答应，但经不住妹妹死缠烂打，终于点头了。于是，那天婚礼上，我看到了一个崭新的妈妈，头发烫了，脸上化着淡妆，穿一件新的样子时髦的枣红色绸夹袄，比平日漂亮到无底。而妹妹，那天化着浓妆，长发没烫，拉直的，飘在肩上，穿一件样式普通绿色的连衣裙。我当时就觉得奇怪：妈妈那一身打扮不是妹妹的口味吗？妹妹喜欢淡妆，喜欢烫发，喜欢枣红色，喜欢时髦……

问妹妹。妹妹说，我也喜欢浓妆，绿色，连衣裙呀。

我知道妹妹说的是真话。妹夫喜欢的她都喜欢，当着自己的喜欢喜欢了。

但妹夫，知道妹妹还有另一个喜欢吗？

我不知道。我没问过。我知道妹妹不会喜欢我问的。她想让妹夫觉得他们的喜欢是一致的。妹妹一定不知道，不愿意知道，夫妻除了一致，还可以有别的过法。

我有点怨妹夫，他为什么会让妹妹觉得非跟他一致才行呢？为了一致，妹妹得付出多少不一致的努力呀。

我拿出卸妆棉，把刚才抹上去的油擦掉。妹妹的脸变得灰白，比苍白更无力的那种白，没有一点生命力在里面。

这是真实的妹妹，我久久地看着这张脸，想把它印进脑海。

我知道妹妹不愿意我记住她这张脸。她更愿意我记住她化过妆的脸。妹妹爱美，为了美，她从不吝啬，无论金钱时间还是生命。

妹妹是一个完美的妻子，完美的母亲，完美的女儿，完美的妹妹，完美的同事。她为完美付出她的生命。人被撕成一裂一裂的，看不见的地方天天在努力修复。很多人不知道，努力是要付出生命的。

而我，不正由于不完美才没病没痛地留存了下来吗？

跟理性没有关系，我喜欢不完美的东西，跟妹妹刚好相反，比如一件很美的陶器，裂了一条细缝，我会认为很美，比完美更美。

这是天生的吗？我天生不完美，不漂亮，嘴钝，人见人不爱；妹妹天生完美，漂亮，嘴甜，人见人爱。被人千爱百爱的人是爱完美的，而我或许，就因为接受了残缺不全的被爱而变得喜欢残缺不全了吧。

我开始打粉底霜，用了淡粉色的。这是我正在用的。我理所当然地把自己的颜色强加在妹妹身上。世间无数人，连女儿我都无法强加，但唯一妹妹可以。因为从小，我认为美的她就认为美，我们一起长大，但我总是比她早一步长大，她跟在后面习惯了。

她崇拜我。

再没有人崇拜我了，虽然我不需要人崇拜，但我习惯了妹妹的崇拜。我喜欢对她讲话，对她一个人。她看着我热烈而痴迷的眼神，鼓励我的话滔滔不绝。我也可以滔滔不绝。这让我得意，得意忘形。人都有忘形的时候，人最得意的就是得意忘形的时刻。

我这辈子最得意的感觉是妹妹给的。这些，都铭刻在我的血液里。

但，再也不会有了。

中年以后，妹妹脸上跟我一样，长出了很多雀斑。我拿出遮瑕霜和笔，点在雀斑上。我数着雀斑，一个两个三个……我没有数过自己脸上的雀斑，但数着妹妹的。数着雀斑的时候我累了，变得宁静了，甚至发笑了。妹妹怎么长这么多雀斑呀，一共有一百五十八个。妈妈脸上不长雀斑，她的雀斑都长在手上，哥哥也不长，印象中爸爸也没有。一家人中只有我跟妹妹长。记得脸上刚刚长出雀斑的时候，妹妹很惊慌，跑来大惊小怪跟我说，姐，我脸上长满雀斑了。

我看了一眼，其实雀斑不过五六个，个头也小，不到米粒大，只是长得比较散，额头、眼角、额边都有。

在妹妹眼中，这已经是满脸都是雀斑了。

我笑了，说，你看我的，比你多多了，你要算满脸，那我就是全身了。

真的真的？我怎么都没感觉？妹妹叫起来。

长在我脸上，你当然没感觉了。我开玩笑说。

妹妹凑上前看我的脸，姐，真的，你脸上真有雀斑……不过，没我的多，我比你多……

你呀，我说，我们数数看吧。

我们并排站在大镜子前，数自己脸上的雀斑，我整整比妹妹多了二十个。

呃，我怎么会觉得我的多呢？妹妹吃惊了。

你一天看了多少次镜子？我开玩笑问。

几十次。妹妹认真说。

雀斑会越看越多，越看越大。我说。

真的吗？妹妹问。

真的。我说。

这也是实话，人盯着什么东西看，总会把它越看越大。

但看妹妹严肃的样子，我又说，假的，我骗你的。

妹妹似乎更在意前一句话，后来真的不那么照镜子了。

妹妹安心了，看到我比她多安心了，听我说话安心了。从小到大，妹妹总是能从我这里得到很多安心。

现在想来，这是这辈子我给她最好的礼物了。

上了定妆粉后，我开始画眉毛。妹妹眉毛比我长得好，不粗不细均匀的一条弧形，不像我，粗，不成条，中间还断了一截。只是有点干，中间夹杂一二根白色的毛。我用深咖啡色眉笔把它顺了一遍。

然后就到最关键的眼睛了。

妹妹的眼睛闭着。闭着的眼睛怎么画呢？我从来没画过。我拿出眼妆盒，里面有十二种颜色。我看着她的脸想了一下，先画上眼线，然后在上眼帘抹了点淡粉色，又用笔在上眼帘底部涂上咖啡紫，用手指把色彩抹开，然后，在眼珠瞳孔位置上面涂了粉红带咖啡色亮粉。这样，虽然她眼睛没睁开，但也有了一点睁开的感觉，至少我是这样感觉的。

最后，我选了橘红色的腮红，暗红色的口红。

妹妹的嘴唇上唇较薄，下唇较厚。我用画笔细心描着，描着描着，可能从来没有这么专心致志过吧，我突然觉得我跟妹妹嘴唇长得很像。

过去我总觉得她嘴唇长得比我漂亮，可实际不是，我们嘴唇形状像，线条像，大小也像。

我从来就觉得我跟妹妹什么都不像，但居然没有，不管发现得有多迟，妹妹已经走了，但这发现，给了我很多宽慰。

她是我妹妹。这么美的人是我妹妹。我莫名其妙有了种自豪感，好像连我也漂亮了起来。

难道不是吗？我的嘴唇从来就跟妹妹长得一样漂亮，只是我不知道罢了。我只是注意到我的不漂亮罢了。

也不懂用了多少时间，我总算化完了。

我看着妹妹，久久看着，我从来没有这样好好看过她。她也从来没有这样安静地让我看过。

我后来想，一定是我想摸妹妹的脸，怎么摸都摸不够，我才那样一遍又一遍替她化妆的。

真好看。我听见背后哥哥的声音，转身一看，妹夫也在。

姐姐，妹夫轻轻叫了我一声。他眼眶红红的，肿的。

我上前抱住他，不是那种轻轻拥着，而是用力地，有声音地。那种冲动突如其来，连我自己都非常意外。

妹夫很高，身体很壮，但那一刻，我觉得他比我矮得多，我更强壮似的。

他好像很感动，看着我的眼睛更加湿润了，但又带着点安心，好像在外面受了委屈的孩子看到妈妈的那一刻。

大约平日里，妹妹把对我的感觉不知不觉传递给他了。

我没问妹夫对我化妆的感觉，他也没说。我们一起看着妹妹，我拥着他，精致淡妆的妹妹比浓妆的妹妹看上去更像是睡着了，他伸出手去摸妹妹的头发。

妹妹头发是黑的，有点卷，几乎没有一根白发，看上去像是染的，其实不是，那种卷也是天然的，我从小看习惯的。

结婚以后，一直到躺倒之前，为了妹夫，妹妹每隔半个月，都要去美容店拉直头发，但最后几个月，去不了了，头发就又卷起来了。

妹夫好像根本没注意妹妹脸上的妆换了，从浓妆变成淡妆了。我看着妹夫摸在妹妹头发上的手想。

他真的那么在乎妹妹的妆跟发式吗？

还是这一切只是妹妹的想象？妹夫从来就没有对妹妹的发式妆容有过要求，在他，什么样的发式和妆都好，只要妹妹喜欢就行。

会不会妹妹真喜欢浓妆跟直发？只是为了让我开心，她才做出一种喜欢淡妆跟鬈发的样子呢？

我一阵迷茫，说不清到底哪一种假设更有力。但不管哪一种假设，妹妹都听不到，都无法证实了。

你喜欢吗？我最终还是问了一句。

喜欢什么？妹夫没听懂。

这种妆……

嗯，姐姐觉得好就好的。妹夫好像有点惊异，没想到我会这么问似的。

我一下明白了。

我们，哥哥、妹夫、我三个人坐下喝酒，妹妹在旁边睡着。桌上有一包油炸花生，我打开，抓了两颗放进嘴里。我听见自己牙齿碰牙齿的声音，突然感到肚子饿了，在飞机上吃过午饭以后再没碰过食物了。

有吃的吗？我问。

有，有卤蛋鸭爪。妹夫说，跳了起来，进了厨房，一会端了一盆卤货进来。

酱色的食物在灯光下发亮。

大家突然都饿了，我先吃了一个卤蛋，哥哥吃了两个，妹夫吃了三个，然后我抓起鸭爪，哥哥抓起鸭脖，妹夫抓了鸭腿。

我们嘴嚅动着，默默啃着。妹夫声音最大，把骨头啃得吧唧吧唧响，哥哥其次，咯叽咯叽，我声音最小，磨叽磨叽，我们全被吃抓住了的样子。

房间里全是吃的声音。

那一瞬，我们都把妹妹忘了。

吃，想吃，能吃，是多好的一件事呀，好像食物把悲哀从我们身上吸走，消化了。

要没有吃，我们挺得过那些恶山恶水的日子吗？

吃完，聊了一会儿琐事，我打了一个哈欠，一会儿，又打了一个哈欠。其实，我没有觉得困，但毕竟六十了，感觉滞后了，身体已经困了，感觉还没有困。

你去睡一会吧，路上累了。哥哥对我说。

哥，你也回去睡吧。妹夫说着，看了妹妹一眼，眼光中全是悲哀、不舍。

妹妹又回到我们中间来了。

我看了一眼妹夫，站起来说，好，我去眯一会儿；又看了一眼哥哥说，哥，你也去歇一会儿吧，明天要起很早呢。

也许妹夫会想单独跟妹妹待一会儿吧。换我，会这么想的。

我回到家，妈妈房间里静悄悄的，桌上的酒瓶、杯子好像没有动过。

看来，妈妈没出来过。

我真困了，连澡也没洗就躺到床上，但睡不着，也不是想着妹妹，但就是睡不着，骨头好像顶着床铺，席梦思有无数小刺顶上来。

也不懂过了多久，好像睡着，又好像没睡着，我听见隔壁妈妈房间里有轻微的响声，细听，是闽剧女声。是妈妈醒了，在听收音机。

妈妈每天五点钟醒，醒来就躺在床上听闽剧，就那么几出戏，《梅玉配》《牡丹亭》《紫玉钗》，她听了几十年了，从不腻。

妹妹在的时候从来不听闽剧，妹妹会说，妈，你不听点别的？怎么老听还不腻吗？我带你去听音乐会吧？好像瞧不起妈妈的一直听似的。

妈妈不回答妹妹，也不说好呀好呀。平日无论妹妹提议什么，妈妈总是好呀好呀，但就这，从来不说好，只是不在妹妹面前听了。

可妈妈在我面前从不忌讳听闽剧，好像没我这个人似的，把声音放得大大的，一天爱听多久听多久，爱什么时候听就什么时候听……

我突然明白为什么那么爱妹妹的妈妈不跟妹妹一起住了，她要听闽剧，听闽剧时她希望投入。可只要妹妹在，妹妹就会说话，不管妈妈爱听不爱听，不管妈妈在不在听闽剧都要说。这样妈妈就不能痛痛快快听了，不能痛痛快快听还不如不听。

妈妈在我面前是自由的，在妹妹面前是不自由的。

爱谁在谁面前就是不自由的，越爱就越不自由。但人都爱自由，都爱更自由。天底下的事，都是这么矛盾，我左手拿矛，右手拿盾，左手刺过来，右手抵过去。

我听见闽剧女声忽大忽小，妈妈拿着收音机走到厅里去了，走到厕所去了，又回到厅里了，到厨房去了……我整个耳朵都是闽剧女声，但我不能起来，只能躺在床上装睡，起来就等于告诉妈妈，她吵醒我了。

等妈妈重新进了房间，关上门，我才起床，轻手轻脚走进厅，打开房门出去。

妹夫坐在沙发上打盹，我进去了也没有醒来。

我关了灯，在棺材边的椅子上坐了下来。

没有人了，只有我们了。我对妹妹说。

在朦胧的晨光中妹妹的脸模糊了，眼睛半闭着，看上去眼睛更像是活着的。

我用听不见的声音跟妹妹说话。我说了很多很多，从我们小时候说起，我说的都是小事，在我的话语中，妹妹走过了一辈子，我也走过了几乎一辈子……

我觉得妹妹在听我说，像过去，我们小时候一样。她还是听得那么专注，眼睛发光。

……过去是你跟着我，我说，但还剩下的日子就不是你跟着我了，是我跟着你了，我走在你后面跟着你去，你领着我走，跟着你走我最安心了。我一定会跟你去的……

也不懂过了多久，我听见背后哥哥的声音，妹夫的声音，然后是阿四的声音，婴儿的哭声，再以后，还有很多很多人的声音，汽车的声音……

天亮了。

人们都醒了。

妹妹又睡了。

来了很多人送妹妹走。花圈，鞭炮声，军乐队辉煌的乐曲声……

我想不通，为什么要这么热闹地送走妹妹呢？我知道妹妹一定更愿意静静地和最亲近的人在一起慢慢离去。军乐队是哥哥预约的，福州最好的军乐队，有十支铜管。

我们亮晶晶地把妹妹送上山了。我看到哥哥脸上有一种满足的感觉。他肯定觉得妹妹一个人先走太寂寞了。

本来应该他先走，他一定这么想，他会不会觉得是他剥夺了妹妹的什么呢？

我突然明白了，哥哥一定也是想为妹妹做一点什么，但他想不出更好的什么了。哥哥的什么都在俗定的套路中。只有在套路中，他才觉得安心。

妈妈没有送妹妹上山。哥哥、妹夫都不让她去。我没作声，心里觉得妈妈就要去也是可以的。去，痛痛快快哭一场，比闷闷在家阴郁几天好。哭不是病，是表达，阴郁是病。阴郁在身体里转来转去，最后不知道停在哪块器官，或血液骨头上，弄不好就结块了。

但我没说。知道说了没用。妈妈不会听我的，哥哥跟妹夫也不会听我的。每一个人都觉得自己是对的。

妈妈也没有下来吃饭。妹夫在小区附近的饭馆订了五桌菜，结果来的人超过预算，又加了二桌。

今天来的人真多呀。哥哥很高兴地说。

是呀，很多人都是自己来的，我们没通知，要通知了，来的人会更多。妹夫也很高兴地说。

妹妹虽然这种时候不喜欢人多，但看哥哥、老公喜欢了，她一定喜欢，或许会更喜欢。

我在饭馆里吃了几口菜，就端着哥哥为妈妈点的面上楼去了。

妈妈一个人坐在厅里的沙发上打瞌睡，她一个人应该坐在这里一上午了，看上去衰老憔悴，好像树叶已经死了，但却落不到地上，停在半空中不知所措地在风中飘抖。

我突然悲从心来。

哥哥叫她下去吃饭她不去，妹夫、阿四、我，很多亲戚都叫，但都叫不动。妈妈好像跟大家干上了，大家越叫她就越不去，脸色越来越僵，最后竟然发脾气似的说，你们快去快去，我喜欢一个人待着。

说得那么坚决，我当时也想，妈妈是真不想去了。但现在看应该不是，妈妈只不过是看我们大家把她一个人丢在家里都上山去生气了。

不是生谁的气，她是生自己的气，气自己老了，没有办法送最心爱的女儿上山了。

妈妈听到声响睁开眼睛的那一瞬间，我叫了一声妈。

妈妈看到我，说，你回来了，脸上的表情居然有点不好意思，好像她不应该睡着，没看见我进来似的。

妈，你吃面。我把面端到她面前的茶几上。看到她要站起来，我抢着说，我去拿筷子。妈妈没有反对，我去厨房拿了筷子和调羹进来，放在她面前。

面是哥哥叫的，你爱吃的海鲜面。看妈妈拿起筷子时我说。

嗯嗯，妈妈拿起调羹，喝了一口汤。

好吃吗？我问。

我自己也奇怪，这几句话，每一句都说得及时，都恰到好处，好像对着妈妈的脸，话在身体里已经没有遇到阻扰，顺顺当当就能出来了。好像是妹妹把挡在我话前面的屏障抽掉了似的。

好吃好吃。妈妈说了两遍好吃。

呃，我也想尝一下。我说。我真心想尝，说出来了。

妈妈把调羹塞到我手里，说你吃你吃。

我真的接过调羹从妈妈碗里舀了一勺汤放进嘴里。汤是白色的，有很多虾的味道。

一定是哥哥知道妈妈爱吃虾，给饭店老板加了钱，加进了好多虾。

真好喝。我真觉得好喝，说出来了。

要换过去，我一定不会说，就是说了也不会接过妈妈的调羹喝汤，就算喝了汤也不会那么大声说好吃。

要换了过去，妈妈一句话也不会说两遍，就是说了也不会把自己的调羹塞到我手里让我喝汤。

但那一下我会了，妈妈也会了。要是妹妹在，我们还是不会的。但妹妹也没有不在，她只是隐身了，躲起来了，故意让我们看不见她，跟小时候一样。小时候她常常躲起来让我去找，我要不在时，妹妹也会让妈妈去找。

我甚至还听到了等我们都找不到，她自己憋不住了跑出来的笑声。

嘻嘻嘻，嘻嘻嘻……妹妹笑个不停。妹妹就是这样，一笑起来就停不下来了。

妈妈把那碗面吃完了。我喝了她剩下来的汤。

汤真好喝。我又说了一遍。

好喝好喝。妈妈又说了两遍。

我决定留下来陪妈妈。

半年多以后，有一天下午，我正在睡觉，妈妈把我摇醒了，说，赶快，你快起来，妹妹在楼下叫我。

我吓了一跳，马上醒了，跳起来，脚正往拖鞋里伸，突然觉得不对，妹妹已经走了，她不可能在楼下了。

但看妈妈兴冲冲的样子，这话我说不出来，就顺着，跟着她一起到了楼下。

楼外面空荡荡的，没看见妹妹，连一个行人也没有。

呃，怎么会不在了呢？明明我听到你妹妹的声音……妈妈很惶惑地头朝左右摆，每摆一次就停住看，然后才又摆到另一边。

我耐心等她看完。但妈妈的思路好像停留在惶惑中了，很久了转不过弯来。

小时候，傍晚牵着妹妹的手在院子门口等妈妈回来，就是这样，望呀望呀，一直望到天光没了，怕了，才不甘心地回家。

现在轮到我带着妈妈等妹妹了。看着妈妈憔悴的脸，想着她心里越变越大的空洞，我很感慨。

我知道等那种漫长而不甘的感觉。

妈，会不会是你听错了？最后我委婉地说。

不会，肯定不会。妈妈说。

但回到家里，看到柜子上妹妹的照片，妈妈好像清醒过来了，说，你妹妹不会来了。

我什么话也没应。

然后妈妈又开始坐在沙发上听闽剧了，声音放得好大好大，好像完全忘了刚才的事。

等第二次妈妈又听到妹妹叫她时，我就确认她是幻听了。

找医生看一看吧。哥哥说。

我不去医院。我又没生病。妈妈说。

她是没生病，谁来看她都好好的，让我给客人倒茶，端了好多点心出来让客人吃。

但她确实病了，越来越经常听到妹妹叫她，一听到，就激动地跑来跟我说，不管我是在洗澡还是在打电话。

快快快，你妹妹在叫我……她很紧张。我只好陪着她装出紧张的样子，我知道这种时候不能说真话，把她从阳光下推进深渊，匆匆抓一条浴巾从浴室跑出来……切断电话，说对不起，我一会儿再打过去……

哥哥拿了一盒药来，说托熟人到医院找医生开的。医生说妈妈得的是忧郁症。

你把药碾碎，调在饭里让她吃。哥哥说。

我犹豫了两天，哥哥急了，一天中午从饭馆煮了一碗海鲜面拿来给妈妈吃。

哥哥一定是觉得无论怎样，妈妈还是活在真实中的好，可我，真的很困惑，人，妈妈，一定要这种真实吗？真实真就在任何时候都比幻觉好吗？

妈妈高高兴兴把面吃了，睡了好几个小时没有起来。

我有点怕了，走到她房间，看她睁着眼睛躺在床上。

你怎么啦？妈……我问。

她朝我声音这边转过头来，说，我什么也看不见了。

什么？我吓了一跳，把手伸到她眼前晃，看到吗？看到吗？

她摇摇头，说，看不到……看来我瞎了。

我领妈妈到眼科医院。医生说她得了绿内障，已经很严重了。

能治吗？我问。

没法治。医生说妈妈一定从很久以前开始就看不清楚东西了。

你什么时候觉得看不清楚的？我问妈妈。

就那一天中午，你哥给我吃了海鲜面。妈妈说。

以前呢？

以前我都看得很清楚。

一点没有看不清楚吗？

没有。

我相信医生是对的，但同时，我相信妈妈也没有撒谎。妈妈觉得，不管医生怎么说，妈妈的觉得对她来说，就是最真实的。

眼睛不好了以后，妈妈更是常听到妹妹叫她了，后来几乎每天都听到，有时白天，有时半夜，听到以后，不仅叫我，还叫妹夫。

每次我跟妹夫都要陪着她到楼下，站在楼外面等。好几次半夜，妹夫都睡了，也被她从被窝里叫起来。

我跟妹夫说你就不要陪着了，我陪着就好。但妹夫没听，每次都要陪，站在妈妈旁边，跟着妈妈东张西望，跟妈妈说话，说的都是妈妈爱听的话，妈妈，我们要不要再等会儿……妹妹正在路上呢……要不，你先回去，我在这里等……

我站在他们后面，像局外人似的听他们说话，又像大人在听两个孩子胡扯。

有几次说得太投入，我看妹夫脸都红了，声音里充满热度，好像他们真的感觉妹妹快来了，很紧张很洋溢。

会不会妹夫也被妈妈带进她的幻觉中去了？他会不会跟妈妈一样听到了妹妹的声音？

有可能是，要不妹夫不会显得那么兴奋。

我突然觉得他们正在享受。是的，就是享受，沉浸在妹妹快回来的希望中，身体开了花似的，花开了还会合上，但下一天还会再开，再一次灿烂。

我怎么就做不到这样呢？我就是进不去，明明知道妹妹走了的同时，我没法感觉到妹妹快要来了，怎么也没法感觉，连一秒钟也没有，任我怎么愿意有这种感觉也没用。

我开始羡慕起妈妈跟妹夫了。

我也愿意沉浸在妹妹快要来的幻觉中。

妹妹，你一定来看看妈妈跟你老公吧，我在心里祈祷。

有一天我跟妈妈正站在楼下时，哥哥来了。

你们在这里干什么？哥哥很奇怪。

等你妹妹，你妹妹快要来了。妈妈说。

你说什么？妈，妹妹已经走了。哥哥说。

走了？她去哪里？妈妈愣住了。

走了。她不会回来了，妈，你回家去吧。哥哥说。

喔喔，是我错了吗？妈妈像被突如其来的大风折倒了，听话地被哥哥拉回去了。

有两天时间妈妈好像接受妹妹走了的想法，安安静静坐在家里听闽剧。但只两天，第三天又开始嚷嚷了。

我背着哥哥又带着妈妈下楼了，妹夫在家，就一定跟我们一起去。

妹夫一定是借着妈妈听到妹妹的声音了。

而哥哥跟我像，怎么也感觉不到妹妹的声音。感觉不到声音的人会觉得感觉到声音是病，是胡扯，是幻觉。

但我现在知道了，幻觉也是觉得。觉得对一个人是最大的真实，这是妹妹走后，我从妈妈和妹夫身上体悟的。

有一天中午，妈妈在睡觉，门开着，我听见她在说梦话，叫着妹妹的小名，叫了好几声。我走进妈妈房间。妈妈脸上有一种光，表情像孩子一样天真。

妈妈这一刻一定见到妹妹了。

妹妹，你不要走，我在心里说，多在妈妈那儿停留一会儿，也去看看妹夫，看看我吧……

以后，只要妈妈说梦话，叫妹妹的名字，我就知道，妹妹又来看妈妈了。

妹妹经常来看妈妈。妈妈经常说梦话。

就这样，妈妈的魂魄，一会儿在阳间，一会儿在阴间，一天可以走几个来回。好像她在阴阳间可以来去自由似的。

好几次，看着妈妈沉睡的脸，听她叫妹妹的小名，我仿佛也不知道自己身处何地，是在阳间还是在阴间了……

我突然觉得妹妹从来就没有离开过我们，她一直在我们身体里，她这会儿出来看妈妈了，以后也一定会出来看妹夫，看我，看哥哥，然后再回到我们身体里去。

过年前两个月开始，妈妈就催着哥哥去买纸钱，哥哥当天没去，她又叫妹夫买，妹夫当天没去，她又叫我去买。结果我们几个都买了，买了有一两万张吧。妈妈很高兴，每天上午起来，也忘了听闽剧，就开始折纸钱，一张一张折成筒样，再把筒两头的纸往里边塞。这样折成的纸钱好烧，会烧到干干净净，不剩一丁纸片。

我也帮着妈妈折，哥哥、妹夫有空了都来帮着折。我们默默地折着纸钱，好像所有心思都在纸钱上了，谁也没提到妹妹。

花了两个月时间，我们硬是把一两万张纸钱折完了，装了十几个大编织袋。

年三十那天上午，妹夫拿来一个红色的洋铁桶，放在家门口廊上，给妹妹烧纸钱。

加点美元吧。妹夫说，不懂从哪里拿出几沓美元冥币。

还是人民币好，哥哥说，也拿出了几沓人民币冥币。

我、妹夫、哥哥把编织袋打开，拿出纸钱，一把一把往桶里扔。

她在下面一定够花了。妹夫安心地说。

花不完了等我们下去跟她一起花。哥哥笑着说。

我看了哥哥一眼。哥哥的笑声苍老嘶哑，是听了让人笑不起来的那种笑。

火焰红红的，燃烧得很旺，蹿得很高，发出嘶——嘶——的声音。

我好像在这嘶嘶声中听到了妹妹的声音。

那一刻真听到了，我觉得。

妹妹这声音跟了我一天一夜。

傍晚阿四夫妻带着孩子来了，说给妹妹买了一栋别墅，上午烧给妹妹了。

明天我要给妹妹买一束紫色的花。妹妹喜欢紫色，也喜欢花，我要把花插在一个白色的花瓶里，放在她照片旁边。

我相信妹妹一定会闻到花的香味。

妹妹在另一个世界看着我们，就像我们在看着她一样。

她在等我们去。

我们一定会去的。

2021 年 10 月 31 日

原载于《江南》2022 年第 2 期

吹萨克斯管的男人

顾　艳*

一

很多年过去了，那个吹萨克斯管的男人一直萦绕在我心头，挥之不去。说起来那真是个奇怪的年头，我遇见了许多莫名其妙的事情，最令我匪夷所思的是他的尸体浮现在我家附近的河面，无人知道他是怎么死的，直至今日都没有破案。

我是个已经四十多岁的中年女人，十多年前我在旧金山湾区一家私立大学教中文。我们学校门口有一个很大的公园，里面还有一个湖。那里一到秋天满园金黄，风一吹落叶缤纷。我就喜欢看那纷纷坠落的树叶，仿佛是人生的谢幕和时间的轮回。就在那天黄昏，我忽然听见了悠扬的萨克斯管乐声。仿佛是水鸟滑过湖面，又和着微风在水面上荡漾起粼粼细波，我完全被陶醉在这美妙的景色和乐声里了。

我循着乐声过去，那是一个看上去比我大几岁的中国男人。他的身边围着不少听众，一对坐在长椅上有着花白头发的老人，一个牵着一条金毛小狗的女子，还有一些刚从学校里出来背着书包的男生和女生，他们都驻足而听。自从这一次后，我就有意留心这个吹萨克斯管的中国男人，每到黄昏，他的乐声像

---

* 顾艳，1957年生于杭州，文学博士。著有长篇小说《夜上海》《灵魂的舞蹈》《辛亥风云》。现居美国华盛顿特区。

钟摆那样地在湖边响起。一曲吹完，他停下摁键的手，眼睛迷蒙地望着被夕阳染成绯色的湖面，略有所思。仿佛是对美好往事的回忆，抑或是前世今生如梦般的呓语。我静静地站着，披散的长发在风中舞动，宛如无声的召唤。

他终于注意到了我，忽然对我微笑着用中文说："你好，我叫强巴！"我有些欣喜，回他一句："你吹得真好！"他说："谢谢，我从小喜欢音乐。如果没有音乐的日子，我的生命就失去了意义。"我不知道该怎么回答他，就在我挖空心思想词语时，一个络腮胡子的男人走了过来。他用英语说他喜欢吹萨克斯管，从前在军校的乐队里是萨克斯管手。他说着从强巴手里接过萨克斯管，试试音，"呜呜"地吹了几下，找到感觉后，吹了一曲《回家》（*Going Home*）。

这首《回家》的乐曲，有一种真实的东西直冲而来。它美丽、清秀，有着无杂的超空间立体感。尤其里面的莎鼓和金锤等重金属的敲击声，细腻刚硬，悠扬延伸，一种无限美好的遐想与向往，让我仿佛回到了遥远的故乡。我沉浸在音乐中还没有缓过神来，络腮胡子向强巴道谢之后，匆匆离去了。

"你也喜欢音乐？"强巴问我。

我不置可否地点点头，手一指说："我是那所大学的中文教师。"强巴"噢"一声："我就住在这附近，每天到这里来练习总会遇上各种各样的人。有一次我正在吹萨克斯管，忽然从湖那边传来一阵怒吼声：'你每天在这里叽里咕噜，干扰别人休息。'一个破衣烂衫的流浪汉，右手拿着老酒瓶，醉醺醺地朝我冲过来，一股要砸人的架势。我一看不妙，赶紧拿着萨克斯管跑。气喘吁吁地跑到家里，发现匆忙中我将琴盒遗留在公园长椅上了。于是我回转身来，这时流浪汉不在了，琴盒也不在了。然而，一年后，琴盒奇迹般地出现在原来的地方，还附着一张纸条：'如果你一意孤行，你将凶多吉少。'"强巴说完，哈哈笑起来："这简直是莫名其妙，匪夷所思嘛！"

我很快与强巴成了朋友，把多年没拉的小提琴重新拿出来操练。宛若找到了音乐的伙伴，有那么一阵子，我几乎每天和他在一起。除了练琴，还跟着他结交了一些音乐界的狐朋狗友。那个黑人山姆大叔特别喜欢爵士乐，自己的萨克斯管也吹得不错。每到周末，他就邀请爵士乐迷来他家里切磋技艺。我本不想去参加，在强巴的盛情邀请下，我就把山姆大叔家的地址记了下来。

那时候，我还没有买汽车。出门一趟，除了坐公交车就是打优步（Uber）。作为一个女人，为免遇到不测，我尽量避免晚上出门。周五那天中午，我正在办公室里给学生批作业，强巴打来电话让我下班后去他家里，并告诉了我他家的具体地址。我查了地图，原来强巴就住在我学校附近的那一带联排别墅里，离我办公室步行才十多分钟。

其实，每周五下午我都没有课。通常批完学生的作业，我就可以坐公交车回家了。我的家离学校不远，坐公交车只两站路。接到强巴的邀请，我忽然有一种怦然心动的感觉。于是我去洗手间洗了一把脸，从抽屉里拿出来眉笔、润肤油、粉底霜、粉饼和口红，对着一面小圆镜子给自己化了一个淡妆。

几分钟后，我摁响了强巴家的门铃，几乎是屏住呼吸地等待着他的开门。他趿着一双蓝面金丝绒拖鞋，穿着套头黑色卫生衫和牛仔裤，竖起来的头发染成了棕黄色，看上去时尚前卫。我心里想在旧金山湾区能住联排别墅的，经济条件一定不错。那么他除了吹萨克斯管，还干些什么工作呢？我对别人的底细特别感兴趣，总想对认识的朋友了如指掌。

“来，我给你介绍一下，这是我的养母爱丽丝。”强巴说。

我抬起头来，这才发现客厅的角落里坐着一个六十多岁的美国老太太。准确地说，她坐在残疾人的轮椅里。她的身上散发着一股浓浓的香气，而她慵懒的神态仿佛刚刚从梦中醒来。她对我用英文说：“你是老师？”我点点头，她说：“老师好啊，我小时候就梦想当老师，可是命运和我开了个大玩笑，只能一辈子坐在轮椅里。”养母爱丽丝说完，滚动着她的轮椅去了书房。

我不知道强巴把我叫来见他养母的用意，莫非他把我当成女朋友了？我忽然有些脸红耳热，这倒不是我没有谈过男朋友，而是这么一来明摆着我们就是一对恋人了。起码在我眼里，养母爱丽丝就是这么认为的。不过，对我来说多一个男朋友，就是多一个数字而已，不会伤筋动骨，更不会嫁给他。我就这样莫名其妙地成了他的女朋友，仿佛生米煮成熟饭，养母爱丽丝就是我们的见证人。

二

作为女朋友，我确实想为强巴做些什么。我建议成立一个管弦乐队，名称就叫虎牛乐队。因为我属虎，他属牛，合起来就是虎牛，一个不错的响当当的名字。他表示赞成，我们就这样一拍即合，还做了宣传广告。结果来报名的爱乐者不少，萨克斯管、爵士鼓、小号、长笛、竖笛、双簧管，还有钢琴、小提琴等，连黑人山姆大叔和吹《回家》的络腮胡子，也都来报名参加了，这大大出乎我们的意料。

后来，我们的虎牛乐队经常在旧金山湾区的酒吧里表演，遇到重要节日还去旧金山、纽约、华盛顿等地演出。虎牛乐队一时小有名气，这让我颇为得意。由此，我认识了不少爱乐人。不过乐队的故事以后再说，此刻我很想告诉大家强巴的生平底细。他出生在西藏拉萨，十三岁时被他的远房亲戚带到美国，进了爱丽丝父亲的服装厂。

两年后的某天，爱丽丝随父亲来到制衣车间，一眼望见那个叫安多强巴的男孩，她一拐一拐地迈着丑陋的步子走过去，看他右手拿着眉毛钳，左手拉直衣服领子压到缝纫针下，“隆隆”踩几下缝纫机踏板，就把领子缝纫到了衣服上。爱丽丝惊讶他的小手是那么灵动，连带污垢的指甲都仿佛有一种节奏和韵味。那时爱丽丝四十三岁。四十三岁的爱丽丝无婚无育，与父亲一商量就把强巴领为养子。

强巴从一个黑工，一跃成为美国公民，且不用再到服装厂去缝纫衣领了。每天从上午九点到下午三点，强巴都在爱丽丝的书房里听她讲课。从历史到地理，从文学到音乐。十六岁那个夏天，爱丽丝买回来一把萨克斯管问他：“喜欢吗？”强巴摇摇头说：“不知道。”

“我亲爱的宝贝，你一定会喜欢上它的。”这是爱丽丝第一次对强巴脱口而出叫他宝贝，让强巴感动得泪光闪烁。这之后“我亲爱的宝贝”就成了爱丽丝对他的口头禅，即使时间过去了二十年，爱丽丝依然会对他这样说。就算在他们有分歧时，也从不忘这句话。每次强巴只要听到“我亲爱的宝贝”，就会滋生出感恩和顺从的心。毕竟，他的一切都是她给的。在她父亲去世后，她曾对他说：“我父亲给我留下的遗产，以后都是你的。”爱丽丝这么说，就是要把强巴牢牢地捏在手里，陪伴她到地老天荒；而我后来知道，强巴并不喜欢过这样的生活，也不稀罕她的遗产。只是中国人的良心和孝心，让他尽着养子的责任。这也是养母爱丽丝颇为看重他的地方。

我一直没敢问强巴他养母的腿是怎么出了毛病的。我猜想是小时候患了小儿麻痹症，或者就是车祸。但让一个年轻人，天长日久地露出笑容陪伴她，即使给我金山银山也做不到。

人最宝贵的是自由，看来强巴有诸多的不自由。我忽然就对他养母有些反感，这反感来自我亲眼看到的一幕：爱丽丝在书房用一只儿童玩具摇铃“当当”地摇了几下，强巴就离我而去，进入厨房，在一只托盘里放上一把茶壶、两只茶杯，还有几片削好的苹果、一些干果，然后笑眯眯地，送到爱丽丝面前的茶几上。这还不能走，他必须满面笑容地看着她一声不吭地吞噬食物，而她望着他小眼睛眯成细缝的形象，感到极大的满足。

不知为什么，我都觉得强巴被他养母爱丽丝污辱着，但我还是不露声色，不让强巴难堪。我后来再没有去过强巴家里，但我经常把他叫出来和乐友们一起玩。

那天黄昏，我照旧去校门口的公园里会强巴，但奇怪的是他没来。我心里想，也许被他养母爱丽丝叫住了走不开。一想到他被这老女人缠着，我就不是个滋味。正懊恼时，一个素昧平生的年轻男子提着琴盒走了过来。他中等身材，看上去三十多岁，从琴盒中取出一把萨克斯管吹了一曲，然后对我说：“你是凯丽？我想参加你们的乐队。”

他说话时，右嘴角露出一颗发黄的虎牙，厚厚的嘴唇给我的感觉朴实憨厚。他说他一直关注我们的虎牛乐队，好不容易打听到我和强巴每天黄昏会来这地方练琴，就专程赶过来了。我念他这份心意，不经强巴同意就答应他入队了。他接着说他叫许冬子，是广东茂名人，来美国十多年了，因为一直在旧金山唐人街餐馆打工，平时都说广东话，偶尔说普通话，有点担心自己英语不好，没法与队友们交流沟通。

“你的担心是多余的，音乐本身就是语言。”我说。

许冬子听我这么说，心里踏实不少，开心地又吹了几首曲子。他的水平显然没有强巴好，但他一直吹到太阳落山，一抹彩虹席卷而来。告别时，我对他说：“这周六，晚上七点，我们乐队的活动在山姆大叔家，如果你有兴趣可以来参加。”

“真的？”他有些激动。

“当然是真的。我把山姆大叔家的地址写给你吧！”我说着就从上衣口袋里掏出手机，以短信的方式把山姆大叔家的地址连同手机号，一起发给了他。然而他说：“我英语不好，你能带我一起去吗？”

“好吧！”我答应了他，一时把强巴忘到九霄云外了。我说：“我们周六下午六点在这里碰头，然后坐公交去山姆大叔家。”他一口气说了好几个谢谢，还说乐队可以拉到旧金山唐人街去演出。

这天我回家时给强巴发了短信，汇报了许冬子入队的事。强巴给我回信说：“许冬子入队的事没问题。亲爱的，我感冒发烧了，周六不能去山姆大叔家。”

我本想拨电话过去听听强巴的声音，但一想到我们之间隔着他的养母爱丽丝，我就不高兴了。我记得强巴和我说过，在他眼里如今六十多岁的爱丽丝，依然美丽如花，与她二十年前的容貌没啥变化，只不过手背上多了几块老年斑。强巴这么说，是否对他养母别有一番情意呢？

三

这几天黄昏，强巴没来公园练习萨克斯管，让我觉得整个公园都冷冷清清的。好在我最近比较忙，趁他不来公园的日子，抓紧备课。去年开始，我多开了一门中国文化课。教那些洋学生中国文化并不容易，需要点点滴滴从实做起。譬如中秋节，我就要给他们讲自己小时候是如何过中秋节吃月饼的。然后分给他们一人一只月饼，告诉他们月亮里有嫦娥私奔、玉兔捣药、吴刚伐桂的故事，还告诉他们中国古代诗人李白有首脍炙人口的诗："床前明月光，疑是地上霜，举头望明月，低头思故乡。"

如果到了端午节，我还会去中国超市买来粽叶、糯米和红豆，教他们如何包粽子。在包粽子的当儿，给他们讲屈原的故事。如果到了春节，那我就要买上水饺皮、猪肉末和青菜、鸡蛋，教他们如何包饺子，煮饺子。大家在一起吃饺子时，我还在桌上摆了毛笔、墨和宣纸，让他们学写毛笔字。我的中国文化课就是这样从实做起，让洋学生们记忆深刻。

一转眼，周六就到了。上午还是晴空万里，下午忽然就淅淅沥沥地下起雨来了。到了黄昏，天色越来越阴暗，雨越下越大，想起与许冬子的相约近在眼前，我不免有些打退堂鼓。正想找个理由取消去山姆大叔家的活动时，许冬子却来电话："我已经到公园了。"我看了一下手表，才下午五点十分。我说："这么大的雨，你还去？"

"当然，一定去。"许冬子肯定地回答。

"好吧！我马上过来。"

我换上雨靴，选了一把大号花雨伞，坐了两站公交车，来到公园相约的地方，看见许冬子穿着一件破雨衣，半个身子都被淋湿了。我对他说："嗨，你好！雨太大了，时间还早，我们去对面星巴克喝杯咖啡吧！"许冬子感觉自己淋得像个落汤鸡，有点不好意思地点点头。我们就这样来到了星巴克，但令我意外和惊讶的是强巴和他养母爱丽丝也在星巴克。

我首先看到养母的轮椅车，然后看到强巴的背影。为了避免不必要的麻烦和尴尬，趁他们没发现我，我就招呼许冬子换到了星巴克隔壁的墨西哥快餐店。我对许冬子说："你一定没吃晚饭吧？咱们一人来一份牛肉快餐，充充饥怎么样？"

"您太客气了。"许冬子说。

许冬子自然是没见过强巴，更不知道他的养母。因此我尽量控制自己的情绪，不想让他知道我的微妙变化。墨西哥快餐店暖气开得很足，一顿饭工夫，许冬子身上被大雨淋湿的衣服全干了。我们出发时，雨小了，但风很大。搭上公园门口的公交车后，换了一趟小火车，我们就到黑人山姆大叔居住的那个小区了。但从火车站走出来，狂风掀起滔天巨浪，仿佛人也快被风吹跑了。幸好转个弯，我们就进了公寓大门。

这是栋十四层高的公寓大楼，山姆大叔居住在顶层。一楼大厅里，有几张沙发，还有君子兰，那个管门的管理员给我们打开大门后，就在登记各家各户的快递，并在快递包上写上门户号，以便业主或租客取件时认领。

我们出了电梯，长长的楼道上，一扇扇门全部紧闭着。1420在楼道的底部，它的旁边有扇门通向露台。我摁下了门铃，来开门的山姆大叔说："请进，请进。"然后领着我们进入客厅，向坐在沙发上的几位男女嚷道："凯丽来啦！"大家站起来向我问好，我随即向他们介绍了许冬子。许冬子一紧张，随口用中文说："幸会幸会，认识你们真高兴。"我把他的话翻译成英语，在座的每一位都表示欢迎。

屋子里暖暖地流淌着音乐，山姆大叔的妻子，一个四十多岁的卷头发、黑皮肤女人，从烤箱里拿出热烘烘的蛋糕，招呼大家一起吃。我和许冬子就坐在萨克斯管、小提琴、小号、吉他、爵士鼓、钢琴等乐器的旁边，山姆大叔给大家介绍说："这是彼得先生，他是爱好萨克斯管的作家，今天也是第一次来参加我们的活动。”彼得先生看上去很年轻，白皮肤、蓝眼睛，是标准的美男子，他很有礼貌地站起来向大家点头打招呼。坐在他旁边的是音乐评论家托尼先生，他是山姆大叔的好朋友，虽然已经五十多岁了，但他穿着考究，头发梳得一丝不苟。坐在托尼旁边的是李莉，她是小提琴手，从北京来美国的。我正想和李莉聊天，忽然有人摁响了门铃，我三脚两步地跑去开门。打开门的一刹那，我惊呆了，脱口而出："怎么是你？"

"为什么不能是我？"强巴微笑地说。

"你……你……"

为了顾全大局，我还是没有把想说的话说出来。然后转过身对大家说："强巴来了。"队员们七嘴八舌地说："今天队长来迟了，该说个段子给大家听听。"强巴说："段子免了，我还是吹一曲《回家》吧！"说着，他就拿起萨克斯管吹起来了。

我第一次听这首曲子，是公园里那个络腮胡子吹的。络腮胡子叫杰夫，今天没有来。此时强巴吹得如泣如诉，把我的思绪带回到了遥远的故乡上海。我仿佛看见了外滩，看见了黄浦江水，还看见了我小时候学琴经常走的汾阳路。是啊，我已经很多年没回去了。我想回家的愿望，越来越迫切。

强巴吹完这首曲子，竟然泪流满面。他的情绪一下影响着在座的每一位，说起来聚在这里的人都是移民。他们都有自己的祖国和故乡。山姆大叔说："我的故乡在南非，那里有我年迈的父母，还有我的兄弟姐妹。"他这么一说，大家都各自说出了自己的祖国和故乡。许冬子也一把眼泪一把鼻涕地讲了他如何从广东来到美国打黑工的辛酸史。这次聚会的主题就变成了"思乡"，每个人都演奏了一首"思乡曲"。唉，强巴就是有这样的领导能力，做队长确实是合适人选。

四

那天晚上散会时，强巴说他送我回去，但我没理他，只管自己先走了。我正生他的气呢！他有许多谜团让我不得其解，心生怀疑。他说他感冒了，可他怎么陪养母爱丽丝去星巴克了呢？他说他不来参加活动了，怎么又突然来了呢？谁知道他葫芦里卖的什么药。

记得刚开始与强巴交朋友时，我说过我不会伤筋动骨的。只是人非草木，在我和他之间横亘着他的养母爱丽丝，换谁都会不舒服吧！如果我继续和他交往下去，那么不高兴的肯定是我。渐渐地，我就会堕落成一个被情感纠缠，在一堆乱麻中，理还乱的小女人。然而，我不喜欢做小女人，我该怎么办？

转眼就到了圣诞节，我趁着圣诞和寒假的日子，在网上买了一张机票，飞往阔别已久的故乡上海。登机后，我在飞机餐桌的小搁板上，给强巴写了一封提出分手和辞去乐队副队长职务的长信。飞机上，我买了网，将信从头到尾读两遍后，果断地发给了他的 E-mail 邮箱。仿佛快刀斩乱麻，我要回到我自己的世界。我的世界，不想被别人侵害。

那年我 28 岁了，我的父母为我的终身大事操碎了心。他们瞒着我，每周六拿着我的照片去杭州万松岭相亲。我一回到家，母亲就拿出一沓男性照片，给我一个个介绍说："这个今年 35 岁，现在纽约，工程师。他父母是我们上海人。你看看，形象和条件都还不错吧！"我没有吭声，母亲继续介绍道："这个呢，就在旧金山，离你不远，是个牙医，应该很有钱；但他是离婚的，还拖着两个孩子。"这时我心里已经很恼火了，但我刚回来，多年不见，不能一回来就冲着父母发脾气。

我忍着。

"还有这个是清华大学副教授，曾经是耶鲁大学博士后，38 岁，比你大十岁，看上去蛮厚道的。我觉得这个不错，对方对你也有意思，就等你回来见面了。"母亲说。

我终于忍不住对母亲说："你喜欢你去吧！"说着，我冲了出去，回到了自己的卧室。蒙上被子，我的眼泪就"哗哗"地流淌下来了。当然，我的眼泪并非因为母亲给我相亲，而是强巴接到我的邮件居然回信说："好吧！分手就分手。”他怎么这样冷血呢？他怎么不问问我为什么提出分手？

事到如今，我只能彻底把他从我心里驱逐出去了。

母亲自然是不知道我的烦恼，虽然“可怜天下父母心”，但长久不在一起生活，又在两个国度里，代沟的确越来越大。虽然我在上海尽量多陪陪他们，还买好机票陪他们去北京、哈尔滨旅游，但我人在，心不在。本来千思万想的故乡，没想到回来却有那么多的烦恼。

除了相亲这桩事，每天父母总是把我的时间安排得满满的。家族里的七大姑八大姨，让我必须一一拜访；除了活人，父母还要求我去拜访死者。他们说：“爷爷奶奶的墓地，外公外婆的墓地，再加上意外病死的你表姐的墓地，都应该去祭奠。”我的天，仿佛我是家族里的重要人物，我若不去，他们就说我不孝，没良心。我就这样忙忙碌碌地花完了圣诞节和寒假的日子，最后很想去汾阳路看看童年的老屋都没时间了。

在新学期开学前，我回到了旧金山湾区。

回来的第一件事，找房子搬家。我搬家的目的，就是要让强巴不知道我住在哪里。我不想再见到他，更不想见到他那个妖精养母爱丽丝。我一气之下，就搬到斯坦福大学附近来了。虽然这里属于硅谷，房价贵，但环境好，也比较安全。我租住的新公寓叫斯坦福公寓，一部分住着硅谷工程师，另一部分住着斯坦福大学的老师或博士生。当然也有其他职业的，我的隔壁邻居就是个财务会计。

那天我一个人出门到附近去逛逛，离我们公寓不远处竟然有一条河，这让我十分欣喜。因为我从小生长在上海，喜欢生活在有水的地方。水，能给人以滋养，给人以灵秀。我正沿着河边胡思乱想时，有人喊我：“凯丽，凯丽……”我回过头去，竟然是爱好萨克斯管的作家彼得先生。

“你怎么在这里？”我脱口而出。

“我就住在斯坦福公寓。”作家彼得说。

“这么巧，我才搬来斯坦福公寓。”

“无巧不成书嘛！”

我只和作家彼得见过一面，一下子找不到合适的话题，有些拘谨，倒是他比较健谈。也许是作家的缘故吧！他东拉西扯，就谈到上次在山姆大叔家见面的场景了。他说我的小提琴拉得真好，我也不谦虚地回答他：“那当然，我小时候跟上海音乐学院的老师学的。”他竖起大拇指，然后说：“我只是个萨克斯管的爱好者，我吹得很差。在写作累了的时候，玩几下的，强巴才吹得好呢！”他一谈起强巴，我就不作声了。停顿了一会儿，他问我住在几零几。

“斯坦福公寓的后楼 104。”我说。

“我在前楼游泳池旁的楼上 206。”

“噢，我知道那地方。这么冷的天，还经常有人游泳。”

我们就这样一问一答地聊着天，不知不觉我们已回到了斯坦福公寓的大门口。告别时，他忽然说能不能留个手机号给他，这样方便联系。我心里想，在一个陌生的住处遇上他，这不是缘分是什么呢。

我告诉他我的手机号码，他和我的联系就多了起来。我这才知道他是斯坦福大学的文科博士生，平时喜欢写小说，也喜欢吹萨克斯管，还喜欢游泳和打橄榄球。他比我小两岁，我想我们不可能成为恋爱中的朋友。但离开一段感情并不那么容易，有时候的确需要有替代的感情，才能彻底走出从前的阴影。我后来那么快从强巴的感情里走出来，完全是因为有了邻居作家彼得这样一位不同寻常的朋友。

五

我离开强巴后，乐队就散伙了。但我有时会接到山姆大叔的邀请，去他家里与乐迷们团聚。在那里我总会见到许冬子、托尼先生、李莉，还有作家彼得等，唯独没有见到过强巴。听他们说强巴有了新的女朋友，又听他们说强巴带着他的新任女朋友离家出走了。然而山姆大叔却说强巴还是原来的样子，根本不可能离开他的养母爱丽丝。他还等着她的遗产呢！大家七嘴八舌，议论纷纷。我什么也没说，他们见我不吭声，就换了话题。

后来因为我的助教年份到了，可以申请副教授职位，每天忙着填写各种表格，写升职报告，再加上修改论文，我就没时间参加山姆大叔那里的活动了。久而久之，我那把小提琴在贮藏室里歇业已久。某天，我因修改论文弄得头昏脑涨，去河边散步时遇见了邻居作家彼得。他正对着河面吹萨克斯管，那悠扬的乐声如泣如诉，一下抓住了我的心。我停下来仔细倾听，那是一首《爱上你等于爱上寂寞》的曲子。我听着听着，仿佛置身在情景中，那情、那爱和那寂寞，真是别有一番风味。

作家彼得一曲末了，转过头看见了我。他笑着说："我只是玩玩的，不能和强巴比，他吹得才好呢！"我没接他的话题，看见他的蓝眼睛，忽然像老友重逢那样，有种特别的亲切感。说真的，虽然是邻居，但平时各忙各的，根本碰不到面。然而这次碰面，他忽然邀请我一起吃晚餐，我点点头。他说他半小时后，在车库 162 号这里等我。

我回家换了一身黑裙，化了淡妆，耳后根抹了香水，戴着一串珍珠项链，肩上挎着一只香奈儿包包，心情愉快地来到车库赴约了。我还没有走到 162 号，作家彼得就从车窗里伸出手来朝我挥手，我也朝他挥挥手。

上了车，作家彼得说："我们去山景城吧！那里有家西班牙人开的餐馆，据说海鲜饭好吃极了，咱们今天就去尝尝。"我说："好吧！你请客，还是 AA 制？"作家彼得说："我请客，你付钱。因为我是穷学生嘛！"我说："好吧，好吧！我付钱，你请客，这主意不错。以后我也来写篇小说，你帮我推荐到《纽约客》怎么样？"

"哈哈哈，这是什么交易？"作家彼得说，"你也喜欢文学？"我说："我和你一样，读的也是文科，只不过没有你的创作天分。不过我喜欢阅读，特别喜欢读小说，也希望能够读到你的小说。"

“没问题，回去我给你一本我的长篇小说《迷宫》。”作家彼得说。

“哇，都出版长篇小说了，不简单哪！”

我们就这样你一句我一句地对着话，彼此都感到很轻松。想想也是的，因为不是恋人，就没有太多的讲究和计较。到了山景城，作家彼得想去的那家西班牙餐馆因为装修停业，我就选了西班牙餐馆旁边的那家法国人开的餐馆。法国餐馆精致的装修，看上去优雅又有品位。我们在里面靠墙的座位上坐了下来，昏黄的灯光中飘荡着酒香和玫瑰香味。服务员递上来菜单，作家彼得点了两块鸡脯，加上牡蛎浓汤，再来一瓶百威啤酒；我点的是水煮龙虾和一瓶可乐。点完菜，我们又海阔天空地聊着。菜上来了，我小心翼翼地拿起龙虾，用钳子压碎了虾壳，抹着醋吃；作家彼得呼噜噜地喝着牡蛎浓汤。吃饱喝足，待付款时，作家彼得抢着结账了。

自这一次后，我们就经常相约出来吃饭，有时候还一起逛书店，到了圣诞节就一起过节日，后来还一起出去旅游。不知不觉，我们就这样度过了两年时光。忽然有一天，他说：“你很适合《爱上你等于爱上寂寞》那首曲子，我爱你，我们结婚吧？”

作家彼得的求婚，让我深感意外，但又似乎在情理之中。我毫不犹豫地答应了他，他高兴得把我高高地举起来荡圈。到底是打橄榄球的，力大无比。我们就这样选择了结婚日期，预订了斯坦福大学的教堂，邀了亲朋好友，还有乐迷朋友们。然而我没告诉远在上海的父母，以及家族里的亲戚。如果被我父母知道我找了个洋人，他们肯定会坚决反对。与其大家不开心，又何必与他们说呢。

我没想到，我们在教堂举办婚礼的那天，强巴来了。我和他四目相对不知说什么好，最后他似笑非笑地对我说：“祝福你！”我说：“谢谢！”然后他一溜烟地挤入人群，我的视线在人群中搜索，可是再没有搜索到他。这时候作家彼得对我说：“你在找谁？我们马上开始了，你快去换礼服吧！”我说：“好吧！好吧！”后来我沉浸在婚礼的各个环节中，就把遇到强巴的事儿忘记了。

婚礼结束后，我仿佛全身每个细胞都荡漾着幸福。我们的新家仍在斯坦福公寓里，只不过我们把原来的单身公寓换成了两室一厅。室内是整套的组合家具，四只白色顶天立地的大书橱在客厅里特别显眼。我把新婚之家的图片，发给了远在上海的父母。虽然他们表示反对，但也无奈，毕竟路远迢迢管不着。母亲最后甩出来一句话："我们不想见到他。"

很长时间我都不敢打电话回去，生怕被我父母骂。然而我母亲来信说："你嫁了老公忘了娘，算我白生白养你了。"面对母亲的信，我真的很无语。但无论怎样，母亲就是母亲。

婚后一周，我们恢复了正常生活。这时候我有了自己的丰田车，两个人一大早各去各的学校。那天黄昏我下班回来，河边聚满了人，出于好奇，我就将车停在路边，下车看热闹去了。原来大家都在看河中间的漂浮物，有人说是棉絮，有人说是尸体，很快有人报了警，但我没等警察来就回家去了。

第二天下午，我在报上看到一则消息，说在某某河的河面浮起了一具男尸，并附有尸体蒙着白布的图片。果真是一具尸体，且就在我家附近的那条河上面，这让我有些恐惧。我把这消息告诉了我丈夫作家彼得，他说："也许是自杀吧！"黄昏时分，我们和往常一样一起去河边散步时，尸体老早被运走了，一切如常，但在我心里却留下了一道阴影。

一周后，我忽然接到山姆大叔的电话："报上刊登的那具男尸你知道吗？是强巴。这周六，我们将为他举办追悼会。"山姆大叔说着就把追悼会的地址告诉了我。我十分惊讶，简直不敢相信。这到底是怎么回事？是谋杀还是自杀？

没人能回答我的问题。后来我和丈夫作家彼得都没有去参加追悼会。如今那么多年过去了，我心里偶尔还会想起那个吹萨克斯管的男人。

2021 年 10 月 1 日写于华盛顿特区

原载于《作品》2021 年第 12 期

一个手工皮夹的旅行

江　岚*

一

下班回到家，班杰明给自己做了一个牛油果火鸡三明治、一碗番茄浓汤，照例打开电视机，边看新闻边吃。

如过去两个月来的每一天，新闻中高频率地重复着“COVID-19 病毒”这个词。今天宣布纽约市出现第一宗确诊病例，患者是一名刚从伊朗返回纽约的女性。报道称，纽约市区里极可能已有超过一万名新冠病毒感染者。

一万名？有这么多吗？班杰明皱了一下眉头。他也刚出差回来，去了法国、意大利，又转往以色列。前天回来，在肯尼迪机场入关，才发现 CDC（美国疾病控制暨预防中心）已增派专人逐一监测入境旅客的体温，搞得过海关的时间比平时长得多。被一个小小病毒搞得草木皆兵，真是烦死了。

专家们都说，六十岁以上的人才比较容易被感染，因此公司里有不少同事认为，新冠病毒的出现是一种物竞天择的现象，供地球生物链自然淘汰老年人口。眼下才确诊了一例，凭什么说纽约“可能”已有一万人感染？数据从哪里来的？搞新闻的人为了博取收视率，总是不遗余力地夸大其词，唯恐天下不乱。

---

*　江岚，文学博士。著有长篇小说《合欢牡丹》，小说集《故事中的女人》。另有学术著作《唐诗西传史论：以唐诗在英美的传播为中心》，任教于圣彼得大学。现居美国纽约。

班杰明不自觉地一撇嘴，三下五除二吃完饭，关掉电视，走进了书房。

作为一个居住在曼哈顿中城的高级白领，班杰明应该算是一个自律得有些过分的男人。自从三年前离了婚，前妻带着女儿远走德国，他的私生活变得更加简单，最大的乐趣就是自己动手，做各种各样的小物件。

书房里，电脑桌对面的小方桌上，归类散放着直尺、圆锥、麻线、针、大小不一的瓶瓶罐罐和各种刀具菱斩，以及一块两尺见方的原色水牛皮。班杰明拿起银笔，开始沿着昨夜固定好的纸样，在牛皮上画线。

这是一块质量相当好，完整的牛背四方皮，没有皱褶，也几乎看不到斑点、疤痕或蚊虫叮咬的痕迹。肉面层经过他连续数天的打磨，皮面层上了牛角油、貂油，这块皮子的每一个部分都显得更完美。

他打算亲手给胡新玥做一个小皮夹。

算起来，他们两人之间的冷战已经持续十多天了。这十多天里，尽管他耳边总有一个声音为自己辩护，但也一直有另一个声音对所有的辩护词反唇相讥。出差的一路上马不停蹄，穿过不同时区线，很难对上合适的时间给她打电话。发短信呢，文字一没语气二没表情，更不知道该怎么措辞。此刻，如果他马上起身出门，过三个街口到 57 街地铁站，乘上地铁，顶多过 40 分钟就可以出现在她家门口。

问题是他缺乏起身出门的勇气。其实他要说的话也很简单：对不起，那天是我太过分，请你原谅。或者，请你再给我一次机会……可他是个男人，他说不出口。犹豫来犹豫去，恶性循环，感觉胡新玥与他的心理距离日渐疏远。班杰明有时也恨恨地想：他那天不过就是说错了一句话，她至于这么计较，这么绝情吗？

——可是，他那句话的确刻薄，直戳她心底最痛的伤处，也难怪她伤心吧。唉！班杰明换上切刀，小心翼翼地按着皮革面上留下银色线条的内侧，仔细切割。在数学上，线是没有面积的。但在现实世界里，你用不同的笔画出一条线，必定会产生不同的宽度。皮革上的切割若把握不好，即便只是失之毫厘，也会导致后面的步骤无法顺利进行。如同爱情，本来只不过是一种感觉，不存在严密的逻辑。而它一旦发生，却会自行携带一股霸道的力度，挟持你，逼迫你，让你丧失自我，甚至——丧失理智。

作为一个四十几岁的离婚男人，他并非从未见识过女人。可见识过女人，并且和某个女人结了婚生了孩子，又离了婚，也不等于见识过真正的“爱情”。女人有很多种，有的只懂得向你索要名车大屋、名包名表和“爱情”，比如他的前妻；有的则愿意与你分担房贷、房产税和水电费，一起营建“爱情”，比如胡新玥。

他不能失去她，必须赶紧做好这个皮夹。做好了，他才能有一个合适的借口去见她，用一份看得见、摸得着的诚意，去向她道歉，去求她原谅。

接下来的两三天，班杰明下班回到家连电视新闻也顾不上看，直接奔进书房埋头赶工。星期四晚上有点儿例外，因为一个新加坡客户的机器出了问题，国际航班全部停飞，他无法亲自到现场，只得通过电脑连线，用视频指导当地技术人员进行修理。等问题解决，班杰明起身离开电脑，猛的一下觉得头晕眼花，两边太阳穴隐隐作痛。他闭上眼睛稍微休息了十几分钟，才到小方桌前坐下，从剪裁成形、大小不一的皮子里拿起一块，一点点修边。

细条的皮边很软，不容易控制，必须一小段一小段慢慢打磨。不论心里多着急，手都不能乱，每一道工序必须严格到位，慢工才能出细活儿。他是公司里的高级技师，为客户保养维修精密仪器，这是他的职业习惯。他来来回回重复着单调的、机械的动作，耳边响起胡新玥的声音——

……无声是沉默，不是全，/ 修炼出我 / 心扉最底层那一颗莲子。/ 凝日月辉光，结天地精华。/ 用宇宙深处潜藏的秘密，/ 要开一次 / 任何人不能妄自修改的幸福……

那是一年多前，在法拉盛图书馆举办美东华诗会的现场，她穿着一件藕荷色素软缎绲银灰边的对襟唐装，配深灰色的长裙，站在台前朗声念道。藕荷色是一种相当挑剔的颜色，不冷不暖，穿不好容易显得颓败老旧，在她身上却衬托出了稳重斯文。她的英文发音不是很准，诗句里直面坎坷命运的不屈不挠，对幸福的执着盼望，与她身上那一团抒情的藕荷色糅合在一起，形成一份难以描述的、东方女人的柔韧魅力。

班杰明在舞台左侧为诗人们配放背景音乐，被这份柔韧激起了心中滔天的波澜。

他的曾外祖父是移民到哥伦比亚的广东台山人，班杰明虽然不大会讲汉语，但血液里的华人基因却让他对中华文化充满了天然的眷恋。他经常去参加纽约市内的各种中华文化活动，也喜欢和真正的华人移民交朋友。

胡新玥那首题为《莲子》的诗歌，夺得了诗会的第三名，他们随后开始交往。胡新玥在国内是专业的建筑设计师，因为生了一个智障儿子被前夫一家唾弃，她独自带着孩子移民到美国。顺利通过房地产经纪人的资格考试之后，胡新玥很快成为业内翘楚，母子二人的生活不算富裕，基本保障是有的。

论长相，新玥算不上多标致。但她勤劳、懂事、善解人意，整个人充满了属于中国南方的，温润而诗意的灵气。离婚也这么多年了，他并不想孤独地老死。胡新玥的出现，像冬夜壁炉里的火光，闪耀了他的视线，也温暖了他的躯体。这就是东方人所讲究的，神秘的“缘分”了，他在乎这个女人，真心想要和她一起共度余生，所以那天读到她发出来的那条微信朋友圈信息，才会勃然大怒。

信息的内容是中文：“夜走了，天亮了。万里无云，今天是个飞行的好天气。天空和钟声一同醒来了，樱花必将在温暖的春风中重新飞扬。武汉哪，我们在等你！”配着一张图片，中国国际航空公司的班机正昂首飞上蓝天。

那天是 2020 年 2 月 22 号，所有数字都成双的日子。他当时在哈德逊河边的一家巴西餐馆里，等新玥过来吃晚饭，有些无所事事。顺手复制了这段文字，粘贴上手机里的翻译软件，看懂了大概意思。等到新玥出现在面前，他已经被妒火烧得脸色铁青，指着手机屏幕质问：“你这是什么意思？！”

胡新玥低头定睛一看，笑着回答："哦，武汉的情况太令人揪心了。我们协会在帮忙购买口罩和防护服呢，希望能尽快送到。"

他尽量压低声音，却抑制不了那声音里的凌厉。"你发中文，以为我就看不懂吗？你明明是冲着在武汉的那个人去的！"

胡新玥愕然，瞪大了眼睛："你怎么会这样想？！我们早就跟他没联系了，你又不是不知道！这段话本来是……"

"不要找借口！"他挥手打断她，"人家老早不要你们了，你到现在还不死心？！"

胡新玥的脸色陡然一变："你还讲不讲道理？！"

"是！我算什么？我哪有你那前夫懂道理？！"他从鼻子里冷哼一声，"他就是最懂得讲道理，才不要你和你儿子！"

胡新玥的脊背如同猛然遭受重击，浑身立刻挺得笔直。她没有再解释，只是紧咬牙关，安静而冰冷地看了他一眼，转过身，走了。

班杰明满肚子的邪火却只持续了一夜。

23日一早醒来，他自己的手机里，满屏是大家争相转发的一段小视频。比利时钢琴家尚·马龙自弹自唱，他本人创作的国际公益曲《编钟之声》（*Chime of the Dawn Bells*）。评论区有很多热心人贴出了歌词全文，德文、法文、中文、西班牙文等各种版本都有。歌曲的间奏中，尚·马龙插入了一段汉语独白："夜走了，天亮了。天空和钟声一同醒来了，樱花在温暖的春风中飞扬。武汉哪，我们在等你！"

新玥只不过是比他早一天看到了这个小视频而已。班杰明意识到自己的愚蠢，倒吸了一口凉气。他不是蓄着汗毛当胡须的毛头小伙子了，怎么还会那么冲动那么口不择言？嫉妒真是魔鬼啊，他重重倒回枕头上，用被子死死蒙住了脑袋。

又连续熬了三个夜晚，经过反反复复地黏结、压孔、打洞、缝合、打磨、抛光上蜡，一个对折八卡位的皮夹终于完工。皮夹外层的正面，班杰明另外裁了一条双半弧外框，细心地压住一小片颜色比较深的蟒蛇皮；外层的背面，烙上了胡新玥姓名缩写的三个花体字母："H.X.Y."。

明天，明天就可以去找她了，深夜的灯下，班杰明端详着崭新的皮夹。他要告诉她，原色小牛皮特别结实，使用的时间越长，皮革的颜色会变得越成熟、越光滑、越美好。如同爱情，他和她的爱情。

满意地松出一口长气，喉咙突然一阵刺痛，剧烈咳嗽起来，班杰明随即感到一阵浓重的倦意。得好好睡一觉了，必须养足精神，他对自己说。

第二天，三月的第一个星期六，天气晴朗。班杰明提着一个深蓝色结银色缎带的礼品袋，乘电梯下来。公寓楼前厅高挂的几个大电子屏幕上，全是《全美实时新冠疫情分布图》，画外音在添加细节："截至 3 月 7 日，周六早上，全美总确诊人数已达 312 人（不包括加州海岸的一艘游轮上的 21 人），17 人死亡……"

西雅图是重灾区，那边的民众也最为恐慌。纽约市还是很安全的，班杰明心里想着，推开公寓楼的大门，朝着地铁站的方向大踏步走去。

街边花坛里，开满黄的白的洋水仙，紫的粉的风信子，春天的气息清新蓬勃，如他此刻的心情。想到最近二十几天来魂不守舍、寝食难安的状态即将结束，他脚步轻快，头也没那么痛了。

站在十字路口，等人行横道的信号灯变绿的工夫，班杰明看见了斜对面那家糕饼店。想起新玥的儿子乔治特别喜欢这家店的手工曲奇饼干，眼前浮现出乔治天真的眼睛，目光中永远带着对他单纯的崇拜和依恋。班杰明心头一热。这么久不见了，应该给孩子买一盒，班杰明朝着糕饼店的方向大步迈了出去。

尖厉的刹车声随即响起。一辆半旧的白色中型小货车因紧急刹车猛然横斜到路中央，看不到班杰明高大、瘦削的身形了。被枫树枝丫切割得细细碎碎的初春阳光，洒在曼哈顿的街头，也照耀着一个从车轮边直飞出来的礼品袋，划出一道微不可见的蓝色闪光，滚进街角的花坛之中。

二

同一天，3 月 7 日的黄昏时分，潘尚文在新泽西捷运的站台上，大半张脸掩在浅蓝色口罩后面，半靠着大廊柱等车回曼哈顿。

他好几次伸长了脖子往来车的方向张望，却是徒劳。周末的车次少，等车的时间特别长，潘尚文满心焦躁。

上午，他正趴在家里卫生间的地板上，修补浴缸和马桶之间被水渍浸坏了的木地板，接到了院长的电话，通知他到学校加班。周六要加班，而且还是在春假里，不要说他头一回遇到，只怕全校上下所有人这一辈子都是头一回遇到。

2020 年的这个早春，令人惊悚不安。新冠病毒步步紧逼，哪怕总统和州长们都反复强调没事没事，勤洗手勤消毒就没事，但大学毕竟不同于企业或政府部门。校方对学生的生命安全是负有直接责任的，不得不格外谨慎。

不过，坐在商学院办公室，守着值班秘书的岗位，潘尚文倒也没感觉校园里气氛有多紧张。院长开完这次紧急会议回来，也没带回多少需要他“紧急”协助处理的事项。他此刻的焦躁，只是因为想到家里卫生间那一片霉黑的破地板——更准确地说，是想到了董瑨——待会儿到了家，他少不得又要看董瑨的脸色了。

捷运的轻轨列车终于缓缓进站，潘尚文进到车厢里，找个位子坐下。

周围的朋友们总笑话他怕老婆，生性有几分木讷的潘尚文也分不清自己究竟是“怕”了董瑨呢，还是“服”了她。

用美国人的习惯说法，他们是一对典型的“高中甜心”，曾经的同班同学。高中毕业那年，他去广州上大学。董瑨没考上，也不打算再考，拎着两个行李箱紧跟着他到了广州。两个人过的就是一对小夫妻的小日子，只差一张结婚证。

他们暂时不能登记结婚，不是因为潘尚文还在上大学，而是因为结婚会影响潘尚文父母给他办亲属移民的排期。这一点董瑨早就明白，她可以等，却不情愿每天干坐着等，她要去挣钱。如果金钱长着一双腿，那么董瑨就是一头天生懂得追踪那些脚印的猎犬，最后总能准确捕获大把大把的钞票。

捷运火车抵达纽约曼哈顿33街。潘尚文下了车，在地下通道里左转右转走了十几分钟，换上了纽约市内地铁的C线。

地铁上的乘客照例很多，有几个人和他一样戴着口罩，也没引起特别的关注。昨天下午，纽约市长白思豪（Bill De Blasio）特地亲自示范，不戴口罩坐了一回地铁，意欲给广大市民定神压惊。潘尚文胆子小，觉得戴口罩总比不戴强，他怕生病，更怕死，缺乏纽约民众那种天塌下来有上帝托着的盲目乐观主义精神。

车厢的闭路电视逐条播报今日要闻：某知名主持人讥讽某政客利用新冠病毒制造竞选筹码；纽约市警察局关于某恶性案件的调查有若干新进展；某百万富豪利用手机新App监控女儿新男友行踪……不论这个叫作COVID-19的病毒把其他国家或美国其他城市祸害得有多狠，纽约人都一如既往。他们吊儿郎当的自我，才是全世界乃至于整个宇宙的中心，他们以为什么病毒都奈何不了他们。

无知者无畏啊，潘尚文掩在口罩后面的嘴角微微一撇，到第57街站下了车。走上街面，外面的天色已经擦黑。离家越近，卫生间地板上的那块霉黑就越清晰，潘尚文的心里重新焦躁起来。

董瑨不是悍妇，更不是泼妇。恰恰相反，她很能干，很顾家，又肯吃苦，这么多年下来，他们也算是共过患难的老夫老妻了。

移民签证批下来，他和董瑨双双来到纽约，见到父母，才明白二老蛰居法拉盛华人区的一角，靠维修小家电谋生，连英文都讲不利落。小夫妻俩新一轮的自力更生拉开帷幕，只会念书的潘尚文选了个文秘专业，进大学再读学位；董瑨有了在广州挣出来的那些钱垫底，加上市政府的小企业贷款优惠、新移民落地优惠的资助，盘下了曼哈顿老中国城里的一家美甲店。

二十几年前，美甲店刚开始成为白领女人们的社交场所，随后迅速成为时尚，董瑁在挣钱道路上因此得以保持平稳的加速度。到他们的大女儿要上小学了，董瑁认为她的孩子绝不能被圈养在华人区，便张罗着换房子，一换就换到了这里。

自己家所在的那栋公寓楼进入视线，十七层高楼灯火通明。曼哈顿中城，三室两厅，环境好学区好，邻居素质也好。若不是有董瑁这种天赋异禀的老婆，凭他的那点儿薪水怎么住得起！

十字路口的人行信号灯变成绿色，潘尚文刚要向前迈步，目光被路边花坛里一个特殊的亮点吸引住了。走过去拨开洋水仙和风信子宽窄不一的油肥叶片，只见一朵白色和银色缎带混结成的蝴蝶结。拎起蝴蝶结，带出一个巴掌大小的四方礼盒。

美国人从来不懂得“节俭”二字怎么写，学校里的同事、学生，这里的邻居，都特别浪费。每年这时候的春季大扫除，街边时常见到邻居们把好好的东西扔出来当垃圾处理。包装得这么仔细的礼物，被原封不动地扔了，暴殄天物啊！打开缎带结，礼盒里躺着一个簇新的原色小牛皮夹，面上还有一个双弧线框嵌着蟒蛇皮，很精致秀气。

潘尚文心头灵光一闪，这是老天爷送给他，用来转移董瑁注意力的道具！他不由自主地微微一笑，把皮夹放好，恢复了礼盒的原样。

一进家门，潘尚文摘下口罩，把手中深蓝色礼盒高高扬起，朝屋里夸张地喊：“喂！看我刚才在楼下给你捡到了什么！”

“你这么大声喊什么！”董瑁身上穿着围裙，三两步从厨房转出来。双手还是湿的，伸过来一把取过礼盒扔在客厅的茶几上，自己顺势在沙发上坐下，跷起了二郎腿。一系列动作干净利落，紧接着问他：“你们学校开会说什么了？要停课了吗？”

潘尚文有点悻悻然，在她对面坐下，回答：“没停课。眼下大纽约地区也没听说哪家大学打算停课。”

“就是！我们在纽约都不怕，波士顿的那些人慌什么？！”董瑨皱起了眉头，“女儿打电话回来，说她们学校发了正式通知，这个春假所有学生必须回家，春假过后也不用返校，接下来全上网课了！”

潘尚文愣住了：“全部课程都上网？怎么可能呢？”

“是啊！什么破学校！上网课，我们交那么贵的学费是为了上网课的吗？”

“这个……”潘尚文搔一搔花白的脑袋，想了想，说，“学校真做了这种决定，应该是有了妥善的安排吧。”

“希望是！”董瑨狠狠地一撇嘴，“你明天开车过去，把女儿接回来！”

“哦。”潘尚文点头。又想到明天是自己春假的最后一天，他脱口道：“去波士顿，来回要整整一天，明天没时间修地板了……”

话一出口，潘尚文立刻后悔了，何苦挑起这个话头，主动打开董瑨嘴里那挺机关枪啊！果然，一连串惊叹号的子弹照准他的面门扔过来了：“老早我就说那地板要修要修，你都推三阻四，这几天放假了吧？你成天瞎忙什么？！一个小秘书，又挣不了几个钱，整天倒装得像个大国总理，好像天底下只有你日理万机！”

董瑨正眼也不看他，“呼”地站起身，转进厨房去，依然手不停嘴不停：“等孩子们回来，又多两个人要天天洗澡！眼看着那地板一天天地烂下去，你就不心疼？！不用你挣钱还房贷，动手修补一下还要我求你？！……”

潘尚文只好沉默，努力沉默。拿起遥控器，打开电视机，调大了一点音量。顺手打开被扔在茶几上的礼盒，再次仔细打量那个皮夹，才看见皮夹背面还烙着三个花体字母：“H.X.Y.”。大概是什么名牌吧？新春新气象，能捡到这么精致的一个新钱包，算是个好彩头。说不定学校董事局下一轮开会讨论，加薪人员的名单上就有自己呢！

既然董瑨不稀罕，干脆自己用。潘尚文从裤兜里掏出已经严重磨损的旧皮夹，把里面的东西逐一取出来，放进新皮夹里。电视机屏幕上，纽约州长表情严峻地宣布自即日起，纽约州进入公共卫生紧急状态，他也没太在意。

次日，潘尚文去波士顿接女儿，还在返程的路上，车上的收音机里传出新泽西州也宣布进入公共卫生紧急状况的消息。回到家，学校的通知也进了邮箱，董事局决定自下周起关闭校园，停止课堂面授。各院系必须立即组织全校教授，分期分批接受如何上好网课的培训。

接下来的十几天，潘尚文忙得脚不着地。非常时期，学校各职能部门之间配合联动的琐碎事非常多。添置维护网络教学的设备，退还学生的食宿费，帮助参与海外项目的学生们返回原住地，补助经济特困生……他忙得几乎忘记了家里卫生间的破地板，可另一大块霉黑却从天而降，正正砸在他头顶。

一系列变故，一系列计划外庞大支出，校方的财务压力实在太大，要求全体员工共度时艰。教授们都减薪半年，各院系秘书们被集体停薪留职了。

这天上午，潘尚文专程到学校收拾自己的私人物品，校园已完全关闭。商学院长长的走廊里静悄悄，只有他一个人的脚步声孤零零地回响。提着一袋杂物出来，推开文科教学楼的大玻璃门走上街道，他突然觉得像往常那样向东去捷运车站，直接回曼哈顿没什么意思，一时又不确定该去哪儿，有些茫然。

半晌，潘尚文转向了南边，慢慢踱上通向校园深处的小径。昨夜下了一夜雪，偌大的校园没了人影，没了平时杂乱的脚印，遍地是大片大片雪白的荒寒。学生活动中心和体育馆的外墙上，巨大的电子显示屏变换着纷乱的光与影，更显得凄清。

不用等到沧海变成桑田，只需要一个小小的，无色无相亦无情的病毒，整个世界已天翻地覆，不管这世界上的人愿意还是不愿意。

推开咖啡嘉年华（Cafe Fiesta）餐馆的门，一股热浪混合着墨西哥菜调味料特有的辛辣味儿，随老板娘诧异的招呼扑面而来："是尚文啊，你今天怎么来了？学校不是关闭了吗？天气又不好，您怎么还上班？"

"琼娜好！我回办公室拿点儿东西。"潘尚文举一下手里的袋子，靠窗边坐下。这家小餐馆坐落在市中心商业地段，主要做午餐生意。今天虽不如平时热闹，也还有几桌客人，可见周围不少公司仍在正常上班。

“我看哪，”琼娜扫一眼其他客人，忧心忡忡，“大伙儿早晚都要回家远程上班，我们也得关门……唉！”

“政府刚公布了补贴计划，不会太糟糕的。”潘尚文安慰她。低下头来，心里只觉得无限凄酸。补贴？！琼娜的确可以靠补贴，人们也总要吃饭，小餐馆绝不至于倒闭。可学校呢？学校怎么办？一头是改上网课导致学费大幅度缩水，食堂、书店、体育馆等各处的收入来源枯竭，另一头是出于人道主义考虑、法律要求和社会压力，林林总总的计划外支出猛增，政府的那点儿补贴不过是杯水车薪。

琼娜给潘尚文送上薄饼卷和两样小菜，告诉他：“你记得联合银行那个退休的老比尔吧？他上个月去西雅图给孙女过生日，回来以后就被确诊了COVID-19。”

“是吗？现在情况怎样？”

“他不愿意受罪，不接受插管抢救，孩子们也同意了。老比尔吃了医生开的止痛片，昨天夜里息劳归主。”

“我很抱歉。”潘尚文低下了头。除此之外，他还能说什么呢？学院的老教授、学生们的亲友，还有老校友……最近这段时间里，这一类的噩耗太多了。

琼娜又问：“纽约市内的情况比我们这里严重，你太太和孩子们都还好吧？”

“还好。”潘尚文礼貌地微笑，“谢谢关心。”

董瑠的美甲店还开着，即便停了业，也和琼娜一样可以申请政府补助。少了他这一份收入，他们一家四口绝不会挨冻受饿而死。那他呢？他以后怎么办？做了十几年商学院秘书，他太清楚学校那点儿家底了。即使疫情过后，也很难从这场财政危机中缓过来，他不见得能重返原来的岗位。一个年过半百的男人，到哪里再去找一份像样的新工作？没了工作，他从此靠着董瑠吃软饭到死吗？

不能怪学校，不能怪院长，潘尚文心里的焦躁无处宣泄，更没有解药。他掏出皮夹来付账，一眼看到账单上印着今天的日期 2020 年 3 月 23 日，突然觉得手里这个皮夹长满了刺，有点儿扎手。蟒蛇皮，阴气太重了，他今年所有的霉运都是从捡到这个皮夹的那个晚上开始的。这东西不吉利。

潘尚文站起身来，掏出皮夹里的物件一把塞进外套口袋里，然后披上大衣离开。那个空皮夹和账单、餐费一起放在小黑托盘里，被留在了餐桌上。

三

“外婆！外婆！”丽莎从楼上一阵风似的跑下来，一边叫，“我收到了加州大学戴维斯分校（U.C.Davis）的录取通知书！”

外婆在靠窗边的桌子上收拾客人留下的碗碟，闻声抬起头，餐馆里的客人们已欢呼起来：恭喜恭喜！小丽莎长大了，真了不起！丽莎开心地咯咯笑，外婆也过来拍拍她的肩膀：“第五份录取通知书了，好样的！”

丽莎接过外婆手中的清洁剂和其他东西，说：“我来收拾，外婆去吃午饭吧。”一低头，看见放账单的小黑托盘里，账单和现金上面压着一个小牛皮夹，又问：“这又是哪位客人留下的？”

“大学里的潘先生啊！一定是担心包装成一件礼物太正式，我不肯收，就这样悄悄放在桌上了。”外婆笑着摇头，“他还记得上回你笑话我只顾着省钱，没个像样的东西装钱！”

“哦。”丽莎拿起那个皮夹仔细看。原色小牛皮镶一块蟒蛇皮，四周缝线的每一个针脚都有些微斜度。“像是纯手工制的。”丽莎对外婆说，“这三个字母，‘H.X.Y.’，应该是制作人的标记吧，挺漂亮。”

“这些老主顾都是好心人，给我们加油呢！”外婆说。最近十几天来，不少客人在付账时特地留下额外的东西：整盒整盒的口罩或手套、超过餐费十倍二十倍的小费，甚至有这几天来特别紧俏的商品——整整一箱厕纸，48 卷。

丽莎还来不及回话，一个女客人“呀！”的一声，扬声告诉大家：“全国确诊病例今天超过4万人，过去的24小时之内就增加了1万！州长发布居家令了，得赶紧回公司去！”客人们闻声都站了起来，匆匆和她们祖孙二人结账，互道珍重，相继离开。

丽莎锁上大门，挂好关门歇业的牌子，再返回厨房，见外婆正在喝着一碗黑豆浓汤。丽莎重重叹口气，趴倒在流理台上，一头深棕色的鬈发软软地披下来，遮住了她的半边脸。“如果下学期大学都开网课，上大学还有什么意思？”

“不着急，到秋季开学还有好几个月呢。”外婆拍拍她的后脑勺，安慰道，“等你选定了学校，疫情也应该过去了。我们要开一个大 party（聚会），把家里人都请过来！我们家终于出了个大学生，必须好好庆祝庆祝！”

别人的“一家人”，指的是自己的父母和兄弟姐妹们，丽莎的“一家人”只有外婆和外婆的父母兄弟，没有父母。

半个多世纪以前，外婆的父母混在人群中，跟着“蛇头”越过墨西哥边境，拼命奔向美国。他们从加州到亚利桑那州到内华达州，一路做泥水工、清洁工、下水道工，什么能挣现金就做什么，一路寻找在异邦的安生之地。等他们终于拿到绿卡，在新泽西州安下家，从小跟着他们颠沛流离的外婆已经二十岁，失去了接受正规学校教育的机会。

“U.C.Davis，加州大学戴维斯分校，那是一所好大学！”外婆欣慰的笑容里，实实在在地写满“扬眉吐气”这四个字。

“嗯——我申请那些外州的学校，只是想试一试自己的实力，不会去的。我们州立的大学就足够好了。”

外婆喝完了汤，着手收拾厨房，语气豪迈：“你只管选一个自己喜欢的学校，不用担心学费！”外婆转过脸，打量她一下，又感慨：“两三岁的时候，教你唱儿歌的情景还在眼前呢。要是芬妮看到你今天……”

“外婆！”丽莎跳下椅子，提高声音掐断外婆的话头，“梅根决定去学家庭护理！你能想象吗？梅根那么丢三落四的人，要去学护理！”

"唉，芬妮总是你妈妈。"外婆低着头，自顾自说下去，"都怪我，当年不懂得好好管教她。这些年她一个人在外面，肯定要吃不少苦。"

丽莎固执地想要改变话题："先管管你自己吧！老人家，你很老了，没多少时间了，你打算什么时候和肯特先生结婚？"

"哎呀呀，管起你外婆的闲事来了！"外婆终于被她转移了注意力，肯特先生是她多年的男朋友，"等你大学毕业呗！"

"喂喂！你嫁人，和我上大学有什么关系！"丽莎翻了一个白眼。

"怎么没关系？万一哪天他突然变了心要离婚，分一半财产去，你又还没毕业，我们可怎么办？！"

丽莎从冰箱里拿出一瓶饮料，喝一大口，摇摇头："你也太小心了，肯特先生不是那样的人。"

"不能百分之一百地相信任何男人。"外婆笑笑，继续擦拭水池。她当初辍学到超市里打工，才 16 岁，还不到丽莎现在的年龄。要不是轻信了那个小老板的信誓旦旦，怎么会糊里糊涂地养下芬妮，糊里糊涂地当了娘？！

丽莎不作声了。小心驶得万年船，外婆总这样说，无非因为她自己年轻时吃过男人的亏，翻过船，后来芬妮又吃了同样的亏，又翻了一次船。所以，痛定思痛，外婆不论多么辛苦都咬牙撑着，只要她不重蹈覆辙。而她，却是这两代人连续翻船的结果。丽莎冷不丁脱口问："我生父是谁？"

"你这孩子，又来了！"外婆连头都懒得回。

"我已经这么大了，你告诉我，怕什么？"丽莎穷追不舍，"他叫什么名字？"

"那种男人，你不认识他没什么损失！一辈子和他无来往，才是幸运！"外婆把丽莎手里的空饮料瓶子夺过来，扔掉，"他比你妈妈大一岁，两个人是高中同学。后来有了你，他害怕得要死，根本不认账。你妈妈在学校里也待不下去，某天夜里突然独自离家出走，给我留下了一张纸条，还有两个月大的你。"

"他叫什么名字？"丽莎显然并不打算给外婆再次蒙混过关的机会，紧接着又问，“我知道你前一阵子还见过他。他为什么来找你，为了我吗？”

“你怎么知道？”外婆瞪圆了眼睛。随即推她往厨房外面走。“好了好了！上楼去做你的功课！”

丽莎却顺势搂着外婆的腰，扭股糖一样在她身上蹭：“他为什么来找你？”

外婆站定下来，扳住她的双肩，直视她的大眼睛，语气变得冷硬：“他从强制戒酒中心出来，找我要钱。还威胁说，如果我不给，他就直接去学校找你要。他知道你课余在塔吉特（Target）百货打工，每小时挣 12 块钱现金。”

原来是这么不堪的人。丽莎咬了一下牙关：“结果呢？”

“我们报了警，当勒索案处理。”

丽莎点点头。竟然是这么不堪的一个人。她想想又问：“我长得像他吗？”

“你长得像我！”外婆坚定地回答。沉吟片刻，又语重心长地补充：“你心里的疮疤，除非被人胁迫，自己不要去主动揭开。”

“我没事，外婆。”丽莎把长发甩到脑后，动作潇洒。“哦，对了！”她进自己房间拿了一个深棕色硬礼盒出来，“给！用上个月工资买的。我也不想再看着你只顾省钱，却没个像样的东西装钱！”

盒子里，是一个名牌的长方形牛皮夹，12 卡位，两个现金层，外面还有带拉链的零钱包。外婆的脸色和缓下来，亲亲她的脸颊：“谢谢！这一下有两个像样的东西装钱了！我得挣多少才够装啊？”

阳光从楼梯顶上的天窗斜射下来，外婆眼角额前细细的皱纹格外清晰。外婆还不到五十岁呢，这些皱纹是她——加上她母亲芬妮——伙同岁月刻到外婆脸上去的，丽莎有些心酸。生活的重担，此后应该轮到年轻力壮的她来挑了。丽莎一把抢过潘尚文留下的那一个皮夹，咯咯笑：“这个归我来装呗！我也挣钱了啊！”

回到房间掩上门，丽莎仰躺在床上，愣愣地翻看着手中的皮夹。钱，是一个人生命里很重要的东西，她知道，从一懂事就知道……她母亲，芬妮，此刻在哪里？无论在哪里，也必然要挣钱的。她会遇上一个懂得心疼她的男人吗？

像外婆终于遇见了肯特先生？……看起来这皮夹可以装不少钱……她的生父，那男人是个酒鬼，还想敲诈外婆……不不，她没有悲痛欲绝，不至于……

书桌上的电脑“哔哔”响起提醒音，进入“世界文学史”网上课堂的时间到了，丽莎一翻身坐起来，顺手把小皮夹放进桌上的帆布小背包。

为了节省未来的大学学费，丽莎这学期选了四门大学先修课，眼看快要全州统考了，功课很重。到星期五晚上，总算把该交的作业都交了，丽莎一头倒下去，睡到次日中午，被同学梅根的电话吵醒。

梅根告诉她，学校为他们这一届遭遇“非常情况”的高中毕业生安排了一系列“非常”庆祝活动，今天下午是第一场，发放毕业袍、荣誉绶带和老师们送的礼物。毕业生需要开车去学校停车场领取，要求全过程不得停车，一辆车里顶多坐两个人，都必须戴口罩。

丽莎赶紧爬起来，简单梳洗一下，抓起桌上的帆布背包跑出门。梅根的白色小丰田车已经等在街边，她散着一头金发从驾驶座上探出头来哀叹：“哎呀！天天上网课，一个多礼拜见不到同学和朋友，我浑身都要长霉了！”

“才刚开始，还不知道要熬多久呢，你就长霉了？”丽莎给了她一个白眼，“昨天晚上还见你和他们网聊到半夜！‘世界文学史’的作业写完了？”

“写个鬼！要读那么多本什么鬼名著，老师太狠心了！”梅根哭丧着细白瓷器一般粉嫩的脸，“要不，这回还是你帮我？三十五块，怎样？”

“不干！”丽莎坚决地摇头。

“那……四十五块？”

“不干！不干！我不干！”丽莎叫起来，更加用力摇头，大颗大颗的泪珠顺着她的脸颊滚落下来。

“这是怎么了？”梅根吓了一跳，腾出右手来握住丽莎的手臂。

丽莎拼命咬住下嘴唇，抽出梅根的掌握，双手掩住脸，压抑地呜咽。

梅根叹口气，转过头去正视前方，默默开车。不一会儿到了盖尔顿（Carlton）公园的停车场，熄了火，她才侧过身，轻轻抚拍着丽莎抽动的双肩：“出什么事儿了？”

丽莎终于抬起湿漉漉的睫毛：“我问过外婆了。那人上次来找她，是要钱！只是要钱！”

唉，17年前被遗弃过一次，如今感觉再次被遗弃，不论自己多么努力，都只是一个弃儿。心里的疮疤永不能痊愈，扩散成自卑的痼疾，持续发炎。然而——梅根一把推开她，冷笑：“有什么好哭的！哦，他发达了，腰缠万贯了，挖地三尺找到你，紧紧搂住你哀求宽恕？允诺给你补偿？你看多了那些狗血剧情，中毒了吧！”

新的眼泪又涌出来，丽莎那一双眼窝深陷的棕色大眼睛，盈满水汪汪的哀伤。

梅根的语气仍然毫不留情：“我们高中里那些‘甜心’，滚沙发滚床单滚汽车后座的有多少？全是青春荷尔蒙催的，你又不是没见过！你以为你自己是多么伟大的爱情结晶啊？！”

丽莎倒被她挤对得破涕为笑了。

“不管是谁把你带到这个世界上，生命总是你自己的，走稳自己的路就得了！外婆和肯特先生都那么爱你，还不够？你看看我！”梅根指一指自己的鼻子，“我倒是有爹妈，亲生的爹妈！又怎么样？！”

梅根是家里的老大，下面还有两个弟弟。她父母偏心得厉害，而且从不掩饰。做饭、洗衣服、清洁打扫等一应家务，平时都压在梅根一个人身上。这还不算，她的弟弟们从小学跆拳道、击剑再加花样滑冰，梅根却没机会上任何才艺班。要不是她凭着一把好嗓子进了高中合唱团，还当上了主唱，现在恐怕很难申请到稍微好一点儿的大学。

“倒也是。说起来，你还真不如我。”丽莎自嘲地吸吸鼻子，低下头，从帆布背包里翻出纸巾、胭脂、粉盒和睫毛膏，开始补妆。镶嵌着蟒蛇皮的小皮夹被带了出来，滚落到座位底下，她也没看见。

“嘿嘿，每一道乌云都镶着银边，我有钱啊！我那亲爹说了，世界上有一大半的事情可以用钱解决，剩下的那一小半，用更多的钱去解决！”梅根满不在乎地哈哈笑，显出意大利血统中天生的乐观来了，“回到主题。‘世界文学史’的作业，你帮我搞掂，四十五块！”

丽莎拍了一下她的手：“先看看你这辆车吧！这副样子开到学校去，你不嫌丢人啊！”

梅根回头检视自己的小车，搔搔脑袋：“的确太乱了，是得先弄干净！”

前面街口有加油站，梅根开进去，停在投币式的车用大吸尘器旁边。两个少女跳下车来，丽莎负责清理车内的杂物，梅根拉扯着和她的小腿一般粗细的收缩吸尘管，仔仔细细扫过车内各个角落。

滚落到副驾驶座底下的小皮夹，被“呼噜”一下吸起，沿管道滚进了硕大的吸尘器肚子里。

四

加油站里，萝卜手拿一个干净的大垃圾袋，走出附设的小卖店。

时间进入五月初，气温一下子升高，空气里满是梨花、樱花飘散的芬芳。一个多月以来，人人居家避疫，路上往来的车辆少得可怜。加油站的生意虽然冷清，却必须照常营业，所以萝卜还是每天从曼哈顿的家里过来上班。

打开车用大吸尘器后面的盖子，萝卜一把拉出里面的透明垃圾袋，把新的换上去。拉出来的这一个垃圾袋里装满浮灰、沙子和碎石，照例混杂着好几枚硬币和各种小物件，居然还有一个小牛皮夹。萝卜把这些一一取出来擦洗干净，拿去给老板看。

“硬币你自己收着。”老板说。他大半个身子隐在收银机后面，隔着新装的大玻璃隔板，伸出手来，拎起了那个皮夹，打量了两眼。“嗯？空的？不过倒是真皮，看起来还很新。”

“嗯嗯！我觉得挺漂亮！”萝卜用力点头，笑嘻嘻的。

这孩子智力有限，却单纯可爱，为小小的事情可以真心高兴好半天。“乔治啊！”老板叫着萝卜的英文名字，把皮夹交还给他，“这皮夹是女人用的，看你妈妈是不是想留下。你也该下班了，你妈妈的车开过来了呢。”

萝卜答应着，伸头看向加油站的入口，果然，自己家的车子缓缓开过来了。萝卜和老板道了晚安，上车坐到妈妈旁边，摘下了口罩：“妈妈辛苦了！”

“我家萝卜辛苦了！”他母亲，胡新玥侧过头来，冲他微笑，“妈妈这一阵子都在家上班，开车不会累的。”

萝卜担心地问：“我们家会不会有麻烦？有同学说，他们的爸爸妈妈都没了工作，下学期可能付不起学费了。”

“我们家还好，萝卜不用担心。你的同学们也不会有事。”新玥柔声安抚他。萝卜上的是特殊教育学校。即便父母无力支付学费，孩子也不会被迫停学。纽约州的特殊教育体系完善，政府财政投入丰厚，在全美首屈一指，这是她当初带着萝卜选择定居纽约的直接原因。

萝卜应了一声，放下心来，头靠上椅背，几乎立刻就睡着了。胡新玥双手把着方向盘，侧过头看一眼萝卜睡着的脸，这孩子的五官越长越像彭骏了。

彭骏。当年她大学毕业以后，执意不肯回家乡，要去武汉，只因为彭骏是武汉人。那个时候的她，为那个男人上天入地都不在话下，怕什么父母家人反对？怕什么背井离乡？刚嫁给彭骏那几年，她也曾真的幸福过……谁知道所有的平静安稳会被一张诊断书彻底掀翻。白纸黑字，那张诊断书上写的是：萝卜的智商不到同龄人的一半。

萝卜当时刚满两岁。没人能云淡风轻地接受这个诊断，长辈们不能，彭骏不能，她也不能。可随着一次次寻医复诊，随着萝卜渐渐长大，这个诊断成为他们无法否认的事实。问题是，当彭家的人无可奈何地承认了这个事实之后，死活坚持要让萝卜和其他的孩子一起同步上学，新玥却相信只有接受专门的特殊教育，这孩子才能真正身心健康地成长。

他们都没有办法说服对方，彼此之间的分歧迅速演变成无休止的争吵。等到成天借口工作忙，在外面借酒浇愁的彭骏某天回到家，醉醺醺地指控她“基因有问题”才生出一个智障儿的时候，新玥终于明白，这一座婚姻的围城已不是她此生的港湾，不可能为她和小萝卜遮风挡雨了。

车子减速驶进公寓楼下的停车场，萝卜懵懵懂懂地醒了：“妈妈，我刚才梦见了班叔叔。”

“哦？”新玥的心跳猛地漏掉一拍。

“我梦见他从很远的地方走过来，问我想不想吃曲奇饼干。班叔叔好久没来看我了。他最近很忙吗？还是……和妈妈吵架了？”

“呃……他出差去了。要跑好几个国家呢，要有一阵子才能回来。”新玥说着，很匆忙地问，“萝卜今天晚餐想吃什么？”

班杰明去出差是真的，她并不知道他是否已经回到纽约，也是真的。而她和他已经两个多月没联系，还是真的。最后这一点“真的”，新玥并不想让孩子知道。

过去一年多的时间里，自小缺乏父爱的萝卜对班杰明产生了一种强烈的依赖，她很清楚。班杰明对萝卜的关心和爱护，也并不仅仅是简单的“爱屋及乌”，她也清楚。班杰明曾经不止一次说过：“萝卜的身体很健康，将来完全可以生活自理，你不用担心。命运给予我们每个人的每一样东西都有附加条件。萝卜失去了一部分智商，会得到更多的福气！”

这样的班杰明，和以萝卜为耻的彭骏形成了鲜明的对比。所以，她想不到这样的班杰明怎么会突然说出那么尖刻的话：“你那前夫讲道理，才不要你和你儿子！”

那天的日期很特殊，全是双数，2020年2月22号。

一大早，她和几个朋友租了一辆大货车，将他们募集到的又一批抗疫物资送往肯尼迪机场的国航货运仓库。途中，有人用手机播放起钢琴家尚·马龙的新作——《编钟之声》。旋律温馨优美，歌词中糅入黄鹤楼、编钟等湖北元素，间奏中尚·马龙的汉语独白尤其深情动人。她感动之余，发了一条微信朋友圈，没想到被班杰明误解成那样。

萝卜洗过澡换了衣服，走进厨房来，新玥示意他把流理台上的饭菜端进餐厅："今天我们简单一点儿，待会儿妈妈还要参加一个视频会议。"

萝卜就着桌上的豆豉排骨和清炒空心菜，吃了几口饭，又有点儿走神："班叔叔总说，妈妈做的豆豉排骨最好吃，比餐馆的好吃。"

新玥面对着儿子那双清澈无邪的眼睛，一时语塞。

"妈妈，你能不能不生他的气了？班叔叔真的很喜欢你。他也很喜欢我，但他喜欢我就是喜欢我，他喜欢你也怕你，两种喜欢不一样。"

"嗯？"新玥用力咽下嘴里的一口汤，"他怕我？怕我什么呢？"

"哎呀！"萝卜恨铁不成钢，"怕你生气不理他，怕你带着我回国去呗！"

害怕失去，只是因为太在乎吧。班杰明把彭骏当成了假想敌，口不择言，其实就是吃醋，新玥也不是不明白。心里虽然有气，但也没真的打算从此与他井水不犯河水啊！问题是自那天以后，他又没有主动联系过她！ 他是男人呢！而且是犯了错的一方！

见她不吭声，萝卜又说："以前班叔叔也经常去出差，可他会打电话的。这次去了这么久都没电话，肯定是和妈妈吵架了。"

一个孩子八九岁的智商，清澈明净如山间溪水，这么直截了当。新玥竟有些扭捏起来："又不是我的错！他都不打电话，我难道还要去求他？"

"你也可以打电话啊！班叔叔做错了，妈妈可以叫他改正啊！"

"去去去！"新玥轻推了儿子一下，"大人的事，你一个小孩子掺和什么！"

"我就是要管！你是我最爱的妈妈，他是我最爱的叔叔，你们不能吵架！"低智商的孩子，往往性格特别固执倔强，萝卜气鼓鼓地提高了嗓门。

新玥有点儿尴尬，低下了头。哪怕是为了这个一根筋的儿子，她也可以联系一下班杰明吧？两个多月下来，怄气也怄得差不多了。不管他出差去了地球的哪个角落，关心一下他的情况，也是人之常情，不算主动求和吧？

萝卜吃完了，懂事地站起来收拾桌上的碗筷。他的实际年龄十七岁，比妈妈高出一个头了，看见新玥头顶发际线一片灰白的颜色，突然又有点儿模糊地后悔，后悔自己不该对她大喊大叫。转念之间，萝卜返回自己房里，拿出小皮夹递给新玥，带着明显讨好的意味："看！今天捡到的！老板说，这是女式皮夹，也许妈妈能用。"

胡新玥接过巴掌大小的皮夹。双层对折原色小牛皮，正面用一个双弧线边框压着一小块蟒蛇皮，大方又不失精致。翻过来，背面烙着三个花体字母"H.X.Y."，竟然是她的姓名缩写！这么巧？

新玥不由得坐进沙发里，仔细翻看这个皮夹。有一些用过的痕迹，但还很新，缝合边沿的每一个针脚都有一点点倾斜，可以肯定不是机器制作，而是纯手工制作，这是班杰明教她的。班杰明虽是个大男人，一双手可灵巧得很，尤其擅长布艺皮艺。这套沙发上的方形靠垫，用棉绳和皮绳交织而成，还有餐厅高椅子上的圆形坐垫配套，都是过去一年多来，班杰明陆陆续续亲手做的。

"哔哔哔！"对面书桌上的电脑提示音响起，公司的虚拟会议室开启了。新玥回过神来，赶紧放下皮夹，起身到电脑前坐下，加入本季度第一场"内部房源交流日"。

云端会议室里，计算机屏幕被分割成了几个不同的区域。"与会者区"挤满一个个大头像，除了发言人，大家自觉静音。"展示区"里，各位房产经纪人轮流播放着照片和视频资料，为同行们讲解自己手头房源的详情，"讨论区"最热闹，发牢骚的、抱怨的、担忧的文字一行行迭现：

——"我感觉自己像是置身于一个魔幻故事场景中。"

——"清醒一点！曼哈顿的房价已经从 2016 年的峰值下跌了约 20%！"

——"虚拟房屋交易，靠谱吗？谁会花几十万上百万在线上买房？"

——"如今想要逃离曼哈顿的人恐怕要比想进来的多得多。巨变当前，各位要早做准备！"

——"请不要危言耸听，自乱阵脚！上个季度的交易量与往年同期相比，并没有显著下滑趋势。”

…………

同行们都很不安很焦虑，新玥也轻松不起来。她起身去餐厅给自己倒了一杯茶，再转过身，屏幕上的展示区里豁然出现了一幅幅她很熟悉的画面：厨房、客厅、餐厅、书房、卧室、卫生间……这套公寓的每一个转角都是她无比熟悉的，熟悉到布满她的指纹！这是班杰明的公寓！

他为什么要卖房子？！

挂牌经纪人的声音在画面外介绍："这套公寓的状态很不错，地点也很好，昨天正式上市，我们的视频是很真实的，我认为修饰太多的视频展示反而会让购房者不放心，所以没有过多剪接……"

新玥一步扑过去，消除电脑静音，顾不得礼貌不礼貌，切进去问："房主因为什么原因要挂牌出售？"

"啊，和我签约的不是房主，是房主的姐姐。"同事的头像出现在屏幕上，神色黯然，"房主上上个月出了车祸，本来没有生命危险。可住院后发现他感染了 COVID-19，而且已经拖延成了重症，抢救无效……"

"哐当"一声，胡新玥手里的茶杯掉在地上，摔成了满地水汪汪的玻璃碎片。

那个皮夹，班杰明生前最后的一件手工作品，静静地躺在她家的沙发上，和他亲手编织出来的那些靠垫放在一起。

原载于《广西文学》2022 年第 4 期

返校日

南　桥*

老赵去学校接儿子的时候，乐队的排练还没有结束。指挥还在操场几人高的台上，乐队在操场上边走边演奏，阵形不断改变。老赵想起了诸葛亮的八阵图和姜维的巧布阵。儿子在吹着黑管，随着步阵走动。红色的队服，肩上还有绶带，胖胖的儿子显得像个小了一号的大帅。排练是预备接下来的老兵纪念日游行，从橡树街绕上一圈，到市议会那边结束。

当初老赵让儿子学黑管还犹豫了一阵，周围的中国小孩一般是学弦乐，小提琴中提琴大提琴，为了谁是首席谁是二席，亚洲小社区暗流涌动。州荣誉乐团名单出来，一小半是赵钱孙李，Kim，或者 Nyugen，白人倒少了。这哪里还是西洋乐队，这就一东方歌舞团了。老赵觉着这么搞也挺俗，而且小孩学出来后，申请大学的时候，招生官看来看去，这些赵钱孙李的小孩，业余不是弹钢琴就是拉小提琴，面目类似，也难以在数万申请中出众，于是让小赵学了黑管。没想到小赵还颇喜欢。乐队小朋友多，平日里训练前后打打闹闹，倒也开心。老赵看了就挺开心，看小孩和美国小孩打成一片，他有了一种融入主流的自豪感。

排练结束了，他和指挥的老师戈尔斯密握了个手。戈尔斯密个子很高，是

---

* 南桥，本名方柏林，教育学博士。著有《过剩时代的学习》《及格主义》，译有长篇小说《喧哗与骚动》《大河湾》《布鲁克林有棵树》。另有小说发表于《江南》《山花》《作品》，现居美国得克萨斯州。

典型得克萨斯人，平日在商场偶尔遇到，总看他戴牛仔帽，蹬牛仔靴，裤腰带的扣子大得像盾牌。他是一土生土长得克萨斯人，祖辈是和墨西哥圣安纳干过仗的。他新来，前任的贾斯汀性骚扰实习老师，被开除了，有没有法办老赵不知道，但是工作这边，学校让这戈尔斯密接上了。

儿子上车之后，大叫饿死了。老赵从口袋里掏出一个史密斯奶奶牌苹果递过去。

“怎么又是这个？”小赵酸得挤眉弄眼。

“吃那么甜的干啥，想早早得糖尿病啊？”老赵听小赵抱怨多次，屡教不改，“说说看，今天学了个啥？”

“Idunno.（我不知道）”小赵的美式英语也不知是什么邪门发音，居然把“I don’t know”三个字变成一个字，从鼻孔里发音。“对了，爸，我星期六能不能去艾米的返校日舞会？”

“哪个艾米？”

“在威奇塔。”

老赵气坏了。“高中跳个舞，你跑那么远干吗？再说了，你上次谈的那个小姑娘呢，那个简？”

“老早就吹了。”

“好好地吹什么吹？”

“爸，你不能逼我啊。”

“我没逼啊，是你妈逼的。”老赵一说，觉得这话不大对劲。不能一有事情就往女人身上推卸责任，难怪《创世纪》里亚当被上帝追问为什么吃智慧树上的苹果之后，他首先就说是那女人让他吃的。那女人说是蛇引诱的。

他跟小赵说别去了。小小年纪谈恋爱，早恋，这本来就不对，何况你还接二连三地换人，这还搞不搞学习了？

小赵的初任女友简，来自白人家庭。父亲是一个退役轰炸机飞行员，退役前多次前往伊拉克、阿富汗执行任务，炸死的人有据可查的就有上百人。老赵觉得这个不大妥当，万一哪天中美交恶，会不会跑我们那边炸起来？如今打仗，双手都不再沾满人民的鲜血，而是遥控指挥，GPS 定位，炸死了上面还谈笑风生，跟打电子游戏没什么两样，很恐怖。

不过老赵有次和这位飞行员一起给乐队做义工，感觉这哥们和别人没什么两样，也就反应机敏些。遇到家长来问问题，老赵不懂，就让他们去找别人问。飞行员自己跑去问，然后就明白了，下一个就会了。飞行员的两眼像兔子一样，机警得很，在乱哄哄的大礼堂里四处瞟，随时发现问题。老赵说，你这还真是战场上出来的啊，对周遭环境的反应就是不一样。老赵和飞行员一见如故，后来互留手机号。对于两个高中学生的恋爱，飞行员似乎一点不在乎。简的妈妈是个大学的行政助理，成天满脸堆笑，人好得很。老赵和赵太交往几次，也就忘了中美日后交恶，退役飞行员重新上阵的可能性，这罗密欧和朱丽叶的事，一下虚无缥缈了起来。

但是小赵交往一段时间后抱怨，和简没了什么共同语言。老赵想起了《手机》里的吕桂花和牛三斤。人家“中”“弄球”这种蹦字的沟通，也持续了一辈子，坎坷之后，还是重新和好。怎么美国小孩，中学生，还没说几句话，手都没牵过，就把关系的事下了结论了？

赵太对简不舍，要小赵恢复和简的关系，但是小赵坚决不从这种超早的青梅竹马。眼看着就十一月，他居然去参加各个中心的返校日活动，找舞伴。上个礼拜，有个女孩从沃斯堡赶过来，约了和小赵去跳舞。

小赵和一行同学，穿着盛装，在市中心的罗吉斯公园见面。老赵开车送他们过去，只见个个姑娘穿得花枝招展。个子最高的那个詹妮弗，穿的居然是一身中国汉服，上面居然还有“床前明月光，疑是地上霜”的字样。老赵过去问是从哪里买的，她说是看了李子柒的视频后，从易趣（eBay）上买的。老赵说，你看这有了易趣和淘宝，还真天涯若比邻。他说可以拍个照片吗？小赵扯了扯他的衣袖，说爸爸别，这太不妥了。老赵说，咦，这咋就不妥了？好歹这也是弘扬中华文化的见证啊。他还就是拍了，女孩也不反对。老赵一转手，发推特上了。

且说那沃斯堡女孩，左等不来，右等不来。老赵说，你瞧你瞧，放你鸽子了。

边上的詹妮弗妈妈说：“你别担心，你家丹尼尔特有女孩缘，我倒是担心起我家那个杰森了。他不参加这种返校日，也不交女朋友，对了丹尼尔，你回头教教杰森。”杰森和丹尼尔·赵是同班同学，性格内向，唯有和男同学在一起玩“我的世界”时活蹦乱跳。

一小时后，沃斯堡女孩联系上了，原来她怕生，不直接来不熟悉的年轻人中拍照，直接去舞场了。老赵于是带着小赵赶到了舞场。

舞场其实在州集会的场地上，名叫“谷仓”，离实际的牛圈也不是很远，糊弄中学生是杠杠的。去的路上车子排成了长龙，在小城市里出现这种堵车，还是稀罕。你看中国小孩这年纪，都沉浸在题海里，迎战高考几百日之类。他们倒好，排队去跳舞。

老赵把小赵送到后，自己就回去了，连沃斯堡女孩长啥样都没看到，纯粹成出租车司机了。不过看有女孩大老远赶过来跟自己小子跳舞，他心里也挺踏实，觉得儿子别的不知道，好歹以后不会找不到老婆。

这回小赵问要不要去威奇塔，老赵又有了一重担心：这小子以后成花花大少怎么办？他于是说：“你有完没完，一学期参加几次返校日，你倒是心思在什么地方？还跑这么远！”

小赵说：“上次简妮儿不也是从沃斯堡跑来的？咱们就算是爱心接力了。”

老赵觉得好笑：“看来你还颇有规律，找女友都找‘简’开头的。我去不了，我买好机票要回国呢。”

两个人一路没话，一直到家。

回到家之后老赵发现自己的推特被人转发爆了，原来他发的照片中穿汉服参加返校日的詹妮弗，引起了不少亚裔青少年的不满，说是文化挪用。过去网上也发生过白人穿旗袍被人播的事，不想这么快就发生在自己身边。

事情最终传到学区，学区负责人员找到老赵。

老赵说：“人们说这是 cultural appropriation，文化挪用，我不觉得挪用啊。这些美国长大的 ABC 们吃错药了。人家主动替咱们宣传汉服，这也是文化的一部分啊，还说挪用。分明是汉服，又不是公款，什么挪用不挪用的，乱弹琴。”

学区负责对外公关的人叫弗莱明，四十五岁上下。时下不是什么特殊时节，老赵也就一普通家长，他竟也西装革履，一丝不苟。他笑着告诉老赵：“分明是左派极端人士，成天在象牙塔里琢磨新词，搞得人成天神经兮兮。不过舆论压力也大，我们也没办法。我看为了事情不闹大，您可以选择将照片删掉。”

老赵说：“莫非取消文化取消到了我头上了？”

弗莱明先生说：“不是不是的，我们总是要选择什么仗值得打，什么仗不值得打，是不是？如果任由其发展，岂不影响您的工作？这年头因为这种敏感性问题，被单位炒鱿鱼的事可是不少啊。”

老赵说：“哈，我自己做个小生意，难道要自己炒自己？”

弗莱明先生说：“这倒也是，不过事关学区学生，我们尽到告知责任。当然了，如果影响被拍照的女孩，被她控告，那可就麻烦了。”

老赵说：“这女孩突然大火了，在抖音上被人关注的量陡增，高兴还来不及。”

弗莱明摇了摇头：“这年头我搞不懂。因为非议被关注了，还高兴成这样。”

老赵说臭名也是名，有流量就有影响甚至有钱赚，他不删。“没事的话，我先走了。”

此事对老赵并无影响，他照开他的电脑店，政府的长袖也舞不到他这小店来。

后来在超市遇到詹妮弗妈妈，老赵问照片的事，她是否介意。詹妮弗妈妈说：“没啥没啥。我觉得那汉服挺好看的。你怎么看？”

老赵说：“我觉得挺好啊。他们说是文化挪用，我不觉得啊。别以为只有这些亚裔青少年代表我们这个社区。”

詹妮弗妈妈说：“什么文化挪用，一群孩子学人家搞沃客（Woke）呗。”

老赵问："啥沃客？"

詹妮弗妈不好意思一笑："沃客，就是过度敏感呗，装觉醒和启蒙。现在全美国都这样，不知这国家到底往哪里走。"

老赵也不知道詹妮弗妈妈对沃客的理解对不对，不过还是回答说："没事的，我还是看好。中国有句话：瘦死的骆驼比马大。我才入籍了呢。"

詹妮弗妈说："得，这沉船你还抢着上。"

老赵说："这话你能说，我可不能说。"

詹妮弗妈一笑："看来你也沃客了。"

当事人的妈妈都没意见，还有啥好说的。但小赵回头倒是又问过一次，说："那照片怎么不删掉？"

老赵说："本来就是大水冲了龙王庙，一家人不认识一家人。我也是亚裔，我发是我的言论自由。谁管得着？"

老赵觉得这么一说，和普通美国人没啥两样。在美国你不能把自己当外人，一旦你把自己当外人，气势刷地就下去了。他们的那些说辞，他们能拿来治你，你也能拿来治他们。还挪用，读书都把脑袋读蒙了。

第二年的返校日没办起来。汹涌的新冠疫情到来了，美国闭闭关关反复折腾多次。到了返校日，大部分变成了线上，用 Zoom（云视频）搞。这样其实也好，省掉了校友的来回奔波，也省掉了学校的接待和张罗。不好的是，也没有了老情人的暧昧遭遇，过去学业竞争者的相逢一笑，和成功人士衣锦还乡在过去同学面前的一掷千金，没了花车游行，没了橄榄球大赛，没了音乐剧表演，没了附近牛排餐厅的人满为患，自然少了不少乐子。

还有，小赵学校高中毕业典礼的 Zoom 会议地址被人发现，恶作剧的人闯进来，突然播放起黄片并分享屏幕，给学校添了很多乱子。这也给学校增加了放弃网课的借口。本来，全世界的教育体制，都是围绕着一群人挤在教室里这个模式在做，网络教育一冲击，很多过去的工作也没了，尤其是需要人群聚集才能玩起来的球类课、乐队课。

那阵子名义上居家隔离，但美国管得松，不少公共场所略有限制，但私下，包括邻里之间，规定形同虚设。小赵一有空就去找哥们山姆。山姆是个好同学，性情温良，只不过在这么松弛的防疫规定下在家待了几天，一些公共场所去不了，就受不了，得了忧郁症。小赵常跑去看他，好言好语，同舟共济过了难关。哥们情谊挤占了空间，小赵没心思早恋了。

州教育部门规定，学校可以让学生自己选择是去学校上面对面课程，还是在家上网课。小赵选择了上网课。倒也不是出于防疫的考虑，而是不用早晨匆匆忙忙往学校赶，多一点时间，好多睡点。老赵去叫他起床的时候，常常看到他躺在床上，电脑打开着，历史老师的声音从电脑里传来。叫小赵起来，小赵说他正上课呢。老赵说姿势和态度都不端正，无法无天，上课没上课样，但屡教不改，只好随之任之了。

只有小部分学生选择在家上网课，大部分家长和孩子不在乎，还是去了学校。老师突然一下子线上线下的学生都得照顾，匆忙和焦虑溢于言表。其情绪也感染了线下的学生。他们看到老师频频去问线上的学生，精力不能百分百照顾教室内的情况，很是不满。线上线下的学生成了两个阵营，渐渐水火不容，小赵从一个过去还颇受欢迎的学生，变成了线下同学课间口诛、色拉布（Snapchat）上笔伐的对象。

好在疫苗研发了出来，德尔塔病毒变种也没有带来毁灭性打击。美国封锁如抽丝，开放如山倒。在线股行情大跌，Zoom 拦腰斩断。学校纷纷终结线上授课，全部改为面对面。

小赵入学后就是高四了。就好比人不能两次踏进同一条河流一样，他已经没法回到同样的学校。事实上，学校迁址了，新的楼房风格现代，空间开敞，视野开阔，小赵高高兴兴背着书包上学堂。

回到学校，所有老师的状态，有点像当年国内粉碎“四人帮”那阵子。大家在百废待兴中干劲十足，报复性地加紧教学步伐，体育、音乐等课外活动，尤其因为被停课耽搁太多，训练排练积极异常。开学后，三番五次让学生去外地参加比赛或者演出。乐队多半时候是给橄榄球比赛做陪衬，一有比赛就得同去。老赵从不解，到反感，到怒不可遏，硬要小赵放弃。

小赵坚决不同意："这都高中最后一年了，为什么要放弃？"

老赵说："玩玩就可以了，总不能喧宾夺主，玩物丧志。"老赵一口气用了两个成语，小赵一个都没听懂。

老赵又说："国内这时候忙高考都忙疯了，你成天出去排练啊演出啊，合适吗？怎么不为上大学着想？多花时间申请一下？"

小赵说："高中也不都是为了上大学吧？高中本身也是重要的经历啊。"

老赵说："都是手段，大学才是目的。"

小赵说："上了大学呢？又是手段，工作是目的。然后工作又成了手段，买房是目的。一辈子都这样，有意思吗？"

老赵骂了声兔崽子，说："你们这么小怎么思想特颓废，还是我们一开始就不该出国，看你们的思想咋都不积极进取了。"这华人二代在美国，就好比晚清的八旗子弟，都是安逸，没心思拼搏了。

小赵说："没有'你们'，我是我，别人是别人。"

接下来的返校日训练，两人再次争吵。11 月 1 日，是诸多名校开放申请的日子，老赵要小赵集中精力准备申请的材料。小赵说申请归申请，但是乐队要为学校返校日的游行排练。

老赵苦笑了一声，说游行算个屁。就你们破乐队，无非是装模作样地走两条街，给小城的百姓和周围小镇的红脖子们看看，也就是个把小时的事情，锦上添花而已。你为这个，耽误申请大学，那可是你一辈子的事！

小赵说放松点放松点，没你想得那么可怕。大不了我申请州立啊，那不是十拿九稳，以后读书还是我去读，又不是你，你急什么急？

老赵气得天旋地转，无处发泄，把自行车挂到车后面，把车开到了蓝湖。疫情后老赵的朋友圈急剧缩减，他于是寄情山水，有事没事往外跑。

蓝湖是一人工湖，湖水是蓝色的，宛如这内陆小城的大海。湖边长满高高的芦苇，有些“蒹葭苍苍，白露为霜，所谓伊人，在水一方”的感觉，可是本地人不懂，可惜了这意境。湖里一群黑鸭子，有时候会惊动，扑刷刷一阵飞起，如同航空表演中的飞机阵。还能看到一些仙鹤，在芦苇荡的边上捕鱼，有时候会展开双翅，贴近水面低飞，然后降落在不远处的又一片芦苇边。没有什么焦虑是来湖边转一趟治不了的。

湖四周有些原生态，周围路并未修好，坑坑洼洼，勉强开下了坡，到了芦苇荡边上，把车停好，开始在大坝上骑车。

从大坝上往下看，芦苇荡里只有些墨西哥人的皮卡停着，车主坐在躺椅上垂钓。墨西哥人特喜欢钓鱼，到哪个湖边都能看到他们。老赵上回和个墨西哥人吃饭，听说了一谚语：要想快乐一小时，喝酒；要想快乐一天，杀猪；要想快乐一礼拜，结婚；要想快乐一辈子，钓鱼。

坝的右下方是条土路，有白人开着吉普，往前面的靶场进发。湖的南侧是个打活动靶的靶场，偶尔传来清脆的枪声。

湖面风大，把坝上的老赵吹得清醒了一些。他闪出一个念头，说不定小赵是对的。阿米哥（amigo，即西班牙语“朋友”，代指拉丁裔）们的家庭，好像很少像华人这么重视教育的，非要上什么好大学，最好是名校，最好是哈佛耶鲁，好像这样才光宗耀祖。小赵说的也不是没道理，别把这一路都当成是手段了，本身就是目的好不好。再说了，教育也没华人想得这么重要。转眼自己高中毕业也三十年了，好像也就在美国混个温饱。当年班上尖子生，都不知所终，反倒是那些差生一个个混得风生水起，纷纷成为土豪。若是现身说法吧，自己乃是现成反例。无奈受过教育的人，寻找安身立命的路数，只能想到正规教育这一条。野路子也玩不来。

不过，这个返校日演出呢？为了这返校日的游行，非要耽误升学大事不可，老赵还是觉得不妥。

老赵是纠结的老赵。

小赵是糊涂的小赵。

好歹骑了一身汗，烧了些卡路里，转身回去。

到了家里，跟赵太说起小赵的选择。

赵太说："嘿，八成是喜欢上乐队某个姑娘了，想追。"

老赵一惊："你怎么知道的？"

赵太说："你不知道的多了，你们搞电脑的，情商就是低。"

老赵嬉皮笑脸："那你情商高的给我指教一下呗。"

赵太观察到，疫情刚结束，小赵和山姆等小伙伴不怎么来往了。

老赵说难怪，周围很多人家，有人家里得新冠的，各人的亲友圈里，或爷爷或姥姥或舅公或姨妈，总有个七拐八弯的亲戚病死，或是九死一生扛了过来。疫情后，人们对于生活突然换了脑筋，纷纷辞职。各处都在招人招不到，突然一下出现了用工荒，都不知道人不上班，死哪里去了。

连中学生也不示弱，动不动就说"carpe diem"，无非就是及时行乐的意思。例如山姆，就以迅雷不及掩耳之势，找了个女友，一下子从忧愁乏闷模式，转换到卿卿我我小两口模式。教会的礼拜也重开了，去时常看两人单独坐在一个角落，仿佛周围世界并不存在。

其他高四学生也纷纷找了女友，仿佛是在报复瘟疫。大家都开始重色轻友，不跟小赵玩了。小赵还没找，这还不都是同伴压力弄的。怪不得过去一到返校日就要去这里那里跳舞，今年门庭冷落，什么安排都没有，倒是要去乐队排练上了。

赵太说，是疫情害的。"川普"下台之前，成天说中国，说病毒。报纸杂志上，过去总有个中国主题的封面、中国管理经验、中国科技独角兽、中国上市公司新贵什么的，现在一下子全没了。拥护"川普"的家庭，对中国人敬而远之，别的人也好不到哪里去。种族歧视的忌讳，又让人不敢开口去说自己的偏见，于是这些偏见潜入地下，偶尔也会冒出来，发生地铁上殴打亚裔、街头斗殴的事来。这环境之下，和中国家庭结为亲家的事，是不会听任其发生了，哪怕是早恋期间。早恋怕是他们阻挡得更厉害，势必要将其扼杀在萌芽状态。

世界掉了个个儿，从前是中国家长反对早恋。

老赵想起詹妮弗穿中国汉服参加返校日的事情，一下子觉得非常地 2019。

晚上小赵回家，把黑管和书包放下，就回屋关上门。

老赵敲了敲门。进去之后，问小赵是不是要找女朋友才去乐队的。

小赵说：“去也找不到。”

老赵说：“你急个什么，这不才高中吗？”

小赵说：“山姆找女友后，成天和她一起，成双成对。”

老赵安慰：“这小小年纪，成天这么像中年夫妻一样，你不觉得未老先衰吗？”

小赵说：“也是高中体验啊。”

老赵心软了些：“急什么，再不济给你包办婚姻。”

小赵说：“还邮寄新娘呢！明春大学申请就结束了，或许我把乐队停了，去专心找个女朋友，可以了吧？”

老赵说：“是啊，反正是高中，尝试一段爱情，不行也毕业了，自然终结，不也挺好，没什么牵挂。是不是这想法？你这三观，可不是我教的。”

小赵耸耸肩：“随便你想。”

老赵刚要出门，听这话顿了一下，转过头说：“算了，明春你还是好好练黑管吧。”

原载于《作品》2022 年第 4 期

公园之西

苏　瑛*

一

随岳轶去公园西道租房那天，空中扬开了雪籽，起先一小粒一小粒载浮载沉，待到他俩在小食店用毕面包夹蓝奶酪，降雪已向上街沿播下大幅的告白。落花缤纷扑往思琴裸呈的眼睑，略带滞后感的凉意在她肌肤上次第开合。

思琴虚掩门襟，快进几步于街角立定，抬高咖啡示意岳轶拿走。岳轶嬉笑着挡开拱盖杯绕到她身后，两根指头挑起帽尖替她挂上，反掌揪紧长外套的肥领圈。松劲后单手摁棉袍上密集的纽扣，大力在她胸前掏摸一把。

简直啥都没有。有这么冷吗，要不然这样，这屋咱俩也甭看了，干脆移居阿拉斯加，让你冻个过瘾。我这就打电话取消约定。

又要瞎七搭八了，思琴扳下岳轶的话机翻盖，顺势套入他的臂弯，这条胳膊早上起沉没在裤兜里。皮夹克的敏感性及兼容性掉线，设计或着装她向来避开。皮衣的绢内衬冰皮肤，思琴勾着人摸索自家的棉口袋。

入境那年圣诞节大清早姨妈领着她去梅西（Macy's），思琴的收获仅大衣一项，老牌正价的英国货。试衣间里姨妈嫌她不“懂经”，还不快出去，重新觅几件折价衣裳。思琴摇头，搂紧长大衣贴上脸，怀中的棉实安她的心。北国风

---

* 苏瑛，上海人。原《文汇电影时报》记者。曾在《收获》《江南》《山花》发表小说。现居美国洛杉矶。

雪十载得此良伴，炭灰的稳妥与时尚并行无碍。思琴庆幸昨晚，不，今晨临睡前翻出它来。

本城住户极少冬季迁居，寒流来袭房东们留客，付不出房租也得留。市政年年为街头浪民搭建临时收容所，岳铁称作国家行为艺术，他还真想涉足其间，要不是离不开女人。房东想不到有人肯在严寒里挪窝，接洽词语一组组摆进微波炉，每个音节叮咚作响预告加热完毕。

公寓本身乏善可陈，近百年的老建筑，结构布局有欠合理，索价也不尽合理。高光及看点投射在道路对面的公园。

我他[redacted]就缺个大地方透气，岳铁进门直扑厨房，提起玻璃边窗探出脑袋，半空中朗声宣布：我们要了。言毕撤回上半身，从胸袋里往外掏雪茄。

岳铁燃烟的动作十分了得，碰面起，房东警醒的灰眼珠围着他忙。思琴拨去咖啡的封盖，伸出半满的盛器候在他手下。房东忙道哪用得着这个，拉门出去，捧回花瓣形水晶烟缸。

押金加首月房租数目不小，原本得抵押一个半月的租金，房东主动为艺术家减免。思琴往口袋里塞回笔及支票本，整理袋子的翻盖，手歇在棉袍亚光的柔面上。新公寓壁橱的容量有限，挂杆上轮不到它。岳铁的衣服不会少，肯定比令恺多。

房东拎高思琴具名的合同，双手展给岳铁，艺术家不过过目吗？租赁仅查思琴的信用，由她签署文件。琼认识楼主的亲戚，无意间提供了这条空房信息，他俩若并排签名会令人难堪。

我全权委托了。岳铁摆摆卡着粗雪茄的手，咧开嘴角叼住，猛吸一口撤下烟棍，骤然搂过思琴，努起唇往她脸上喷。这才叫人有秘书，我有思琴。回见，岳铁甩甩满头公狮般的鬈发，拥着她径自离开空无一物的房间。

本想拿了钥匙着手居家布局，左面口袋她特意装了卷尺及记事贴，穿这件大衣思琴不用拎包。岳铁的心思显然不在于此。他宣布放弃之前的所有，也不让随便买，最讨厌店里的行货。

思琴由着他，岳轶在人前展示对她的权威，让思琴觉得他少不了自己，像歌中唱的没有她他不能活。所谓碰上了才叫碰上了。思琴晓得那句话伦敦郊区的出处，及诗人的早夭。

楼外雪霁风宁，岳轶带住思琴，老天爷这膀胱也太他[redacted]地秀气了，这算下个什么劲。扭头抹下她的连衣帽，别弄得跟个老太太似的，这副模样，化雪天还不得给你买貂皮。告诉你啊，我可是动物爱慕协会主席。

你当然啦，人家调查过，连环杀手中多的是兽道主义者。思琴左右瞄瞄，往岳轶侧脸偷袭一口，迟疑着往前探脚。

街沿上的降雪沦为半干水渍，门卫来不及彻底清扫，椭圆门罩的两侧积存少许残留物。走出几步思琴回首新居，门帘边的余雪塑出她高筒靴的半只后跟。

黑女现身时思琴正分神，闪避不及时，被敦实的身体当街击中。要不是厚大衣，大概被她撞出乌青块。道上干湿不均，晨间的积雪经众人践踏，稀脏滑步，仅存的下脚地容不下第三个人。

你和这片街区绝配，岳轶独掌擒定思琴，雪茄在手冲人的背影歪脖子行礼，惜在唯思琴一位观众。才刚不该给那重症忧郁的犹太佬钱，我们直接过来租哈林的房子，肯定比咱西道那哈住着舒坦。

那是对你而言，依着你最好住到三不管地区。就是去海地刚果，谁敢惹你。

知我者思琴也。岳轶撩起大衣后摆捏她一把。

他这样子小节不拘，就好比她与雪茄、佳酿区别不大。烟酒他挑牌子，女人他大概不。这些念头原本潜伏在她身上，被岳轶激活，还是他的疯狂传染了她。近几个月来肖思琴不能单着，又不可能二十四小时黏着他。上班的地铁里她身心失据，就想跳车去找琼，问问人家是否有着类似的慌张。

N 线王子街返回地表，路人的形容装扮随之改观，中城的人时髦，这边则是率性。坊间颇有几户时装大商号，她毕业前投简历，各家公司满员。

中城才是时装业的正宗，令恺孜孜劝导，思琴何尝不知，可她钟情苏荷（SOHO）的味道。他们以为她娇气，岳轶与令恺。他们有福气只做爱做的事，却对她讲这种风凉话。

便是在苏荷头次遇到岳轶，大楼的门厅里他搭讪。岳轶否认，相识前思琴不晓得他，那是他不能原谅，或者说不能自谅的。

她的版本是，下了班赶去画展开幕式，令恺人在宾州，参展者中有他的老同学。令恺让她帮着看看，领领画廊的风向。

苏荷早已今非昔比，除了数得出的那几家，廊主们明白自己次大众的地位，新开门户自觉不自愿偏安楼上。这幢也不例外，狭窄的楼门被知名女装品牌挤至边角，老房子内部晦暗不明。

岳轶恰于此时跟进，信口指点伫立张皇者，二层左拐，到底便得，楼道嘛就在右手里圈。岳轶不问她的目的地，嘴角边熄了火的粗雪茄上下忙活。到末尾那句，舌头缠得厉害。发话间满不在乎擦身越人，亮出两排肉食者的前牙。

思琴自信拥有原始版本，他当下吸引住她，出笼兽的体征合乎她的脾胃，这是令恺所缺乏的。这个供认让岳轶稍稍好过些。后来听说令恺当晚不在，直呼错失良机。错事会结伴你不懂。

上楼便得知他的来头。早些年许多画家麇集在城里，名气大多还是国内的那点，岳轶算得上圈内名人。北边艺苑的轰动事件，南方学子如她跟着骚动。上学时思琴也以那些个为榜样来着。

结识之初给他看早年习作，他大为激赏，连呼色彩的直觉及细部处理有机心，可怜女人们轻言掷笔。这个圈子的传统女人们养家，先为令恺后为他。向人介绍他们不提她画画，更不提为他们牺牲。令恺不好意思，岳轶呢，不屑提，正牌盎格鲁 - 撒克逊的后裔琼为夫折腰，其他人就不作数了。

挑明岳轶身份的是令恺的同学，不是参展的那位。思琴留意到那位整个晚上拽紧酒杯，兀立于自家大尺幅的观念画作前，死盯着人群里几位正装的白人的他。

哦，岳轶也来了。低语者与令恺美院同届，思琴打招呼后逗留原地，这种场合有张熟面孔好混些，他们这边五六位围成圈。

你们晓得他吧，少年英雄呢，进美院前跟人拼抽象，十几二十年前这边便有人收他的画。

现在呢，他现在卖得怎么样，有代理画廊吗？

没见到画展啊，也不怎么地呗。

人家多有名的无人搭理，哪里就轮得到他了。

来这种中小型画廊，大家自觉在形神两端与画商们剥离，各位的波希米亚扮相有点过，之前搭话的那位反倒带给思琴笃定感。

正式结交在下次，令恺与她去某画家院子里过节，就在布鲁克林。彼时他俩仍住恐怖地带。

他们公寓的周边举目尽是废弃的楼房，不分节假昼夜，街上晃荡着无所事事的男人。大部分为准流浪汉，有色人种居多。思琴亲眼看到黑人青年砸车窗，拆出车载音响。整整十余分钟里，车主与他们并排立于楼上窗前，盗贼扭头，画室里的男男女女慌张后撤。

刚搬去与令恺同住，思琴时刻提着心，每挪一步给自己打气：我豁出去了。久处后感应神经麻木，防卫系统自行运转。街前拐角瞥见动静绕道疾行，严防与活物视线接触。都说久住本市迟早惹事，令恺与她迁居两次，皆在同个区域，住了十载倒也有惊无险。

只是近来不晓得为什么，忌惧及厌倦冰雹般来袭，尤其在晚上，令恺不在家，下班她简直迈不开腿。

聚会那家的环境胜过他们，小区安宁些，也平庸些。

主人表示衣食住行身外之物，静心出作品才要紧。主人这番话对记者讲，同行会集则缄口。主人是他们这拨里的幸运者，每有动作，大小媒体予以报道。

到场者北方人居多，大伙儿逗贫却适可而止，唯岳轶出尽洋相。他认定在出主人的洋相。丫们这群傻 ×，来纽约是乡下小子进城，高脚杯里倒啤酒。论插入主流文化，这帮人里就他岳轶有资格。圈子里流行外语得躺着学，琼的条件何止那丁点。

晚间的集会琼再度缺席，完善着思琴对人家关系的误读，以为琼不稀罕他。失意的画家饱受白人正统的忽略。苏荷初遇后，她留了点心，对方的消息源源而来。

思琴总是冬天撞见人，与令恺是，与岳轶又是。冬季节日聚会多，她畏寒，葵花般朝拜光源。

他拎着个酒瓶子讲笑话，那个与鹅有关的黄段子听过，他学来并不出彩。岳轶缺乏冷幽默的体质，自己先兴奋了，舌头又大了点儿。

可他竭力振奋的模样感动人，她察觉到他其实并不快乐。琼不在，令他倍感圣诞是别个儿的节日吧。他这位有家不得归的男同学，思琴展臂拎开岳轶的酒瓶。

其时他正巧晃到他们夫妻跟前，酒瓶吊在裆下，比了个猥亵的动作。她让令恺扶他去厕所洗把脸，出来时递他碗开水，借主人的小锅刚煮的，兑上点醋。

岳轶一口啐在地上，咧咧嘴，大面积展露焦牙：干脆再搁进点儿蜂蜜，把我整成糖醋鸭得了。羡慕啊，老兄，娶到这么细腻的江南女子。岳轶涣散的瞳仁遭红丝浸侵，骤然一眨如夜色中的猎豹。

思琴身不由己往后倚，臀部擦到移动中的简易条桌。主人夫妇正将它抬进院子，不少来客三九天偏爱待在室外。主人拨开众人递上的一次性酒杯，留着自个儿乐呵哈。你们年轻人抗冻，我们的在屋里。有你这么说话的吗，代表嫂子吗。自己不中用了，栽人头上。你走你的，嫂子给咱留下。

边上乱哄哄的，岳轶似乎没听到，也没见着桌子，劈手将碗塞回思琴，在她腕上拧了把。是晚思琴着件束腰紧身衫，衣短而袖长，岳轶灵敏的手指准确插入，五根指头全件儿埋进去了。思琴身心陡然一荡。

岳轶若无其事开步走，猫腰抄上思琴收走的酒瓶，猛灌几大口，荡到别人跟前去了。

思琴背向令恺，抚弄自己袖口。

节后复工大清早，思琴桌上铃声长鸣。她以为分管事项出状况，心急忙慌赶向办公桌，扔下咖啡杯抓话筒，几乎被岳轶的来电掀翻。

岳轶宣称自幼被西方破了身，琼之前早破了。他们这代人意淫的对象全是西方的。他们最亏了，什么都取法其下。别说西方文化的精粹，就是东方的也是出来后听说，由洋人辗转告之。哪个不是过来后现学现卖。圈中的洋人见多识广敏感到神经病，丫们套件马褂留独根儿肥辫子顶屁用。

但是了，转折语由岳轶道来铿锵流转，东方的玩意儿唯东方人玩得转，中国文化这课得靠自家人补，只有本国女子补得了。她要是跟了他，那叫个进了妇女乐园。

换个人肯定被岳轶的言辞冒犯了，换个时间点，换个嗓音准没戏。

她算撞在他手里了。隆冬节气里的思琴，整个人变身故城闷热夏季的屋脊，疯了般渴望暴雨的鞭打。身子的房屋什么时候搭好的，她自己不清楚，令恺从未注意到。

邻座滞留在异地父母家，对角的同事旅行休假，办公室里空气慵懒，无人留意到她的异样。

当晚带她去过乔西，岳轶跟着思琴回公寓。原本不想让他知道居家地址，他什么人啊，撒谎耍赖思琴哪里是对手。

甭跟我打马虎眼儿，不就布鲁克林高地那哈么，就凭你那个草包老公，得那么个地儿还交代得过去，比皇后区多少有点儿意思。你们这些白领小姐以为装点儿傻，藏着掖着，人就被你唬住了，当你住公园大道或麦迪逊。公园大道体面啊，可那是人待的地方吗，有钱人的生活你见识过吗，东城那些人苦闷着呢，喝口酒都寻不着个好地儿。

长这么大思琴头次喝，之前算不上品酒，至多装个样子舔上几口。酒精窜入她脏腑继而节节冉升，思琴稀薄的意识且浮且沉。他厚嗓门里的俏皮言辞如画笔上的颜料，连同她素淡的五官一同着色。

待岳轶在她身后撞上房门，思琴自作挥洒由衣衫中挣脱，不懂酒够丢人，不见得还不懂怎么做女人，人家琼床上必定了得。岳轶口中谁不玩，合该她为别个儿效命，不作兴让自个儿高兴啊。

岳轶讨厌人作假，她也是。思琴挎上男人粗壮的颈项，冲着对方的满嘴酒气，献上自己的酒气满嘴。

晕乎中觉察到岳轶的厚吻偏去她耳垂。

日后回想，思琴每每在人堆里羞红脸。那段日子领队的躯体所向披靡，她渺小的头脑跌跌冲冲跟不上。很吃惊居然保留下求职功能，这便是同学所谓天不绝人。

同学约饭她推了，上班及岳轶外她百事不顾。他前脚送她进公司，电话后脚跟进。办公桌前思琴手挂话筒，单手作业。

北方人的标准语及男低音，她原本喜欢，醉或醒他善于驾驭女人，尤其思琴这类良家女子。

许多年后面对心理医师，思琴意识到岳轶的疾患，每次发作他飙高跌落走抛物线，回档期远超前者。跟人聊是他的自救，他画室里的松节油，比杯中物少些副作用。思琴不便发声恰好，本来也未必跟她讲。她却忍不住起反应，趁人不备嘀咕几句，弯腰拾东西打数只飞吻。

从小到大思琴保守得很，考进美院应允姆妈读书期间不谈朋友。姆妈违背家庭下嫁同学，家虽裂为两半，当中隔着敌对的海峡，之后隔着浩瀚的太平洋，她的价值观逾旧翻新。

婚后与丈夫摩擦不断，姆妈归咎于自己年幼无知。踏入社会前，眼界与见识有限，遇到的人也有限。父母失和，她站在母亲这边，一如姐姐帮定父亲。

另方面她自惭形秽，姆妈的柳眉樱唇被父亲的硬阔中和，到她这儿逸笔草草。思琴整个人符合简约原则，像中国山水里的人物点缀。她的五官及身材带有三流画家的不确定，还不经心，艺术男生的目光洞彻她，大学四年思琴倍受自爱心熬煎。

她大概携带姆妈的隐性遗传，目下的她好比岳轶口中的西画，到十九世纪印象派幡然醒悟。之前的几百年大可忽略不计，除个别几位大师几张画还能看。

要说外遇干扰她工作也不尽然，那个春季她完成好几份得意稿件，主管问你在听什么节目，这么出效果。同事们结伴午饭，思琴躲去楼道里公用洗手间，等他们出门返回办公桌，啃自带三明治。就着他的话语像就着琼浆玉液。

令恺画画时爱放巴赫的赋格，思琴以为他以一念替代万念。令恺听得如何她不清楚，她是听进去了，每次听，每次为其丰腴的结构倾倒。姆妈真该坚持让她学琴。

二

他俩的时机恰巧，聚会隔天令恺回宾州为游人画像。当地同学这次干脆租个摊位，拉他分租。而琼还在母亲家调养。关于这点，岳轶没提，让她误会琼WASP（盎格鲁－撒克逊族裔的白人新教徒）的家怠慢浪荡子。而浪荡子多少着劲。

令恺出门，她不担心，没料到需要别人担心。和风细雨这些年，她晓得令恺不会起疑。

较之于岳轶，令恺嘛，怎么讲呢，差不多就是扶他去厕所的人。和令恺的交往正当，及正常，尽管姨妈眼里找个穷画家没噱头。两个头你情我愿的事，我做姨妈的有啥办法。要换成岳轶，姨妈非把她丢回国内不可。

当年姆妈端坐在姨妈的地址前，迟迟不落笔，若非某些细节急需求证，姆妈恐怕连思琴也会瞒着。

首次带于令恺上门，姨妈当面现开销：这么清爽的小青年，聪明伶俐相，正经人家出身，有啥学不会的，何苦去当艺术家。

他俩登记后在五粮液小宴宾客，姨妈夫妇代表两边长辈。姨妈他们跨进店门，令恺起身相迎，伺候姨妈脱外套，扶着椅背等两位入座。众人起哄时面色稍醺，姨夫事后评价比思琴还把细。

认识令恺那天，她尚在上州读书。西渡后的头两个圣诞，姨夫接她到家中过节。姨妈这么做给足面子，人家并不欠她们母女，答应担保便尽了姊妹姨甥情分。

外公的那点家业，逃难移民损伤泰半。老娘在世大小娘舅把能卖能转的弄清爽，姨妈捡着点零头蛮好了，谁让他们老式家庭。就算新式人家，只要受害者不报案，现行犯未抓获，其余样样废话。

令恺及岳轶以为她那么怕去姨妈家，急着从亲戚身边逃开，是她不通人情世故。他们不想想思琴要足够精明，还会跟他俩有牵连嘛。

节日午后她冒雪跟去布鲁克林，踏进画室的当口，令恺蹲在地上省视近作，听到门响微倾下颏。

地板上刀笔管状颜料井然有序，布面上色泽斑斓，这人手上身上干干净净，烟灰的立领罩衫外紫绛红围巾很服帖。画室光秃秃几扇窗，雪融天供暖不足，不穿棉袍还真挡不住。

带她前去的校友，为两位同乡做了介绍，鼓动其他人去城里玩，与思琴开学后再见。

室门带上令恺问：要不要去五大道看教堂玻璃？思琴摇头，帮你一起整理房间。分租的外地人太随便，我们弄出点节日样子。

她其实不会收作，姆妈让她安心读书画画。姆妈自己是什么都会了，用姨妈的话叫作自作孽。姨妈也是外头做了屋里厢做，你姨夫放不落最后那爿架子。不过这边人人做，大好佬样样式式自家管。就算当老妈子，巴结点总归落下些铜钿。不像你姆妈，辛辛苦苦一场空。

令恺是她出国后认识的首位男同城，家里的亲戚不作数。这边养大的表兄表姐根本是异类。觅得个人讲闲语真惬意，像生毛病吃碗咸泡饭。思琴电话里告诉姆妈，怪事情，就想有口酱瓜泡饭。姆妈不接口，小心翼翼盘查她是不是有了，思琴在家时宁愿饿肚皮不碰泡饭。

和令恺圣诞节相遇，剩下的寒假思琴撤离姨妈家，令恺在画室楼里另租的小公寓，成了思琴在这个城市的落脚点。来年的情人节他俩去了市政厅，姨妈姆妈处给了个交代。

思琴毫不犹豫与令恺关系升级，对方没正式职位有啥要紧，她不需要别人养活。令恺与她背景及经历相当，为人体贴而体面，夫妻关系中她的主导地位像颗定心丸。

岳轶同情思琴嫁人时的心境，他出来早，飞机落地发誓与落后的故国一刀两断，全身心浸入人家的文化。可你终究黄皮肤黑头发，有时简直快疯了，就想找个 WASP 掐一顿。

她为了岳轶抛下令恺，借口工作忙，姨妈及姆妈两边失联。岳轶在身边她不方便发声，编故事思琴缺少天分，长辈多问两句肯定穿帮。

思琴工作后，令恺与她搬家，房子较过去宽敞，一日三餐依旧凑合。学生出身的疏于家事不稀奇，令恺自小对食及行不甚在意。他们两个南方人，吃过的冰冻水饺绝对超过岳轶。

眼前的情形，思琴的境况变化，令恺则裹足不前。是令恺忽略了她的需要，怠慢了她上下两张嘴，以至于岳轶携菜入室，小试身手的一顿饭彻底放倒了她。

春节思琴几乎没好好过过，她出生的城市，市民们对阴历节气的认同相对淡薄，姆妈的心思不在年假上。她家过年也就着套新衣裳，年初二走走人客。姆妈的关系，思琴姐妹听讲圣诞老人早于同龄们，她出来前节日刺激性的红绿花开两度，几个新大学生 AA 制，一顿圣诞大餐，花了思琴当月的工资及奖金。

过来后思琴跟大家学，交作业用故土元素，比如汉墓拓片，比如杨柳青年画。以课程为由向姆妈要剪纸，姆妈倒车去城隍庙买，用开花纸夹图案。父亲拆硬纸盒换包装，几钱重的内容几十倍的外壳，忘了邮局的例行检查，姆妈家里家外一趟趟跑。思琴后悔让父亲逮个现行教训她俩。

过来才明白人家圣诞夜在家待客，在乎的是家人团聚。

令恺与她春节前后去中国城吃几顿，她在大年夜及初一中式披挂进公司，向同事解释时差让她连过两趟农历新年。而中装不离身的令恺，过年的区别更小。

这顿年夜饭令恺不在，元旦回家错过不少画像者。岳轶说他不回来我给你过。直到他大小包拎进屋，还以为人家调侃。思琴闷头洗菜心里发毛，这下该她出丑了。

岳轶挥挥下巴让她一边歇着去，瞧拿刀那拙劲儿，隔会儿切着了我可赔不起，我这哈儿做不了清烩手指。思琴痴看人捏画笔的指头滑进鱼肚，从上至下一把掏空，偏过水龙头往外冲血水。岳轶翻出抽屉里的弃物烹饪大全，就这么依葫芦画瓢做出只啤酒鸭，嘴角始终叼着根雪茄。做菜嘛，跟作画差不多，讲究那点灵性，好不好吃全凭调味。

消灭着锅底的鱼汤，她难为情地想起句老话，叫作吃耳光不肯放。姆妈要在会矫正她的吃相。

思琴擎高锅沿半挡目，跟踪对方怔忪涣散的瞳孔，岳轶向来不怎么扶筷子。她大快朵颐还为表现尊重厨师，统共两个人吃年饭，细嚼慢咽便不闹猛。岳轶找她是在找气氛，要不然农历年待家里好了。

饭后思琴靠着水池清洗炊具，她居家系条迷彩紧身裤，岳轶点着烟贴前，从她后腰抄进，一举攻底。都跟个小河似的，还在这儿装模作样，照相机我支棱好了。

当晚岳轶留下没走，之前哪怕凌晨他得赶回去，宁愿中午再到公司找她，有过早上堵在楼前的例子。不是怕琼知道了，是他需要自个儿单着，更要画画的家什就手。

每次他走，思琴如释重负，这下好了，不再担心被人识破。倒不怕丈夫突袭回家，但偶尔的来电让她不自在。岳轶在屋里，思琴接个同事的电话犯怵，令恺要不那么规矩早察觉了。

而急人的是，她不愿他走。岳轶现场脱身带来的轻松感尚未触顶，懊丧转而支配她。不敢想他离开后的去向，失去他的房间成囚室。

思琴的家不是他的，他的人不是她的，在她身边他留不长。多少次思琴咬定牙根，逼自己放他走。听着卧室窗下引擎响，她到厨房拿工具开干邑。她学会了以酒催眠，目前这状况，她找不出时间见医生开处方。

万幸情况当晚起了质的变化，隔天一早岳轶让思琴请假，跟着他去大西洋城转转。犹太老板每个周五早走，凭什么不给你放。

去赌城的路上思琴滑下窗玻璃，让正月的风吹开她这朵木槿。

三

原来做事业可以兼顾生活，原来令恺只是段位不够，画上不够，别的更不行。

思琴揣度令恺画画的缘起，他可能太自抑，就手拾起颜色及图案。他要有激情，他肯定有，随年岁折旧折损。余下的那点他悉心呵护，啥人身上不浪费，自己身上也不用，但愿能够全部放到作品里。认识岳轶后，思琴怀疑令恺作画的优势。尤其在这所城市，所见所闻诸多艺术疯子，怎么看岳轶的狂妄跟创作对位点。

你这算学过美术，你也算个纽约人，岳轶动不动搞得她无地自容。岳轶不许她随便上博物馆，那些死了的东西，闭着眼能画。也不准进 57 街楼上的画廊，都阳痿，身体里的丁点儿才，早被商贩子榨干。你以为那些家伙的名气怎么来的，挨揍挨来的。商业运作把你操干了，你才有点名。画廊主最不是东西，猫抓耗子逗人玩，他们撩你造你，在人老得咬不动时，才给端上牛排。

他带思琴出入重点展项及展域，为她指点美术史上紧要作品。入他眼的画廊没几家。三角地的不成气象，苏荷明日黄花，只有乔西尚为新鲜，可又太嫩。

思琴爱去苏荷，在那儿他俩遇上，岳轶衔着雪茄推开威廉·班内特，就好比里头的大师列队招领他。苏荷的石阶街面硌人的脚，石块间的走线血管般贯通她全身。童年及少年她走过许多条石筑路，令恺与她记得自行车轮胎沿途弹跳。岳轶让她羞于再提，你们以为有可比性，啊？

他自己却常常比，惠特尼看到沃霍患病后的照片，岳轶把它移到架上，画者的头替代了沃霍。岳轶壮实，怎么折腾不垮，他的体态造型与沃霍颇有差距，面相更与大师迥异。沃霍的窄脸是思琴眼里的知识贵族，而岳轶堪比西部牛仔。唯两人嘴角边四道不分明的郁浥同源。

多年后思琴与邵珍母女共餐，意大利饭店为幼儿预备蜡笔，盘碟下垫半桌白纸。邵珍在女儿的太阳上拉线，蓝线与橘圈相交相切，教小人圆的几何性质。思琴意识到岳轶曾带她贯穿圆心。令恺的坐标不在美术圈的弦线，不在它的切线上，而她想被那个圈子囊裹。

本次入围思琴以岳轶的身份，确切讲岳轶女友的身份。早个十年这种身份令她自弃，她明明同专业，怎么要让男人带进去，让男人带出来。

可许多人不就这样被带进去，带出来了。职业美术家她当不了，那个位置上的煎熬甚于满足，要有才气还好说。岳轶有，琼和思琴认为他有，为此样样顺从，琼甚至情愿被他抛弃。

和琼的会面岳轶安排得很随意，他下午来中城办事，完了让思琴提前开溜，等她时电话通知琼。

事后怪他不事先说明，起码上路时该讲一声。那你还不得尿裤子。琼的办公室在下城，他正好想去哈德逊河边喝酒。

思琴不及打招呼先跑厕所，过程中又去了两趟，明明不愿那两位单处。

岳轶脏话不停嘴，骂人，认识不认识骂个遍，不放过琼伪君子的父亲。琼看着他，像看自己聪颖顽皮的独生子。琼在场，大家得讲英文，生人面前她原本放不开，初次会面思琴几乎没开口。最担心的，琼当众令她难堪，倒没发生。

日后懂得琼不怪她。不是她，便是别人，岳轶总归得离开，蜜月里琼就明白了。

她俩深聊过一次，岳轶喝醉了，在酒馆胡闹，吵着跟她走。令恺在家，思琴不得已掏他电话找号码，凌晨三点叫琼接人。

就是那次得知他俩怎么碰上的，也是画展，他的，琼还在读书。他那么有野心，恣意而忧郁，嗓音低醇话语稠密，跟琼读到的东方男子，跟她认识的其他人完全两样。琼学文学，理想在英文系任教，业余创作。学前班起琼名校优等生，每次升学，老师同学替她画事业的上扬图线，父亲允诺她博士后的费用。和岳轶好上后，她在研究院门口掉转头，毕业前找到下城的位置。之后晋级跳槽。琼努力赚钱不为其他，只为岳轶擅长花销。

他有才气，她的不足，总该迁就他。全世界艺术家到此闯天下，想在纽约占据一席困难。画业上达不到预期，他拿自己和自家人出气。折腾不了别的，折腾婚姻。他这辈子不结结离离三五次不够本。

异族通婚吵架费事。跟思琴吵也费劲。他要找个北方妞，还不三五日跟人掰了。两位女子冲各自的幽默发笑，可与他在一起的那份痛，让人无论如何笑不敞。

厕所里思琴一遍遍照镜子，琼的平凡相貌安她的心，同时牵发她万般惆怅。岳轶讲得不错，琼可惜了，同样是隆准凹目，肤胜雪发如丝，可就他[redacted]的不漂亮。他也当众称呼思琴往事依稀。初次相遇，人人试图还原她的昔日倩容，其实她肖思琴从来没美过。

坦率讲琼与她外貌不相上下，岳轶给她俩打平分，他的冬妮娅和西妮娅。可人家白人中的白人。职场上，非专业学士毕业生琼，凭本领打败多少男博士。酒酣时，岳轶告诫后进：艺术青年要甘当人的小白脸，小黄脸。怎么瞧琼比她有养宠物的资本。

唯一的解释，岳轶想找回自己人。可分明人家才是自己人。candle 和

condom，他有意混淆它们，笑话讲过无数遍。琼为他纠正发音，轻轻地带着怂恿的口吻，全不在乎他用它们干吗。前者他在她俩身上用，后者他从来不用。女人担心她们自行解决。琼居然为了他不要孩子。

琼想当妈，岳轶心知肚明，这地球早他[redacted]的人满为患了。思琴和令恺这些年未采取措施，也没怀上，不晓得是否她的问题。岳轶不要正好，他这么磨人，添个他的种会要了她的命。

但琼想有孩子而不成，趁年末休假，私下寻医生，怕岳轶内疚，躲回娘家处理。她又不是养不起。琼对他的包容具有无限的延展性，像某种新材料，思琴没见识过，自己有什么资源与之抗衡。

告别时，岳轶紧紧拥着琼，琼让他搂着，脸上挂着轻微的满足与忧伤。思琴就快失声惊呼了，他转身牵起她步出酒馆。思琴感觉身后的琼像炷烟，魂魄吱吱往外冒。她浅色的大眼珠粘牢他，肥皂泡似的，随时会破。

而思琴自己早已魂不附体，脚不沾地跟着他飘，对琼的丝丝愧疚，如盛夏阳光下的一滴水。

布朗区或哈林，公园大楼顶层住户及南汉普顿海滩别墅，就没他不晓得或不敢去的地方。心境晴朗时岳轶焰汁四溅，远东情调的艺术家，深谙西域享乐之道，言语生猛谐诙，不惜作践自己，理所当然富贵们的座上宾。

要不是他，许多地方比如格拉姆西私人花园，思琴这辈子无缘踏入。说来难为情，连去哪里选服装首饰，竟由岳轶教给她。

别以为搞设计就会穿衣服，岳轶指着思琴开涮，设计是宣言，宣言本质上做作，但你得管住你那操蛋的自我。他批评得对，设计师们，基于强烈的主观性，往往不及一般人会打扮。岳轶那性子，由着他闹必定出格。男装质大于形的倾向起着保障，琼更帮了他。琼不讲究，她身旁的人讲究。她不在乎形象，这不在乎里有她的自信。琼在乎岳轶，替他精挑各色用品。

思琴的衣着顾忌面多，她长得平淡而侧身张扬的行业。她得陪伴岳轶出入展室及厅堂，如岳轶强调的，作为亚洲背景的设计师，扮相岂可混同一般。她还太惧风寒，仅此一项，便与置身的城市相抵牾。

脱下棉袍，思琴为自己选了件群青绒面外套，裁剪色相普通人难以驾驭，思琴清瘦白净，穿来廓清视野。她给衣服搭配土著风味的银首饰，店堂里登上复孔高帮鞋。布质靴岳轶在街上一眼相中，拉门让找尺码递卡买下。

苏荷沿街的橱窗玻璃反射着春景，挽着岳轶，思琴转头看了自己一路。

逛街颇耗体力，体力活难不倒岳轶，站着画画练的。岳轶人面广，活动半径辽阔，同行问，到处见到你，那你什么时候画呢？他当然画，应酬完半夜潜入画室，画到翌日午后。面对幼稚的发声，他向来没好气，这个轮得到你关照吗，有你看的不就结了。

他要不这么自我，会发觉对方自我纠结，提问者上全日班，业余作画。

岳轶不烦闲逛，思琴以为他上街汲取灵念，稍后体会他借此摆脱糟心，约好晚间出门，他在画布前较为安妥。

他俩频繁外出时正值初春，城市从冬季的寒风中挣脱，每幢楼房舒开筋骨，趁着春阳把寒气逼出身子，在夜幕降临前最后洗一把阳光浴，思琴几乎听得见石隙间的歌吟。

岳轶的念头即兴及多变，某处带她去过一次，很少去第二回。思琴在他引领下，好比初学舞步者陷身大型舞池。她在深入曼哈顿生活后，反而对这个岛起了隔膜。

思琴原先理解的曼哈顿像它的交通图，简单几条纵横线，双生子的世贸中心构成实用坐标。如今不对了，曼哈顿成了解剖台上的活物，而她是课堂上无措的新生。又好比鲍伯面对拉美西斯大帝，城市的真相迷惑她。小到那家意大利餐厅，到底在哪个地下室，她很久没搞清；或者说最终没搞清，哪家新开店的瑞秋头堪称一绝。

令恺情人节前回家，赚了些钱，想带思琴吃牡蛎庆贺。心知岳轶反对她跟令恺过纪念日，思琴假托公司同仁事先有约，提前跟令恺去了车站餐厅。

岳轶被她的行为惹恼，明明刚安抚完坐回包厢，灌下几口酒，他旧事重提。气头上他雄辩滔滔，说到来劲处连砸两只酒杯，朝思琴抡起酒瓶，侍者拎起吧台上的话筒。亏得她反应及时，要不这个节日他会过到牢房里。

她总体上耐性子，遇上个节制的令恺，对具爆发力的人物有憧憬。可思琴不敢恋战，这世上有的是甘愿为情所困的女人，气跑了他，苦的还是自己。这次的发作思琴从心底原谅他，发誓接下去的日子任其差遣。

告诉令恺她上夜校进修，周末到办公室赶设计稿。思琴不以为自己撒谎，她进了城市文化研习班，及男女关系探究班，自幼思琴是个爱学习的人。

姆妈原本让她学小提琴，思琴要求习画。名字姆妈为她起，父亲要儿子，愿望落空后对她漠不关心。他们本可再接再厉。都说小提琴难，姆妈大概对她没信心。姆妈想她们有点特长，姐姐不听，她便着意讨姆妈欢心。

画画于她并非性命攸关，放手相对容易，思琴晓得令恺自寻平衡，心底多少同意对她转业的评价。有时觉得她和姆妈一样只是爱好者。年近半百的姆妈在每幅画前停留良久，交握的双手由腹下提至胸前。那两位英国画家同性恋，思琴怕人家会错意，要不是姆妈语言不通，为人矜持。

她怀疑自己的才能，包括令恺的，仅凭这点她愿意亲近岳轶。岳轶挑衅乱来在于他当真，不像她们尽义务。姆妈为女儿找点事情做，安排了她们，她好逃回自己的小天地。

通常在收拾完晚饭桌之后，姆妈泡杯清茶，守着桌子看书。幼年的思琴打散辫子，指间纠缠各色玻璃丝带走向姆妈，姆妈说这么晚扎什么头发，去睡吧。

为人的伤心处，莫过于去睡吧三个字，因为姆妈不陪她睡，因为姆妈很晚不睡。

她见过父亲愠怒的脸，成人后明白了那张脸的企图。姆妈大约看不得父亲低三下四，把头埋进书里，父亲转而愤懑。父亲的性情实在有点乖戾，思琴见过弄堂里的男孩在他背后做怪腔，当面绝对正经。

去博物馆岳轶拖着她快步穿越中世纪，岳轶讨厌宗教画，思琴则是看不得。加害基督的人让她联想到父亲，受难圣徒也让她想起父亲，尽管父亲的大饼脸与圣徒甚有距离。父亲要是开朗些，通达些，哪怕就蛮横点，其中一方强过头，家里形势反倒明朗。她父母大学同班，像许多同学夫妻，彼此很难相让。又都闷性子，出了问题不帮对方解忧，还不给自己解。

思琴对着岳轶聊父母，聊姆妈再没见过，再见不到的外公。聊她情愿姆妈不再见的亲戚，尤其两个三等白相人的娘舅。岳轶爱聊，聊累了，愿意听听旁人。挨过了最初的害羞，现在轮到思琴闲话三千。

以前家里她最小，议论人或事哪里就轮到她了，况且他们四个没交流的习惯。令恺不随便訾议，家人的是非就更不碰了，子女哪有嫌鄙爷娘的。或许人家在画里交流足够，人家的父母是好，像姆妈对学生，无话可讲。

令恺郁闷起来换盘CD，三大男高音中的任何一位纾解他。身心上令恺自给自足，他成个家为让大洋彼岸的爷娘放心。思琴曾以他为榜样，以为正常人之间无须啰唆，又不是他们外国人相信原罪。思琴经济上撑着这个家，不见得还要倒过来求老公。担着夫妻的名分，她伺时机逼令恺出人头地，泄气的话宁可跟岳轶讲。

夏季是人像速写的旺季，及办公室的闲暇期。令恺专心致志谋生，她则肆意享受与岳轶的私情。岳轶带她从新泽西、皇后区或布鲁克林的制高点眺望曼哈顿。思琴仿佛站在高处俯瞰自己及他人，待到令恺从外州回来，思琴看他的眼神像换了个人。

陪着他疯，占尽时间及精力，秋季来临思琴称病，请假及翘班。终于主管找她谈话，我们晓得你发生婚变，你先生艺术家在这边生活不容易，一直以为中国人懂规矩。

办公室人去屋空，这压倒性的空间振奋过她，那是在应聘上任之初。那时她也做得晚，同事们留下的空位子让她倍感归属。离开前她漫步全公司，站到老板的窗前朝外眺望。窗外的百老汇大道这段有点斜，好比她走向这所城市的路。头次凭窗她在心中喊，曼哈顿，我来了。可如今曼哈顿令她不堪重负。

这种状况出现过，工作后的第三年，此前给主设计当助理，适应还来不及，哪里有空照管情绪。设计师半个犹太人，母亲白俄。

令恺天天守在楼外，午间她事情做不完，令恺买好盒饭，给她送去。一次女设计提前归位，当众嚷，怪不得下半日办公室的味道难闻，原来有人在此吃中餐。你以后还是出去吃，吃完了与先生逛几圈。

女设计身硕嗓阔，几句话呛得她，口里的饭咽不落。回家后冲令恺狠狠发顿火，规定不许再在她公司露面。

令恺生性不喜争执，又心疼老婆，低头思过好一阵子。冬季节日来临，他端张小板凳，夹了画纸去时代广场。他面皮薄，挤在同行边上，人家画不完才轮到他。等到外州同学邀他进驻商城，令恺忙不迭答应。

之后思琴逐渐适应，发觉事情做到位，俄大妈不来烦她。女人升任后，设计方面的事务更多转手。她被逼出来了，有那么几年，中城设计师肖思琴气雍神闲。

职位稳定后，思琴与令恺屡赴展事。渐渐地她不那么乐意了，某次几位女艺术家在布朗美术馆小组展，其中一位与他们相熟，说好去捧场。同事们全走光了，她趴在桌上，令恺找公用电话打上楼，她不接。待到肠胃的不雅之音赶她下楼，令恺僵立于对面街沿，眼巴巴望向这边。开幕式反正赶不上了，令恺陪她去绿杨村吃小笼。

那晚他俩纵贯布鲁克林桥步行回家，令恺只字不提画展，思琴私底下检讨自己任性。可令恺不是她。令恺画画，而她不。她转专业供给人家搏画事的筹码，眼睁睁看着它们掉进老虎机里。

他俩的关系不再是独唱者与打击乐，而是水墨与油画颜料。前者在乐队里共生，后两位性情落差。他俩自由恋爱不错，但并不等于她就爱上了。经历着岳轶事件，她懂得了什么是爱，琼对岳轶那才叫。

华盛顿（DC）办后伦勃朗画派展，作品大多借自欧洲，其中有几张稀世珍构。周末岳轶带人前往观摩，他们会去弗吉尼亚和马里兰转转，住上一两晚。

令恺在家，她走人不方便。而跟车的有位女士，思琴吃准便是为了她，岳轶甘愿当车夫。女的单身，长得不坏，能来这边大小有点本事。

人家想看画，又没车，不捎上不像话吧，岳轶叼着雪茄，一脸坏笑。我们这种绅士，生来不拂女人的意，怕出事自己跟上盯着。

女子与他们不熟，称她于太太。这种时候巴望岳轶抖搂他俩，他偏不，众人面前与女子打俏逗趣。思琴满腔浊气乘车出曼哈顿，列车返上地面天光重现，她决定解放自己。令恺的脾性跟绿色不搭。

再过半个月令恺又要去宾州，他就回来，很可能搬去工作室赶作品。她还真不欠人什么。相反令恺欠她，真以为她这辈子跟定他了。岳轶长驱直入，是他留给人可乘之机。

在她面前，岳轶为所欲为至少有两方面原因。一则她习惯创作者的散漫，宠他像宠搞不成作品的自己。二则身份上他肆无忌惮，她是有夫之妇，岳轶不用为她负责。

想人家为她负责，近来尤其想。岳轶到处跟人讲他俩犯了十诫，思琴起先没听见，接着装聋作哑，而不晓得哪天起这话戳中她。

你不要管我的面子，和岳轶的事圈子里沸沸扬扬，令恺不再装戆。岳轶吃喝玩乐样样白相，当情人大概正好。他坏脾气加坏习气，做你老公不合适吧。你骨子里老实人，吃不牢他，也吃不消他。他寻开心寻惯了，到辰光寻到别人，狗总归改不了吃屎，你怎办？又不像人家琼有心理优势。

尽管和令恺一样，以为琼容纳岳轶多少带点猎奇，可令恺这么明讲触她心境。要么格能，我反正不跑开，不急着做啥，你去跟那位试试，探探自己的底线，只要不弄成残废我回收。

思琴头次发觉先生是个大度的男人，却被迫采用这么种示爱方式。

你让于令恺来跟我决斗，不敢吧，借他个胆子也不敢，你们那些上海男人就是脓包。我不肯跟他过，打赢你有什么用，思琴哭笑不得。

是夜思琴拉开家门冲进黑暗，止步回首，令恺并没在窗前留她，正如之前不拦她。关着的窗如夜的一只眼，却不是朝外看的。

这座城市建在岛上，岛连着茫茫大海，潮水漫涨，岛成了海。海里有千千万万只鲨鱼及杀人鲸。在这座城市，你必须可着劲蹦，能蹦多高蹦多高，懂不懂？别人不懂，她得懂，不能让岳轶蹦跳时把她撂下了。

思琴于秋季住进曼哈顿，城市像张做旧的照片，秋日戴副柔光镜，有着她钟爱的金褐色影调。

岳轶画室里腾出的空间逼仄，调色板上的气味搅乱她睡眠，思琴常常黑着眼圈去公司，内心却很亢奋。整个秋季她感觉不到自重，人像在空中飞，空气与她隔着张皮共舞，路边的红叶落到头上，她这张皮就要化掉了。

天将冷时，他俩计划找房子，交往一周年纪念日，思琴与他搬进公园西道的公寓。

四

她肖思琴骨子里头疯吗，多年后思琴自问，彼时的她与岳轶分开了，与令恺也分开了，他俩其实不适合她。可当年的她不明白，或者说心不明白。

那时的她对这辈子怎么活有许多的想法。她要依仗别人，先是令恺，而后借力于岳轶。她满心向往岳轶的生活，不，应该说岳轶可能过上的生活。

先于他俩入住公寓的是卧榻，这张欧版复古货险些刷爆思琴的信用。宁缺毋滥懂得不，除了它咱还要什么，你下班进屋直接待床上。

思琴确实恋床。下了床的周末及假日，由岳轶驾车遍访费城、华盛顿（DC）或康州的旧雨新知。出来这么些年，她第一次与本地人近距离接触，欣赏沿途那些迷人的风景啊。

岳轶显然不如她高兴。熟人朋友中有琼的朋友，甚至琼父母的朋友，她起先以为这是问题。晓得他好热闹，思琴想方设法与人结交，聚会中他多瞟一眼，无论男女，她设法网罗。时常他们晚饭与人吃，到酒吧另换一批。

可他还是不开心，中产生活令人生厌，有产者虚伪。富艺术家当不成，也不屑当，穷艺术家他看不上。借酒装疯胡言乱语，这还好办，不搭理他便成，而岳轶接踵而来的低惘令她心碎。

这个晚上他提议狂欢（orgy）。轶喝得不够，再喝点，你就乖了。女主人拿过岳轶干尽的杯子，思琴尾随进厨房。主人光亮的指甲尖轻点她手背：轶的艺术家秉性，我们早领教了。可怜的小子，就会逞口舌之能，自己床上的女人搞没了，想到别人锅里偷食。琼真该好好管教他。你呢，不来点什么吗？不待她答话，端着重斟的酒杯娉婷而去。

画画的算什么，人家笼子里的猢狲。有钱人全流氓。认识这对夫妇时，岳轶才到纽约。他陆续带进门不少新人，其中很有几位办展览得到他们的襄助。与岳轶的失意相比，思琴所受委屈不值一提。

她死盯边镜，后视镜。在心里跟自己打赌，只要她盯着，警察便不会盯他们的车。

之后出门思琴驾驶，她不是换线突然了，便是进高速路口挂挡慢了，岳轶只开手排挡跑车，而跑车不跑便成黄鱼车。人称女人后座司机，他们倒好，换成男的穷紧张。

思琴决心挺岳轶，她比琼得力，他的某些言行，只有同为移民的她领会。她胜过琼的更在时机，不是她悟性好，实在是她晚熟。像邵珍讲的，真正的人才并非早慧，而是少年后期脑细胞持续发育。现在轮到她骗开他的酒杯。

好些年里岳轶是新进者眼里的前辈，前辈跟前的可畏后生。圈中无人不晓他父辈革命者加准文人的身份，及家人对他的掉以轻心。别人家没饭吃，他父母倒好，吃饱了还要胡搞，搞出来又不管。

不管不顾凸显岳轶无师自通。思琴彼时为他迷惑，岳家贵客盈门的情形，即便有过他也没见着。那般的作态简直不可能，时间地点不吻合。

岳轶与她同代人，他们的生长期早过了运动的高潮。大的变更并非没有，因为缺乏之前的参与与参照，也照不进他们稚嫩的心。岳轶在家中墙壁上画秃像，生平第一次原创，被父亲捆住抽了顿皮带，下手之狠，令他从根子上质疑亲情。

他们的年代好比思琴吃怕了的皮蛋，芯子里沉闷稠黏，未来如假玻璃的外壳，而他们被囚禁在脆质的夹层。思琴听任岳轶在两极间癫狂，在于她分享他的过往，及他对其力不从心的解释。其他人谁跟她谈这些。

岳轶很难醉，威士忌整瓶独饮无妨，通常得给自己灌混酒。酒事糊涂间将自家与琼的，与昔日思琴母亲家的，与他看来听来想来的搅和。他并非有意蒙人，他心智不成熟，半明半昧间把场景搞混了。

吐露真情是件难堪的事，讲假话又跟没讲一样。语言的暴力是他给自己下的药，酒精之外的另一味。日后心理医师点醒思琴，岳轶其实在骂自个儿，恨的也是自个儿，他有幸得到琼与思琴这类女性收容。

见过琼，岳轶时而邀她共进晚餐，反正得吃，不如三合一多点上几样。之后他俩正式同居，岳轶依旧找琼出来。

琼那么明理大方，谁妒忌她谁不是东西。何况人家正牌夫妻，像她跟令恺。琼在场，思琴听任两位讲英文，她的语言能力胜任与否没关系，琼交流的对象不是她。

琼的工作需早起，饭毕她每每先行。思琴晓得该找个由头避免赴约，该及时上洗手间，却粘在凳子上起不来。那两位行使法式意式亲面礼，上演日本人告别的往复循环。她自盒里抽出烟，一支接一支，给面前的情景喷染氤氲。

岳轶叫上朋友共餐，账单按人头均摊。思琴察觉到人掏钱包的面色，劝岳铁回家喝，岳铁打着响指叫侍者续酒。轮到再找人上餐馆，人不接，隔日回话机子落家里了。岳铁大骂小肚鸡肠，当年哪个不靠我往家带人，管吃管住，要不是我，丫们卖个屁画。

传话者称，策展者近期走访各个画室，群展的主题待拟，可以肯定并非新博物馆那类小馆。

岳铁让人礼拜天来，犹太人周日工作才叫牛掰，不乐意你搁家里。

思琴要去，几次提出下班后在他画室会合，人家充耳不闻。入住公园西道后，岳铁难得提及圈内事，牢骚话电话里过了瘾，接听者不复是她。思琴多少也搞创作，明白自家的作品无从谈起。可她怀念相识之际，岳铁当她红粉知己。

星期日大清早岳铁漱洗完毕回卧室，绕过门前半裸的她，由着女人磨蹭上演变形脱衣秀。

我们租个车吧，顺便送送人。岳铁的跑车处理了，她乘公交上班，他的罚单不如用来叫出租。

他怎么来的怎么回。

思琴俯首调整紧身裤中线，由两腿间偷瞥岳铁，昨晚她连磨带哄拿掉酒瓶，得手晚了。

早餐馆里岳铁不碰刀叉不启口，思琴端起咖啡咽下宽心话。

策展者着浅色半正式夹克，窄脸上架副免框水晶镜，背手扫过挨墙并置的抽象画。

他的气场跟岳铁肯定犯冲，思琴强稳心绪紧随来人的眼神。对角靠着几幅新作，宫殿的某几处残部，亚克力平涂。思琴抢前把它们沿墙码齐，五幅东西占据两堵墙，一幅挪对面，遮掉小半面抽象画。

来人背在身后的指头跷起。嗯，它们想说点什么，我感觉得出来，可究竟是什么，没有想好。画到这个程度停是否有点晚，运笔的速度变化些会不会更出效果？

你的看法很有意思，思琴挨在人身旁哈下腰。

你到底要不要，不要拉倒，岳轶冷不防离开画架冲来墙边，一把抓过画框翻面，思琴被他撞倒在地。

你收的你看中的哪个不装，画廊哪间不装，画画变杂耍，画画的成白痴，全被你们这帮傻×成天给整的。什么时候收手由你说了算吗。还是别看了，这些剽古人下水的货色，全他妈没意思。

半蹲的思琴拉岳轶裤腿，他一脚给踹开。

你不也学过艺术，画不成是吧，怕出丑是吧。

室外的啁晰由简至繁继而化整为零，室内灯盲物阒，思琴自忖明朝又该请假了。

岳轶在子夜下楼，晓得去买醉也只得随他。还好没租车，今个儿酒后驾驶可不是闹着玩的。

楼道里到底传来岳轶沉乱的脚步，思琴由窗前窜回沙发，借着走道的漏亮偷瞄来者。纵欲在他身上留下痕印，这迹象近几个月秋叶般成形。岳轶不再是英武少年，他恼羞成怒的样子不好玩，自己也觉得了。

夜的余墨滞留在室内，它往自己破旧的身子里注浑水，残汁衍化成一日里最无趣的品相。搬去公园西道后，画室的临时窗帘撤下了，要不拉上帘子开盏灯，兴许能营造几个层次。

在思琴的侧面，岳轶背向她陷在扶手椅里。他的左上方是画架，灰蒙中恰似长腿的外星人。

天光渐开，幻象流失，室内回复到思琴寄宿时的模样。岳轶发声赶她走，就要当设计主管的人，别让咱拖了后腿。一宿无眠加之烟酒，他的嗓音败落却还结实。

她该走，身旁及身下成组的意式沙发，柜子里排着队的英法酒瓶，每样央求她卖力。另方面也该离开肇事现场，少了她这个目击者，人家下台容易点。

思琴裹紧外套挎上肩包，趋前几步，首及手朝岳轶泥塑的背影倾斜，对方猛然起身迈向厕所。思琴默立数十秒，敲门板，那我先走了，厕所内抽风机嗡嗡作响。

这间画室位于唐人街北沿，租下好些年了。思琴在路口遇见同胞，赶早市或下夜班，格子外套是她考大学时的流行款。思琴掉转身跟上人，在街口的点心店落座。

住附近与否，他俩偶尔去珍珠街吃饭，岳轶从不在中餐馆开瓶。这家点心店卖面包兼包子，岳轶若来，肯定当场嘲笑。

包子们陈货，肉馅及面粉带给人不适的口感，思琴饿得前胸贴后背还是觉得了，逐打消给岳轶送几只的念头。

搭乘地铁时上班高峰未到，思琴在座位上含胸团臂，护牢皮包沉沉睡去。睁眼但见车门合并，火车正驶离她的目的地。

反向车把她带到上下班的站台，思琴爬上街面南行。岳轶猜得不错，思琴有望升迁，近期更得注意形象，升不升级还在其次。

帝国大厦里同业众多，她与某家的接线小姐通过话。同事们赶工跟对方联络，无论早晚那位小姐尽职在线。借洗手间钥匙时注意到对方粗颗粒的颈项，齐耳的金发每周得贴头皮补染吧，电话里的嗓音骗人。看她的忙碌相，大概身兼数职，时装业赌潮流押季节，做老板的用人慎之又慎。

盥洗台前思琴脱下外套，剥去湖蓝紧身衫塞包里，裤腰里拉出果绿吊带背心。再从包内翻条水红银叶绸巾并齐打结，套上后甩到身后。多穿的益处体现了。也是她多心，人家谁还记得她周五的穿着。

整理裤线时岳轶添一句：这让人看画还是看你。租车的建议惹恼他，思琴怕节外生枝，急切间抓过上班套装。好在换了，要不遭岳轶突袭，那双细高跟兴许伤了她，还伤了鞋跟，她的踝骨欠结实。而不管她怎么当心他俩还是搞砸了。

思琴掬水洗脸，抽数张纸巾，连同头发擦了又擦，跟点燃的雪茄在封闭的空间久伴，头发上肯定满是烟味。

与老板的讨论持续至中午，思琴拨岳轶手机。午休结束她给家中机器留言：就想知道你什么时候到家的。

六点刚过，思琴蹑手收拾侧脸疾行，出了电梯叹口气。自欺欺人，老板会察觉不到人去桌空吗。

思琴提前一站下车，在法式餐厅候座处等外卖，炖小牛肉，蒜茸鹅肝，炒蜗牛，外加焦糖乳蛋糕。思琴想不出还有谁会带走焦糖蛋糕，告诉领位我先生病了，就馋你们的乳蛋糕。领位耸肩。

手捧大袋的食物，思琴摸索匙孔开锁，家里有人吗，快来搭把手。室内有人，可室内人自顾不暇。琼从沙发把手上收腿脚的样子真滑稽，而岳轶冲着思琴缓慢提升前门襟。

空气中夹杂的异味令她恶心，恍惚中琼侧身出门旋即踅返，思琴的钥匙圈落到餐桌上前，吊在琼挺拔的银白小指上。

绿灯翻亮，众人超越思琴横穿马路，她趁等灯挨辰光，饭店就在马路对角。改为夏时制的缘故，太阳在望不到边的天际悬得老高。对面马路朝西，底层玻璃烈日焰火般。

和邵珍约定七点，地铁提前25分钟抵达72街。抢先者该为后几班车的乘客，或干脆是行人，之前在路上逛荡。岳轶怀疑她认得出陌生人面孔，她认得，启蒙老师训练过抓面部特征。她的形象记忆力不坏，短期尤佳，如她的其他禀赋，被他的张狂覆盖住。

轶琼事件后，思琴越发难猜岳轶的行径。那件事表面上他检讨，根子上呢更嚣张，好好好，日后沙发也不上，要上就去外面上人。

可宁愿他找人，也比眼见他没入水底好。我认识的，出了国的老同学两头不着岸，好比孤帆落到大海里。画画老师警告过，年轻人怎么会听，姆妈亦不听。

她与邵珍前后脚进店堂。这爿店的黑豆炖得酥，带咸味道的黄米饭小人欢喜，她和老公当伊食堂。思琴或许吃不惯伊拉的牛尾盅，挑选地方辰光侬该发声音的。

多久没见邵珍，思琴惊讶对方做派如昔，不是讲生养会让女人变得从容，或愚钝些么。初来曼哈顿思琴找工，告诉我想法，我写出来你自己去背，别指望我中译英。中文字个个分开邵珍认得，连成《红楼梦》读不拎清。邵珍领她去中西餐厅，以老纽约身份款待，我是 Mrs，你个小姐有啥好抢的。思琴赶忙整理表情，对方有小孩，定饭店当然就邵珍方便。她来啥地方吃点啥无所谓。

思琴没瞎讲，这两年她围着岳轶转，几乎到丧失判断及偏好的地步。

和岳轶遇上，思琴动过心思找邵珍。邵珍与她同城同区居住，同级考进大学，与岳轶同年出国。她过来复读大一及拿到硕士学位，嫁了个与琼相似背景的白男。

头两个月里思琴热昏，接下去在路口摇摆，主要是岳轶摇摆。碰巧邵珍忙着生养，孩子出生思琴在留言机里祝贺了。

小囡不来啊，他爸爸带去公园。你老公会得带小囡，他儿子，他不管啥人管。小囡讲中文吗？中文，话还不会得讲。人家讲双语的小孩开口晚。哪来什么双语，伊根本是只哑巴。你要求太高了，混血儿总归聪明。

竟然讲出这种话，思琴吓自己一跳。邵珍倒好像轻松点，隔桌抓过碗，舀满牛尾推给她。

熟人陌生人见到她聊时尚，倒尽思琴胃口，邵珍是她们的反面。她这个朋友保持看书习惯，目前在读遗传方面的新动向。小囡的基因一个个开，所以他们一歇歇像爸爸，过歇歇又像妈妈。他们白人的基因开得多些吗？儿子像妈妈的多，邵珍的儿子看着是典型的白种。

他们的基因比较显性。讲出来侬不相信，爷爷奶奶，他们那边统统认为更加像我。其实两方面在讲老实话，大家对异质的东西敏感。不过儿子的性格确实遗传我，外公姆妈到小人一式一样，没把握的事体绝对不碰。你是这样的么，怎么觉得你特别勇敢，嫁外国人生小孩，还准备多养几个。你搞错，不勇敢才嫁外国人。他们简单，讲啥他们听啥，就有心理毛病也症状清爽。你老公那个圈子最明显，那些行为艺术展出，你到过现场吧，我们不去，报上看看够恶心。爱德华讲中国男的无聊，女人对他们要求低，他们也不当自己男人。

谈论岳铁的窗口关闭，和邵珍提及的新闻人物相比，岳铁无名，邵珍不会有兴致听。嫁外国人的女的未必讨厌本国男的，邵珍却是。她当面讥讽令恺空担画家名分，可思琴不能当邵珍坦率。

男人会认为邵珍不够漂亮，西方人都他[redacted]的色盲，遇上精明点的东方女人晕菜，什么丑八怪掳了去当娘娘供。邵珍的刻薄不输岳铁，在她眼里岳铁必定吃软饭，还算不上小白脸。令恺讲过爱德华夫妇实际上爱好艺术。思琴岂敢让她与岳铁迎面撞上，别的女人来了去，邵珍她得留给自己。

思琴拿起账单递信用卡，这次便宜我来，我们早点把你还给儿子。邵珍蹙起眉头，对迟疑的侍者偏过脑袋，随你们便。

春季事繁，公司里从上到下自觉早到晚归，思琴厚着面皮请假。

挨到同事们加完班，她折小机票的打印件塞进皮夹，在空寂的办公室里踱步。他们如今西化得狠了，关系出问题靠旅游解决。欧洲琼无所谓，东方岳铁不带她去，国内他俩几乎走遍，他们的问题解决了吗？

思琴不提琼，她憋得住，可保不住不想。岳铁现在有话跟琼讲，跟人家讲，当她面拨去各类女士的办公间及家中。女人上辈子欠他，女人今生栽他手里。思琴还真吃不准他调情的真假。

岳铁逢人炫耀两性上的成就，女人们宠他或烦他，这方面他的狗鼻子灵验。岳铁惹那些烦他的，发毛病般伤害宠他的。她相信岳铁的话，琼惧于房事，父母养育失败，结果却由他岳铁承担。公寓的那次岳铁近乎强暴，别的女人为他租的公寓，亏岳铁想得出。可折磨人的不是他喜新不厌旧，是他新旧皆不起劲。

按说岳轶壮实，女人从他那儿寻求保护，她们确实这么做。而迷惑人的是，到头来牵动她们的是他的抑郁。

大部分男人逞强，岳轶逞强的同时示弱。女人们仰慕他的放诞，他过人的行动力及原发性。琼或思琴在季节的更替中亟需换气，她们透过岳轶扎实的胸腔换，像秋风吹下落叶，像昆虫蜕下各自的壳。

到巴黎机场租个车，岳轶扔掉思琴准备的地图，凭直觉开去蓬皮杜。思琴原本担心语言障碍，她很快了解语言只是媒介。

思琴回到由他引导漫游曼哈顿的日子，脚不点地跟着走，睁大眼睛四处瞧，恨不能将自己劈作两半。一半跟了岳轶看世界，另一半留在下榻处，与岳轶做成爱的软体雕塑。

要让思琴自己登欧陆，她只有跟团，要不光找路便败了游兴。令恺讨厌旅游团，可他去趟普林斯顿得上斯德特打个转，新泽西的路标坑人。可人坑不着他岳轶对伐，一路上思琴检讨舍令恺而就岳轶的事实，姆妈晓得情况会原谅她。

回程的飞机晚点，岳轶口嚼雪茄荡离候机口。欧游后阶段他闹别扭的习气占上风，尤其在饭馆，岳轶尝够了人家自酿的酒。思琴从他露出进餐意向起赔小心，在侍者面前肉麻，预防他滋事。街上桌上及墙上所见他心里或许买账，却由不得要做出不以为然的腔调。

思琴跟踪岳轶晃荡的背影，在嘈杂的众生堆里，有他的地方就有一幅幅动态的霍珀。可它的构图及气氛别人家老早画过了啊。

岳轶久去不归位，思琴拖起大小箱子用洗手间。之前还有个欧洲，有它的博物馆教堂们等在大洋彼岸，如今思琴拿什么诱惑这个顽童。

这阵子思琴集中精力工作，起初真难，自家的头伏下去，冉冉升起的是他吊着烟棍的嘴，及琼肉鼓鼓的胸。自意大利起岳轶懒得搭理她，回到纽约他独自凫在深水区。思琴偷查过，琼的电话他接。他时常夜半不着家，思琴不敢等门，况且隔天还得早起。

抬起头她面前站着凯瑟琳，请她吃饭。思琴仰着脸，滑开座椅扶着桌面起立，同事们时而共进午餐，凯瑟琳从不加入。

盛夏的中午，阳光灼烈，空调里闷了半天的思琴，体内的寒气碰撞爆开，僵硬的肩及腰好比上了烤盘，再一会儿血水便升腾了。

凯瑟琳显然不肯滞留在室外，她俩才拐进 32 街，她指着挑出的布幌说这间就好。

凯瑟琳拨开侍者递上的菜单，我们要两个午餐盒，拿杯冰水给我。凯瑟琳灌下半杯冰水，开口邀思琴加盟她的女装品牌。新公司万事俱备，定于十月开张，她这个月底结束目前的合同，思琴可以再留几个月。

要不是凯瑟琳向来一语定乾坤，思琴会以为被太阳照昏了头。凯瑟琳不是设计师吗，哪里需要她。从今往后设计上思琴负责，可以找些实习生，要那些头脑尚未被产业格式化，比如 FIT（纽约时装学院）和帕森斯在读的韩国女孩。我至多给你点宏观指导，再说一遍，经营的事不用思琴操心。

侍者此刻送上她俩的午餐，满满装在玄色饭盒里，大小有序的格子里分放烤牛肉、加汁蔬菜、海藻及糯米饭。我就喜欢韩国人的扎实，凯瑟琳让男侍为思琴加满麦茶，然后别来打搅。

你有个最大的优点，是什么你知道吗？凯瑟琳夹了几块烤牛肉塞进口里，嚼完续上话题，就是你不知道自己优秀。像那些不晓得自己美的人特别有味道。她是看着思琴成长的，她的潜力这些年在积聚，就盼着这个喷发的机会。中国那么多人等着穿，她的公司将打进亚洲，她要上中下三线通吃。公司会做成市面上的顶级品牌，思琴从即刻起开始打腹稿。

步出饭店，思琴立脚嘘口长气，谁说每天的太阳是同一个。

忙有忙的好处，忙人少顾忌，接到邵珍回请电话，思琴无暇分身。

中午凯瑟琳带着她前后脚踏进韩国店。凯瑟琳各家要个午餐盒，思琴则在布局及菜品里体验东西合璧的口味，这口味她目前把握得似是而非。她尚未跟新公司签约，手上拿着作品比较有发言权。

夜间在床上想完作品想如何辞职。老板那个人精，早晚会发现她跟了凯瑟琳。大不了做坏了回头打工，新职位再险，还险得过跟着岳轶吗。

思琴顾不上他，岳轶反倒识相了，每天按时回家。兴头上现做几道希腊菜，捧着酒杯看思琴嚼食，今儿个抽空关心她的设计方案。

岳轶拎起设计稿上下转转，不错嘛，你也学会偷料了。他瞄得准，那幅图案是他早期作品的翻版。说来听听，这么搭功夫加班，预谋什么颠覆活动？

总体上岳轶支持她加盟凯瑟琳，不过建议思琴以股份换工资，投资成败创业者承担，思琴的技术风险要放到最低。最大危险是被人吃豆腐，岳轶放下稿子点烟。就会瞎讲，凯瑟琳有老公有儿子。老公能保证个什么。你这种巴掌脸，细胳膊瘦腿加飞机场。这个词也想得巧，你们上海软蛋偶尔还能露几手。俄国大洋马与老公上床，保不定全凭念叨你这个男孩儿完事。把我当男的，那是你有问题。我当然有问题，没问题你怎么会赖上我。

思琴答应与凯瑟琳相商，她在应付岳轶，谈待遇那页早翻过了。与其增加那点工资，不如多占几股。有次听到姨妈骂表姐，样样式式想着靠男人，哪里及得上思琴。人家看上去娇滴滴，私底下主意来得个大。

五

姨妈托她买几件安・泰勒的样品，就照思琴姆妈的尺寸。姨妈请她吃晚餐，问她暗点回布鲁克林要紧伐，思琴迟疑一下，说她住公园西道。

两人在自然博物馆边上碰头，饭前姨妈想去公园走走。姨妈告诉她每回来公园这边，就好像回了旧上海。过来多少年，姨妈从不提过去，除了沪语，不允许别人指出她与出处的瓜葛。年纪上来姨妈想回去一趟。

那时他们家住同乐里，外公生意不错，她，两个弟弟，过了些好日子。尤其小妹，出生时外公的生意达到巅峰，以为小女儿命里带来的，宠得她神智无知。外公本想去香港安顿，讲不来广东话，在人家圈子里兜不转，被人带去台湾。台湾当初蛮荒之地，外公也蹲不惯，动脑筋移民美国，想办法接大家出来。亲戚朋友在外公帮衬下走了交关多，就侬姆妈不晓得天高地厚，与不肯动的两个老的一道留下。再后来就出不来了，那么好了，嫁了那样个男人。

我爸爸也是牺牲品，被外公家的成分连累。姨妈掐断她，你姨夫讲得对，啥叫红颜薄命，侬姆妈就是。思琴侧过身，姨妈专横的长脸，和照片上的外公一式一样，姆妈讲越老越像。小时候这个做姐姐的，心里没少妒忌过阿妹吧。

思琴推说午饭吃撑了，还想独自走走。姨妈随她高兴，早点结束也好，她还要驾车回上州。店面盘出手，姨妈移居上州，走了个与思琴反向的路。见到小妹要讲外甥女总算灵光了，搬到了公园西道，宋美龄来纽约住在此地。运道比做娘的好，女婿实惠人。关照思琴在美国人公司做好点，为姆妈最后争口气。

送走姨妈，思琴反身园内，暑意渐消，馥郁的空气透出清淡的底子，她的心则有点重。黄种人当初在美国被看作是尾巴尖上的末末头，姨妈里里外外被踏痛过不晓得多少趟吧。他们以为她家庭和睦，姨夫表扬令恺正派，他叫作质真，比你两个下作派娘舅、你几个表兄弟有男人样子。这话从姨夫嘴里吐出不容易，就像姨妈评价她。

有些日子没见令恺了，前个周末大家去皇后区，那对夫妇与他和岳轶相识，人家不清楚他们间上演的戏码，分头请了。思琴犹豫着要不要露面，岳轶说去去，于令恺要打架，我陪他玩。

令恺没来，思琴松口气的同时叹气，怎么说也不该他退。以防备她当众表态吧，还在为他俩留后路。来客中知情者觅她独在的空当，表示理解她，她找回岳轶那款很好解释。听说她爸也是粗犷型，令恺若懂点心理学也能谅解。开导者不知道他爸北方人，那才是人家推论的绝好注脚。

可爸爸的粗糙多少次伤了姆妈及她。她爱的是表里皆秀的姆妈。她会不会又搞错，姨妈常讲，嫁人错，一生错。

有多少人因惧怕孤单而结婚的，她是，岳轶是，爸爸是。姆妈结婚的时候不是，后来也是了，令恺的情形她弄不懂，他比他们承受力强。要是仅凭勇气能成事，令恺会是竞艺场上的将军。

岳轶指望女人为他抵挡孤独，对抗无力一再找新人，心里也明白是自己的问题，于是损人伤己。大概也怪思琴不够懂他，或懂得也帮不上。人家不懂不通照样相处，他不能。男女关系中她有所长进，他没有。思琴边相帮边心慌，像姨妈讲的，怎么可能靠牢别人家。

好在发生了那么大的事，好在岳轶离开了。她是无力离开他的，明晓得岳轶注定捣毁她的所欲所求。要在医生引领下，她才真正了解岳轶的病症，其时思琴体谅与否已与本人无涉。

岳轶投入大量的精力与坏情绪搏斗，就好比他把时间花在女人身上。多么大的浪费，琼这么讲时，她一点没觉得受侮辱。他的压力，画上、做人上，甚至床上，她俩感应得到。压力让他贪杯，杯中物反过来杀伤。

对他的感情没顶时，想劝岳轶两人中随便挑，或者再划拉个捉得住他的，定下心作画。琼早这么想了，要不他俩同居哪能那么安生。琼不回避，岳轶怎么肯让她走。狠与柔是他性情的混合底色，调色是他的日常操作。他比旁人多出多少劲，就比人家虚掷多少。

如果事先有人提示，日后她将萦怀同他走过的城市街道，思琴的这一年可能会好过些。她以为享受着与岳轶共同生活，其实在享受城市生活，岳轶让她爱上了爱上城市的自己。她为他俩租下的套间与公园一道之隔，搬过去后，岳轶和她一次没去过，搬过去前，他们也没去。

岳轶带她闲逛的兴致，随着他们朝夕相处日渐稀少。夏末的傍晚思琴觉察到，她在独自观看公园西道上的风景。

之前思琴走在中城及居所的街上，内心胀得满，新皮球般到处滚。与同事近距离的摩擦，其实是情绪上的排异。这所城市提炼了她，她学会了对事不对人。办公室再大的风波，一天到了，大家各自回家。

岳轶不到下午不出门，去了画室，不晓得几时返转，这种时候下班后思琴不用赶。她顺着五大道遛一段，看看橱窗，买不买东西进去兜兜。有时到了哥伦布圈仍不掉头，一径上行，乘 M86 过西面，或者干脆徒步穿越公园。

思琴不无惊奇地发现，这个繁忙的都市里不乏孤身漫步者，公园里尤其多。自己看人的样子与人看她相仿。

她一度承认自己和令恺与城市有隔，那么些有意思的地方，他们不认得进不去。有名的事件与人，他们不知不识，他们怎么配称纽约人呢。这所城市谁也不放在眼里，令恺曾经感慨，反过来它也大路。他俩见怪不怪，才是城市选择的对象吧，可以与之携手终老。岳轶想跟城市谈恋爱，撞上纽约这个无情郎，他终将失恋。

接连数周晚归，岳轶怪罪，思琴辩解她不工作，房租怎么办。你是说你养我了？思琴醒悟，劳累过度导致脑子少根筋，闭嘴低眉捧酒杯，岳轶一掌挥开，连带掀翻台面。

为淘这张桌子他俩花的气力够办画展了，餐桌抵达公寓岳轶喷着烟雾笑骂他俩堕落。这个难弄的人，贪图享乐是真的，蔑视中产生活也是真的。半个世纪前的老木头，要不是动了蛮力，哪里就掀得动。

桌椅及碗碟与地板碰撞出不同的声响，上端的枝形挂灯受力晃动，摇荡的照明下水晶虾仁像赝品，而酱牛肉狗屎样，与蚓流的浊酒搅和。

整整十多分钟，思琴紧缩双肩立于壁角。乱象定格她拉过垃圾箱，勾腰往里拣残片。你这算作行为艺术还是新音响实验，再怎样也不该拿酒菜出气，自家辛辛苦苦做半天。这些德国花瓷好不容易带回家。

自个儿做的，爱怎么糟蹋怎么糟蹋。你少给我装蒜，不就舍不得几件瓷器吗。你这阴险的女人，假装贤惠利用我的关系到处拉拢，你以为我不晓得你的狼子野心。你他[redacted]以为我做不出新玩意了，我他[redacted]再便秘也是艺术，不像你们只配拉屎。

你心痛是吧，我让你心痛个痛快。他掀开橱柜，掳下一摞碗碟。

我的心没有了，喊声卡在嗓子眼，像堵上根才剪头的粗壮雪茄。她躺在地上，人们忙来忙去不顾及，令恺向她瞥了眼，口中喃喃：你的心没有了。随即侧过身去。

思琴够向空空如也的胸腔，她怎么会成这个样子……手一松，醒了。醒前最后想法，既然活不成，何不一颗手榴弹与琼同归于尽。该死的人是岳轶，那个女人也不是琼。可她清楚记得捡起岳轶与琼的合影，慌慌张张撕，大半身正面照上琼的笑容有点涩，还有点傻，一截一截，从黑白相间的碎片上浮现。心急忙慌中思琴用不出力道，越急越扯不断，令恺就快进来了。

接着卷入战争，敌我对垒，一颗炮弹投下，指挥官让躺在石檐下的兵士止步。没炸到，这就是 sign（示意），你不用怕了。石檐粗重的一长条，凌空而立，浓雾漫天，如天边一道桥。必须持枪上坡，见敌杀敌，否则被杀。架枪上移，见到戴军盔的当胸扣动，瞄得极准，没见人倒下，但晓得死了。军盔银灰色，闪闪发亮。又一个，对方来不及摸佩在腰间的小手枪。最后出现个矫健身姿，夹在平民堆里，徒身免冠，不等她放枪，说了声去你的。手里的西瓜弹当胸砸过，她本该后缩，却任自己躺着。

扔炸弹的小伙子向她跑来。淡金发，微红的白皮肤，蓝灰色起皱便装。你竟然没死，我是第一次开枪，她为自己辩护。怎么会是第一次，我看得很清楚，一瞄一个准。救护队逼近，再次后悔没扑向火堆。就在这时她认出镜子中的自己，鼻梁正中燃着了，一边的嘴角焦黑，整张脸像胀开的蛋黄。这时发觉楼梯上的令恺，叫了声老公。

夜色完完全全控制了城市，如一匹狩猎的猛兽，思琴在黎明前的黑暗里约束住自己。他们约好明天，不，今天去律师处。琼与他，请律师拟个正式分居协议。思琴自己的早已签妥，这会儿该结案了。

令恺原本不愿意，不能让她跟这种神经病，毛病发作起来对女人动手。他打听过了，那次琼带伤逃回娘家。母女俩瞒着当爷的，要是有人叫警察，他打孕妇会被判刑。他不是有意的，他脑筋失控，他的症状叫躁郁，琼的医生讲的。他有个精神病医生可以了，你还想转行当护士啊。年底她去布鲁克林搬东西，令恺借画像之名避往外州。可岳轶不依不饶，也为了对令恺公平，她请律师堵人送文件，两月头上双方签字递进法院。

那边一直没动静，岳轶意思结婚男人主动，离嘛得女人下决心。那要等到琼找人吗，她没离怎么可以找。和岳轶好上后，思琴训练自己不做无谓的猜测，比如不分析才刚的梦。和岳轶相处，首要保证自己不发疯。可有时就像令恺所讲，她人大概是长大了，脑子和心没有。

当初岳轶把她安置在画室，画室离他与琼的公寓挺远，他不时去拿衣物，一拿整宿，她为此闹过，岳轶说琼都不闹，你闹什么。某次他不知怎么在家闪了腰，住下了。琼下班来取画布画架，他答应完成的几幅，一早向人预支了钱款。思琴提出看看他，琼答应了。两人同乘出租车，她谢琼，琼说不必，这么做为了他的事业，思琴在边上，或许他画来顺利些。

还当琼这辈子不找律师了。昨晚听完岳轶发布，思琴徒然张口，想讲想问的话堵住喉咙管，原以为自己会很开心。他已经半醉，命她拿苏格兰威士忌。既然他否认不开心，思琴陪他喝。

后半夜岳轶往录像机里塞三级片，拽过她取乐。思琴原意不从，生怕他来日误事。可岳轶说了，他们下午两点半才见律师，琼只得小半天假，公司高层一早有会，而他俩该庆贺。

挨到窗帘的褶皱丢失素描关系，她猫步溜进盥洗间提着门轻关，莲蓬头的出水声吓坏自己。

直到她身披浴巾，怀抱衣裤闪身出卧室，岳轶在床上的姿态未变，不晓得是否醒转。琼和他结合十载有余，一朝签分，思琴不想他为行为后悔。

在常去的小吃店买份蓝奶酪面包圈，要了杯不加奶的咖啡。上班还早，思琴沿公园下行。

秋爽的天气，晨间的光彩越过低矮的围墙蔓延到人行道，思琴连吸几口清新空气，在腹腔内回味一番，缓缓呼出。举目眺望，园内多重的绿叶疏疏朗朗。

她从未这么早临近公园，感谢岳轶，为他俩搞定公园西道的房子。上个月路过蒂芙妮，思琴想见识设计新款，岳轶拖过她的手爬上弯曲的楼梯，让店员拿最上乘的钻戒。

本来玉才是我们的正宗，但身为设计师，给她选个新式戒指倒也名实相副。岳轶兜里掏出雪茄，做个点烟的样子，冲店员眨眼。对方抿唇笑，守蒂芙妮柜台多年，什么人什么事没见过。思琴看惯白人女子优待岳轶，老白女们尤甚，她这个年龄在国内早退休了。

店员瞄了眼她的手，取来尺寸恰合的各式戒指，按价位在丝绒托布上组队，邀思琴试戴，她局促间差点套错手。岳轶为艺展当参谋，方案与岛与都市相关，领着她查访曼哈顿岛的南极。他俩临时起意上楼，信用卡上没这笔款子，买婚戒还不是时候。这个周末，倒可再上华尔街那间分店。

接到令恺电话，她还在厕所。午前有个工作会议，老板与销售主管将与她共商来年市场。她给出的终止期在本月底，人家应该消化部署得差不多了。来年的计划肯定是个幌子，甚至是同行当的圈套，但她不可以临走拆烂污。昨晚被岳轶的事搅混，在公园西道上想起。

赶来办公室埋头勾完几张效果图，思琴抓起电话及手袋钻进厕所。这幢楼有些屏蔽，卫生间最糟，令恺的话她一句听不清。

思琴说我出去打给你。她拉拢化妆包，看看镜子，里面的眼睛及嘴角描成三道上扬新月。人家不看好岳轶与她，尤其令恺，如今修成正果，她有点来不及告诉人。

踏进走廊，便明白出事了。接线的简妮，平日里那么矜持，只有被问及才作答，老板面前不给笑脸，大家背后以假公主称之。简妮小姐上身前倾，高跟鞋歪了，泪珠在眼眶里打转，险些撞倒思琴。

一时间思琴仿佛倒带进入刚过来的情境，环境陌生，老师同学的鸟语抓不住，自己像只受到惊吓而失声的鹦鹉。铃声响起，这回是岳轶，及喉咙深处未曾有过的撕裂：琼没接电话。什么？琼在 1 号楼 53 层开会，她没接电话。那么人家说两幢楼起火是真事，思琴晃晃脑袋里的浊水，那你在哪里？我在去下城的路上。路上哪里？我他[redacted]的不晓得我在哪里。

电话断了，思琴回拨，线路忙音，紧接着整片网络都忙。

全公司的人挤在老板的南窗前，多少双眼望向下城。他们像在看特技处理过的画面，昔日熟视无睹的两幢楼被挖去了，曼哈顿不再像它自己。思琴仰首朝天，下城的天空迷漫，似乎有细尘浮荡，而他们的头顶碧空如洗。

原载于《山花》2022 年第 12 期

爱米的困惑

山　眼*

“乘客请注意，乘客请注意——！”广播刺啦刺啦地响起来，传来一个中年男人干涩的声音，“前方海滨站出现故障，这趟列车会有一段时间的延迟。我们对带来的不便表示抱歉。”男人咳嗽了两声，“再次说明，前方海滨站出现故障……我们对带来的不便表示抱歉，非常感谢您的合作和耐心。”

“嘎哒”一声之后，安静了。

爱米坐在位置上打盹儿，英文听了个大概，就像大多数时间在公司开会时一样。她抬眼看窗外，快速前进的列车慢了下来，几乎要停住了。

如果爱米可以从躯壳里跳出来的话——她经常有这样的欲望而不得志——她一定可以像对面的白人老头那样观察自己。一个东方——确切地说——中国女人，典型的黄皮肤，肤质细嫩；长直发散在肩上，眼睛不大，还好也不算小，有明显的黑眼袋；由于总是费力观察而显得疲惫。

在出国、读书、申请驾照填写表格的时候，她多次遇到这个简单的问题：眼睛颜色，黑色还是褐色？爱米是个认真的姑娘，自从她来到加拿大，在中国人的执拗上还传染了一些老外的天真。她严肃地面对表格，想，我的眼珠并不是全黑色，确切地说，严格地讲，我有一双褐色眼珠。她照镜子时肯定了这一点。这让她觉得背叛了那歌里唱的“黑眼睛黑头发黄皮肤”，好似不是件理直气

* 山眼，原名刘昺。生于陕西西安。著有长篇小说《他乡》《重逢1900》，长篇非虚构《行医者》，中短篇小说集《青春作伴》。现居加拿大温哥华。

壮的事。

爱米多次思索之后，觉得这件事无解。于是她有时写“黑色”有时“褐色”，基本上随意，自然也没有人在意。

爱米后来渐渐明白了——倒不是通过表格，而是通过实践——严格的生活是不存在的，执拗的分割和美好的幻象是一件惹人烦恼的事。

爱米撩了撩额头散下来的几缕头发，确切地说，严格地讲，她的头发也不是全黑的。在强烈的太阳光下，泛出红褐色的光泽。这是个优点，爱米因此可以少去几次美发沙龙，她天生怕麻烦。

对面的老头看过来。这是个奇怪的老头。干巴瘦，脸上皱纹纵横，老长的下巴，胡子拉碴；穿了件污黢黢的运动夹克和磨得惨白的牛仔裤；硕大的头戴式耳机仿佛一座威风的发射台；眼珠滴溜溜乱转，东瞅瞅，西看看——爱米怀疑，老头的耳机里压根没什么音乐。

这老头不是第一次见了。两周以前吧，也在这个车厢，他坐在她旁边，大声说：“早晨好！”吓了她一大跳。爱米在上早班的天铁上，一般都是迷迷糊糊的。要不就是没睡醒，头晕脑涨，要不就是胡思乱想，云游方外。她冷不丁地给人问候了，又看他活泼的样子，紧张地笑了一下说：“早晨好。”马上扭头去看窗外的风景。

在别的城市叫作地铁的交通工具，在温哥华这里被称为“天铁”。大部分列车轨道盘旋在离地面上方数米，乘客高高在上，可以看到城市风光的远景，以及破落的角落。初来乍到的中国人，对于“天铁”这么个称呼都不太感冒。天铁，好像和天堂一样不太吉利。那么，“Skytrain”除了翻译成天铁还能怎么样呢？有时爱米生出些奇怪的联想，比如说“开往天空的铁路”。这让她觉得既踏实又带点冒险，就像一种她从来不敢坐的过山车。

“看不看冰球？”老头在身旁热情地问，“亚洲人……你从哪儿来？”

爱米不得已扭过脸来，原来是手里的免费小报吸引了老头的注意。小报正如火如荼地报道斯坦利杯冰球赛决赛。这座城市的男女老幼全都迷上了冰球，好像不看冰球的外来户都不该存在似的。

爱米冷淡地说：“不。”

老头还要说什么，爱米已经把头扭过去，继续看沿途菲沙河水的景色。那灰白色的河水好像一摊刚刚煮滚的粥，举着一些缓缓移动的，老得生了锈的驳船。河面上漂着一层层码好的浮木，不知道要漂到哪里去。

老头看出爱米不爱理他，也就不再搭话。爱米透过眼睛的余光发现他在四处张望。过了几站，老头站起身，看也没看她就下了车，这让爱米觉得自己太冷淡了。

今天爱米又一次看到这个老头，他坐在她对面的座椅上，运动鞋在地上踏着拍子，证明他确实在听音乐。同时四面八方看着，倒是没有和谁搭话。偶尔碰上爱米的目光，老头好像还很高兴，似乎随时准备打开话匣子。爱米暗暗觉得这老头不正常。在天铁上没事儿跟人搭讪的，不是神经病就是吸毒吸高了的家伙。

列车一动不动。爱米看着窗外，前不着村，后不着店。手机显示时间：早晨七点五十。外面白花花的混沌的河水，让她觉得有点眩晕、昏沉。她又刷了一遍朋友圈，胃里却突来一阵翻滚，好像有谁举着煮饭勺在里面一通乱搅，胃壁剥落着的生了锈的酸臭细胞，在大勺搅闹之下浑浑噩噩、翻天覆地，甚至冲到了她的五官之外。

爱米知道，这是所谓的“晨吐”，还好她没有真的吐出来。

上星期她去看了医生，月经超过两个礼拜没来，她高度怀疑自己怀孕了。可她不敢去买超市里的验孕棒——那东西太草率——而是约了医生，这似乎为她赢得了一些时间……她需要一些时间……月经依旧没有来。她坐在会诊室里等着彭医生，听到门外医生在不断走动，一会儿他和另外房间里的病人低语；一会儿护士说，谁谁谁的检查结果到了，放在彭医生你的桌上了。

彭医生属于本地少数会说中文的医生之一，炙手可热，就有点儿不把人放在眼里的样子。爱米等了一个多小时，换了会诊室，护士告诉她继续等。

等着等着她困得要睡过去了。近来的下午她特别嗜睡，坐在电脑前，常常像被一百个沙包袋袭击了头部，脑袋都抬不起来了。高个子秃头老板时不时从前后左右经过，爱米还得竭力保持着警惕，这让她非常痛苦。有一次她在桌上趴了一会儿，抬头揉眼睛时正好老板经过，他倒没说什么，她吓了一大跳。为什么中国人天经地义的午睡，在本地人看来是件奇怪的事？

彭医生终于推门进来，手里捧着一个纸夹子，边走边看，顺便踢开一只挡路的椅子。他在爱米面前站定了，眨眨眼，说："你怀孕了。"他看着她的表情，预备要不要说"祝贺"。

爱米心里猛跳，分辨不出是高兴还是难过——其实在意料之中。她"唔"了一声，嘴里如同含着枣核，那枣核尖儿刺着她的舌头，有些痒，有些疼。

彭医生皱了眉头——他的耐心和时间有限。她这才发现医生蓄上了络腮胡。

时钟往回拨五年，那时爱米入读本地大学不久，在学校附近的取款机旁，丢了一张图书卡。正巧陆羽捡到了，于是他们认识了。比她小两岁的陆羽立即开始追她。认识陆羽之前，爱米刚结束了一场恋爱，前任不堪忍受温哥华的无聊，回国去了。爱米对人说，是她甩了前任，那个俗气的家伙。她甚至把他们的照片都删了。

爱米对于自己看起来比实际年龄年轻这一点，始终有些得意。陆羽听说她的年龄时表示惊讶，他丝毫没有犹豫，继续发动攻势。他有时做些不太靠谱的事儿，比如说送来一束玫瑰，其中有一枝明显瘪了，而他真诚地没看出来；又比如开车带她去兜风，她说渴了，他赶紧往回开，而不会停下来买一杯冰饮；还有一次请她去公寓玩儿，却把门钥匙弄丢了。

三年前他们结了婚，陆羽对于孩子不孩子，什么也不考虑。下了班除了打游戏，喜欢的就是户外远足和床上运动。爱米乐得自在。然而一个人的世界不是自己的，国内的妈妈倒没说什么，身边每遇到好心的大叔大妈，谆谆告诫她，要趁早生孩子。眼看周围的白人妇女、黑人妇女、华人妇女们一两个、三四个噼里啪啦地生着，爱米对自己原地不动的姿态渐渐产生了怀疑。但是很久一段时间她不愿正面想这事，直到她过了三十二岁。

别太认真了……是谁说的?

有许多问题是没有答案的。爱米虽然知道这一点，可她还是经常弄得自己糊里糊涂。她时常为一些不是问题的问题烦恼，之后又会为这些烦恼而内疚，仿佛她对不起谁似的，仿佛她没有快快乐乐简简单单地生活，是一种罪过。

列车猛地动起来，很快加速，把混沌的河水甩在后面了。

列车靠了站，乌泱泱上来一群人。老头看不见了，到处都是谁谁的衣服下摆，干瘪或肥硕的屁股，各色背包，雨伞……车子停在这一站，久久没有起动。人们开始不耐烦了。广播里又一次传出男人的声音："乘客请注意，乘客请注意……"

那天从医生诊所回到家，爱米累得脱了形。外面下着雨，新买不久的鞋子走湿了。她打开房门，静悄悄、暗沉沉的，窗帘都没拉开。他们结婚后买了这幢城市屋。每月光还贷款要两千块。刚搬进来的时候，这是个新房子，明亮，小巧，令人愉快。住了这么两三年，就觉得地方太小了，东西都不够放，前院也小。

"有了小孩都没地方玩。"她气鼓鼓地想。……那是什么?

"陆羽！"她叫，"把你的臭袜子收起来！"陆羽在卧室里哼了几声。好一会儿没动静儿，然后小跑出来，歪头看着老婆。他个头不高，浓眉大眼，有一双大鼻孔。和爱米站在一起，爱米总显得快快的。

"哪有臭袜子？"他问。

爱米气得想打他。"你闻闻，你长着鼻子吗？"陆羽像只狗一样，四处抽抽鼻子，坐下来，说哪有。然后他明白过来，脱下脚上的袜子，扔在一边，嘟囔说："昨天才换的。"爱米说："至少穿了三天。""哪有！"陆羽说。

爱米不耐烦跟他争，厌恶地瞧瞧卧室，卧室门半开。荧屏亮着，一闪一闪，电脑游戏里的家伙在嗡嗡说话，伴随一阵粗糙的背景音乐。卧室里气味一定更差。

“唉，怎么样啊？”陆羽推她。

爱米瞪了他一眼。

“到底怎么样啊。检查了没？”

好像他还挺急似的。爱米好受些了。“当然检查了，不然干什么去了？”

“嘿你，气儿不顺啊。我就一直等着你给我打电话呢。也不打电话回来。快说，怀了没？”

爱米回到门厅换好鞋子，给自己倒杯水。跑到厨房里揭开电饭煲一顿检查，果然，什么也没有。她感到肠子都绞在一起了，膨胀的饥饿感爬满了全身。“晚饭也不做。饿死我了！”她坐在餐桌旁，眼泪一股脑儿流下来。

“你就是要急死我。”陆羽一直跟在她身后，“买点儿不就行了呗，想吃啥？到底怀没怀？你想急死我？”

“你不是不在乎吗？”爱米也觉得有点过分，可她没办法。经常有这种时候，她对自己无能为力。仿佛懒觉睡过了头，越是想起床，反而越是爬不起来，干脆放弃了。

陆羽把脸凑过来说：“谁说我不在乎？”吹气咻咻，然后抱着她的腰。

那种暖乎乎的感觉让她放松了。“有了。”吐出了坚硬的枣核，爱米赶紧看着陆羽，看他怎么吞下它。

“那就养呗。”陆羽说得那么随意，爱米怀疑他还在琢磨他的游戏。难道在他看来，这是件像系鞋带、吃酸奶一样的小事？

“我不知道——”爱米瘪嘴，哭起来。一发不可收拾，好像大坝泄洪，挡也挡不住。洪水沿着左脸颊、右脸颊、左鼻翼、右鼻翼奔涌而出。趁着泄洪的工夫，胃里的勺子又绞动起翻天覆地的酸楚。啊，这讨厌的身体，未来还有九个月，她真要这么生活吗？她哭是因为完全没有退路了。一个小生命扎了根，冒了芽儿，她只能适应，而不能退回过去了。

陆羽一把搂住她，嚷嚷着：“怎么了，宝贝儿？这不是好事儿吗，这多好的事儿。哭什么？”他又没洗澡，身上有好几种味道。爱米想推开他，陆羽搂得越发紧了，她也就算了。陆羽想着想着笑起来：“我知道是哪回中的，哈哈！靴子总算落地了，哎哟！”笑得爱米忍不住也笑了。陆羽两眼放光，忽然跳起身，到卧室里去，在床上的被褥和衣服堆里摸出了手机。“不能让我老婆饿着呀，吃点啥？我来订！”

“我不吃。”爱米还在捏鼻涕，她有点儿不好意思，心里柔软起来，“我一点儿也不喜欢小孩。”她说。

“不是饿了吗，不吃怎么行？”陆羽说，“小孩儿这会儿正在发育重要器官……心脏、大脑，这时候不吃饭，小孩脑袋会出问题。”爱米不想理他，但还是有点担心。“吃了也难受。”她说，“哎呀怀孕反应，你知道什么。”陆羽说：“多少吃点儿，寿司、意大利面？爱吃什么？少吃点。”爱米说：“不能吃寿司，生鱼片也不行，有细菌。”陆羽上网去找食谱，最后给她做了西红柿鸡蛋打卤面。他端着面条来的时候，踱得像法餐厅里的大厨，下令说：“从今以后，好吃好喝，别烦恼了！”

是啊，有啥烦恼的呢？晚上爱米躺在床上问自己。三十四了，结婚三年半，我要有孩子了，我为什么苦恼？可能是怕失去自由吧。还有，爱米觉得不该把人生价值绑在孩子身上，她甚至讨厌芸芸众生喜闻乐见的行为，都是可笑的从众。她想要与众不同一点，不要太出格，能使她与大妈们保持一百公里的距离就好。不生孩子是特立独行的行为艺术。但是，严格地说，确切地讲，她对此也没什么坚定的信念。结婚以来她听到太多大妈的说法，总不免受到影响。

“不是算过了吗？”陆羽戳着她的背，提醒她，“还怕啥啊？”

一年多以前，在偶然排除了子宫肌瘤的可能性之后，爱米终于决定面对这个问题。本着理科生的态度，她要对这个重大选择进行量化处理。她在小本上分别写下了“好处”“坏处”，绞尽脑汁，把能想到的有关生孩子的优缺点，过来人的谆谆教诲，和她的人生计划都写下来了，她的人生计划是畅游世界。写下来还不算，不够科学，爱米给每一个优缺点打分，加上权重，最后“生孩子”

和“不生孩子”分别得到了一个分数。

像“产后忧郁症”啦，“身材变形”啦，因为只是可能性，她都没有加入这个严格的决策对比。加减乘除一番，得到的结果是，生孩子的好处略略大过不生孩子的好处，但是相差不大，大概是51%对49%这样的比例。陆羽希望有了孩子以后，他还能有50%的时间玩游戏和上网。爱米指出这不可能，而且她对他的想法很生气，打游戏，打游戏，除了这他就想不到别的！他们为此吵了一架。还好对于其他评分，陆羽没有提出异议，而且他也没有嘲笑她。

从那之后，陆羽就不戴套了。她也开始吃备孕的维生素。一年多了，也没动静，她简直以为自己有问题。

半夜时分，伴随着陆羽的磨牙声，她又惊醒了：生孩子是有可能死人的！女人可能大出血，死在手术台上！是的，是的，虽然医学发达了，但总是这儿那儿听到谁谁出了什么事儿……生产，那是个实实在在的难关，比以前所有的难关都更加危险。她在黑暗中睁大了眼，听见自己的呼吸一起一伏。噢，还有九个月，多么漫长，然后是个难关。人类为何要怀胎十月，为什么不能像母鸡那样下了蛋，慢慢孵化。那多么惬意，没有一丁点儿危险。人类的母亲为何这么遭罪……

她平静不下来，顺手给陆羽拍了一下。他马上不磨牙了，咕咕哝哝地说了什么。

“我怕。”她在他耳朵边上说。

“啊？”他咂巴嘴，又睡过去了。

她坚持把他弄醒。“我怕。”她说。

“什么？怎么啦，大半夜的。”他终于给折腾得不耐烦了，按说他今天算很有耐心了。可她不甘心，似乎总想再折磨他一下，这难过不能她自个儿担着。

窗外传来一阵凄厉的鸣叫，救护车的声音。为什么到处都有等待急救的人？雨又下起来，打在屋顶的金属水槽边上，滴答，滴答。温哥华的雨季总是漫长无边。爱米算了算，宝宝明年六月出生，可能是双子座。最好是个男孩，像陆羽一样没心没肺。如果是女孩，还得和她一样经历这难过的怀孕、可怕的生产……她一点儿不想让孩子受苦……她闭上眼睛，听了一会儿熟悉的雨声，世界完全是老样子，可是又完全改变了……她以为陆羽又睡了，叹了一口气。

“没事儿，你只管生出来，剩下的交给我了。”陆羽忽然抓着她的手说了一句，扭头睡过去了。

列车一直没有动。爱米再看看手机，八点多了。她昏昏沉沉地想，晚点去也好。她甚至希望再晚一点，可以理直气壮地躲过那令人生厌的会议。爱米无可奈何地意识到，她不仅社恐，而且工恐(工作恐惧)。所幸老板是个外表生硬，内里却比较大条的人。他还赞她工作时很好相处。只有她知道自己有多毛躁，浑身都是刺，每天在收集不满：有时对自己，有时对别人。 但是她外表看去人畜无害，很多人都说她是个随和的人。

爱米抱着自己尚未成形的肚子，眼光扫过去：车厢里挤挤挨挨的人，脑袋、屁股、大腿；还有可疑的、古怪的、讨厌的气味；分辨不清的喃喃低语、咳嗽声、突兀的笑声……那个老头居然还在，差点碰上他的眼光。爱米连忙拿出手机刷微信，朋友圈里一片祥和：谁去哪里旅游了；谁家的娃过生日了，得奖了；谁又做广告了……她点了几个赞，甚觉无聊，给苏苏发了条私信。苏苏在广州，这会儿多半睡了。

没想到苏苏秒回道：亲爱的，在呢。爱米本想写给她，还是发了语音。苏苏说：热烈祝贺！又发了一串鲜花和企鹅。

烦着呢。爱米说。苏苏却说：我早猜出来了！我看你前两天发的那个，番茄蛋面，就猜到了，哈哈，我料事如神！然后她不给爱米发牢骚的机会，说了一连串她认识的谁谁又怀孕了，生娃了……

爱米问：你那会儿也这么难受？没食欲，恶心，肚子鼓着，天天从早困到晚？苏苏笑说：谁不是这么过来的？——苏苏的儿子三岁了。多休息，不舒服就别上班了——她说。爱米冷笑，心想，加拿大的工作哪有那么舒服。每天都得老老实实卡在工位上，谁也不会因为你怀孕就把你当病人。

苏苏又说：让陆羽做家务，你歇着！爱米想起西红柿鸡蛋面之后，第二天炒菜锅里干结的酱汁，她还发现地板上粘着发黑的洋葱皮。她不想说这些，想问苏苏别的。她记得苏苏有一次早期流产了，最后不得不刮宫。那时爱米还在国内，苏苏的脸憔悴得像块用旧的白毛巾，声言这辈子再也不怀孕了。

苏苏说：哎呀，你别老是担心了。没事的。你不会的。小心点，别运动啊，别运动就行，别吃海鲜。你这快算高龄了，我给你讲……她连着打哈欠，小儿子又哭又叫，她终于去睡了。

爱米收起手机，抑制不住地身体前倾，胃里的大勺高高扬起，五脏六腑再次扭动起来，她闭上眼，又一次感到眩晕。可恨的晨吐、反应！……之后是一阵疲惫的虚空——简直有点儿厌世。再睁开眼时，她一个一个打量车厢内的女人：有的人屁股翘得很高，有的人瘦得像麻秆儿；有人穿着没型的牛仔裤，有人打扮精致，背着名牌包包；有人矜持地望着车窗外，有人不停在讲手机；而男人们似乎一味地邋遢而麻木。

这些胖的瘦的、各种肤色的女人，她们生过孩子吗？她们怀孕的时候，都像那些照片里一样满心喜悦，充满阳光吧？只有她爱米才如此纠结吗？

许多问题是没有答案的，她对自己说。然而她不能快快乐乐、简简单单地生活，确实是一种偏差。她将不能成为生活中的优等生，只能是个中不溜，那种得不到老师的厚爱，丢在人堆里谁也看不着的女生。噢，她多么讨厌成为那种人……她深呼吸数次，决定尽量不再烦恼。可是，一个生命，一个胖乎乎的小孩儿，将从她的身体里跑出来，面对这令人惊慌的世界。这足以使她现在的惊慌程度登峰造极。

陆羽打电话过来，临了儿说："放松点，老婆。"这又让她生气，他知道什么。一分钟都不会少睡的家伙，他不知道吗，人生的每一个决定都意味着不可返回的未来，每一步都可能使将来如履薄冰……当初和他结婚是怎么回事？她终于懒得想了。

广播里的男人仍在重复说：“检修人员正在加紧修复前方故障。谢谢大家的耐心。”车厢里一阵失望的叹气声，人们彼此发着牢骚，很快就又神情麻木地忙着继续刷手机，看小报，发呆。爱米身后的一个女人站起来，焦急地挤到车厢门口——她的肚子很大了，八个月？

爱米不由得盯着她看。女人的眼光转过来，爱米马上笑了笑。女人朝她苦笑，面上一片潮红，以只有她们俩才能听到的小声说：“洗手间，洗手间，唉。”爱米赶紧用眼神安慰她。

列车忽然一震，起动了。人们脸上露出一丝惊喜，又怀着疑惑。广播刺刺啦啦地响了，这次很简短：“海滨站的故障已经修复，运行恢复正常了，非常感谢大家的耐心和配合。”天铁很快加速，不久停靠在下一站。孕妇在车门打开的一刹那冲了出去，爱米也松了口气，希望她尽快找到洗手间。

天铁继续在轨道上前行，好像从未发生过故障。但愿人生所有的故障都可以修复，但愿人生也有明确的轨道……爱米知道这样想很幼稚。但是生孩子养孩子，不是故障吧？未来会证实她抓住了机会吗？爱自由，讨厌成为大妈的爱米已接受了现实：考虑到陆羽比她还小两岁，他的表现还过得去。她慢慢想象有孩子的未来——一幅线条不清晰的淡彩画面，一副没有底图的拼图碎片……

胃里的大勺搅起，酸恶又涌上来。一切已为时过晚……她陷入了一条不知流向的河流，只能顺流而下。人们说那是幸福的光明大道。每个人都该如此吧。谁又想过分地与众不同呢。

也许……这不是她，而是上天的决定。爱米这样想着，感到又舒服了一点点。

原载于《山花》2022年第10期

泳 池

唐 颖*

两年后，我回到住了四年的小城。三月初，上海已立春，这里仍然白雪覆盖。下午五点左右我开车去游泳馆。这个时段 Downtown（市中心）露天停车场可以免费停车，所以那几年的冬天，除了遇上暴风雪，我常常在下午晚些时候来游泳馆。

更衣室此时无人，我在热水龙头下匆匆冲洗换上泳衣。

游泳池空空荡荡，只有一位女子在游泳。池边的救生椅上坐着年轻的救生员，有男有女，都是大学生兼职。今天是一位女生，坐在高高的救生员椅子上，一位男生手里握着水管，在冲洗池边的水泥地部分。这些年轻男女生简直是两年前的原班人马。当然不是，只是相像而已，年轻的面孔和身材，而我从来没有真正记住他们的容貌。

我很快认出池里独游女子，熟悉的亚裔脸，细长眼，高颧骨，虽然她戴着游泳眼镜，我仍然能清晰辨认。现在是冬天，她应该长发及肩，即使戴着游泳帽，我也能知道她的发型。

那几年我经常在这个时间段遇到她。她不是天天来，隔三岔五，有时，间隔时间长一些，最长的一次，有过两个月没有出现。也因此让我注意到她的发

---

* 唐颖，上海人。著有长篇小说《美国来的妻子》《阿飞街女生》《上东城晚宴》《家肴》。另有小说《红颜》《冬天我们跳舞》《另一座城》被改编为戏剧或电影。两栖于上海与纽约。

型，无论隔多久，她的发型不会变。冬天长发，夏天短发。无论短发还是长发，都经过仔细修剪。短发不是特别短，到下颌，两侧发稍长，在脸颊旁自然弯成钩子，这一钩便钩出了时尚感；长发则刚刚及肩，蓬松飘逸。

在这座似乎人人都不修边幅的大学城，你很难见到发型讲究的女子。

我在更衣室暗暗观察她如何打理头发。事实上不用暗暗观察，情景在眼前展示得恣肆。她自备吹风机，开足风量，在扰人的噪音里，满头湿发吹得飞起来。她不在乎别人的目光，当然不用在乎，冬天，你不能披着湿淋淋头发离开更衣室，停车场在室外，气温在零下。洗完澡吹头发很正常，人们通常就用更衣室提供的吹风机，要是开足风量，噪音更响。

只是，她用吹风机的时间有点长。一般情况下，假如更衣室有其他人，我总是急急忙忙把头发吹得半干就离开了，在异域公共场所格外小心翼翼，怕干扰了别人。她并没有这种顾忌，心安理得吹她的发。先是满头吹，然后一片发一片发地吹，直到头发呈现她认可的发型。此时头发的颜色也发生变化，原先被水浸湿的头发，墨黑墨黑，吹干后，墨黑变成浅黑，是柔软的黑，不如说更靠近深褐色。

是的，头发给她形象加分，成了她身上最突出的优点，假如说她容貌不够漂亮，却因为发型不俗，而使她有了气质。

好几次我欲开口问她去哪里修剪头发，却又忍住了。我们之间从无交谈，甚至没有眼神交集。我总觉得她刻意避开我的目光，释放的信息是不想与我交谈。而我也不擅长与陌生人交流。我发现恰恰是在亚裔人之间，彼此很少主动打招呼，说穿了，我们很容易鄙视自己的同胞。但她看起来像是邻国人，也许和我一样，对于自己有口音的英语不那么自信，尤其是在两个异国人之间，交流更艰涩。

她在她喜爱的泳道，也是我喜爱的泳道，泳池最里侧的泳道。所以我和她之间有暗暗的竞争关系：彼此都有可能比对方早一步占据喜爱的泳道。连冲淋房都会共同选择最角落的那间。难道她跟我一样，有着异乡的落寞和胆怯，不想被人注意？可我在自己城市曾经相当爱出风头，年轻时穿奇装异服，享受街上行人的回头率；在朋友圈中是最有存在感的一位，自我中心指手画脚；遇上拍集体照，总是不客气地挤到中间。异域生活改变了我，这变化我是在游泳池才意识到，心里有小小的震动。

不过，亚裔女子并不怯弱，看她在泳池的表现就知道了。她在水里动静大，自如又强悍，身体俯卧在水面呈流线型，一左一右划动手臂，双腿蹬出激烈的水花；游到尽头，她在水下一个跟斗，便已头脚交换，不做停留，开始新一轮的划动。水里的她和其他美国人一样，游自由泳，可以不停歇地游上几十分钟。在更衣室她也是洗沐换衣动作迅捷，从不与周围人搭讪，而旁人也与她保持默契般的，连“嘿”都免了。因为，当我们两人都在更衣室时，某个老美进门会对我说一声嘿，就好像她是透明的。或者她们曾与她打过招呼，而她的反应让她们明白，她不喜欢被人招呼？

有一阵我对她生出惧意，希望不要遇到她。她的沉默、自顾自到自闭状态，给我莫名压力。以后我又怀疑她也是个忧郁症患者，当我自己顽固性失眠诱发了忧郁症而需要吃药时，对她固执的沉默不再见怪。

我服药期间中断学业两年，承蒙导师关照，这次是来参加博士论文答辩。

今天看到她在我常游的泳道，竟生出久违之感。

我羡慕她自由泳游得这般娴熟。我只会蛙泳，这还是小学体育课勉强及格的课目，之后很多年不下池子，是个讨厌运动的人。我对我的所谓“蛙泳”是否是蛙泳，毫无把握。在满池泳者手臂飞扬双腿踢出水花的自由式游泳中，我觉得我的蛙泳简直像狗爬式。

我得不到最里侧的泳道，便在最外侧泳道。我不愿意在中间泳道，我对自己的蛙泳姿势自卑，希望不被人注意，尤其不愿意让坐在高高的椅子上的年轻救生员观看我的游泳姿势。他们若不是池中好手，是拿不到救生员执照的。我觉得最外侧泳道，正在救生员的眼皮底下，她或他通常不会太关注眼皮底下的动静。

在美国游泳馆我才发现，这里的人都爱游自由泳。当泳道都满的时候，你发现你是泳池里唯一的另类。

可笑的是，也会产生戏剧性转折。曾经有一天，我发现池里有人在蛙泳，一个、两个……有一天满池人都游起了蛙泳，这有点像灰色幽默，是本地居民在向少数民族表示融合的姿态吗？当然，这只是即刻的好玩心态，他们很快又恢复了自由泳，而我却没法自由转换，我试过却失败了。

我没法做到自由泳标准的下坡式漂浮，卧在水面双腿立刻下沉，成了上坡式漂浮，既甩不开手臂也没有力气用腿拍水。自由飞扬的泳姿，在我这里成了沉重的包袱，颇有挫折感。

因此，我试图让自己融入主流泳姿中的努力，很快放弃了，就做埋头于水中的鸵鸟吧。戴上防水眼镜，看出去的世界退远了，唯有水下清澈。在透明的蓝色中，思绪排空了，连自我都消失了，不再自卑也不再焦虑。

于是我这个不爱运动的人，在长达半年被雪覆盖的白色冬季，除了暴风雪天，竟然在坚持游泳。

冬天的游泳馆暖气宜人，却收费低廉。这是一间开放给市民的社区中心，内有篮球馆、乒乓房、桌球室以及健身房，都是免费的，除了游泳馆和瑜伽教室。出入这里的人多是退休老人，或低收入者，以及由家长陪伴的儿童。城里的中产阶级们更愿意去收费高一些的会所。当然，比起国内象征身份收费昂贵的会所，这里的会所是平价，上班族都能消费。

事实上，我有学生游泳卡，大学的泳池规模更大。但我不愿与年轻学生为伍，池里的青春气氛，而更衣室大而无序，热水不够充沛。总之，是个让我觉得自己已经上年纪的地方。我宁愿来这里买月卡，享受这个社会为弱势一族的周到安排。

我进入池子，迫不及待和水拥抱，离开小城我就不再游泳，回到自己的城市，生活是另一番节奏。喧闹嘈杂庸庸碌碌，是我年轻时最讨厌的生活，可我在喧闹嘈杂中不用再吃抗忧郁的药了。

我在水中脸湿了，发热的水从眼里涌出。

把脸埋入水中这一刻，水的清澈，总是令我惊喜。我屏住气息，身轻如纸片儿。我以旁观者视角目睹我的身体和灵魂一起深深沉浸于水里：小舟从此逝，江海寄余生。

从水里出来，我会自嘲：我没有江海，只有消毒水。所以，所谓透明的蓝色，是水中加了用来杀菌的化学药剂。这一大池为冬泳者准备的消毒温水，在上海，不是我能享受的。上海的温水游泳池多半建在酒店，与市民隔离，虚荣的人会在乎，在他们心里，它成了城市的负面背景，因为得不到而有了怨念。不幸的是，也是我的怨念。

池边热闹起来，一群老妇人从更衣室出来，这也是不变的情景。游泳池旁边伸出一方小池，老妇们总是在这个时段，进小池做水里的健身运动。

她们蹒跚走来，连体式泳衣凸现着女人年老后身材的全部缺陷。她们肥胖，像怀孕的女人挺着绷在游泳衣里的大肚子。不知她们是从哪里弄到特特大号泳衣。我是高个子，体重正常，身上这件连体式泳衣是 XL 号，她们至少需要 XXL 或 XXXL 号码的泳衣。我在当地购物中心为自己挑选泳衣时发现，连体式泳衣尺寸不全，可挑选范围远远小于比基尼泳衣或两件套的运动泳衣。

年老的妇人们胖而松弛，脂肪裹在皮里，从游泳衣的腰身边缘溢出来，溢出太多，形成真正的肉皮囊挂在泳衣外面。

看到她们我会想到另一位老妇。她身体瘦弱显得轻盈，从不运动。她叫萨琳娜，是我房东莉莎的忘年交。我在咖啡馆遇见她，也曾在一家可以吃简餐喝咖啡的连锁店见到她。她的桌上总是放着书和厚厚的夹了很多纸片的笔记本，手里握着笔。是的，她在写诗。

遇到她的那一年，她已经高龄九十。她化淡妆，涂玫瑰红唇膏，穿秋香色两件套的羊绒圆领套头衫配开衫，看起来比她的实际年龄年轻十岁。她从十六岁开始写诗，直写到九十岁，从未出版诗集。萨琳娜说，写诗是她的生活方式。她守寡三十年，和女儿在一个城市，却住在不同的 county（县）。

两年前我在游泳池看到老妇们，想到萨琳娜，我会希望我的老年更接近萨琳娜，我希望像她一样外表优雅、体面，像她一样在独居中找到属于自己的生活方式。

但现在我却更羡慕老妇们。虽然，她们的大腿过粗在行走中会相触摩擦，她们不得不努力岔开双腿，胖鸭子般慢慢朝前挪动；隔着距离，你也能看到她们的小腿静脉曲张，如同蓝色的塑料管子镶嵌在肉腿上。

但是，这一切丝毫不影响她们的好兴致。

她们说笑着，语速比步速快。即使每天见面，仍然有说不完的话。所以女人比男人长寿。女人善于利用各种机会与同伴们分享自己的心情，絮叨着已经重复多次的话题。说什么并不重要，要紧的是有说话机会，张开嘴，把话说出来。她们往往七嘴八舌，各说各的。在外人听来都是废话。然而，说废话是排毒，排出情绪的毒素，说个不停的人会得忧郁症吗？

她们老成这样，大半生里经历了难以预料的风险：情变、婚变、家变各种变迁。这个年龄的她们，丈夫或兄弟可能参加过越战，她们因此经历了生离死别。关于自身形象的丑陋与否，实在微不足道。她们是彼此的镜子，谁也不用嫌弃谁。她们比萨琳娜更具有普遍性。

我双手抓着池边水沟凹槽，把防水眼镜推到额上，抹去脸上的水，颇有兴味地打量她们。

我看到她了。这并不意外，可我仍然一惊。

十几个女人，花花绿绿一大簇。她们已经从我面前走过。我掉转方向，朝深水池边游去，很快她们会沿着池边转到这边来。从这个角度，我可以更为清晰地看她。她走在里侧，不时被人遮住。她是这群老妇中最年轻的一位，但也年近六十了。她也是最沉默的一位，表情不变，是面无表情的表情。我第一次看见她就是这个表情，那时她的家还是完整的。

我先认识她丈夫和她儿子。那年我第一次在美国中西部小镇过冬，一场接一场暴风雪，我还未考驾照没有车，需要去学校的日子，得算好时间等在校车站。其他日子便像关在笼子里。我未婚，相亲路不顺，便指望出国开始新的旅程，在三十八岁年纪来美国大学读冷门专业博士，从申请、录取、拿签证到出发，千回百折，赶上的是冬季开学。

到美国才几天，第一场暴风雪给了下马威，公寓断电的夜晚，我因恐慌而失眠。我带了安眠药，可药片也像患上了水土不服，在异乡突然失效……

那几天，学校和商店关门了。我不得不禁足在房间，也许因此落下了病根——幽闭恐惧症，诸如此类。

我寓所的窗户对着小镇最宽的马路，35 英里每小时的车速直接开上高速公路。所以，路上车流如织，每一秒在变化，又似乎毫无变化，隔着窗玻璃只见车子不见人。

我在人口密集的城市长大。我到美国才了解我和我民族的文化基因：我们无法离开人群。失去人群比失恋还让我失落。不断下沉的情绪让我对自己害怕。我希望有学校之外的社会生活。

马路对面的教堂，吸引我的目光。风雪夜，中西部平原狂风呼啸，教堂大门口亮着灯，眼见一部部车子压着雪辙驶进停车场。我通过教堂停车场变化获知教堂活动：有些夜晚，教堂有 Bible Study（查经班）；礼拜天停车场最满，早晨有两场礼拜，还有面向未成年人的主日学校。

我透过双层窗玻璃望着马路对面，想象着教堂内的盛会，那里热闹还有信仰加持，简直是严冬最完美的庇护所。

我没有信仰，却需要人群。一个晴朗的冬日，我踩着咔咔作响的冰雪，绕了一些路，走到十字路口穿马路，走进教堂。

她的丈夫、教堂副牧师、提前退休的药剂师威尔逊先生接待我。他年过六十，身体有些臃肿，说话微微喘息，但灰蓝眸子闪烁慧黠和幽默，一缕忧伤时隐时现。我们才见面就聊起来。他有足够的耐心倾听我口齿不清结结巴巴的破英语。或者说，因为他，我才有勇气开口说异国语言，而威尔逊先生也并不急着传教，言语间能感受他对外族人心态开放。

这座教堂属于路德宗，教堂还未有华人教徒。事实上，城里的华人教徒有自己的教堂。威尔逊先生对我出生的国度和城市感兴趣。我无法用贫乏的英语单词向他描绘，便去网上找来照片向他展示。

来去间，我在威尔逊先生的办公室见到他儿子。这是个高壮的小伙子，名叫约翰。他蓝眼睛严肃专注，短短的栗色头发，两颊已有淡淡的络腮胡子，虽然他才十七岁，仍是个高中生，寒假后再读一学期毕业。他与我寒暄一下就离开了。威尔逊先生告诉我，这天是约翰打扫教堂的日子，他放学后直接从学校来教堂。我以为约翰在城里高中上学。他父亲说，他们住在另一个 county（县），他从学校开车过来，车程三十分钟。

来回一个多小时，就为了给教堂做清洁？我在心里问。当然，也不奇怪，子随父行，他跟他父亲一样，愿意把时间奉献给教堂，用他们的话说，为上帝服务。

我离开时，威尔逊先生让约翰带我参观教堂。那时他正在给教堂每张座位摆放《圣经》。

我和约翰一起把《圣经》摆放在椅子背面的插袋里。他不言一字，脸上肃穆的表情仿佛在强调教堂的神圣，以致我也不便开口聊天。教堂不小，有四五百张椅子。摆放书这个动作，竟也带来些许愉悦，是因为这动作安静有规律？我突然意识到，约翰也许很享受做这件事，他并不欢迎我的加入。

约翰遵他父亲嘱咐，带着我把整座教堂都参观了一遍，包括地下室的储藏间，这个过程令约翰稍稍有了生气。走进儿童活动室，只见墙上贴满童稚的画，地上低桌上到处是玩具，让人一瞬间忘记这里是教堂。约翰的脸上有了笑容，嘴角两粒小酒窝溢出了十七岁的稚气。在童稚的气氛中，约翰告诉我他母亲也全职为教堂服务，他说，这是他们全家人的教堂。

我见到约翰母亲是在两三个礼拜以后，那段时间我不时去教堂找威尔逊先生聊天，不如说把他当作练习英语的对象。

她叫雪瑞，比她丈夫年轻十岁不止。她面容清秀，眸子没有一丝笑意。当她丈夫把我介绍给她时，她只是微微点头，没有交谈，连寒暄的话都不说。她深沉的静默，令我说不出话来，心里甚感意外，印象中教徒们遇见陌生人，总是满脸笑容热情得过分，让你想象他们比我们这些没有信仰的人来得快乐，不是吗?

见到雪瑞那天，我也遇到了约翰，但他看到我时，面无表情，好像我们不曾相遇。威尔逊先生脸有歉意，欲言又止。

那天之后，我突然就停止教堂访问，不说话的母与子，让我觉得自己不受欢迎，我也不愿看到威尔逊先生为难的表情。

四月，我收到威尔逊先生的邮件，他邀请我找时间去教堂演讲，给中年上班族聊聊关于上海和中国。他说，他们从未去过东方，可能以后会去旅行，甚至会考虑去中国做生意。这有点让我吃惊，已经二十一世纪了，居然还有这么多美国人没有去过东方?

我那时已经不像刚来时那么热衷于融入美国社会，我被学业和失眠困扰，没有闲暇充当文化使者。但来自威尔逊先生的邀请很难拒绝。我于是带上与演讲有关的视频材料去教堂见威尔逊先生。

那天是星期二。记得星期二，是因为我在威尔逊先生办公室时，约翰进来拿吸尘器，便想起星期二傍晚是他打扫教堂的时间。多日不见，我们互相寒暄了一下，他仍然不爱说话，急着离开，出门时突然回转身伸出手与我相握，突兀而令我惊喜。看着他离去的背影，他父亲用玩笑语气婉转道歉说，这些teenage（青少年）说话愣头愣脑，粗声粗气，像头动物……

我的情绪却被突然涌起的怅惘笼罩，看着约翰拿着吸尘器离去的背影，眼前浮现他孤独清扫教堂的身影。

我和威尔逊先生定下了五月初的演讲时间，这之前我们需要电话确认一次。我打电话给他，却被告知威尔逊先生最近不能来教堂，因为他家发生紧急事件（Emergency）。我第一秒钟想到约翰，他在来去教堂路上出了车祸？我心跳加速。

然后我收到威尔逊先生邮件，他说最近家里发生一些事，去教堂演讲的事要耽搁一阵。这一次我想到雪瑞，她没有表情静默如雕像的脸，宛若关闭与外界的通道，让我无端地为她担心。我回复威尔逊先生邮件，问他家里到底发生什么，需要帮什么忙。威尔逊先生没有答我。

五月中旬大学学期结束后，我匆匆回上海，返回我熟悉的生活。

我在开学前两星期回到美国，我要参加一门补考。我本来就不是什么学霸，读书生涯对于我从来不轻松。

那个夏天，水灾侵吞我所在的大学城和整个州，隔壁城市已成水城，并发生缺水恐慌。超市拥挤，人们都在买水。我在超市遇到教堂认识的年轻女生，我向她打听威尔逊先生，夏天之前他家曾经发生的 Emergency（紧急事件）是怎么回事？现在应该安然无恙了吧？她吃惊反问，你不知道威尔逊儿子割腕自杀？她喃喃嘀咕道，他撇下父母亲，先走了……

我脑子乱了。我问，威尔逊先生有几个儿子？她说威尔逊先生只有一个儿子叫约翰。我问，他不是经常来清扫教堂吗？她说，他已经离世，不会再来教堂清扫。这句话令我眼睛湿了。我在想约翰母亲，她如何承受这个打击？回想初见雪瑞时，她的没有一丝笑容的眸子，难道她早有预感，却无能为力？

那晚我特别想念母亲，暑假回沪，她苍老很多，说是太思念我，因为之前她从未与我分离在大洋两岸。

我给威尔逊先生发邮件，对他失去儿子表示哀悼。他回信告诉我，约翰患忧郁症久矣，他们没有意识到病情的严重性。

新学期我搬去公寓楼相对集中的社区，那里学生人来人往，至少物理空间不那么空寂令人惊慌。当然视线里已见不到两英里之外那座路德教堂。我没有去探望威尔逊先生，我的玻璃心让我害怕面对威尔逊先生的哀容。

十月下第一场雪，十一月人们就开始担心十二月的寒冷。已经是第二个冬天了，我仍然失眠。我去接受心理咨询，医生建议我多做运动。我买了游泳卡，在积雪的日子，这是我唯一可以实现的运动。

记得那天更衣室有些拥挤，一群老妇人在冲洗更衣，做游泳前的准备。雪瑞在她们中间。有一秒钟我们的目光相遇。她似乎没有认出我，或者说，她漠然的目光让我以为她没有认出我。老妇们在热烈交谈，她仍然保持她固有的静默状态。我突然意识到，她根本没有看我，她对眼前的人世视而不见，她的目光聚焦在约翰身上，在她记忆里一直活着的男孩。

此时我伏在深水区的池边，戴上了游泳眼镜，她和她们的面孔透过眼镜变得遥远并且模糊。两年前很多个傍晚，我也是这样在池水里默默关注她。

老妇们进水池后，有个年轻女子随后出现，她是她们的健身教练。两年过去了，她仍然是她们的教练。年轻女子发出我已熟悉的口令，她声音清亮，性格开朗，常在口令间隙说些逗乐的话，引来老妇们的笑声。两年前，我常常在欢笑声中转脸去看她们，更是为了看雪瑞。池子站满了老妇人，我很难看到她的面孔。

今天我在外侧泳道上，当我向小池子看去时，我的目光同时收入里侧泳道亚裔女子的泳姿，她不知疲倦，来来回回，在水里完成心中预定的目标。

这不变的情景，无论是她还是老妇们，以及隐在老妇人中间的雪瑞，还有那位声音清朗的年轻教练，她们让两年的时光突然消失。这不变的恒定的次序，包裹着的故事重又变得清晰。

我久不下水，才游了二十几分钟，便体力耗尽。我已经做不到像两年前那样游上四十分钟，虽然这四十分钟也是停停歇歇。

我回更衣室时，她们都还在水里。我匆匆洗沐，穿衣，赶着人们到来之前，把头发吹干，我仍然很在意吹风机的声音会干扰他人。

我刚打开吹风机，朱迪走进更衣室，她是我前房东莉莎好友。是的，我在四十岁那年搬出学生进出的公寓楼，住进单身女子莉莎的出租屋。我和朱迪热烈寒暄聊了好一会儿。朱迪是家庭主妇，为城里一支业余爵士乐队做过钢琴伴奏，这支乐队的主唱便是年逾六十的莉莎。两年前我带着未完成的论文回国，莉莎也卖房离开小城。她动过膝关节手术，无法忍受中西部漫长的寒冬，搬去佛罗里达。

朱迪说莉莎离去后，乐队也解散了。我问起萨琳娜，朱迪说，萨琳娜已去世一年半。见我吃惊的表情，朱迪似在提醒我说，萨琳娜九十四岁了。朱迪告诉我，萨琳娜去世前，终于等到自己的诗集出版。

也好久没见你，至少有半年吧？朱迪问。我笑着摇头，告诉她，我回国两年，所以，至少两年没见。朱迪一阵惊问，有两年吗？已经过去两年？怎么可能？

怎么可能？我在心里惊问。我看着从我们俩面前走过，径直走向冲淋房的亚裔女子的背影，她走进角落冲淋房之前，拉下头上的游泳帽，露出光头。顶上白灼灯照在她的光头产生一秒钟的反光，仿佛那是一圈金属，从来不曾长出头发。

朱迪在我耳边说，有一阵我陪我丈夫看病，也在医院见到她。

从泳池通道传来说笑声，老妇们陆续进来了。

我走出更衣室站在社区中心大楼台阶上，大楼门外是露天停车场。夜色笼罩，停车场亮起了路灯。我有些茫然，一时找不到租来的 Honda（本田）车。那圈反光仿佛刺伤了我的眼睛，我看出去的物体模糊、退远，就像戴着防水眼镜。

原载于《江南》2022 年第 3 期

爱丽丝的天堂

王婷婷 *

一

汤姆和爱丽丝的初夜几乎让他白了头。

到底是他睡了爱丽丝还是爱丽丝睡了他？他不是想不起来，而是搞不清楚，当时情况复杂倒不复杂，谁先突破界限的实在不好说。但裤子肯定是自己脱的。

他的脑子本来就不擅长深度理性分析，反复回放昨夜深紫色夜灯的光打在女人汗津津的大腿上、白腻的肌肤在昏暗里放肆地摆动的情景非但没能理出头绪，反而让他更迷糊。索性随他去。他的大脑放弃追寻真相，瞬间被几个小时前身体跟随本能试探着胶着纠缠较量高潮的过程再次覆盖，他的大脑里再次播放起往复冲撞、一下下送抵、一次次实践早已生疏的技巧和道听途说的经验的滋味，回放着胯下娇小的身躯时而扭动时而静止，忽高忽低的叫声听不出来是满意还是抱怨的镜头。即使在那样迷乱的时候，他也知道应该坚持久一点会让这个女人高兴。他再次懊恼在女人意犹未尽地扭过身体示意换个姿势的时候突然爆破，痉挛几下就结束了。他不敢继续缠绵，抽出身体想逃离，又觉得不太合适。女人伸手拽过被子盖住腰肢，头埋在枕头上不说话。他慌乱地在床尾捡起衣服遮蔽身体。

---

* 王婷婷，1975 年生于新疆，主要作品有《一辈子很长》《春天在哪里》。现居加拿大温哥华。

“我先下楼了，你好好休息。”汤姆不想留在现场。

糊里糊涂从二楼回到地下室床上的汤姆拼命回想这件事到底是谁先动手的。

她上吐下泻折腾了一天，半夜的时候她说胃痛得厉害，他好不容易说服爱丽丝试试他用来对付头痛的止痛胶囊，吃完药她就哭了，好像刚才咽下去的不是止痛片而是害她命的鹤顶红。哭什么？不就是生吃海鲜闹肚子吗？又不是得了什么绝症，哭得鼻涕眼泪使劲往他身上蹭，哭得凄凄惨惨拼命往他怀里钻。

他独身十几年了，早就绝了男女之事的念头。刚离婚的那些年，四处打零工，朝不保夕，这些年在一个郊区餐馆里做后厨，从早站到晚挣的钱是从汗珠子里捞出来的，而女人还会嫌少。他接到天上掉下来的馅饼来给富婆爱丽丝当司机助理，哪怕莫名其妙又兼了保姆和园丁也还是比餐馆轻松，住在这么好的房子里，抬头就是远处的大海，绿油油的山，出门是花园草地，怎么可能打老板的主意。

汤姆很沮丧。

他来加拿大快三十年了，别说独立屋了，公寓都买不起。这些年住过各种地下室，从来没进过豪华装修、专业设计的房子，就连他一个人享用的所谓的地下室，其实一大半在地上，可以看得到山景，有独立洗手间，家庭影院、台球室、健身房、酒吧都在这一层，老板很少下楼用，地下室的起居室里三米多宽的壁炉前那张按摩椅他天天用。他只想在这个天堂一样的地方永远做饭剪草。

他刚刚习惯睡在标准双人床上，刚刚学会把鼓捣院子当作运动休闲，他第一次知道在宽大的中式西式双厨房里用大马士革刀具准备精致餐点是一种无以名状的享受。

或许他要从天堂坠落了。古人说色字头上一把刀，果然是至理名言。哪怕是顺水推舟也不应该。大概是鬼迷心窍扶着爱丽丝吃药、看她哭得厉害时下意识拍她后背让她误解了。

汤姆愁闷得一夜没睡着。

天亮了，他才迷糊着，梦到待了七八年的餐馆后厨，闻到老板家地下室常年弥散的潮湿阴冷的气味。是的，阴冷是有味道的，像峭壁背阴处混杂了腐烂青苔与土壤岩石的那股腥气里的清冷凝滞。餐厅后院上空，那一小片总是浑浊阴沉的天空像是他人生的底色，在睡眠中卷土重来，企图把他拉回去。

爱丽丝显然睡得很好。她说止痛片起作用后她就睡着了，日上三竿才醒。她在主层起居室的沙发上看连续剧，嗔怪道："已经中午了，人都要饿死了，看看什么东西可以煮得快一点。"

汤姆和爱丽丝见面才十分钟就交代了他56年的简历和基本技能。爱丽丝一开始带着客气的微笑，听到后面眉头紧皱，没掩饰她的失望，汤姆本来就觉得自己不可能太幸运，没想到她重重扬一下眉说："那先试一个月吧。最好搬过来住，跑来跑去怪麻烦的。地下室两间卧室你随便用，日常就是开车做饭搞一下院子，有时候帮我看看信件邮件打个电话什么的。"

介绍他过来的老何只说给老板开个车，出门办事当个翻译，办点大宅子的杂事而已，没说还要做饭剪草。爱丽丝家的主层足有二千尺，从他坐的起居室往里看不到头似的，只觉得宽绰豪华精致得不真实。她不过一个人住，自己要搬过来住也要吃饭，给她做饭省了自己的买菜钱，说到剪草，他也不怪自己刚才说了曾经做过草地维护，要是会干的少点，老板凭什么雇他？钱不多，2800，和餐馆一样。

这么轻松的活儿，还能住在这么好的房子里，有啥可说的？他努力掩住欣喜，答应第二天就搬过来。

春天到秋天，庭院里花木葱茏，老板让他填补合适的品种他不懂，只好用心浇水、每天清理残枝败叶。他自学了十几道广西菜，学会了用中央吸尘器和蒸汽拖把保持地面如镜。可是他还是担心老板这几个月去读英文班不再需要他那蹩脚的英文当翻译，她还一次通过拿到了驾照，有时候愿意自己开车出去会朋友，等她看完红叶回国躲避完雨季，明年再过来的时候不一定还会雇用他。

他不知道哪里的夕阳最美，老板瞪他："你不会搜索一下吗？"

老板让他开一下保时捷跑车的天窗，他鼓捣好几下，差点出了车祸。回到家后，老板在书房里翻箱倒柜找出来车子说明书扔给他。

一开始，老板对朋友说他是助理，后来说他是男保姆，园丁。有一次，她给朋友说："温哥华只适合养老，雇不到合适的人。要不是我一个人住着害怕，我也不用请人。"

他平时总在厨房里烧饭洗碗，在洗衣房里忙碌。老板只在起居室、家庭室、书房之间走动。除了需要他开车出门，平日里，他只是远远看到顶多155公分的她蜷缩在巨大的沙发靠垫上跷着莹白如玉的脚丫子。她脚趾上的几粒鲜红蔻丹一下一下在他心里蹦蹦跳跳，逃也逃不走。

1995年，他和老婆带着才满一岁的儿子登陆蒙特利尔，政府出钱供他们读法语，半年之后他宁可去洗碗也不想继续读，一开始出去打工，想着不过是暂时在超市搬货切肉，后来才发现就连最基础的工作也需要考下执照。他受不了东部漫长的冬季，听说中部草原省机会更多，等他折腾大半年再返回东部的时候，老婆说他如果不签字离婚，她就抱着儿子跳楼。他一个大老爷们哪里受得了这种话？当初，他只拎着一只箱子来西岸的温哥华，现在，他搬来这里还是那只箱子。

这些年也不是没遇到过女人，温哥华最不缺富豪和单身女人。

只是天下女人都想找富豪。偶尔有几个肯搭伙供楼的女人，别人不嫌他穷，他倒说人家丑。餐厅老板娘气得骂他："挑三拣四的活该一辈子光棍。"

他以为自己旷得太久失去了某种与生俱来的能力，早就熬干了那点激素，没想到那天做成了。沉睡的能力被他无数次的反刍激活了，偷偷昂扬，无声地锤炼、淬火，再冷却。

二

"汤姆，一会儿能给我做一下足底按摩吗？我这两天睡不着。"

他面试的时候说过他曾经在一家东北女人开的店里当过足疗师，被钓鱼执法的警察带去警局询问后，他再也没挣过提心吊胆的钱。爱丽丝问他的经历问得很仔细，他不善说谎，没想到又给自己增添了工作内容。

心里这样嘀咕，他的身子骨却发了飘，朱红蔻丹的脚指头像是已经揣进他的怀里，捏也不是，不捏也不是。

爱丽丝的房间里点了熏香，他在这样的空气里骨头酥软，手指头没力气。更要命的是他憋了好多天之后的条件反射。

当爱丽丝让他往上捏捏，不等他思考一下要不要拒绝她已经趴着躺下，头发盖住了整个脸，睡袍提得很高，看得到黑色蕾丝内裤里面的皮肤比大腿还白。他哪里懂按摩大腿该按哪里，他做了大半年都是捏各种脚丫子，都是男人的大臭脚。

“你轻点捏，往上点，再往上点。”

他一把揉捏住女人真空吊带里的胸，听到从乳房里发出的呻吟，他跨着跪在她身后双手动作，又俯下头去啃噬舔咬窄小柔腻的肩背，155 公分的小骨架在 180 公分的怀里像是案板上的嫩鸭，只是这只好像刚从烤箱里出来，滚烫而鲜美。

他用心地卖力地开垦耕耘。

狂泻一次后，他颓然倒在她身边喘气。她背朝着他睡着，屁股朝他这里挪两次，贴上他的肚皮才浑身舒泰地睡。他很快就缓过来，一只手又伸到前面去揉捏，熟睡的面团让他有些不服气，另一只手伸到下面去揉捏，才几下子就占了上风，颐指气使消失不见，婉转娇喘着任由他放肆，平日里的颐指气使再也找不到半分，他喜欢这种颠倒，不由得越发得寸进尺。等这个玉娇龙柔软地睡着后，他舍不得浪费这样的良辰，摸索到她的小脚丫，想起好多次瞥到这几粒朱红时的澎湃，他趴过去含住最大的那颗朱砂红，贪婪地吸吮轻咬。

爱丽丝招呼他：“过来一起吃饭吧。”

“不用了。哦，行。”

汤姆想不出好话题，只好问她："油爆虾不好吃吗？你怎么不吃？"

"我不喜欢剥壳。"

"这个很容易剥。"

"哦。"

汤姆在餐馆养成了五分钟吃完饭的习惯，三两口扒完饭用手抹抹嘴去后院假装散步的时候抽根烟。爱丽丝一边挑拣不甚可口的菜式一边懊悔不应该让他同桌吃饭。但她的心情不错，有个活人在身边晃，说几句无关紧要的闲话，也不算坏。偌大的美轮美奂的屋子，传说中犹如人间天堂的城市，如果没有这点子人气，恐怕也好不到哪里去。

他们谁都没提起过发生在黑夜里的纠缠，就像梦游症不记得睡梦中的一切。

爱丽丝只在想按摩的时候才叫他上楼。

汤姆做完后摸索着穿衣服，夸张地找来找去，一件一件慢慢套上，问她："你要喝水吗？"

"不要。"

"那我下去睡了？"

"噢，晚安。"

汤姆独自去加油买菜，过了午饭时间，他还坐在超市门前的咖啡店里一小口一小口啜饮早就凉透的摩卡。他就像是透明的，服务员视而不见，行人不看他，就连过来觅食的松鼠也不躲避他。以他在枫叶国居住多年的经验，他不得不承认这里的人和冬天一样清冷。

刚刚从国内来的爱丽丝很快沾染了这个习俗，听到他进门，埋在手机上的头动都没动一下。他自己沉不住气，巴巴地过去问："饿了吧？我碰到个朋友多聊了几句。我这就做饭，买的半成品。"爱丽丝指指她面前茶几上的蛋糕点心包装匣子继续玩手机，问都不问一下他遇到了什么朋友，男的女的。他心里有点生气，又怕她不高兴他擅自出门还这么晚回来，偷偷看她的脸色如常，这才松了一口气，只在心里偷偷叹口气。

第四次足底按摩后，爱丽丝说她下周回国，回去的半年里能不能继续请他看家。按照这边的规矩付一半工资，要不要去打工随便他。他听了很高兴，说你放心吧。爱丽丝微笑一下，转身说我要睡了，你也去休息吧。他又问一次：“我陪你睡吧。”“不用。”

汤姆用手按住面前的租房合约和雇佣合约，抬起头问爱丽丝：“你这是搞什么？”

“没什么，走一下程序。又不是真的要你交房租。要付你工资，不能让你白帮忙。”

“咱俩之间也需要这个？”

“亲兄弟还要明算账的。”

爱丽丝临上飞机前把未来六个月工资的现金拿一个很大的信封包好给他，他想做最后一次努力，坚决又豪爽地推开：“我自己有钱。我在这里看着家不花费什么。”爱丽丝看他一眼，把信封留在餐桌上径直走去车库。

桌子上的信封显得很大，很厚，拿出来是一大叠亮晶晶的粉红色。比合约里写的数字多了两倍，汤姆的心情一下子好了很多。他觉得房子太大了，大得瘆人，把信封藏在枕头下面，又放在床垫下，为了这沓钱心神不宁不敢出门，想起无数豪宅命案豪宅盗窃事件，再也忍不住，开着车子去银行存进户头里才放松地楼上楼下随便溜达。

三

温哥华的冬季总是没完没了的雨，下午四点就黑尽了。绵绵无绝期的雨水时而哗啦啦往下倒，时而淅淅沥沥缠缠绵绵。多少英雄好汉扛不住这种天气，抑郁了，消沉了，放弃了，离开了。

人间天堂只有半年美如仙境，汤姆想有钱人就是会享受，只在最好的季节里住在这里。

汤姆一个人在雨季里无事可做，无处可去，想起这些年每天低头干活，从来不知道温哥华的夏天和冬天差别这么大，有事做的日子那么快，没事做的日子闷得人难受。他开着车子漫无目的地走，下意识中开到以前打工的餐馆附近，他突然很想见见熟悉的面孔。

芳姐看到他照例面无表情，放下他点的甜酸鸡块和鱼香茄子煲，撇嘴道："比比谁做的好吃。"

汤姆从来没觉得芳姐是个女人，尽管她胸大臀宽长头发，但她的面色五官让人看着看着就忘记她是一个女性。汤姆习惯了细嫩柔滑巴掌大的精致脸蛋，对这张臭脸不再耐烦。他故意说："给我开听可乐，要不然还真吃不下。"

老板从后厨跑出来，拉着他在停车场里说话，啐他："你 TMD 走运了，都开上路虎了。我操，你 TMD 抽上中华了，你是不是发财了？"

老板娘和孩子在后院堆雪人，走过来问他的女老板多大岁数有多少钱，问为什么还是单身，是不是很丑，她不屑地说："温哥华哪有几个男的嘛，到处都是单身的女人，她一个人那么多钱有什么意思？又没个男人，一个人孤孤单单的。"

汤姆不同意："人家有钱，有钱怎么会孤单？一大群富婆成天约着游山玩水吃喝玩乐，她们整天高兴得很。没钱咋样都高兴不起来。"

老板娘看看他开的路虎，点头："就是啊。你给她当助理都开着路虎，还有那么大一个豪宅，想买什么买什么，还有人伺候，要什么男人，钱比男人好。"

老板嘴角叼着香烟，下巴仰得高高的，他横了一眼老婆，又看看汤姆，专心致志吸进烟雾，缓缓喷出去，尽量拉长这个享受。他吸完这根烟，甩掉烟头，再噗地吐了一大口浓痰到几米远的水泥地上，骂道："这个 TMD 鬼地方，香烟贵得要死，老子就没抽痛快过，你再给我一根。"老板娘张了张口，正担心刚才关于钱的论调会让男人不高兴，投桃报李，就不阻止男人抽烟了。

汤姆借着除夕的热闹给爱丽丝发去了拜年的图。爱丽丝很快回复："过年好。”

他想了半天，回道：“谢谢。”

“我的机票改到了三月二十号。”爱丽丝过了一会儿补了一句。

当天晚上，爱丽丝好像时差错乱，精神好得不得了，看到汤姆招架不住的样子，她从手包里拿出一个东西，捏住他的鼻子让他吃了这粒蓝色药片，汤姆不屑地说：“我用不着这个。”

“你怎么知道这是什么？你还说你历史清白呢，哼。”

汤姆急了：“这五个月闲得要命，网上瞎看胡看，什么乱七八糟的事情看不到。我又不是傻子，现在的网上什么都有。别说，这个东西起作用了，你来试试。”

爱丽丝咯咯笑：“你过来试试，我不过去，我累死了。你歇了几个月了你还偷懒。”

小蓝片也有不管用的时候。汤姆比爱丽丝沮丧，他一边安慰自己怎么说都是刚刚过完 57 岁生日的人了，一边心情复杂地做一些弥补工作。他的手掌可以感觉到摩挲时皮肤散发出惬意的柔腻，烟熏火燎变成了小火慢炖，小母鸡在汤煲里舒展肉体，随着热浪轻轻翻滚，又缓缓摊开。

汤姆在这个贤者时刻里想起年轻时的生猛，粗糙，想起那个时候的女人不需要他小心翼翼，无须他观察琢磨，患得患失，却也少了这种用心呵护的欢喜。

其实他的身体已经不喜欢太多惊喜了。有时候他需要特别小心地掩饰他的力不从心，爱丽丝不知道他越是虚弱的时候越耐心，对比其他人的简单粗暴和与生俱来的自信，汤姆在这方面的体贴用心弥补了他出门办事时常不知所以然的缺憾。

他刚来的时候，爱丽丝指挥他在花园四周挖几个深坑种玫瑰，他挖不了几下就气喘吁吁大汗淋漓，爱丽丝惊讶地问：“你行吗？”

他表现出很随意轻松的样子说：“没事，就是太热了，晒的。”

那天，他跳下坑用手刨几个石头的时候闪了腰，爱丽丝让他去卧床休息，汤姆怀疑爱丽丝看他的眼神里都是对他的失望，他撑着大理石岛台说他休息几分钟就好了，不影响做晚饭。爱丽丝说不用不用，正好可以约个朋友见面。她打扮好下楼，临走前问："要不要给你打包回来？"汤姆摆手："不要不要，我煮速冻饺子吃。"

汤姆回想她的眼神，怀疑她对他很失望。

人在某种压力下会迸发出无穷的潜力，汤姆这些年清心寡欲独居的技艺生疏被炒鱿鱼的担忧冲刷得一干二净，他用不了几次就了解了这具娇小的身躯表达出来的意思，他感觉到对方允许他尝试，允许他摸索，也鼓励他探索。他怕回到从早站到晚的后厨和老板家地下室只有 10 平方米的卧室，他本能地知道要再努力一点。

四

爱丽丝在美容院认识的新朋友要给她介绍个白人退休老头儿，说鬼佬会玩，绅士，家庭关系简单，那方面多老都行，爱丽丝动心了，她说她就向往英范儿绅士，要不先见见。

绅士请她们俩在西温山下的一家日料店见面，爱丽丝最后到，她在狭小拥挤的店堂显得不合时宜，打扮过于隆重了点，全套珍珠首饰套裙，手里拿着 LV 新款皮包坐在服务员侧着身体走才不会碰到顾客后背的桌子旁，连她自己都尴尬。她不喜欢这种逼仄的环境，连带着也不喜欢粗糙碟子里的食物。她搞不明白为什么第一次见面选择这样的地方。

在新移民的 ESL 班里才学到二级，她觉得简单交往可能没问题，男女之间少说话多凝视才对。老先生显然不这样想，他很慢很慢地讲话，重复好几遍，爱丽丝都是微笑，她的朋友做翻译，后来，老先生也只是微笑，除了说 great（极好），good（好的），不再讲什么了。爱丽丝和她的新朋友简不好讲中文聊天，也想不起来几个单词，只好低头一小口一小口咬寿司，咬两口就散了，正好用筷子夹米粒。

爱丽丝抢着买了单，老先生震惊了一秒钟，满面笑容道谢，轻轻拥抱一下她，拍了拍她的后背，对两位女士挥手告别，走到一辆古董老爷车面前弯腰打开车门坐进去再次挥挥手就绝尘而去了。简叹气：“肯定没戏了。”

老头儿比她想象的显老，近距离看到一寸长的汗毛一根一根支棱着，那颗开洋荤的心很快熄灭。爱丽丝备受打击的是她的英文。学了三个多月了，每天听到洋人老太太拍手“right, great, good, excellent”轮换着用，她以为日常对话问题不大的。没想到的是，真的和洋人交往，场景和教室完全不一样。她觉得羞惭，不应该这么早就打起洋人的主意，起码再学个几年英文。

这个朋友是美容院里认识的，两人彼此猜测对方和自己年纪差不多，经济能力匹配，相视一笑，说咱们微信加了好友吧。叫简的这个女人特别热心，躺在美容床上敷着面膜的时候就给她说做生意的男人走了好几年了，留下几栋房子给她当包租婆，儿子结婚单过去了，她一个人寂寞也不想带孙子。她说年轻的时候吃亏，跟着老头儿创业，明明知道他在外头勾三搭四也只能装不知道。他带女朋友吃饭遭遇车祸，她一肚子委屈没地方发泄，没想到自己找个男人谈恋爱就忘了那些苦日子。

谁知道还能活几天？你的钱不花，还等着别人替你花吗？老头儿万万想不到自己赚的钱给老婆养了男朋友。想开了，人都年轻好多。

爱丽丝的女儿在美国读书，和男朋友住在一起，她只希望今年的男朋友还是去年那个人，其他的事情就更管不到了。

两人说起来情况差不多，互相观察了一下，一个移民二十多年的住在华人区，她这个新移民反而住在白人区。简笑说西温被国内来的富人把房子炒起来了，十年前山上房子的价格不到现在的三分之一。

爱丽丝见到了简那个黑黢黢的老外男朋友。高鼻子深眼窝，皮肤快有印度人那么黑了，简说他是塞尔维亚人，正宗的欧洲人，喜欢户外运动。爱丽丝没觉得简说的英文有多流利，看着两个人不需要聊什么，手拉着手不避人的样子很羡慕，说她也想有个老外男朋友。

她不希望简知道家里有个男保姆汤姆，邀请简喝下午茶的那天提前打发汤姆去机场附近给她买上次逛街时看中的风衣，叫他不用回来做饭，去华人区给她排队买网红蛋糕。

简和她的男朋友在她家里喝了下午茶，又提起红酒，爱丽丝打开一瓶听她男朋友点评，简自来熟地去她冰箱里找小食，翻遍了才凑出来一个果盘，简给她开采购单，交代她应该买什么什么搭配红酒。

爱丽丝在南宁算得上是上流阶层的成功女老板，国内的社交圈子比这边高级多了，她见过的世面是大农村温村地主婆简从未见过的，但是简离开国内的时候，同胞们喝红酒流行掺雪碧，吃几口鸡爪鸡杂红烧肉再喝一口红酒，她来这边二十几年的氛围也是这样，直到认识了这个男朋友才懂得红酒搭配山羊奶酪，火腿片生着吃，可以配牛排，千万不能喝着红酒吃饺子。她以为爱丽丝要出丑，忙不迭给她讲自己经历过的糗事，一样一样写下清单注上中文。简是真的热心，爱丽丝是真的没朋友。

汤姆拎着菜，抱着厕纸进来的时候，简吓了一大跳，她没听到门铃声，爱丽丝说她一个人孤身一人在温哥华的，这个从车库门进来的男人又是谁？爱丽丝是见过世面的人，她说汤姆是她的司机，因为厨艺很好，又让他兼任了厨师，你们留下尝尝他的手艺。

简和她男朋友吃过晚饭才离开，临走的时候她偷偷对爱丽丝说："有现成的先用用。再有合适的我会想着你。"

爱丽丝在这里认识了几个木呆呆的家庭主妇，她们守着男人守着孩子，世界只有天井那么大，天井之外都是黑暗，是怪物和有问题的人类。

她们彼此之间有一种奇怪的直觉，离异的女人一眼认得出离异妇女，找了洋人的女人一眼看得出谁的男人也是洋人。守着一个男人过日子的女人更不用说了，她们仅仅凭借气味就可以搜寻到方圆半里之内的正常的同胞。

西温这边的单身女人可能是整个温哥华最多的，街道上偶尔才有车子经过，路边的宅子寂静无声，有灯光无人声，所有的浪荡所有的寂寥都隐藏在高大的树篱后。

无论多少悲欢离合，不管多少爱恨情仇，花草树木都可以吞噬消化掉，悄无声息，无人觉察。

在国内的时候爱丽丝很谨慎的。她有钱，有貌，还有几家酒楼，惦记她的男人可以排到漓江边上，他们的心思隐藏再深都没用，离婚后这些年她没机会空窗，她经历过各种样本，心气从高到低，磨得她越发心灰意冷。找个综合条件好一点的男人怎么就那么难？她不断归纳总结，提纲挈领，洞察人性百态，越是见得多，越见不到好的。

兴许都是钱闹的。

她要是没钱，没有金钱打磨出来的貌，她不会有机会被男人哄骗、算计、忽悠。那些年，男人从她手里骗走过房子、车子，她给人开过公司，怀过孕，打过胎，和七八个准婆婆打过交道，她见过的世界比简多多了，简凭什么以为搞到一个洋人男朋友就比她牛。

汤姆敲门进卧室，给她端过来一杯牛奶，轻声问她："一会儿要不要捏脚？"

"不要。我只想早点睡。"

"要不要泡个澡？我去给你放水？"

"不要。"

爱丽丝有时候很心烦，本来以为移民到了人间天堂温哥华可以开始新的人生，这边据说云集了全国的精英，有机会抓住个优质男人一起养老，过来一年多了，手里只有一个男保姆。更可怕的是她依赖上这个男人的照顾、陪伴，无论床上还是床下。

这太危险了。

爱丽丝见了几个婚恋网上推荐的男人，每次都约在购物中心的某个星巴克。这些男人的描述听起来都很像样，见了面才发现这些男人的照片兴许都是一二十年前的，模模糊糊的都还顺眼，不像真人的皮肤耷拉着，脸上沟壑纵横，眼珠本来浑浊无光，看到她就像看到煮熟的鸭子。有两个男人看到她开着保时捷跑车过来，咖啡都不给她买一杯就说咱们不合适，掉头就走。

有个男人不讨厌她的车子和包包，跑去给她买了杯南瓜卡布奇诺，又给她讲星巴克只有南瓜季才提供南瓜口味。这个男人说他才 43 岁，离婚没孩子，因为自己条件不错，有些挑剔，拖到现在还没女朋友。

爱丽丝问他是什么样的条件影响了终身大事？他说我没小孩，前妻比他收入多好几倍，不需要他的赡养费，他有一套两房公寓，贷款不多。他说他没想到爱丽丝这么漂亮显年轻，可以不介意比他大几岁，也愿意放弃生孩子，两个人情投意合才是最重要的。

他把脸贴得很近，声音小小的，暧昧的，很亲密的口气问她："你说对吧？咱们俩合适就足够了，反正在加拿大生孩子是给政府生纳税人，自己图个华而不实的冠名权，花好多好多钱养大，18 岁人家独立走掉了，还不是剩下咱俩过日子。"

小男人保养得挺不错，身材匀称挺拔，五官端正，除了眼神飘忽，爱丽丝觉得这个人算是她在婚恋网站里扫描的华男里面最好的一个。

小男人的公寓年头不短，楼道里一股子常年不见阳光的气味，大楼的保养不错，只是他房间里一股子浓烈呛鼻的炒菜味儿让她呼吸困难。他的床单颜色可疑，皱得不像话。她不愿意计较这些了，起码这个人的肉身是整个屋子里最美好的一个物体。

年轻到底不一样，她表示吃不消的时候，小男人会坐在她肚皮上一边晃一边得意地让她确认："我很厉害的对不对？你可以去打针，绝经也喜欢做爱的那种回春针，两个人没这点事就没意思了。你要是不放心我，咱们早点去注册，我可以忍的，你想要的时候才给你。你放心，我只给你用。"

要不要带小男人去她家里让她纠结了很久，打发走汤姆很容易，以后打发走这个小男人会很麻烦。做了这些年生意，看过些男人，这点眼光她还是有的。

小男人看到她的跑车眼睛亮晶晶的，拿过钥匙就去开她的车子，不由分说带着她去市中心找高级餐厅，吃完饭逛商场，专门找男装店逛。他的回报是鼓励爱丽丝运动，捏着她的腰肢晃动时问了一次又一次：“我很厉害对吧？你受不了我了对吧？你要多少我都能给你，你幸福吧？你说你是不是很幸福？”

汤姆有时候吃小蓝片毫无反应，有时候不太好使，不过爱丽丝决定不再挑剔。她很烦小男人的啰嗦唠叨，还有那副软饭硬吃的理所当然。汤姆这个人老实巴交的，笨笨的，生怕惹她不高兴，一个月给他涨到 4000 块还要说是因为不想查看超市小票，多给了买菜钱以后少一道手续，他听了这个才收下钱。

爱丽丝不想承认她不是那么喜欢激烈的碰撞，汤姆对她皮肤腿脚胳膊任何部位的皮肤索需无度，每一下摩挲里都听得出赞美赞叹。她很享受这样被珍重对待。她不想告诉他。这很危险。

五

爱丽丝移民后第四年回国躲雨季，吃年夜饭的时候突然呕吐。

她还没来得及思考持续了好多天的胸闷气短恶心为什么突然不可抑制的时候，已经喷出了一大摊稠乎乎的黄色液体，酸酸的臭臭的，喷在她面前的一大桌菜上，喷溅到围坐的一大家子人身上。

检查结果很快就出来了：胰腺癌。

爱丽丝带着她嫂子不等春暖花开就回到了温哥华。她带着汤姆去医院当翻译，发现他根本用不上，医生说的话他一句都听不懂。好在医院立刻安排了一个会说国语的实习生陪同她做所有的检查。汤姆问她怎么了，她只说胃不好。这是老毛病了，汤姆安慰她，可能你回国吃东西不注意，养养就好了。

爱丽丝的女儿从美国赶了过来，她开着跑车陪她妈去医院检查诊治，汤姆除了买菜做饭，有点空就要带她大嫂出去拍照。

爱丽丝吃不下饭，她女儿几乎不在家里吃饭，大嫂的口味每天不一样。这些都没什么。给她女儿洗内裤这件事很有什么。

他打扫房间时假装没看到扔在洗手台上的亵衣裤。这个叫美美的女孩子不怕丑，当着爱丽丝的面问他为什么忘记洗内裤。

汤姆找到机会进她房间里问她为什么瘦成这样，爱丽丝不肯说，被问急了只是哭。就像他俩的初夜，她生病容易哭，哭起来没完没了，他说又不是绝症，胃病靠养，一年半载的总能养好。爱丽丝更哭得厉害了，汤姆过去抱住她，像第一次那样轻拍她的背。

大嫂进来的时候他俩没听到声音，兴许大嫂没发出任何声音悄悄进来的。汤姆不是粗心大意的人，他记得他特意关了房门的。

爱丽丝只化疗了三次就瘦到了 80 斤，医生说只化疗六次，汤姆安慰她，化疗结束后不用戒甜点了，增肥的食物随便吃。爱丽丝没精神给他笑脸，脸朝里面假寐。

没有监督汤姆收拾花园，园子却比用心打理的时候争气，玫瑰开了一茬又一茬，中间一口气都没歇着。汤姆经常剪了拿去她房间里插上，爱丽丝不计较他胡乱搭配，长短不齐，看到娇艳新鲜的颜色心情总归好那么一点点。

枫树红了的时候，爱丽丝把汤姆叫上楼，从枕头下拿出一个小小的信封递给他："谢谢你这几年照顾我。现在家里人多，过几天我妈也要过来，美美的男朋友下周来，我这里不用人了。这个你拿着。"

信封里是一张小小的窄窄的纸，是一个转账凭证，汤姆盱着眼睛凑近看，数清楚 2 后面只有 4 个 0，他心里有点失望，也有点难过，还有点如释重负。放下压在他心头的石头，他倒哭了起来。几十年没掉过眼泪，他觉得很丢脸，低着头不好意思抬起来。爱丽丝有点意外，后背靠着床头，下巴往上翘着，问他："你对我有没有过真心？"

汤姆没想过这个问题，他抬起头看着爱丽丝枯瘦蜡黄的小脸，他的泪痕一下子被苍老干燥的皮肤吸收掉了，一副莫名其妙的表情，像是没听懂她的话。

他其实想说："我有过真心。"可是他想爱丽丝不会相信的，她的表情不是在询问，像是在质问。如果他有过真心，看到转账凭证的小纸条不应该嘴角上扬，也不应该仔细数后面几个零。

他一下子想起来很多很多。爱丽丝每年要求他签雇佣合约附带一个象征性金额的正式的租房合约，他没多久就搞清楚她是担心事实婚姻关系超过四年之后就有资格平分财产这个法律条款。不知道初来乍到的新移民爱丽丝是哪里知道这些的，怪不得这个女人能够成为大老板。他不管怎么讨好迎合，这个女人从来不让他在她的床上过夜，他后来想明白了，他就是一件床上用品，使一使就丢开了，哪能留下。每个月底，她给他一张支票，这是在银行留下记录，和雇佣合约呼应。他明白，他是爱丽丝雇用的男保姆兼男面首，不会变成她的男朋友或者男人。她在床上开心地呻吟喊叫，却从来都不说任何话。呻吟不会暴露心意，不能增进感情，也不会留下把柄，或者幻想。

她的家人早就想把他赶走了，他知道大嫂和美美看他的眼神里透露出的信息。

她也不需要他用肉体取悦她，讨好她，满足她了。他这个 59 岁的老男人，不过是一堆药渣。

六

2020 年是魔幻的一年，实在太过诡异。这一年里，人心惶惶，恐惧担忧，不知道未来怎么样，除了活着，安全地活着，再也没有不切实际的期望，幻想。

汤姆也不再抱怨后厨的活儿真他妈不是人干的，不再骂老板工资这么多年不涨，他和所有人一样，只想安全地，平安地，活着。

餐厅撑到五月份才关门。

老板说，这一关门，什么时候能开门就不知道了。

他还住老板家地下室。

他怕外面疫情严重，食物匮乏，把冰箱里塞满了食物，买了一大堆可储存食品堆在客厅里，看着很安心。他睡得太多了，到了夏天已经睡烦了。吃饭也吃腻了，除了抱着手机刷新闻刷视频，他找不到任何事情做。

一直熬到八月份，外面逐渐恢复了正常，路上车子多了，行人多了。但是政府对餐馆的各种规定多得不得了，华人比什么人都怕死，老板一个人在店里，一天最多收几十块，菜钱都不够。他每个月可以领政府的 2000 块救济金，当然不肯去餐馆里累死累活只赚三千块。老板去开了几天门也不愿意干了，说保命要紧，乱七八糟的人那么多，他岳父母七十多岁的老人染上病毒在这里没医疗卡，万一被传染就得倾家荡产。

汤姆在地下室里憋了几个月憋得难受，外面阳光灿烂，好多人在公园里日光浴，社交距离如同虚设，传说中杀人如麻的病毒他们谁都没见过，逐渐地也就不那么可怕了。

他把拉黑的爱丽丝从黑名单里放出来，问她："你最近好吗？"

他一连问了四五次，对方都没回答。没显示对方删除了他，爱丽丝的朋友圈也依然可以看到，但是发出去的问候像被吸进了黑洞，无声无息。

他到底没忍住，回到那栋熟悉得不能再熟悉的大宅前，花木如旧，草地如旧，门前的树木如旧，阳光铺满地，泥土香如故。他按门铃，听到里面咚咚的脚步声，不太像爱丽丝走路的节奏，可能是她家人。

他摆出一脸的微笑。

开门的是个和他年纪差不多的男人，他差点暴怒起来。不是说不用人了吗？还不是找了人。

"你找谁？"

"我来看望爱丽丝。"

"谁？我们家没人叫爱丽丝。"

"去年这个房子的主人还叫爱丽丝的，她不在吗？"

“不知道去年这里是谁住。我们刚搬过来。”

汤姆不知道该怎么办，踯躅到路边，看看天空，浩瀚无垠和他没关系，他只看得到粗大高耸的松树围起来的这一小片。明晃晃的日头下，绿草格外绿，红花分外红，温哥华的夏天就是天堂的模样。院子东南角的白色拱门被玫瑰柔软的枝条攀缘覆盖住了，柔嫩重叠如丝缎的层层花瓣垂下枝头，开得还是那么恣肆又矜持。

他记得前年春天，爱丽丝不知道跟着朋友去哪里买回这两株玫瑰，兴奋地在大门口拍着手叫他出来看只有几根矮壮枝条的老根，拉着他转遍温哥华买到这个白色拱门，又催着他连夜拼装起来，第二天，大日头底下非要亲眼看着他挖出来两个半米深的坑。

爱丽丝要他把整条的三文鱼拿去埋在龙沙老根附近，他不乐意，她偏不许，到底是拗不过一个女人。当年夏天到秋天，两棵粉红龙沙几乎没休息过，开了一拨又一拨，一年就爬满了拱门。爱丽丝每次路过都要说：“你看，三文鱼给你吃了什么都看不到，给花吃鱼我能看半年。”

他活了五十几年，那么多花，只记住了龙沙宝石。

原载于《作品》2022 年第 5 期

海 燕

薛忆沩 *

我最近总是梦见自己人生旅途里的第一次出发，也不知道这是吉兆还是凶兆。我总是梦见我父亲、我母亲和我自己，梦见我们在去北京的路上……最开始还有我的爷爷和奶奶。他们站在河边不停地招手，直到我们乘坐的小船完全驶出他们的视野。我还清楚地听到了奶奶在小船离岸的时候对我的大声叮嘱。她说到了北京不要太贪玩，每天还是要坚持练毛笔和背唐诗，就像在她身边一样。接着出现的是汉口火车站。再接着就是熙熙攘攘的候车室。然后就是我们要乘坐的火车和我们走进的车厢。那是我有生以来第一次坐火车。从奶奶悄悄告诉我父亲很快就要回来接我和我母亲去北京的那一天清早起，我每天都会花很多时间去想象坐火车的场景。我以为自己什么都想到了，而真正来到了火车站，我才知道自己的想象与现实有天壤之别。我的眼球不停地转动，我的身体不停地扭动，我唯恐错过了前后左右的任何新奇……我最近总是做这同样的梦，也不知道这是吉兆还是凶兆。不对，我正在做的好像不是同一个梦，因为我突然听到了一阵电话铃声。这是怎么回事？我再仔细地听了一下，的确是电话铃声！我迷惑不解地看着我母亲。她显然没有听到，因为她还在继续抱怨。“这还只是刚到汉口，你就已经变得这么不安分了，身体东倒西歪，眼睛左顾右盼。”

---

* 薛忆沩，生于1964年，湖南长沙人。语言学博士。著有长篇小说《空巢》《遗弃》《希拉里、密和、我》，小说集《深圳人》《首战告捷》，随笔集《文学的祖国》。现居加拿大蒙特利尔。

她说，“将来到了北京还有谁管得住你啊？！”而我父亲也显然没有听到，因为他还在全神贯注地读着他在候车室门口从一个报童手里买到的那张报纸。那个报童长得有点像我的大表哥。他显然没有想到我父亲在付完钱之后，会指着报纸上最醒目的标题，问他认不认识那些字。他装模作样地打量着那些字，脸却涨得通红。“你刚才不是在大声嚷嚷着这些字吗？！”我父亲轻轻地拍着他的头说。报童生气地转过身去。但是，他没有像刚才那样大声嚷嚷着跑开，而是盯着自己手里的那一沓报纸慢慢地走着，好像是觉得我父亲的话难以置信。我父亲望着他的背影，脸上露出了自满的笑容。“有时候，一个偶然的问题就能够改变人的一生。”他喃喃地说。而被我母亲抱得紧紧的我也显然没有听到那突然响起的电话铃声，因为她正在盯着站台上那个蓬头垢面的乞丐。他紧跟着那个身穿白色西装的男子，左手伸在他的胸前，右手却伸进了他的口袋……这是怎么回事？这到底是怎么回事？我迷迷糊糊地睁开眼睛，立刻意识到电话铃声是来自身边的黑暗，而不是八十五年前的梦幻。

还有谁会在这种时候来电话呢？！我嘟哝着翻过身来，伸手在床头柜上瞎摸了一阵，终于摸到了话筒。里面传来的果然是我小儿子的声音。他现在定居波士顿，与我有十二个小时的时差。过去有很长一段时间，因为工作特别忙，他很少给我电话，每次通话的时间也不是很长。而自从去年退休之后，他每个星期都会给我一次电话，每次通话的时间也都会在半个小时以上。我一点都不喜欢他的这些电话，因为每次说着说着总是会出现一些大大小小的不愉快。这是由代沟、性格、时差和距离引起的不愉快，这是亲情无法弥补也无法包容的不愉快。加上我们从来都是用方言交谈，他对我一直都是以“你”（而不是普通话里的“您”）相称。在不愉快出现的时候，这种没有敬意的称呼会让我感觉更加刺耳，也更不愉快。而且最开始，他来电话的时间毫无规律，经常与我的生活习惯发生冲突。最令我反感的当然就是他在北美东部时间的上午十点左右给我打来电话。因为那是我正在艰难入睡的时候，与他说完话，我的入睡会更加困难，有时候甚至整晚的睡眠都彻底泡汤。后来在我的强烈要求之下，他同意将每周通话的时间固定在北美东部时间星期五晚上（也就是北京时间星期六上午）九点到十点之间。这现在就成了我生活里的一种“常态”，就像我每天下午三点到四点之间都要坐在马桶上与便秘周旋一样。我不知道他为什么突然又一次打破常态。更何况现在是星期六的晚上，上午的时候我们已经如常通过电话。

“我猜就是你。”我冷冷地说。

“但是你肯定猜不到为什么。”我儿子语气激动地说。

“我才不去猜呢！”我说。

“你还在看书吗？”他接着问。他知道我有临睡前看一会儿书的习惯，而且一直都在敦促我改掉这种“坏习惯”。

“还看书，现在都什么时候了？！”我说。

“还不到十点呢！”他说，好像这电话来得还是时候。

“你不是知道我每天都睡得很早吗？”我不满地说，“十点就已经是我的半夜了。”

我儿子沉默了一下，也许是感到了一点不安甚至内疚？

“我刚才正在做梦。”我接着说。

他抓住了这个话题，狡猾地说：“正好梦见我给你来电话了吧。”

“你把我吵醒了，还开这种低级的玩笑。”我抱怨说。

他笑了一下，接着问：“那你梦见了什么呢？”

“一个乞丐紧跟着一个穿白色西装的人。”我说，“他伸着一只手向那个人讨钱，而另一只手却伸进那个人的西装口袋去掏钱。”

我儿子似乎是想象了一下我描述的场景，然后说：“这倒真像是梦话。”

“梦话？！”我生气地说，“我摸着黑在接你的电话，你应该说我说的是瞎话。”

他没有吱声，大概是不知道如何应对。

“你有什么话就赶快说吧。说完了我好接着睡。”我不耐烦地说，“说不定我还能够接着做刚才的梦呢。”

他清了一下嗓子，说：“我刚才在网上看到一篇文章……”

我感觉这又是在绕弯子说废话，迅速打断了他。“你能不能直说你想说的话？！”我说。

“这就是我想说的话。”我儿子有点着急地说，“我刚才在网上看到一篇文章，必须马上读给你听。”

我真不知道要怎么说自己这个都快六十岁的孩子！他居然在三更半夜将自己九十岁的老母亲吵醒，就是因为想读一篇从网上看到的文章给她听。我明确告诉他，再重要的文章我现在都不想听。我说我“必须马上”睡觉，因为明天上午我们教师老年合唱队要去师范大学做迎接新生的专场演出，我很早就要起来，很早就要出门。

我儿子就好像是没有听到我的话一样，接着说：“这是一篇与你密切相关的文章。”

“哪一篇文章不与我‘密切相关’？！”我不以为然地说。

我儿子当然知道我这是对他的调侃。在以往通话的时候，他也经常提起他在网上看到的一些文章，比如如何控制尿频的文章，比如如何缓解便秘的文章，比如如何预防痴呆的文章，比如何选择假牙的文章……在他看来，那都是与我“密切相关”的文章。不过在我的印象中，他倒是还从来没有哪一次“必须马上”要读给我听。

“这一篇完全不同。”我儿子固执地说，“与它相比，以前的那些都算不上是密切相关。”稍微停顿了一下，他又补充说：“以前我提起那些文章只是出于对你的‘体’贴，这一次我可是出于对你的关‘心’。”

我没有听懂他后面这句话的意思，也一时找不到更好的理由来制止他。

“你仔细听着。”我儿子接着说，“我敢保证不等我读完，你就会感谢我的这个电话，也会知道你这个儿子对你有多么关心。”

他这样不停地往自己脸上贴金真让我哭笑不得。“我现在什么都不想听。”我坚决地说，“尊重我的意见才是对我真正的关心。”

我的话对我儿子完全不起作用。“这篇文章的题目是《人生的十字路口》。”他继续说。

听到如此肤浅的题目，我更是忍无可忍。“你把你老母亲当成初中生了吗？！”我说，“我再说一遍，我现在什么都不想听。”

没有想到我儿子竟借题发挥。“我看你现在连一个初中生都不如。”他说，“一点耐性都没有，就像一个学龄前的儿童。”

“是你的胡搅蛮缠让我失去了耐性。”我说，“你也不想想，我已经是九十岁的人，人生的路已经走到了尽头，前面只有死路一条，‘十字路口’与我还有什么关系？！”

就像在以前发生的所有那些不愉快里一样，我越生气，我儿子就越起劲；我越失控，我儿子就越斯文。“我现在就一字不漏地读给你听。”他慢条斯理地说，“你自己看这‘十字路口’与你有什么关系吧。”

我实在是忍无可忍了。“还一字不漏地读！”我说，“你今天还想不想让我睡觉啊？！”

“这是一篇信息量巨大的文章。”我儿子继续慢条斯理地说，“其中的每一个细节都非常重要。”

“那你就还是另外再找一个时间读吧。”我说，“现在已经是三更半夜，我没有精力来处理巨大的信息。”

“必须马上读啊。”我儿子还是慢条斯理地说，“这不是我自己的决定。这是天意，百分之百的天意。”

我们的交锋陷于这样的僵局给我们母子两人都敲响了警钟。我儿子肯定不想再看到上个月初我因为受不了他的纠缠而挂断电话的结局。我也不想再看到自己因为对儿子发泄不满而做出极端的反应，既伤了亲情又损了自尊，还毁了睡眠。我首先做出了妥协的姿态。“我想你自己已经一字不漏地读过了吧，”我说，“那你就用自己的话将主要的内容转述给我听不就可以了吗？！”我差一点还要接着说“我倒要看看这‘十字路口’与我有什么关系”，但是想着这会让我儿子以为我真有兴趣，将这一句话咽了下去。

我儿子沉默了一下，也明智地做出了妥协。“那好吧。”他用非常勉强的语气说。

他是在我们市政府文史办刚推出的一个叫“故乡情”的网站上看到这篇文章的。在这个网站发表文章的都是在我们这座城市土生土长，而现在却又生活在外地甚至外国的“天涯沦落人”。《人生的十字路口》的作者现在旅居英国，是一位生物学家。1974 年的春夏之交，也就是她高中毕业的前夕，她父亲在下班回家的途中被环卫系统的卡车撞伤致瘫，失去了工作能力，她因此获得“留城”的机会，没有像她的两个哥哥以及她的大部分高中同学那样去插队落户，“接受贫下中农再教育”（那本来是她不可避免的去向）。作为对他们家的补偿之一，环卫系统还承诺将来负责在本系统内给她安排“最好”的工作。她自己从一开始就对这种补偿充满了恐惧。她宁愿在家里照顾父亲，也不愿意成为“马路天使”。但是，她的家人对环卫系统的承诺充满了期待。她父亲说那是他自己用生命换来的“机会”。她母亲说那是可以终身受用的“铁饭碗”。甚至从来都视她为掌上明珠的大舅也不觉得当环卫工人有损自己漂亮外甥女的形象。他还说像她这么聪明能干的人，不出半年就会被从基层抽调上去，获得重用……这种种的说法让她知道接受是她唯一的选择。她在 1974 年的年底收到了报到的通知。报到的那一天，负责接待她的人事干部特别说明清扫马路不是很累，更不是很脏，属于环卫工人这个范畴里“最好”的工种。经过一个星期的实习，她被安排负责清扫以雨花亭十字路口为中心向四个方向各延伸一公里的马路。她每天清早四点钟开始上班，下午两点钟下班，中间有包括早餐和午餐时间在内的各一个小时的休息。这不仅是没有节假日的工作，在一些重大节日的前夕往往还需要加班加点。最开始的那两个星期里，她每天下班回到家里，父亲都会问她工作累不累，母亲都会问她工作脏不脏。她违心的回答会让父亲和母亲的脸上出现欣慰的表情。后来，他们就不再问了，好像已经习以为常。这并没有让她觉得他们不再关心她，因为他们问那两个问题本来就没有让她觉得他们是在关心她。她不在意累，她不在意脏，她在意的是丑。她每天都提心吊胆，怕被熟人，尤其是她的高中同学看见，总是将口罩提得高高的，将帽檐压得低低的。她尤其是怕被高中阶段一直都担任劳动委员那个老实厚道的男生看见。他就坐在她的后面。尽管他的学习成绩与她不相上下，班主任老师却总是让她担任受同学尊重的学习委员，而让他担任被同学小瞧的劳动委员。最后那个学期，同样的结果公布之后，那个男生垂头丧气地说他将来肯定“只有扫大街的份”。接着他用圆珠笔在她的后背上轻轻捅了一下，说：“到时候，学习委员可一定要给我面子啊。”她认真地问要给他什么面子。“碰到了那个扫大街的要装作不认识啊。”那个男生说。她每天上班的时候都会想起这句话。她希望所有的熟人都给她这个面子。她也知道哪怕所有的熟人都给她这个面子，她还是没有面子。尽管如此，她的性格决定了她的工作态度。她工作非常认真，非常负责。每天下班前看着被自己清扫干净的马路，她也总是会有一点成就感。她也希望自己的成就不仅能够令路人受益，还能够被领导赏识。但是半年过去了，她大舅的预言并没有实现。她还是清早四点钟开始上班，还是没有节假日，还是没有看到被抽调上去的迹象。在她十九岁生日的那天清早，她一边划动着手里的扫帚，一边回忆着半年的经历，一边思考着自己的未来。她突然觉得自己人生道路的前方是一片黑暗，看不到任何变化，看不到任何希望。这恐怖的感觉让她的四肢战栗，心跳加速。她扔下扫帚，坐到了小推车的把手上。眼泪顺着她的面颊滴落下来，打湿了她的衣角，打湿了她的裤腿。她越哭越伤心，越哭越放肆，越哭越绝望……她一直哭到感觉后背上出现了一股意外的温暖。她意识到那是来自手心的温暖。她回过头去，看到一位老人站在了她的身边。

说到这里，我儿子突然问了一个令我莫名其妙的问题：“这位老人是谁？”

“我怎么知道？！”我冷冷地说。

“文章的作者知道。”我儿子说。她就是除节假日之外，她每天都会看到的那位在十字路口公交站等早班车的老人。她现在知道她当时其实并不老，只是因为她自己太年轻，看到是与自己父母年龄相仿的人，就觉得应该尊敬地视她为“老人”。她从来没有见到过如此有风度的老人。她的一举一动都显得她不仅很有教养，也很有见识。而最让她欣赏的是她那自然又坚定的从容。她从来不会因为等待而焦躁不安。哪怕早班车迟迟未到，哪怕其他等车的人都变得像热锅上的蚂蚁，她还是那么从容，她总是那么从容。她记得她初中时代的一位语文老师曾经说过“美就是从容”的话。直到看到了这位老人，她才终于懂得了这句话是什么意思。而那一天，这从容的美更是在她的眼前达到了极致。那一天的早班车也是迟迟未到，等车的人也已经开始在骂骂咧咧，上蹿下跳，而那位老人不仅仍然从容地站在原地，还从容地抬头仰望着天空，好像是在跟星星悉心交谈。借助这极致的美，她看到了老人宽广的胸怀和未泯的童心，对她产生了更深的敬意……这种敬意也让她感到了深深的自卑。她肯定自己是没有资格走近那位老人的，永远都没有。没有想到，现在老人却走近了她。看到她回过头来，老人微微俯下身体，慈祥地问她为什么突然哭了起来。那语气就像是在问自己的孩子，而不是一个陌生的路人。她当然会不知所措。她慌慌张张地站了起来，慌慌张张地用右上臂的衣袖擦去了眼眶里残留的泪水。这时候，老人弯下腰去，显然是准备为她捡起扫帚。她更加不知所措，抢先一步，将扫帚抓到了手里。然后，她吞吞吐吐地回答说她只是觉得这四周太黑了。老人会意地在她紧握着扫帚的手背上轻轻拍了两下，什么都没有说就走开了。这时候，她突然产生了想与老人交谈的冲动，但是又没有叫住她的勇气。她迷茫地望着老人的背影，又迷茫地望着来车的方向，好像是希望车晚点来，甚至不要来。看着车远远地开了过来，她感觉自己完全失败了。她咬紧嘴唇，准备低下头去继续被绝望中断的清扫。这时候，她惊喜地看到那位老人从容地转过身来。接着，老人朝她这边走了两步。接着，她用压低的声音对她说：“这只是黎明前的黑暗。”说完，她又从容地转过身去，从容地上了车。

说到这里，我儿子轻轻笑了一下，说：“你现在总应该知道这位老人是谁了吧？！”

我还是不知道。不过我显然已经陷入文字的迷宫或者说儿子的圈套，真开始有点想知道了。我提醒我儿子不要断断续续，赶快往下说。“说完了我好睡觉。”我故意装作若无其事的样子说。

第二天从四点钟开始，文章的作者就在盼望着老人的出现。她已经下定决心，老人一出现她就主动地迎上去，向她倾诉自己对现实的迷茫和对人生的绝望。但是看着老人走近了十字路口，她却又一次失去了勇气和信心。她一边划动扫帚，一边侧转身体，不知道是不想让老人看到自己，还是不想让自己看到老人。可是，她的余光告诉她老人并没有在车站停下脚步，而是继续在朝她这边走来。她一直走到了她的身边，并且接着向她提问。她首先问她每天这么早起来上班是不是习惯。听到她的肯定回答，她接着又问她每天要清扫这么一大片地方是不是很累。听到她的否定回答，她会心地笑了一下，接着又问她是不是觉得从事这样的工作非常丢脸，也毫无前途。这第三个问题让文章作者的身体深深地抽搐了一下。这是她渴望自己的父母问而他们却从来没有问过的问题。这是触及灵魂的问题。这是对她真正的在意，真正的关心。她犹豫了一下，决定不再像回答前两个问题一样，用套话或者假话敷衍过去。不过她也没有直接说出真话，而是婉转地说：“所以我昨天才哭得那么放肆。”老人长叹了一口气，显然是完全理解了她的意思，也完全理解了她的心情。但是，她接着也没有直接安慰她，而是婉转地说起了她“最好的朋友”漂泊的人生。她说她的童年是在北京度过的。那是无忧无虑的童年。那时候她以为自己的一生都会在北京度过，而且都会无忧无虑。但是新军阀的中原大战刚一爆发，她父亲就预感到战火会沿京汉铁路迅速蔓延北上，决定举家迁往上海。她开始非常绝望，好像那就是世界的末日。没有想到，她很快就适应了上海的生活，甚至很快就能说一口流利的上海话，也完全将自己当成了地道的上海人。她的少年时代也过得无忧无虑。她也同样以为自己将在东方的巴黎度过未来的岁月。可是日本鬼子从海上攻进了上海。他们家也加入了逃难的队伍。离开上海的那一天，她同样非常绝望，同样觉得那意味着生活的终结。但是，生活仍然在艰难而神奇地继续。他们首先是西撤到了武昌，接着又南下到了长沙，再接着又西撤到了桂林，最后又继续西撤到了昆明。她的青年时代就在这不断的逃难中展开和延伸。后来她非常感激这一段动荡不定的日子，因为这地理上的不断后退，伴随着认知上的不断前进，她离那将令她终身受益的真理越来越近……听到这里，文章的作者马上意识到那同一条真理也一定将令她自己终身受益。但是，她没有迫不及待地请求老人马上解密。她在耐心地倾听。她在耐心地等待。“所有的现状都只是暂时的。”老人终于从容地说。这就是她最好的朋友从自己漂泊的人生里发现的真理。文章的作者被老人的话深深地打动了。她又不自觉地瞥了一眼来车的方向，又希望车晚点来，甚至不要来。她希望老人继续说下去。“大多数人都看不到这一点。”老人继续说，“他们或者因好的现状而自满，或者因差的现状而自卑。一句话，他们总是被现状蒙蔽，为现状左右。要知道，现状是会改变的，是可以改变的。而青春的魅力就在于它有能力去改变差的现状，去创造好的未来。”老人停顿了一下，好像是有点担心自己说得太多。这时候，文章的作者做出了一个令她自己也感觉诧异的举动。她轻松地摘下了自己的口罩，好像是想要自由地呼吸，又好像是想要平等地面对。这是她作为环卫工人第一次在工作的现场和他人的面前摘下自己的口罩。老人对她开心地笑了一下，接着说：“关键是要有理想，同时也要做准备，就像歌里唱到的那样，要‘时刻准备着’。”文章的作者激动地看着老人，憋足了勇气问：“那我应该怎么准备呢？”问完，她马上又感觉到了深深的自卑，马上又低下了头。她的身体语言正好被老人抓住。“就从这里做起。”老人几乎是不假思索地说，“你看，在工作的时候，你的眼睛不得不盯着地面。这没有关系。但是，我注意到‘低头’好像已经成了你的习惯。这就不好。这很不好。你应该抬起头来。你应该仰望天空。要想改变现状，人首先就必须仰望天空。”

说到这里，我儿子又笑了一下，好像是对老人的说法不以为然。“你现在总应该知道这位老人是谁了吧？！”他接着说。

准确地说，我还是不知道。不过我感觉有点奇怪，因为这位老人最好的朋友的人生轨迹与我自己的完全吻合，而老人说的那些关于理想和现状的话也让我觉得非常耳熟，熟到就好像是出自我自己的口。我有点不知道要怎么向我儿子表达自己的这种困惑。

“世界上不会再有第二个人这样说话了。”我儿子继续说。

我大概知道他这是什么意思，但是我不想完全落入他的圈套。“好像你知道似的。”我说。

“我当然知道。”我儿子说，“而且我还知道这位老人在这里说了假话。”

“说了假话？”我着急地问，“哪一句是假话？”

“她最好的朋友其实就是她自己。”我儿子说。

这当然是彻底摊牌的逻辑。“那你的意思是……”我说，还是没有将关键的话说出来。

“不是我的意思，是文章里的事实。”我儿子说，“事实就是如此。”

“这不可能吧？”我说，语气显得很没有把握。

“我们再来看这个事实。”我儿子接着说，“第二天那位老人来晚了一点。她还是主动走近了文章的作者，也好像想继续与她交谈。但是刚说了两句，车就来了。老人连忙从挎包里掏出两张折叠得很整齐的稿纸递给文章的作者，说那是她昨天晚上特意为她抄的散文诗，接着就转身上车了。”

“这又能说明什么？”我说。

“你总不会忘记自己抄的是什么吧。”我儿子有点不太耐烦地说。

我注意到了他在开始偷换概念，不满地说：“怎么真的变成了我？！”

“高尔基的《海燕》，你的最爱。”我儿子说，“我们从小到大都听腻了。”稍稍停顿了一下，他又补充说：“我记得你甚至都用俄语给我们朗诵过。”

这真是将我彻底搅糊涂了。我的确是非常喜欢《海燕》。说它是我的最爱也不算过分。我欣赏它呈现的壮阔场面，也认同它传达的乐观精神。但是，我不大可能为一个陌生人亲手抄一份。至少我自己对这异常的举动没有任何印象。总而言之，这篇文章里的“事实”在我看来是真真假假，又没有任何一项能够确定文章与我的“密切相关”。这种真假难辨的困惑让我对四周的黑暗突然产生了强烈的恐惧和敌意。我急忙打开了台灯，接着用严肃的语气说：“我怎么感觉你这像是在进行电信诈骗？”

我儿子被我的话逗乐了。“你对这些事情难道没有一点记忆吗？”他耐心地问。

“记忆？快不要对一个九十岁的老人说什么记忆了。”我说，“前天早上起床的时候，我看着你爸爸的照片，知道他是谁，却怎么也想不起他的名字，一直到吃完早餐那名字才突然蹦了出来。这我都不好意思告诉你。有谁会相信呢？一个跟我生活了将近六十年的人！”

“这只是暂时的短路。”我儿子不以为然地说，“甚至都可能发生在年轻人的身上。”

“那我去年在百年校庆的时候闹的笑话呢！”我说。那可是告诉过他的。那一天，一个我当过班主任班上的学生走到我跟前，说他们一家人至今都非常感激我。我问他为什么。他说当时他们家生活非常困难。毕业的那一年，他父母亲同时患重病，他们家付不起医疗费，也无法再负担他的学业。他说是我为他父母支付了一半的医疗费，又为他争取到了全校最高的助学金。而我不仅完全不记得自己做过的这些善事，甚至连自己曾经教过这么一个学生都没有任何印象。

“你不要总是拘泥于这些负面的细节。”我儿子说，“你不是对自己小时候和我们小时候的事情都如数家珍吗？你不是还背得出那么多的唐诗宋词吗？”

“我现在的记忆真是出现了异常。”我说。

“不是异常，是超常。”我儿子说。

“你倒是会说奉承话。”我说，“这是真正的瞎话。”

“回忆一下那个十字路口，回忆一下那‘黎明前的黑暗’。图像对记忆很有帮助。”我儿子说，“你肯定会想起来的。”

“不要逼我了。”我说，“还是赶快告诉我后来发生了什么吧。”

我儿子显然听出来我已经对文章发生了强烈的兴趣。他兴奋地说，接下来的那个星期一和星期二，我都没有出现。文章的作者开始以为我生了病，但是她接着就意识到我是中学教师，因为全市中学的暑假正好是那个星期开始。她因此也马上有点担心我亲手抄写的《海燕》其实是我送给她的告别礼物。不过她想我应该就住在附近，因此寄希望于能够在白天的人流里认出我来。这种希望让她将帽檐推高了，将口罩拉下了。这种希望让她不再介意自己是不是被熟人看到。但是我那整个星期都没有出现。而在随后的那个星期，她果然首次获得了重用，被抽调去负责城市西区的清扫队。她说离开她一直都盼望着离开的基层，尤其是离开那个令她看不到任何希望的十字路口，她的心里居然出现了一丝淡淡的遗憾和凄楚。

在这一段话里，我儿子将前面用来指称那位老人的“她”完全替换成了“你”。我没有去纠正他，尽管我还是无法确认那位老人与我的关系。“我其实是问你文章的作者后来怎么变成了生物学家。”我用有点疲惫的语气说。

我儿子仍然兴致勃勃。他说恢复高考的第二年（1978 年），她考取了中山大学，就读生物专业。毕业后，她又考上了北京大学的研究生。最后，她又去英国留学，从帝国理工获得了博士学位。现在，她住在英国南部的海滨城市布莱登。她说她一直珍藏着我亲手抄写的《海燕》。她说不久前的一天在海滩上散步的时候，她意外地看到一只被潮水卷带来的濒死的海燕，马上想到自己已经从一只雏燕变成了一只老燕，又估计自己当年在人生的十字路口遇见的那只老燕大概已经不在人世，突然产生了强烈的乡愁。这篇文章就是在那种乡愁的推动下写成的。

说得这里，我儿子说出了他不顾时差给我打来这个电话的主要意图。他问我是否愿意“重现”。他说他可以设法联系到这篇文章的作者。

我苦笑了一下，说：“没有这个必要。”我至少有两个理由：首先，我对文章里涉及的任何事实都没有记忆；其次，这位生物学家的“估计”相当科学。我的确是可能已经不在人世，甚至可以说我的确“应该”已经不在人世。我同龄的朋友里，除那位闺蜜现在还躺在里昂的老人院里苟延残喘之外，全都已经不在人世。想到这里，我忍不住又补充说：“她真见了我，岂不成了‘活见鬼’。”

我儿子当然知道我这是在调侃文章作者的那个“估计”。他笑我小心眼。他认为我应该去联系文章的作者，让她知道当年的那只老燕还在放声歌唱，还在“高傲地飞翔”。他说他甚至还想到了进一步的安排。他说我们还应该安排一次再现生活的重逢，地点就定在雨花亭的十字路口，时间就定在夏天清晨的五点之前（也就是“黎明前的黑暗”之中）。

我根本就不记得她，也根本就不记得她记忆中的我，怎么还会有如此浪漫的情趣？更何况雨花亭的十字路口现在已经面目全非，谁还有魔力去“再现生活”？而且，那个十字路口现在通宵达旦都灯火通明，哪里去找什么“黎明前的黑暗”？我再次肯定地表示没有这个必要，也提醒他不要节外生枝。

我儿子没有继续纠缠了。他说这件事以后再慢慢商量，我现在的任务是马上睡觉。在挂断电话之前，他没有忘记祝我白天的演出成功开心。

他说得真是轻巧。经过言辞如此激烈，信息如此混乱，情绪又如此波动的交谈，我怎么还可能马上睡觉？我先去上了一趟厕所，接着又喝了小半杯温水。然后我回到卧室，拿着最厚的那床毛巾被，坐到了摆放在阳台一侧的沙发椅上。我以为新鲜的空气和新换的姿势有利于平抑我大脑的亢奋。但是坐了一阵之后，我发现两者都无济于事。甚至楼下邻居家正在收看的足球比赛都没有能够分散我的注意力。如果是平常，这就是需要服用安眠药的时候了。但是我现在不能服用，因为我明天有重要的演出，很早就要起来。所以我只能听任头脑高速自转。我疲惫的意识在文章里的事实与我自己的经历之间出出进进：雨花亭的十字路口当然没有错。那的确是除寒暑假和其他节假日之外，我每天五点之前赶去等早班七路车的地方。我的家与我任教的学校正好处在城市南北对角线的两端。在将近二十年的时间里，我每个工作日都是在四点四十分之前出门，步行大约一刻钟，去到那个十字路口。早班车与第二班车相隔的时间比较长，如果错过了早班车，我就会相当被动。因为我接着还要换乘二路车，再坐半个小时才能抵达距离学校最近的车站，接着从那里步行大约二十分钟，才能到达学校的正门。1975 年也没有错。那正好是我退休的那一年。当时我是五十五岁，在一个年轻女子的眼里也的确可以算是“老人”。《海燕》也没有错。它的确是我非常喜欢的作品。我也的确经常在家里朗诵。每次我刚一开口，我的孩子们就会哇哇大叫并夸张地捂着耳朵。还有那些关于理想和现状的话，世界上是不是还有第二个人会那么说我不知道，但是我自己的确可能会那么说。至于那位“最好的朋友”，她的人生轨迹也的确与我自己的相吻合。那位老人为了保护自己的隐私使用这样的伪装我也完全可以理解。但是，难道那位老人真的就是我吗？我怎么就一点都不记得那个年轻女子？怎么就一点都不记得那亲手的抄写？怎么就一点都不记得那位老人？

这残酷的失忆的确对我产生了负面的冲击。面对四周的黑暗，我不仅感觉内心非常空虚，还感觉身体极为脆弱。我命令自己不要再钻牛角尖，继续去回忆自己根本就不记得的过去。我调整了一下身体的重心，又将毛巾被完全抖散，再整齐对折，盖好自己的身体。是啊，我儿子的“如数家珍”说得对，我不是非常清晰地记得其他的许多事情吗？大事小事，好事坏事，开心的事伤心的事，得意的事失意的事……应有尽有啊！甚至根本不需要借助梦的魔术，这些事就会顺从我的意愿清晰地呈现在我的眼前：比如在庆祝完我们一家在北京生活一周年后的第二天还是第三天，我父亲从学校回来，情绪异常激动，不停地说：“这真是太残忍了！这真是太黑暗了！这北洋政府真是太混账了！”吓得我和我母亲都哭了起来；比如有一年在地坛的庙会上，我突然注意到那个卖冰糖葫芦的小贩脖子后面长着一串很像冰糖葫芦的肿瘤，从此就再也不敢吃冰糖葫芦了；比如我们到上海的第二年，暑假中的一天，我父亲突然很神秘地告诉我，他要去见一位朋友，问我愿不愿意跟他一起去。“你不是有许多关于《故乡》的问题吗？”他说，“你问这个人可是最合适不过了。”我于是兴致勃勃地跟着他到了一家主要是卖日语书的书店。不一会，他的那位朋友也来了。我刚看着他走进书店，就吓得躲到了我父亲的身后。我父亲怎么拽，他的朋友怎么叫，我都不肯出来。一直等到那位朋友与我父亲谈完事离开之后，我才气鼓鼓地站到了我父亲的面前。接下来的两天我都在生气，首先当然是生我父亲的气，怪他故意不把话说清楚，让我受了那么大的惊吓。不过，我也生自己的气，怪自己已经读了那么多的小说，已经在小说里见识过各色人物，却还是那么胆小，那么害羞。没有与我父亲的那位朋友说上一句话是我一生的遗憾。如果那一天真向他请教了关于《故乡》的问题，我少年时代的作家梦也许不至于那么早就夭折；比如我的那位闺蜜十七岁生日的当天，我和她去法租界里最好的照相馆拍了一张合照。她对法国文化着迷到了病态的程度，经常会说一些非常极端的话。那一天她就对天发誓，说将来她是非法国人不嫁。我当时故意气她，说世界上的男人都靠不住，法国男人更靠不住。接着我也对天发誓，说我将来根本就不嫁人。结果这句话成了我们一辈子的话柄。直到我们最近一次通电话的时候，那位闺蜜还在用它来说笑：笑我嫁人比她早了五年，笑我们嫁的都是太可靠的男人，可靠得没有任何情趣，笑她自己嫁的是最不像法国人的法国人；比如在桂林的时候，我们的邻居是一位俄语翻译家。他特别佩服我的记忆力，有一天提出来要教我用俄语背诵高尔基的《海燕》。我说那怎么行啊，我一个俄语字都不认识。他提醒说我小时候不是还不会认字就已经能够背出很多的唐诗了吗？他说他就是想用我来做一个这样的实验，看人到了青春阶段还有没有“空手套白狼”的能力。他的说法逗笑了我。我顽皮地回应说这一次应该是叫“空手套白俄”吧。他接着也大笑起来，又夸我的确很有语言天赋；比如在昆明读大学的时候，有一天，我同时收到了两封“情书”，来自两个性格完全不同的男生。其中那个历史系的学生热情奔放，口若悬河，思想十分激进。后来他去了延安，一度春风得意，到五十年代中期却突然销声匿迹；而那个物理系的学生，木讷沉闷，少言寡语，思想相当保守。后来他去了美国，从五十年代中期开始名扬天下，年届九十岁仍然是热点人物……这些人和事我都记得，但是我怎么就一点都不记得那“黎明前的黑暗”？怎么就一点都不记得自己就是在人生的十字路口给那个环卫工人带来勇气和信心的“老人”？

在时间的隧道里胡乱穿梭了这么一阵之后，我渐渐感觉到了一丝睡意。而且楼下邻居家的电视也不知道什么时候已经关掉，四周已经是静无声息。我犹豫了一下要不要回到床上去，但是又迅速做出了原地不动的决定。这是非常明智的决定！因为我很快就睡着了，而且还睡得不浅。更不可思议的是，我很快又接着做起了刚才的那个梦。我梦见我母亲一边不停地将我不断扭开的脸扭回到她的面前，一边又在节奏均匀地吟诵着《长恨歌》里的诗句……“夕殿萤飞思悄然，孤灯挑尽未成眠”……为什么这两句会如此地清晰和突出？接着，我梦见我再一次挣脱了我母亲的束缚，又将脸扭开，面对着站台。我的视线落在了那个驼背男人和他身边那个时髦女人的身上。我能够看出他们的关系非常亲密，但是他们却正在发生争执。我好奇地盯着他们如同哑剧表演的一举一动，直到听到了我父亲那一声沉重的叹息。我回过头来，看着我父亲。他正好放下了报纸。接着他往座椅背上一靠，仰望着车厢的顶部，用庄严肃穆的声音说：“孙先生就这么走了，也不知道将来的中国会变成什么样子。”就在这时候，火车的汽笛声响了。随着站台缓缓向后退去，我的人生开始驶向它的第一个目的地……

是从卧室里传来的闹铃声将我从梦里惊醒的。我感觉有点神情恍惚，又感觉有点意犹未尽，但是我知道自己没有太多的时间可以耽误。昨天临睡之前设置闹钟的时候，我好像预感到会要遭遇“黑客”的袭击而牺牲睡眠，有意将闹铃的时间设置得比较靠后。接着稍稍过渡了一小会儿之后，我缓慢地从沙发上站起。我从随后的每一道必需的程序里都挤出了一点时间，最后还是按原计划在七点钟吃完了早餐，接着又从容地做好了出门的准备，并且提前五分钟站到了房门的旁边。小简从来都非常准时，我知道我会在七点半钟如约听到她的敲门声。

小简住在十层，她本人是市税务局的人事干部，她丈夫是财经职业学校的数学老师。五年前，我和她第一次在电梯里相遇的时候，两个人的眼睛都顿时一亮……那种默契用“一见如故”来形容都不到位，应该说是“一见钟情”。我后来每次跟小简回忆起我们的第一次见面，都说自己活到八十五岁那还是第一次尝到“初恋”的神奇。第二天正好是星期五，小简下班回来，给我送来了她特意从单位食堂为我买的面点，有馒头、花卷和葱油饼。她说她单位的食堂全市第一，面点更是首屈一指。我从来都拒绝别人送的食物，更不要说是熟食，但是我却毫不客气地接过了小简递过来的塑料袋，还透着热气的塑料袋。这显然就是那“一见钟情”的后续。我们的亲密关系就这样开始了。在这五年的时间里，只要没有出差或者外出度假，小简每个星期五的傍晚都会带着很合我胃口的面点正常出现。而最令我欣慰的是，小简从来不会用任何名义勉强我做任何我不想做的事情，不像我自己的那些儿女，尤其是我那肯定是患有强迫症的小儿子。她做事极有分寸，既不会让我感觉她过分热情，也不会让我感觉她缺乏诚意。她也从来都不会侵犯我的隐私，更不要说干扰我的睡眠了。我们的关系中只有一个无法克服的障碍，那就是我的年纪。我比她父亲大了整整二十五岁，这让她有点不知道应该怎么称呼我。经过一段时间的犹豫，她最后接受了我的建议，称我为“阿姨”，而不是“奶奶”。但是她又明确地告诉我，她在心里还是将我当成“奶奶”那样来尊敬。这也许就是她从不勉强我的原因吧。“阿姨也罢，奶奶也罢，对我都一样。”我也明确地告诉她，“只要不把我当成‘老糊涂’就好。”小简一定能够听得出这是我对她的夸奖。她的出现的确对我的生活和心理都产生了积极的影响。其中最重要的莫过于我这个名副其实的空巢老人从此不仅嘴上不再喋喋不休地忙着给自己贴“空巢老人”的标签，心里也渐渐不再念念不忘自己当“空巢老人”的凄楚。这种脱离“实际”的感觉真是美妙无比！

小简上星期五下班过来的时候，看到我正在发愁星期天早上应该什么时间离开赶往师范大学比较合适，笑了起来。她说她那天上午要带女儿去师范大学附近的医院做体检，正好可以顺便送我。她又说星期天早上一般不会堵车，不过也应该多留出一点时间。所以，她在七点半钟准时敲开了我的房门。她迅速地接过了我的提包，又耐心地等着我将房门锁好。她说她女儿已经直接下车库去了，接着又好像是自言自语似的说现在的年轻人总是自行其是。

小简是一个雷厉风行的人，但是每次走在我身边，她不仅不会像我的儿女们那样明示或者暗示我走得太慢，还总是表情从容、动作悠闲，就好像她并不是因为我而故意放慢了脚步。所以走在她的身边我从来不会感觉有任何心理和生理上的压力。我坐进车里的时候，坐在副驾驶位置上的小简女儿喊了一声“奶奶好”，不过她还是在盯着手机，并没有将头抬起。小简回过头来对我做了一个鬼脸。然后她一边倒车，一边直言：“现在的年轻人完全生活在虚拟世界里，连最起码的规矩都不懂。”看到女儿没有反应，她接着说：“我都不知道他们将来怎么去面对社会。”

“社会就在手机里，我现在正在面对。”她的女儿回应说，也还是没有抬起头来。

“好吧，永远都是你有理。”小简说，“将来吃亏的时候你就喊天吧，不要喊我。”

“那我现在赶快喊一声。”她的女儿说完，用娇滴滴的声音喊了一声“妈”，不过眼睛并没有离开手机屏幕。

“我真拿你没有办法。”小简说着，将车开出了车库的大门。接着，她问我晚上是不是没有睡好。我说是的，心想她一定是看出了我脸上的倦容。接着，小简说她自己也是这样的，只要第二天有事，前一天晚上就会睡不好。我说我倒不是因为第二天有事，而是因为睡得正香的时候被电话吵醒了。小简不假思索地说现在的诈骗电话太多，我应该在临睡前将电话线拔掉。我苦笑着说要真是诈骗电话就好了。小简显然不明白我这是什么意思。我接着告诉她，电话是我儿子从波士顿打来的，他缠着我说了很久。“如果是诈骗电话，我听半句就挂断了。”我说。小简叹了一口气，说我应该高兴自己的孩子还想跟自己说话。说完，她瞥了女儿一眼，好像是在责备她已经不想跟她说话。我不以为然地说我儿子并不是想跟我说话，而是想要我听他说话。小简当然也不明白我这是什么意思。我接着说他在网上看到了一篇文章，自己兴奋还不够，还“必须马上”读给我听。

“什么好文章？”小简好奇地问。

“什么好文章？！”我说，“听它的蠢题目就知道不是什么好文章。”

“什么蠢题目？”小简好奇地问。

“人、生、的、十、字、路、口。”我故意一板一眼地说。

小简还没有来得及反应，她的女儿先夸张地大笑了三声，不过她的眼睛还是没有离开手机屏幕。我直觉她不是突然在手机上看到了什么可笑的内容，而是在嘲笑文章的题目。“你看，年轻人更反感这样的题目。”我接着说。

“不是这个意思。”小简的女儿说，“我是笑昨天晚上还有人也读到了这同一篇文章。”说话的时候，她也还是低头盯着手机。

我完全不知道她这是什么意思，忍不住重复说：“还有人？！”

小简看着自己的女儿，用责备的语气说：“跟奶奶说话也不说清楚一点。”然后，她告诉我，昨天晚上她上网帮女儿查看伦敦租房信息的时候，这篇文章突然蹦了出来。

“怎么会有如此的巧合？！”我说。这的确是不可思议。我儿子住在地球的另一面，小简住在我们这栋楼的十层，他们却在同一时段（甚至可能是同一时刻）读到了这来自英国的同一篇文章。

“这就是虚拟世界的神奇啊！”小简的女儿说，“虚拟世界里没有距离：现在就是未来，这里就是那里。”

“你怎么不说你就是我呢？！”小简回应说，“真是奇谈怪论！”

我深知一个九十岁的老糊涂没有资格参与关于这种“现状”的讨论，因为对虚拟世界的神奇她既不能适应，更无法改变。我等母女俩继续交锋两轮之后安静下来，问小简对文章有什么感觉。

“还说呢？我只读了一个开头。”小简说。

“为什么？”我问。

小简又瞥了女儿一眼，说：“她凑过来看了两行，笑我又在关心古代的事情。硬拉着我去看她正入迷的韩剧了。”

"古代的事情？"我费解地问。

"是啊，"小简说，"1975年在她的嘴里就是古代。"她冷笑了一下，补充说："也不知道现在的年轻人是怎么想的！"

这同样是一个九十岁的老糊涂没有资格来评判的事情。我想了一下，调侃说："那你们不是正在偷运'出土文物'吗？！"

小简和她的女儿都立刻听懂了我的意思，一起笑了起来。

我将脸侧向窗外，突然感觉到一种淡淡的酸楚从身体里迅速穿过。"这么说也不是完全没有道理。"我感叹说，"那时候的城市可不是现在这种样子。就拿文章里提到的那个十字路口一带来说吧，用现在的标准，它完全可以说就是荒郊野岭。"

我的感叹对小简的女儿似乎有点触动。她漫不经心地问我儿子为什么"必须马上"读那篇文章给我听。她仍然好像是对着手机发问。

我稍稍犹豫了一下，没有说出主要的真相，也就是我的记忆还拒绝确认的真相。"那时候我们就住在那一带。"我说，"文章里提到的十字路口是我们进城的必经之路。"

我的这句话对小简的女儿显然有更大触动。她还是面对着手机，但是我感觉她认真地想了一下，接着说："大家都说人到了国外会特别思乡。"

"你不是很快就会有切身体会了吗？！"我说。

"是啊，"小简又瞥了女儿一眼，说，"看你到时候怎么办？！"

小简的女儿夸张地假装着哭了起来。

"这真叫'不见棺材不落泪'。"小简说。突然，她好像是意识到这种话不应该当着一个九十岁老人的面说，回过头冲我笑了一下，接着又迅速转换话题，说现在桥面上有点堵车，我们大概还需要半个小时才能到，我应该利用这一段时间好好闭目养神，大家都不要再说话了。

我也感觉有稍微休息一下的必要。但是靠到椅背上紧闭双眼，我的头脑却又像万花筒一样转动起来：一会儿是刚才的交谈，一会儿是昨晚的对话，一会是文章里的事实，一会儿是记忆中的细节……根本就无法休息。于是，我干脆又微微睁开眼睛。漫不经心地看了一阵窗外之后，我的视线被小简的女儿奇怪地吸引了过去。她还是在低头看着手机。这并没有令我感觉奇怪。令我感觉奇怪的是她好像不是与我坐在同一辆车里，而是在远处，在户外。可是她身上散发出来的青春气息却又触手可及：那么细嫩的肤色，那么清新的发质，那么纯真的呼吸……怎么回事？怎么她又假装着哭了起来。怎么回事？怎么这一次不像是假装，而像是真的。是真的，她是真的在哭，哭得那样伤心。我完全睁开眼睛，看到在我眼前的不是小简的女儿，而是一个环卫工人。她坐在小推车的扶手上失声痛哭，好像生活失去了方向，好像生活失去了希望。我慢慢走到她的身边，将手轻轻放到了她的背上。我的体温惊动了她。她抬起头来，对我笑着说："奶奶好！"怎么回事？怎么是"奶奶好"？我再仔细一看，环卫工人又变成了小简的女儿。我也尴尬地笑了一下，同时将放在她后背上的手缩了回来。这时候，一种罕见的喜悦出现在我的心里。那是感激的喜悦，或者说是喜悦的感激。我感激小简的女儿在我的记忆里划开了一条裂痕，将我带回到了"古代"，让我再次看到了那个在黎明前的黑暗中失声痛哭的环卫工人，让我终于可以确信那个出现在她人生十字路口上的"老人"就是我自己。我情不自禁地舒了一口大气，接着又情不自禁地说了一句大话。"生活在虚拟世界里真好。"我说。

说完，我又靠到了椅背上，又重新闭上了眼睛。喜悦和感激继续在温情地撩拨着我的记忆，就像母亲挑逗自己的婴儿一样。第二次见面的一些残片也浮现了出来。我不记得自己说过的那些话。但是，我隐约记得自己因为不愿意向陌生人炫耀自己的经历或者暴露自己的身份而虚构了一位"最好的朋友"。接着，第三次见面也模模糊糊地出现了。我记起来我原来是想先给年轻人朗诵一段《海燕》，再将亲手抄写的文本交给她，并告诉她那是我人生里的最后一天上班……没有想到那一天的车来得那么准时，就好像是知道那是我的最后一天上班一样。在车上，我并没有感觉特别遗憾。我想着那个年轻人还会继续在这一带工作，我也还会继续在这一带居住，所以我们将来肯定还有机会见面……星星之火般的记忆最后被小简开心的声音彻底扑灭。“奶奶准备出场了！”她模仿着女儿的语气说。我睁开眼睛，看到车正好停在了师范大学礼堂的前面。刹那间，我对自己的“出场”产生了一种难以抑制的冲动。

刚急急忙忙地下了车，我就看到合唱队里那一对双胞胎小妹在朝我快步走来。我们上次演出的那一天正好是她们八十岁的生日，所以当天的演出就是以全场齐唱“祝‘你们’生日快乐”结束。来到我的跟前，两位小妹一个急忙抢过我的包，一个赶紧抓住我的手，就好像是两个绑匪一样。她们说她们的确是奉“老满”之命来“绑架”我的。她们要将我直接带到他的跟前，他有急事要找我商量。老满是我们合唱队的团长兼指挥，因为他是年龄最小的队员，我们借用方言里对一家最小孩子的爱称，称他为“老满”。我匆匆回头向小简母女道别，然后跟着两位身材一模一样的小妹一起去见老满。我告诉她们其实根本就不必来“绑架”，我也会直接去找老满，因为我也有急事要与他商量。

比我这个全队的大姐年轻将近二十岁的老满对我特别尊重。他让我先说我的急事。而我感觉他的急事会比我的更急，坚持让他先说。我们互相推让了一番之后，老满还是尊重我的意见先说出了他的急事。他说师范大学的领导看过我们的节目单之后，觉得最后准备加演的《在希望的田野上》分量不够，恐怕很难激起新生们的共鸣，不知道我们还有没有更好的节目可以替换。所以，他考虑还是以我们著名的配乐诗朗诵《海燕》来压轴，问我觉得怎么样。

他话音刚落，我就忍不住大笑起来。

知道我要找他商量的也是想换上《海燕》来做压轴节目，老满也大笑了起来。“原来我们是同样的着急。”他幽默地说，“这真是叫‘合拍’啊。”接着，他好奇地问我为什么突然会有这个想法。

“我觉得这是更合适新生的选择。”我说。

老满微微皱起了眉头，显然是认为我并没有回答他的问题。

“你不这样觉得吗？”我接着说，“他们是正准备起飞的雏燕啊。”

老满显然还是肯定这并不是真正的理由。但是他没有继续细问了。他说尽管这是我们合唱队最拿手的节目之一，我们却有一段时间没有表演过了，加上又是临时的调整，不知道我对自己的朗诵是否有充分的把握。我说我有百分之百的把握。他接着又问双胞胎姐妹合唱队的其他队员是否会有什么问题。配乐是由他们承担的。在我朗诵的过程中，他们要哼唱出老满自己为散文诗谱写的优美乐曲。两姐妹也都说没有任何问题。老满接着说他原来想我们在演出之前再临时排练一次，但是那样的话，观众肯定就会发现这个调整。而他认为要想取得最好的演出效果，对观众严格保密是必要条件。我和两姐妹又一起宽慰了他一通，劝他不要患得患失。我们说我们的演出一定会大获成功。最后老满告诉我们，他的想法是在正式节目与加演节目之间，主持人不再露面。也就是说，等正式节目结束之后，我直接从队伍里走出来，走到前台……不过他认为在朗诵之前，我应该代表合唱队给新生们说一段鼓励的话，这样既有利于活跃现场的气氛，又能够强化演出的效果。他问我能不能抓紧时间准备这样的一段话。我再次向他保证完全没有问题。

我们正式节目的表演非常成功。这完全在我的意料之中。这首先当然是因为我们做了充分的准备，而另一个重要的原因我想还是我们与演出现场的特殊关系。我们合唱队有七成以上的队员毕业于这所师范大学，对演出现场不仅非常熟悉，也很有感情。站在这个舞台上，这些队员们都感觉自己又回到了学生时代，甚至是回到了自己的家。但是，我自己的注意力却从一开始就不是特别集中。这是在以前的演出里从来没有出现过的情况。我从一开始就在想着自己最隆重的“出场”，也就是全场给最后那首《保卫黄河》的热烈掌声停歇之后的场景。

这就是现在终于到来的场景……整个礼堂突然变得鸦雀无声，整个世界也突然变得鸦雀无声。所有的目光都在等待着舞台上的下一个变动，等待着合唱队最后的秘密。

我从容地走出队伍。我从容地走到舞台的前沿。我从容地调整了一下自己的呼吸。我从容地抬起了自己的右手。我用从容的语气说：“亲爱的同学们，我们今天来到这里是因为我们将自己的过去献给了神圣的教育事业，而你们也已经迈出人生旅途上关键的一步，准备将自己的未来献给同样的事业。在演出开始的时候，主持人已经介绍过我们这个教师老年合唱队里年纪最大的成员是九十岁，那就是我本人，我是我们这个大家庭里的大姐。而我们合唱队里年纪最小的成员也已经进入古稀之年，他就是我们英俊潇洒的团长兼指挥，我们的'老满'。在你们的眼里，我们是不是就如同一堆出土文物？（全场大笑）这不奇怪。我们自己也经常会嘲笑自己，称我们是一群'老妖精'加一群'老疯子'。（全场再次大笑）我现在想问你们一个问题：此时此刻，我们和你们最根本的不同是什么？我指的不是年龄，那是身份证上写得明明白白的。我指的也不是外表，那是脸上手上写得清清楚楚的……对这个问题，每个人可能会有不同的答案。我现在要告诉你们的是我自己的答案。我们和你们最根本的不同是不管我们多么妖多么疯，我们的前面也只有死路一条（部分人大笑），而你们的前面却是广阔的天空。（一段较长的停顿）是的，天空是广阔的，但天空也是未知的，经常会乌云密布，经常是危机四伏。要想在广阔的天空实现自己的理想，你们必须具备巨大的勇气、伟大的激情和坚定的信心。正因为如此，我们老年教师合唱队今天特别向你们献上配乐诗朗诵《海燕》。我们的这次演出将随着这个节目结束，而你们的大学时代将随着这个节目开始。请接受我们这些老前辈的祝福！希望你们带着这同行的祝福像坚忍不拔的海燕一样起飞，去迎接天空的挑战。"

我语气从容的发言刚一结束，全场的观众就都站了起来，对我报以热烈的掌声。同时，我的身后也传来了来自队友们的鼓励。我回头朝队友们点了点头，又从容地面对着观众，耐心地等待着整个礼堂和整个世界再一次变得鸦雀无声。然后，我侧身示意老满，我这只老燕已经做好了再次起飞的准备。老满优雅地举起了双手。合唱队员跟着他舒展的手势低声哼唱出了优美的旋律。我再往前跨出一小步。接着，我不仅清楚地听到了自己的声音，好像还看见自己的声音，看着它正乘着音乐的翅膀向天空飞去：

在苍茫的大海上，狂风卷集着乌云。在乌云和大海之间，海燕像黑色的闪电，在高傲地飞翔……

我感觉到我的声音在微微地颤抖，我感觉到我的身体在轻轻地晃动。我知道这不是因为我的疲惫，也不是因为我的激动，而是因为我高傲的飞翔。在乌云和大海之间……是的，我感觉自己不是站立在舞台的边缘，而是顶着狂风，飞翔在乌云和大海之间，就像作家笔下的那只海燕，那只被传诵了上百年的海燕，那只我从青春时代开始就一直在追寻的海燕。文字的力和声音的美陪伴着我的飞翔，推动着我的飞翔。我比任何时候都更懂得了大海，更懂得了狂风，更懂得了乌云。我也比任何时候更懂得了高傲、飞翔和闪电……我的飞翔还没有结束，合唱队白发苍苍的小弟弟小妹妹们就都已经围拢到了我的身边。紧接着，礼堂里又爆发出了雷鸣般的掌声。

从这经久不息的掌声里，我像那只海燕一样听到了未来的欢乐和必胜的信心。

原载于《作家》2022 年第 1 期

朱　迪

张惠雯 *

朱迪是我交往最深的美国女友，尽管那已经是过去的事了。我有过几个别的美国女友，我也和她们处得不错。我们会偶尔相互拜访，外出聚餐，一起带孩子去某个地方玩儿，我们会聊喜欢的餐馆、烘焙小窍门或孩子的假期安排……那种交往也融洽、温情，但总谈不上是深交。深交的人会谈什么、做什么？我也没有明确定义，但我想，至少要经常和对方谈及自己，譬如谈谈对某些人某些事的真切感受、内心深处的矛盾和疑虑，当然，还有自己的过去。那些你不会对普通朋友提及的事，你或者和深交的朋友谈，或者对陌生人说。就这种意义上来说，我和朱迪称得上深交。

我是在一次散步时遇到朱迪的。那时我在波士顿郊区的艾克顿镇租了个两卧室的公寓单元。我儿子东东（英文名叫汤尼）已满三岁，每天上午九点左右，我送他去附近一家托儿中心，他在那儿待到下午五点。那段时间，我心情不错。最初因丈夫出轨、离婚而导致的伤害已经淡化，而涉及实际生活方面，我意识到自己反而轻松多了。我得到一笔按月支付的赡养费，不急着找一份固定工作；我拾起大学时学的绘画专业，在家接一点儿设计书籍插图、商业海报的工作，虽然收入不多不稳定，但我毕竟感到自己在“工作”，这体验对我来说既新鲜又

---

* 张惠雯，1978 年生于河南。著有小说集《两次相遇》《在南方》《飞鸟和池鱼》，译有《昨夜》。现居美国波士顿。

有一种回归感；我需要做的家务活儿比以前少多了，我没有一个大房子需要打扫，再也不用整理院子，不用担心晚餐是否够丰盛，是否对得起那个工作了一天回家的男人；我做什么不再需要和人商量，不用考虑另一个人的感受，而且，我可以随意支配钱了！我打算买什么，怎么使用这些钱，都是我自己做主……自由，就是我那时的感觉。

四月底的一天，我把汤尼送去学校，回来路上把车开去附近的公园。那里沿一个天然湖泊有一条散步、骑车的便道，我打算在那里沿湖散步。因为不是周末，便道上人很少。湖水和路边茂盛的植物都在温暖的天气里散发出浓郁的气息。路边一棵开满粉白色野花的矮灌木吸引了我。它的大花球是由许多纤细的、伞状小花簇拥在一起形成的，有种毛茸茸的质感，像柔软的雪球。我凑近去看，并且掏出手机拍了一张照片。这时，一个穿一身紫红色运动衣的女人从我身边慢跑过去，对我微笑了一下。

她向前跑了大约十几米，又转身折回来，问我："你在观察这种花吗？"

她身上透出的活力和热情，让我直觉她是个非常友好的女人。"是的。"我说，"我不知道这种花的名字，不过，它看起来很特别。"

"它叫红根，也叫新泽西茶。"她告诉我说，"它很特别、很美，对不对？而且，它的叶子真的可以做茶叶。关于这个还有段历史，'新泽西茶'这个名字应该是独立战争时期出现的，当时我们的人都用这种茶代替昂贵的英国茶。"

"真有意思！"我说。

"请继续欣赏。"她笑着说，"今天天气很美。"

"是很美。"我附和道。这里的人喜欢用"美丽"由衷地赞叹一切：鞋子、头发、人、音乐、天气……

她对我说"再见"，然后继续她的慢跑。看来她是注意到我对这种野花有点儿好奇而特地跑回来告诉我这些，这说明她不仅友好、热情，而且敏感。她给我留下了很深的印象。我猜她也住在艾克顿，会经常到这条湖滨小道来。我想如果我们能再次遇见，也许会成为朋友。大约两三个星期后，我在湖边散步时又遇到了她。我们交谈了一会儿，交换了电话号码。我知道她叫朱迪，已婚，住在离这里很近的主干道上……如我所愿，我们成了朋友。

不久后，朱迪第一次来我家。她带了一束鲜花和自己做的巧克力慕斯蛋糕。我泡了茶，准备了些水果，我们边喝茶、吃蛋糕，边聊天。我了解到朱迪也是个自由职业者，偶尔帮食品商家拍产品图片。朱迪知道我离婚了，带着一个三岁多的男孩儿，英文名叫汤尼……朱迪说她喜欢公寓的感觉，很紧凑、温馨，让她回想起大学毕业后一个人住的时候。离开之前，她提出了更具体的计划，说我们应该每周见一次面，像今天这样一起喝下午茶、聊天，对她来说真是太愉快了。

我们后来确实这样做了。每个星期，我们总会找个下午，或者她来我的公寓，或者我去她在主干道上的家。主人准备茶或咖啡，客人带去甜点。朱迪经常会带着自己烤的蛋糕或饼干，而我只能去附近的全食（Whole Food）超市里买现成的甜点。那栋白木板房子前面有条窄窄的门廊，即使下雨天，我们也可以坐在门廊下面喝茶。我尤其喜欢悬挂在门廊中间的那盏六面玻璃罩的英式吊灯，朱迪说那是她从古董店淘到的。

我们几乎什么都谈。她给我讲她心碎的少女时代，她最爱的父亲在她十二岁时离开了家，搬去和另一个女人住。她不能接受会被父亲“抛弃”。她还有个弟弟，比她小七岁，而她当时感到父亲真正背叛的不是她母亲也不是弟弟，而是她。这正是最不可思议的地方，因为她一直以为他最爱的人是自己。可能因为这个巨大的打击，她没有什么青春叛逆期。她试着让自己忙起来，帮忙妈妈照顾年幼的弟弟，假期里去打工……她父亲常回来看他们，但她没法面对他。直到她十六岁的时候，才原谅了父亲，现在他们是朋友。“他和那女人就住在安杜福尔，开车过去40分钟，我有时会开车去看他们。他和那个女人一直没有结婚。我妈妈还住在沃瑟姆他俩当初一起买的那栋小房子，现在回到那小房子里还是会让我难过，会让我想起那个痛苦的时期。”最后，她会说：“亲爱的，多可怕啊？那种被最爱的人背叛的感觉，我们俩都经历过。”

她说起交往过的男友，其中一个是诗人。他倒不是那种欺骗女人、嗜酒如命的浪荡诗人，更像个多愁善感的孩子。诗人很爱哭，有时候是被什么感动，有时候是为什么人和事悲伤，或者仅仅因为喝了一杯酒无端地伤心起来……她形容他是黑巧克力，sweet and bitter，甜蜜又带着苦味儿。“我总在劝他，最后，我累了。‘不能这样下去。’我对自己说，我想，我也是个多愁善感的女人啊，我才应该是哭的那个，而他应该是安慰我的那个……这不对。”她说着，那双涂了烟熏色眼影的大眼睛里像是突然蒙上一层雾。我听说爱笑的女人其实也更爱哭，朱迪就是这样的女人。

我一直觉得朱迪很美，这并非仅仅就她的长相而言。她甚至算不上精致，自来卷的头发相当随意甚至有点儿凌乱地披散着，脸上和手臂的皮肤上也有不少西方女人常有的晒斑，但她的率真、热情以及与之相应的神态的灵动，使她整个人散发出一种类似光与热的东西，这很吸引人，是那种打扮精致但无灵魂的女人所缺乏的。

她自己也觉得自己太爱说话，说我肯定觉得她的性格一点儿也不像波士顿人，因为北方人一般不这么开朗。“天太冷，他们的样子也被冻得僵硬了。当然，最重要的还是基因，想想他们的祖先，最古板的英国人，还是英国人中的清教徒！”她开玩笑地说。她把她的热情归结于自己那一点爱尔兰血统——她祖母是爱尔兰人。“我和乔伊不一样，他是土生土长的马萨诸塞人。你看看他的样子就知道了。”乔伊是她的丈夫。她从来不掩饰对乔伊的爱恋：“我们在一起八年，结婚五年，但他还是那么迷人，我甚至觉得他越来越迷人。他是我见过的最好的男人，有人可能不同意我，我才不在乎。”

我们喝茶的时间是在下午，那是汤尼在学校、乔伊上班的时间。一个周末，朱迪邀请我晚上去她家晚餐，于是我认识了乔伊，他们认识了汤尼。此后，除我们俩的午后聚会以外，朱迪也会在周末安排聚会，以便乔伊和汤尼也能加入。一开始，我很怕孩子给他们添麻烦，因为没孩子的年轻夫妻一般不习惯有孩子在场的交流。但他们俩看起来非常喜欢汤尼，朱迪打趣说她总算给乔伊找了个合适的玩伴儿。

乔伊个子很高，偏瘦，有一头棕色的、微微拳曲的漂亮头发。和朱迪相比，乔伊显得内向。他说话不多，但他的热情又是可以感觉得到的，这反映在他的神态里、他的眼神里——他始终关注别人，而且满怀善意。他的热情方式和朱迪的方式构成了对比：她是外放的、伸展的，肆意散播她的光芒和热力；而他总像在努力抑制自己的热情，害怕它过分流露会破坏应有的得体。这种有些谦逊的内向似乎体现了他的教养，北方式的教养。当朱迪说话时，乔伊总是温情地注视着她，他听得很专注、很有兴致，好像那些话他还是第一次听到。朱迪喜欢讲他们的恋爱，他们如何在朋友办的派对上相遇（当时他们身边都有别的人），如何默默喜欢对方一年多，终于在某个偶然机会发现原来对方也是第一次就对自己产生了特别的好感……这爱情故事并不新鲜，但动人的爱情故事恰恰都差不多。当朱迪讲到动情的地方，乔伊会摸摸她的头发或者把她搂过去亲一下。他的亲密有种恰到好处的温柔，却不过分，至少不会让旁观者尴尬。我心里暗自感叹：多么美丽的一对夫妇！

我们成了亲近得类似于家人的朋友。在我们的交谈里，只有一个问题我从不去触及，就是他们对于孩子的考虑。我直觉这是个不能触及的禁区，其中也许有难言之隐，也许是别人特别在意的隐私。而朱迪所说的话里，也只有一个说法让我不太舒服。她不止一次地对我说：“你一点儿也不像我遇见的别的中国人。”随后她会进一步补充：“不要误解我，中国人真的都很友好，他们会给你介绍中国的好地方、好吃的，以及怎么包饺子……但就是不那么容易深谈，关于自己，他们好像什么都不愿说。你不知道他们在想什么、爱什么、讨厌什么。还有的人住在这里几十年却从不喝咖啡！不要误解我，我当然充分尊重别人的饮食文化，但完全不接受当地的习惯，这总让人感觉有点儿怪。可你不一样。我和乔伊都觉得，你不是我们的外国朋友，而是朋友。”她这么说当然是在夸奖我。但这些话里有些东西让我不太舒服，这至少说明，她对于“中国人”这个群体是有一点儿看法的。我可以说她这种看法是一个刻板的印象，但她所讲的这些自己的观察所得似乎也有真实的成分。我想，也许是我过度敏感了，她在我面前说这些话正是她对我没有欺瞒的表现。

他们经常送给汤尼玩具，而为了让我不觉得亏欠，朱迪会说其实乔伊挑选这些玩具是为了自己也能玩儿，乔伊则会不那么自然地请求我不要剥夺他挑选玩具的乐趣。六月里的一个周末，朱迪让我们下午去家里玩儿，说她做了汤尼喜欢的蓝莓奶酪蛋糕。我们到了以后，乔伊拉着汤尼到后院去看“惊喜”。我们看到在后院的草坪上，有一个蓝色的充气游泳池，已经注满了清水。汤尼最喜欢玩水，兴奋极了，乔伊立即和他玩儿起了水枪射击。我知道那是他们特别为汤尼买的。

由于这个充气游泳池，那个夏天我更经常地去那座白房子做客。有时候我会帮忙准备晚餐，做一道他们喜欢吃的中国菜。朱迪最喜欢的是咕咾肉，而乔伊最喜欢的是炒米粉。这对我来说都是再简单不过的菜。偶尔，我尝试做点儿新菜，但发现他们还是吃这两道菜时最满足。乔伊常常做烧烤，他们后院有个煤气烧烤炉。朱迪会再做一大碗沙拉配烤肉。如果吃烧烤，我们大部分时间就会待在后院。像麻省的大部分人家一样，朱迪家的后院没有用篱笆围起来，它是敞开的，和后面一片树林连起来，只是在院子和树林的交界处摆了一圈石头。朱迪在屋后凉台上种了很多盆香草：薄荷、罗勒、百里香、迷迭香、莳萝……我们经常从那里摘新鲜的香料放在菜里。饭做好，我们就坐在凉台上那张小桌旁一起吃饭。天色渐晚，天空中的晚霞像洇开的水彩：粉橘、淡紫、玫瑰色，慢慢地，这些明亮的色条暗下去，变成墨紫、宝蓝等深色色块。薄暮被夜色所取代，院子后面树林散发的气息一波波随风飘过来，朱迪就在凉台上放一盏驱蚊灯……那是我们在一起度过的非常快乐的时光，也许是我曾度过的最愉快的夏天。我后来送给他们一幅我的画，画的是夏日黄昏里他们后院的风景。朱迪和乔伊把它放在壁炉上——客厅里最显著的地方。

有一次，我们在后院一起烧烤。我在切做沙拉用的苹果块，朱迪在旁边给她的自制沙拉酱调味。

这时，她看了一眼乔伊，表情诡秘地对我说：“昨晚我们谈到了你。”

“哦，是吗？”我说。

“乔伊认为你很美，他非常喜欢你，在我的朋友里，他觉得你最好。”

“真的？谢谢他。”我说，还是感到有点儿尴尬。

“你知道吗？我和他看法完全一致！他是个诚实的人，他什么都会告诉我。”朱迪热切地说。

“你们俩真是最真诚可爱的人。”我故作轻松地说。

乔伊这时把一盘烤好的鸡翅膀端过来放在小桌上，他显然听到了我们的谈论，说：“是真的，林，我们都爱你，也爱汤尼。”

乔伊回到烧烤架那边以后，朱迪调皮地压低声音对我说：“乔伊说你美，我一点儿也不妒忌，因为他说我美得惊人。”

“当然，对他来说，你肯定是最美的。”我说。

“Stunning，‘美得惊人’，他用的是这个词。”朱迪强调说。

秋天，我们一起去了白山。这是朱迪和乔伊的主意，他们想让我和汤尼体会到新英格兰秋天的美，而且是和他们一起体会。我们坐在车上，路两边油画般的秋色流过去，朱迪感慨说：“在这样的风景里，怎么能没有爱人？想想看，和你爱的人一起走在这些地方……”我听见乔伊清了清喉咙，开始说别的事。我知道他是在提醒朱迪，他就是这么敏感、细心。但我其实一点儿也没有被朱迪的话伤害，我不希望他有这样的误解，认为我是个容易受伤的人。于是我说朱迪恰恰说出了我的感觉，这就是适合恋爱的人的风景，看着它，人就会想去恋爱。朱迪转过头朝我妩媚地一笑，然后对乔伊说：“我知道林一定会同意我。我们俩太像了！你不是也这么说过？”

乔伊沿着环山的红叶路线慢慢开，到了风景特别动人的地方，我们就把车停到路边，下去走一走。那通常是有湖或溪流的地方，乔伊可以带汤尼做他最喜欢的游戏——朝水里扔小石头。

每年到了这个季节，整个新英格兰都美得不真实。山上的色彩并非都是红的，而是斑驳、分层的，像是暖色系色盘里的颜色一条条涂在山上，然后这过于浓烈、饱满的颜色在画布上流淌，相互晕染、叠加。山峦、林木的影子落入水中，那浓艳的色彩不仅没有溶解，反而变成了一团颤颤燃烧的火焰。汤尼后来在车上睡着了。再停车时，我就让他们去走，我留在车里陪汤尼。过了大约半个小时，我收到了乔伊的短信，他说朱迪的手机在山里完全没有信号，所以他发短信给我，告诉我他们刚才迷路了，但已经找到路，大概二十分钟后就会到停车的地方，最后，他不忘说一声“对不起”。那是我第一次收到乔伊的短信，我们之前一直没有交换过电话号码，所有联系都是通过朱迪。我立即回复说不要着急往回赶，汤尼还在睡。我能想象他们身处多么美的地方——密林深处，火焰般的叶子，他们一定想在森林里多徘徊一会儿，他们会拥抱、亲吻……我不希望他们因为我而扫兴。

他们回来时汤尼也醒了。乔伊说对不起，解释说他们走了一条小岔道，结果找不到路了。朱迪说：“亲爱的，我们真的迷路了。你不知道乔伊多着急，他怕你等太久。我说你不会介意的。我希望我们没有让你等太久。”朱迪并不善于掩饰自己，所以，我感觉到她有点儿不悦。“可我一点儿也不急，我给乔伊回信说让你们不要赶时间，我就怕你们急匆匆赶路，玩儿得不尽兴。”“听到了？”朱迪把脸转向乔伊说，“就像我对你说的那样。”这句话让我确定他们刚才发生过争执。乔伊笑笑没说什么，开始转过头和刚睡醒的汤尼说话。“你要听哪首歌？”他问。“《黄色潜水艇》。”汤尼说。“啊，‘甲壳虫’，你可真有品味。”乔伊说。

旅行回来以后，我又收到过几次乔伊的短信。都是礼节性的问候，譬如“周末快乐”“万圣节快乐”“拥抱小捣蛋汤尼”，或是问汤尼在干什么，周末会去哪儿玩儿。我的回复也只是回答问题，重复同样的祝福。尽管没有半句越界或暧昧的话，我还是有点儿不安。乔伊是朱迪的丈夫，我们这两个点似乎只应该通过朱迪这个点连起来。

某天下午，在我们的下午茶时间里，朱迪说起一个叫林赛的女人，说她们曾经是好朋友。

“但现在不是了。”她神情严肃地说。

“发生了什么？”

“我发现她一直在给乔伊发短信。”

我愣了一下。

朱迪接着说：“想想看，她是我的朋友，但她给乔伊（而不是我）发短信！乔伊觉得这没什么，他说他们工作的领域相似，而她只是问一些工作上的事……但我清楚这是怎么回事儿，这只是她的借口。我一开始不知道她给乔伊发了那么多短信，我是无意中看到的。”

“的确……她不应该给乔伊发那么多短信。”

“如果她要找乔伊，她总可以通过我。”朱迪说。

“那当然。”我说。

“我知道这是怎么回事儿……乔伊很迷人，他又那么温柔，女人会喜欢他。”

我不知道如何评价，什么都没说。最后我意识到她在等着我说什么，于是我说：“她应该知道乔伊对你来说多重要。”

“不，不是‘重要’，他是我的全部。你知道我失去过我的父亲，因为另一个女人……我不想让我母亲的事再发生在我身上。”

“我明白。但我觉得你不必担心，你也是乔伊的全部，谁都看得出来。”

朱迪粲然一笑，说：“当然，我也是他的全部，我一点儿也不怀疑。”

她走了以后，我想了很久。我不知道她说这些是否是因为知道了乔伊和我发短信，还是完全出于巧合。她对这件事的反应让我有点儿吃惊，因为我一直以为她对自己的魅力、对她和乔伊感情的稳固是深信不疑的。

天冷了以后，我们不再有那种后院的家庭聚会。乔伊仍然偶尔发来问候短信，我回得更简短客气。但有天下午，乔伊发短信问我几点会从学校接汤尼到家，我回复他说大约五点。他说他六点左右路过时想来看看汤尼，他很想念他，有一样小东西要送给他。我盯着他那条短信好久好久，我想问他是否告诉过朱迪，但又觉得这样太粗鲁，毕竟，他也是我和汤尼的朋友。最后我回复“好的”。

发完短信，我在想我是否应该告诉朱迪。我想到乔伊也许打算回家后或选个他自己觉得合适的时间告诉朱迪，而如果我先告诉朱迪，反而会伤害他们之间的信任……其实这件事里没有什么暧昧，乔伊下班回家途中确实会经过我家，那么他来给孩子送个玩具又有什么不妥呢？最终，我没有告诉朱迪。我把乱七八糟的家里收拾了一下，四点半就去接汤尼。我们到家后不久，大约五点半左右，我收到乔伊的短信，说他在路上，就快到了。那种不安的感觉更重了，因为我几乎确定他并没有告诉朱迪。朱迪像一个被蒙在鼓里的妻子，而我仿佛和乔伊是同谋。

门铃响了，汤尼知道是乔伊叔叔，跳起来去开门。乔伊手里拿着一套儿童网球拍和一盒网球，仍然是那副谦逊而又稍有点儿紧张的样子，眼睛里满是温柔的笑意。我还没有说什么，汤尼就拉着他的手把他拉进屋里。然后他对汤尼说，是时间学一种体育运动了，乔伊叔叔打算教你打网球。他给汤尼演示怎么使用网球拍，又拆开盒子拿出一枚网球，让汤尼感受网球的弹跳力。汤尼这时要求乔伊和他扔球，我赶忙对他说：“乔伊叔叔还要赶回家，下次再一起玩儿。”但乔伊说：“我不赶时间，今天下班早。”他问我他是否可以带汤尼去公寓院子玩一会儿。我说可以，但最好玩一小会儿就回来，因为他还得回家。乔伊笑了，说：“你为什么这么担心呢？我说过我不赶时间。”

他们带着网球拍出去了，我心里仍在反复衡量是否该告诉朱迪。后来，我告诉自己：汤尼才是乔伊来访的理由。这样想着，我感觉好了一点儿，感到我并不是因为自己的原因而向朱迪隐瞒乔伊来访这件事。而乔伊也确实从不在我一个人在家时来访。他后来又来过两次或是三次，来之前都会提前发短信，等汤尼放学了才来。他总是带着给汤尼的礼物，再陪汤尼到公寓院子里玩上半小时左右，有时踢足球，有时教他网球，甚至计划第二年春天教汤尼骑自行车。

有时候，我把晚餐要吃的菜弄进炖锅里，就去院子里看他们玩儿。他俩玩儿得很疯，我感到汤尼和他在一起时的快乐是我远远不能给予他的，也是他和他严厉的父亲在一起时不能体会到的。大人们和孩子玩儿，很多时候是出于责任，并不真心喜欢。乔伊玩起来却十分投入，那正是汤尼觉得快乐的原因。乔伊从没有说他到这里来是否告诉了朱迪，而我始终没有勇气问他，因为我觉得这种询问是对他的冒犯。我甚至说服自己，这么做不仅是为了汤尼，也是为了朱迪。我虽然从来没有问过他们关于孩子的问题，但从这段时间的相处里，我知道乔伊非常喜欢孩子，而他们没有孩子……

那段时间里，朱迪和我仍然每周或至少两周见一次。圣诞节前几天，下了入冬以来的第一场雪。周末，朱迪打电话说她和乔伊都想汤尼了，乔伊想带汤尼滑雪，约我们在伯灵顿的西蒙斯公园见面。西蒙斯公园里有个小丘，斜坡平缓干净，是很多小孩儿玩儿滑雪板的地方。见面以后，我一直担心汤尼会说什么，但小孩子玩儿起来似乎就把其他时候的事忘了，或许他根本不觉得乔伊叔叔到家里陪他玩儿是什么值得说的秘密。我不知道乔伊是否也有同样的担忧，大部分时间，他都在带着汤尼滑雪。我和朱迪站在斜坡上聊天。山坡的顶端被松林围在中间，风吹过松林，能听到一块块雪从树上滑落。天空湛蓝，空气就像新雪般清冷、明澈。我们看着他俩一次次滑下去，滑雪板打转儿，他俩大喊大叫或是故意摔下来歪倒在雪地上。

“看看他们，看看乔伊！我的天，他玩儿得多开心！你们好久不见了吧？乔伊真的很想汤尼。一下雪，他就告诉我应该带汤尼去滑雪。”朱迪说。

我没有回答朱迪的问题，我说：“乔伊……还有你，你们对汤尼太好了。”

“你是我们最好的朋友，我们当然爱汤尼。”朱迪转过头看着我，愉快地说。

但这快乐游戏的场面、这些令人感动的话并不使人轻松。我想到我隐瞒着她的那件事，而且不得不隐瞒下去……它就像心里的一根刺。

如果不是发生了后来那件事，我不知道这个秘密会以怎样的方式被揭开。二月的一场暴雪之后，我早晨醒来，发现公寓里断电了，这才意识到我没有做任何应急准备。因为公寓里取暖、烧水、做饭全都用电，我有点儿慌了。就是在这种惊慌失措的情况下，我犯了一个错误。我给乔伊而不是朱迪发了一条短信，问他这一带停电会停多久。乔伊很快回信说应该是大风吹倒了树或电线杆，工作人员会很快抢修的，几个小时或最多一天就好了。他问我家里什么情况。我如实告诉他：没电了，屋子里倒还温暖，短时间不会凉下来，只是不能烧水煮饭。

问了乔伊以后，我不那么惊慌了，我想既然半天或一天就能修好，总能从冰箱里找点儿冷食顶过去。我从没想到乔伊会来，直到四五十分钟后收到他的短信，说他在路上，大约十五分钟后到。外面还在下雪，大片的湿雪被风吹得在空中飞旋，像一幅猛地翻卷起来的、雪花织就的帘幕。这样的风雪天，乔伊不应该出门。我开始后悔给他发了那条短信息。为什么我非得问他呢？我可以问我的邻居，可以致电公寓管理处……但现在不可能阻止他过来，他已经在路上了。

我看着乔伊沿着停车场通向公寓楼的小道走过来。公寓雇的扫雪工人早上清理过人行道，但现在走道上又积了一层雪，乔伊的靴子在上面印下了一串清晰的脚印。在他按门铃之前，我已经开了门。

他看起来吃了一惊，我说："我看到你过来了。"

他关切地问："你们还好吧？"

"很好。"我说。

他没有立即进门，在门口跺着靴子上的雪，然后拍打身上和头发上的雪。我注意到他的头发湿了，手里提着家得宝（Home Depot）的袋子。

"你去家得宝了？"我问。

"是的，我去买了小卡式炉，至少可以烧开水，做饭。我知道你们习惯喝热水。"

"天啊……下这么大的雪。"我说。

他脱了靴子和外套，这才像以往见面时那样礼节性地、很轻地拥抱了我一下。汤尼原来坐在沙发上盖着一条毯子看书，这时已经跑过来，乔伊把他抱起来，高举了两下，又把他抱回到沙发上去，给他裹好毯子，说："你知道熊在下雪天干什么吗？躲在他的雪毯子下面睡觉。"

他提的大袋子里有一个卡式炉、两个丁烷气瓶子，还有手电筒、电池、蜡烛和打火机。乔伊问我要了剪刀，开始拆炉子的外包装，他说他需要帮我把炉子装好，这样我立即就能用了。为了避免汤尼过来纠缠乔伊，我给汤尼打开 iPad 让他看动画片。

我转回来，乔伊已经开始装丁烷气炉。

"你开去家得宝要多久？"我问。

他抬头冲我笑了下，说："半个多小时。"

"这种天气你不应该开那么远。冰箱里有东西吃，也许下午就来电了。"

"如果不来呢？"他轻轻反问一句，低着头继续摆弄炉子。

"那么明天也会来。"我说。

"这些东西以后总会用得着。"他说。

"乔伊，当我给你发短信，我并不是要让……"

"我明白，我当然明白。"他打断我说，"你没有要求我做任何事，是我担心你们。想想看，如果晚上还没有来电，你连手电筒都没有，屋里又黑又冷，汤尼会很害怕，也许会生病。"

我没有说出什么感谢的话，因为眼睛突然湿了。我想到这个时候来帮助我们的是乔伊，而不是孩子的爸爸，他甚至没有打个电话。趁着乔伊正在研究怎么把丁烷气瓶的瓶口和炉灶匣子里的接口连起来，我把拆下来的包装材料收拾起来，扔进厨房的垃圾桶。我回来时，听见他的手机在振动。

"你的手机响了。"我提醒他。

他对我说："没事儿，一条短信。我先把炉子装好。"

"如果下午晚些时候还不来电，你和汤尼就到我家去，朱迪也会这么要求。"停一会儿，乔伊说。

"你出来时告诉她了吗？"我趁机问他。

“没有。”他说，“她容易担心。没有必要让她担心。”

“但你总得说你为什么离开。”

“哦，我说我去超市买些电池。”

这一点儿也没有打消我的忧虑。我想，朱迪肯定会更担心，因为去超市不至于这么久。但我想乔伊大概有他自己的解释吧，我不应该干涉他的事。

乔伊把炉子装好，轻松地拍拍手，说：“试试看，要不要先烧点儿开水？”

我找了个煮面用的小锅，在炉子上烧水。然后我看到乔伊在给手电筒装上电池。我想，朱迪没错，乔伊是男人中的珍宝，他会去想你需要什么，然后默默地把一切帮你做好。而这就是危险所在。对于那些轻浮、吝于付出的男人，你会轻易拒之门外，但乔伊这种男人，你不愿意怀疑他，甚至也不可能拒绝他。

我听到他的手机又振动了。乔伊把手机拿出来看了一眼，又放了回去。

我知道乔伊现在最好立刻回家，但他做了这么多，我不想连杯茶也不招待他。我对乔伊说没有电，不能煮咖啡，但我有速溶奶茶，问他要不要尝尝中国人爱喝的奶茶。我以为他会拒绝，但他说他想试试。我就用刚烧开的水给他泡了杯奶茶。

“需要泡三分钟，”我红着脸对他说，“你急着走吗？”

“我可以等。”他好脾气地说。

他坐在餐桌那儿等待的时候，拿出手机回复了一条短信。我觉得安心了一些。

我们喝茶的时候，我的手机突然响了。我吓了一跳，几乎立即预感到那是谁的电话。我看了眼乔伊，乔伊也在看我，放下了手里的茶杯。

我犹豫了几秒钟，按了接听键，听见朱迪问：“亲爱的，乔伊在你那儿吗？”

我看着乔伊，他示意我把电话给他。

朱迪在说什么我听不到，但我看到乔伊的脸色变了，听到他极力压低声音说：“对不起，听着，但我只是不想让你担心……”

我不能再坐下去。于是我走到厨房里，假装收拾些东西。

过一会儿，我听到乔伊叫我。我又走回餐桌那儿。“对不起，朱迪想和你说话。”他仍然维持着平静，礼貌地对我说。

我接过手机。朱迪在电话里说：“亲爱的，我知道我这样说乔伊会发火，我不想告诉他我已经在你门外了。你能给我开门吗？”

“当然……当然……所以，你在门口？我这就来。”我说，心跳得快要迸出胸膛了。

乔伊已经明白了，他站起来：“我这就走。对不起，她误会了，她今天像是疯了……我会对她解释。”

“不，乔伊，朱迪在外面，我得让她进来。”

“老天，我不想在这儿和她争执。”乔伊痛苦地说。

“不会那么糟，不会的。”我故作平静，试图安慰他，或是安慰自己。但我其实对将要发生的事没有任何主意。

我硬着头皮去给朱迪开门。朱迪进来后对我礼貌性地笑一下，叫了汤尼一声“宝贝”，就往餐桌边走过来——乔伊坐在那儿，一动不动。他的神情里混合着难堪、困惑、恼怒，脸因极力克制而微微扭曲。我从未见过他这个样子。

“啊，你们在喝茶？”朱迪的眼睛盯住乔伊面前的茶杯，假装兴奋地喊着，“为什么不叫我一起来？”

“天气这么糟……”我虚弱不堪地说。

“天气这么糟，乔伊却非要出门。你知道吗，亲爱的？他说他去超市买电池，啊哈，真是去超市的好天气。”

“乔伊来给我们送了一个卡式炉，因为没有电了，你知道没有电我这里什么都瘫痪了。他跑去了家得宝……他只是不想让你担心。”我说。

“没有电？我知道这多难，一个母亲，带着幼小的孩子，风雪天……”

“让我来解释……”乔伊这时说。

但朱迪仿佛没有听见他，继续对着我说：“但你却没有给我发信息。如果你给我发信息，我不会只给你送一个炉子，我会立即让乔伊来接你们，让你们到我家里去，我家里什么都有，有暖气，有电，还有能干的男人。”

“够了，朱迪！”乔伊这时站起来说。

“够了？！在我进来之前你一直在骗我，你说你的车出了一点儿状况，你正在解决。但我猜到你在哪儿了。我猜得真准，是不是，乔伊？”

“我不知道你在想什么，朱迪，但你的猜测都是错的。你真让我惊讶，你会跑过来……”

“惊讶我会发现你撒谎？”朱迪盯着他，眼里燃烧着怒火。

“对不起……但这不是乔伊的错，是我发短信问他停电的事，他担心我们才过来。”我说。

朱迪转向我，我看到她眼睛里燃烧的怒火瞬间变得冰冷，甚至含着一丝蔑视。“所以你给他发了短信？所以你们俩一直在给对方发短信？我想我早猜到了。”

我像是一个木然的、哑口无言的罪犯。我感到我从来没有这么难堪过。

乔伊说：“即使林不给我发短信，我也会主动问她的情况，我不能让汤尼……”

“汤尼？你到现在还拿汤尼当借口！”朱迪说。

“借口？你不知道你在说什么！这不公平，朱迪，林是你最好的朋友，汤尼就像我们的孩子……”

“哦，是的，是的，我一直这么想的……可看看现在发生了什么？这样的天气，你非要出门，我在为你担心，而你对我撒谎，你在她这里……”朱迪说着，突然拿手掩住脸，开始啜泣。

我想说点儿什么，但喉咙哽住了。我感到受了冤屈、侮辱，可朱迪显然受的伤害更深，这似乎都因为我的愚蠢。我忍住想哭的冲动，我知道一哭就是崩溃和失控。这时，我看到乔伊过去拉住朱迪的手臂说：“亲爱的，平静下来。我们回家，我会给你解释清楚。”

“放开我！”朱迪喊起来。

“嘘，孩子在这里。”乔伊始终极力压低的声音有点儿发抖。

朱迪不再说什么，她推开乔伊的手，走到玄关那儿穿靴子。（她一直没有脱掉羽绒服）乔伊跟过去，开始穿外套和靴子。即便是这样的时候，他还是对我说了声“对不起”，也没有忘记和汤尼说再见。汤尼这时问乔伊：“为什么？你要走了？你还没有和我玩儿呢。”乔伊挤出一丝笑容——苦涩的、带着歉意的笑。“今天雪太大，不能出去玩儿，我们下次约。”他说。而朱迪始终没有回头，我想她还在哭。

从窗户里，我看见乔伊和朱迪走在风雪里，雪落在他们头发上、衣服上。我发现他俩连背影、走路的姿势都很像，尽管乔伊高大得多。他们像是还在说着什么，一度停住了，乔伊做了个摊开双手的姿势，朱迪猛地摇头，转过身，而后他们又往前走，走去他们各自停车的地方。过一会儿，朱迪的车在前面，乔伊的车在后面，开出了停车场。

我一直让汤尼看动画片，直到 iPad 的存电用光了。中午，我用乔伊送来的炉子给汤尼煮了牛奶麦片粥，我自己什么也没吃。一下午，我都在想着怎么给朱迪发信息解释。我写了无数条短信的开头和中间，又全部删除了。我发现这一切是无法解释的。那天下午四点多时来电了，家里的一切都恢复了正常：屋子慢慢温暖回来，房间、厅里都亮着灯，冰箱发出工作时轻微的“嗡嗡”震动，咖啡机上温着煮好的咖啡……但我知道有些东西再也无法修复。

夜里躺在床上，我一直在想事情是怎么发展到了无可辩解的程度，只是因为那些问候性的短信，那些不掺杂任何男女私情意味的拜访？什么事都没有发生。没有一句暧昧过界的话，没有任何哪怕是无意的肢体亲昵。但在朱迪眼里，我已经确定无疑是那个背叛了她，引诱了乔伊的女人。我感到我是一个被屈枉的罪人。我试着找我自己的“罪过”，我可以被她指摘的地方，但我最后发现，除了没向她“汇报”乔伊发来的那些短信，没有告诉她乔伊曾带汤尼出去玩儿过两三次之外，我想不到还有别的什么。我现在更觉得我这样做没有不妥，这种事本来就应该由乔伊告诉她。如果我明知乔伊没有告诉她，我却告诉她，我就是在“出卖”乔伊，而且是最低劣的告密：告诉你的女友“你丈夫刚刚给我发短信说‘周末愉快’”……

但在过后的日子里，当我反复思量，试着往更深处想，我发现朱迪的猜疑并非没有道理。如果乔伊继续他的拜访，那么总有一天，我们极有可能跨过友情、道德设置的边界。我不是说乔伊会离开朱迪，这种事可能永远不会发生，但那道边界并不牢靠，尤其对于两个相互喜欢又有机会走得太近的人。我何必否认呢，在朱迪来找乔伊的那个大雪天之前，我梦到过乔伊，不止一次。有时，我想到一个假设：假设我和乔伊在另一个城市遇见了，而朱迪不在那里，也没有任何认识我们的人在那里，也就是说，背叛朱迪不会有任何暴露的风险，那么我们会不会背叛朱迪？我知道乔伊，忠于家庭，品格和教养好得出奇的男人，但这不过意味着他的自制力比他人更强大，而不意味着他没有渴望。这样的渴望，无论被重重顾虑埋藏得多好，它终究会像猛虎般伺机跳出来……所以，我理解了朱迪的怨恨，想到那天上午的难堪对我们来说也许是好事，避免了往后的一片狼藉。

我和朱迪当然再也没有见面。那件事过去一段时间后，我们曾给对方发过几封表达歉意的短信。短信稀稀落落，直到完全终止。一年多后，因为汤尼上公立小学，我们搬去了一个更好些的学区。在前夫的帮助下，我买了一栋小房子，房子也有前廊和屋后的木头凉台。有时我遇到一些事情，某个困难的选择，我还会想到朱迪。我知道如果我们还是朋友的话，这些事我都会对她说，询问她的意见。

四五年里，我都没有见过朱迪，直到前年临近感恩节的一天，我去伯灵顿购物中心买东西，在二楼至三楼的扶手电梯上，我看到旁边那条下降扶梯上提着购物袋的朱迪。她瘦了不少，明显老了些，但身姿仍然很挺拔。我们差不多同时看见了对方，瞬间就认出了对方。她从上面下来，离我越来越近，直到我们处在一条水平线上。我想我的嘴唇下意识地动了动，她的嘴则张成了“O形”，仿佛在发出无声的惊呼。但她的扶手梯又往下去了，我的扶手梯继续往上，我们都不可能停下来，更不可能往相反的方向跑回去。有两次，我们转过头，看着对方笑，傻傻地招手。终于，我到达了三楼电梯的顶端，而她站在二楼电梯的尾端。我们犹豫了一会儿，我想当时我们在想着同样的问题：是自己过去，还是站这里等对方过来？哪种方式会更好、更自然？……但最后，我们只是朝对方笑笑，更用力挥了挥手，几乎同时转身离开了。就像她过去说的，我们俩实在太像了。

而自从那个大雪天以后，我就再也没有见过乔伊。他的样子大概也变了一些，老了一些。我想起过去那个可笑的假设：如果有一天我和乔伊在别的城市里遇见了，而朱迪不在那里，没有任何人认识我们……最后我们大概会发现，那些渴望都已经熄灭了。人生就是这么荒唐，这么令人心碎。

于波士顿

2021 年 8 月定稿

原载于《收获》2022 年第 1 期

疫狐纪

张　翎*

第 1 天

厨房里有一扇大窗，站在窗前能看见整个后院。她正在院子里干活，但她不知道我在看她。

我的颈子上有一丝凉风，我知道那是小雨在我身后，看着我看她。

黄雀在后。我突然想起一个三百年没派过用场、早已生锈的成语。

“该上网课了吧？”我忍不住提醒她。

小雨没说话，但我知道她走了。

十九岁零九十八天，这是小雨的年龄。她不会长大。和这个年龄的孩子沟通，你不知分寸在哪里，一句不合宜的话，就能让她变成哑巴。小雨是个不惊不乍的孩子，她用来表达情绪的工具不是语言，也不是表情，而是沉默。小雨的沉默经过了十九年的锻造，已经炉火纯青。

院子里的那个女人正在拔杂草。她不能久蹲，只能坐在一张板凳上劳作。八十岁的身体没有奇迹，该消耗的都已经消耗完毕。她只是把她空荡松弛的身体摆扯得比别人略为周正一些，所以我还能找见她颈脖到后肩那根走样了的弧线。这一刻，她的世界就是以那张凳子为圆心划出来的一个小圈。她把一只两

---

* 张翎，浙江温州人。著有长篇小说《余震》《劳燕》《金山》《流年物语》《望月》。现居加拿大多伦多。

爪小锹扎入野草的根部，抬成一个四十五度的斜角，然后将根铲起。两个指头一夹一扯，断了根的野草就落在了身边的铅桶里。无论在院子里还是在屋里，她干什么活都有那么一股子精准较真的范儿，像是在解剖青蛙，或者是检查合成电路。

五月在多伦多是个找不出什么词来形容的尴尬时节，离冬天远了些，但离夏天还差几步路。倒是白天见长了，太阳开始有些小劲道。阳光里她的头发是一朵扬着絮的金色蒲公英。昨天她是一团银色的绒草。我们是谁，在白天取决于光线，在夜晚，取决于梦境。

它就在她身后的那棵大枫树下，离她十余尺，最多十二尺。我没看见它是怎么进来的，它仿佛是从地上冒出来的。我的第一反应是狗，又很快知道不是，不仅因为它尖长的脸颊和嘴，还因为它的步态和神情——它没有狗身上那种在人群中厮混熟了的市井圆融。过了一会儿我才意识到那是狐狸。在我心里，狐狸出没的场所只能是童书、动物园和电视节目。每当我想起狐狸，就会想起赵忠祥低沉抑扬顿挫的解说词。当它甩脱童书、电视和赵忠祥，独自出现在都市人家的后院时，它突然变得不像它自己。就如同在一个尺度很大的夜店里，你猛然撞见平日里正襟危坐的古汉语老师一样，参照物的突兀转移会将你抛出惯性思维的轨道，让你一时迷糊。

它大概刚从冬天的洞穴里走出来，瘦骨嶙峋，皮毛上满是斑癣，火红的颜色在那一刻还纯属惯性带来的联想。它沿着篱笆走了一遭，咻咻地闻着脚下的地，好像是为了辨识地界，又好像是为了寻食，它所过之处皆悄无声息。后来，它靠着枫树，在那个女人的身后坐了下来。女人没发觉任何异常。她在干活的时候背对所有，目空一切。五月中旬的树枝上还只有嫩叶，树荫尚未形成，它身上洒着大片的斑驳的阳光。兴许它就是为了这棵树这片阳光来的，可是，哪里没有树没有阳光呢？

我没敢提醒那个女人，怕吓着她。当然，我也怕吓着它。疫情把人的活动半径裁去了一圈，兽走进了人让出来的地盘。兽和人都在新的边界线上试试探探，它的每一根毛尖都颤动着惊恐和不安。它和我都身在异乡，它的胆小让我心安。我愿意在有阳光的日子里见到它，看着它的皮毛渐渐变红，知道夏天来临。

我拿出手机，拍了一张女人和狐狸的合影：女人意识之外的狐狸，狐狸视线之内的女人。

今天是我来到女人家的第三天，也是我和狐狸第一次相遇的日子。我用编辑笔在照片上写下了“第一天”。后来再看到这张照片，我才醒悟过来其实冥冥之中我已经知道：我和它还会再见。我不知道为什么我会把和它初次见面的日子（而不是进入女人家的日子）定为元日。

我马上把照片发给了小雨。“一个人一生里能有几个机会在后院遇见狐狸？”我加上了注解。

“莉莉安（Lillian）阿姨，吃早餐了。”我打开窗户，对院子里的女人说。现在是 8：42，我本该在 12 分钟之前提醒她。她的日程规律得像米达尺画出来的一条直线，早餐 8：30，午餐 12：30，晚餐 6：30。但今天，狐狸搅乱了她的时间。

她抬起右手，把被风吹乱的头发拢在耳后，起身，收起凳子、工具和铅桶。

我眼角的余光里已经不再有狐狸，它已在她转身之前消失。

第 10 天

“我们需要问你几个问题。”凡·丹伯格太太用南腔北调的普通话对我说。后来我知道她也说口音很重的英文。

“特树庆况，愿谅，请你。”凡·丹伯格先生从屏幕的右上方插进来，用破布絮一样的中文替他妻子做着补充。屏幕有些暗，他那颗头发蓬松的脑袋看上去像一株挂歪了的吊兰。背景里有个孩子在跑来跑去，嘴里发出呜呜的声响。

我是从小雨常用的那个留学生互助网站上发现这则广告的。公寓租约快要到期，我不想再续。我离饿肚子还有好几百公里路，我仅仅是不想坐吃山空。这份差使能满足“衣食住行”里百分之五十以上的内容。

“不要一脸猴急。”我的耳根一热——那是小雨在悄悄提点。

世界是你们的，也是我们的。我突然想起一句小时候背得滚瓜烂熟的话。伟人老矣，世界是他们的，完完全全，没有“也是”。一个才上大一的孩子，如今她比我识得世面，我混场面时不时得她提点。白白浪费了我一整个前半生的阅历。

“问吧。”我说，语气不卑不亢，不疾不徐。

“你是一个人吗？”凡·丹伯格太太问。

我猜想这个问题的硬核是婚姻状况。迟疑了片刻，我才说：“是的。”

我甚至想好了下个问题的回答：“离婚，不可协调的分歧。”这是我在八卦新闻和美剧里最常听到的分手理由。它像一块大披肩，遮挡住了华丽袍子上的无数黑虱。我不用告诉他们那些找上门来的女人和银行账户上时不时消失的金额。没有人喜欢黑虱。

可惜，别说黑虱，连披肩也没用上。凡·丹伯格太太没有在这个问题上深究。

“对不气，因为，Covid（冠状病毒）。”凡·丹伯格先生继续用中文为他妻子的问题做着笨拙的解释。

Covid 和我的婚姻状况之间的关联，是我在结束了视频对话之后才慢慢醒悟过来的：他们希望家里人口简单，减少感染几率。疫情修订词典，改变审美，让一切粗鲁变得合理。

凡·丹伯格太太消失了几秒钟，突然，屏幕上涌来一股白色的潮水——原来她去开灯了。现在他俩都坐得离摄像头很近，脸看上去像两只拍烂在玻璃窗上的冬瓜。

“你可以合法工作吗？”她问。

“我有部长特许居留，正在等待枫叶卡。”我答。

“你会讲几句英文吗，假如遇见紧急状况？”凡·丹伯格先生换成了英文问我，我和他同时松了一口气。

“不遇见紧急情况也会说，而且，比几句略多一些。”我也换了英文回他。口音没有完全盖住那丝刻薄（这个词在某些场合也可以理解成幽默），他哈哈哈哈地笑了起来，屏幕上泛起了波纹。

“你还拥有哪些技能？”他问。

他的笑声大大鼓励了我，我顿时失去轻重平衡，口中隐隐似有莲花开放。

“技能没有，本能有。会开车，急了也能换轮胎，知道怎么使用电钻和千斤顶。能在第一时间听见火警和二氧化碳警铃。不畏高，能爬梯子，必要时也能跟保险公司磨嘴皮子。煮得熟饭，懂得基本荤素搭配。除了打架织毛衣，其他都会。要是把我们同时丢在荒岛上，保不准我能先逃出来，运气好的话还能返回来救你……”

“更年期。”我似乎听见了小雨在嘀咕，立即戛然而止，满舌头都是没吐干净的话渣子。“更年期”是小雨对我所有行为的万能解释，就像“抑郁症”是适合于一切莫名症状的均码帽子。

时间停摆，飞尘在半空驻停。屏幕一片死寂，凡·丹伯格夫妇的五官固定如山石。一场刚刚开幕的戏已经被我演砸。无可救药的更年期女人。

半晌，我看见他们的嘴巴渐渐扭曲变形。我是在听到声响之后才明白过来那是笑声。

“我妈一切都能自理，就是不会开车。家务事不是主要责任，你管好她三餐营养搭配就行了。主要是三年前她发过一次心脏病，现在有限制令，万一有个意外，你在，能救个急。”凡·丹伯格太太说。

我猜这大概就是录用的意思。也就是说，我会的那两脚正是他们需要的，而我不会的那九十八脚，也还在他们的容忍范围之内。

“我们住在纽约州的罗切斯特，麦克在市政厅工作，疫情中间也开放，每天都接触不同的人。所以，我们不敢回去看妈妈，怕身上带着病毒。”

过了一会儿我才明白她说的是她的丈夫。

“薪酬已经在电邮里说过了。你觉得什么时候可以……”

现在猴急的是她，我已经明显占了上风。

“我还有问题。”我制止住了凡·丹伯格太太。

“老人家叫什么名字？”我开始反守为攻。

凡·丹伯格太太怔了一怔，才说：“我妈姓周，大家都叫她莉莉安，这么叫着方便。”

“她有几个子女？”

“就我一个女儿。”

“她从前是做什么的？”我追问。

凡·丹伯格太太神情犹豫，仿佛我问到了她的内裤尺码。

“我需要了解一点背景，跟她沟通起来比较容易。”我解释道。

理由很充足，而且没学他们的尿样拿疫情来说事。她被逼到了墙角。

“干了一辈子……技术活。”她终于说。

“技术员？”我不依不饶。

“算是吧。”她说。

“养老院那边，亲爱的。”凡·丹伯格先生提醒妻子。

“我爸有老年痴呆症，住在养老院里。现在不开放探视，只能通视频。我妈想通视频时，你一定要事先通知轮值护士，她好安排我爸连线。联系方式我电邮你。”

“你有什么要求吗？”凡·丹伯格先生问。

我能有要求吗？我急切地想搬出那个公寓。我其实没有选择。

我假装在认真思考，半晌，才回答：“请转告你母亲，未经允许不要进入我的房间。”这是一个安全的、实施起来很容易的要求，它其实只具备象征意义：那是一个人不值一文的自尊。

视频完结后我才突然想起，这是我人生的第一次面试。我走出大学校门就嫁给了小雨的爸，除了在他公司断断续续地管过几年账，我一天也没上过班。我一辈子吃的都是那个男人的饷，先是作为他的妻子，后是作为他女儿的母亲。

带着疫苗注射证明和相隔五天的两次核酸阴性报告，我走进了莉莉安的家门。

第 10 天

狐狸又来了，这是第三次。我站在窗口，第一眼里还没有它，第二眼里，它就在了。

我见过松鼠、浣熊、野兔、臭鼬，还有蓝松鸦、红脯罗宾、黄莺。它们或是沿着树干爬行，或是从草地的一头窜到另一头，或是在树枝间飞来飞去。它们都有一条行动轨迹，你看得见它们的首尾。但是狐狸不同。院子的篱笆上没有容它穿越的窟窿，但它总能猝然出现，猝然消失，它的来去仿佛是刹那间的一丝风。我开始怀疑是否真有遁地而行一说。

它每次出现，都是在 8：15 左右，它的早餐之后。早餐是我对圈养动物的惯性想象。野生动物的进食，纯属饥饿和运气的偶然碰撞。

今天狐狸显得有些躁动不安，沿着篱笆走了一圈又一圈，迟迟不肯在枫树下落坐，长着一圈白毛的尾巴尖在轻轻颤动。后来我才明白，狐狸是在空气中嗅出了莉莉安的情绪，狐狸是莉莉安的镜子。

莉莉安又坐在板凳上拔野草。院子里时令最早的水仙已经开败了，郁金香正红火，其他的多年生植物刚刚蹿出新枝。新枝在地底下憋过了一个严冬，钻出地面时都是紫酱色的，长开了才会慢慢褪去那份面红耳赤的愤怒。野草已经长过了三茬，时下最猖獗的是蒲公英，黄色的花朵像浮在油上的火苗子，扑了这团，还有那团。

院子里的事，除了割草浇水这样的粗笨活，莉莉安很少让我插手。“不懂，添乱。”她说，那份不屑仿佛来自一股三世为农的底气。以小板凳为圆心划出的那个圈，是她一个人的城堡，容不得他人插足。可是今天，在她的城堡里她并未安心。她的手有些颤抖，两齿锹挖出来的，是蒲公英的花枝而不是根。根不除尽，一眨眼又是另一生。

“莉莉安阿姨，吃早饭了。”我推开窗喊她。现在是 8：45。只要狐狸在，我总会往后推延她的早餐时间——我想让它多待一会儿。我不知道它怕不怕我，但我知道它怕她，它总会在她起身的那一刻消失。

吃完早餐，我洗碗，莉莉安在我身后磨磨蹭蹭，半晌，才犹犹豫豫地问：“小陈，会剪头发吗？我几个月没去过理发铺了。”我摇头。我的十八般武艺中，偏偏缺了剃头这一招。莉莉安开始游说：“很容易，分三层剪，里边短，外边长，各相差 1 公分。这样剪完了，最外边这一层自然朝里弯曲。”莉莉安的讲解听起来像深入浅出的中学课程，我一下子懂了。

我搬了一张椅子，让莉莉安围了一条毛巾坐到后院的阳台上。太阳到这时已经升到树枝分叉处了，草地上是一块块深深浅浅的光影。风起来，影子勾肩搭背地跳舞。莉莉安的头发依旧厚实，捏在手里是满满的一把，从头到尾地白透了，白得清楚彻底，稍稍一抖，就闪着一丝淡淡的蓝。

“到了你这个年纪，我很少看见腰背还这样挺直的。”我说。

好好的一句夸奖，从我嘴里出来，就带上了一根毛刺。八十岁又怎样？到了八十，查尔斯王子恐怕还在排队等着当国王。

“从前在大学里演话剧，练过形体，肌肉还有记忆。”莉莉安没有在意毛刺。或者说，她压根没有觉出毛刺。在她这个年纪，哪怕是等着当国王的，得到的夸奖已经有限，每一句都得当真。

莉莉安的指导有方，成果基本如愿。半个小时后，剪短了的头发在她耳后绕成了一个弯，她的脸在那一刻是一片利落的废墟。在冲澡之前，她吩咐我给朱迪打个电话，让她安排十点一刻和叶千秋通视频。叶千秋是莉莉安的丈夫，朱迪是叶千秋的主管护士。前两天我问过莉莉安要不要和养老院通视频，她不置可否。今天是她主动要求。

我突然就懂了，她的头发想见叶千秋。

我在卫生间里清洗剪刀和毛巾上的碎发屑，洗脸池上的镜子正对着莉莉安的卧室。镜子有手，伸出指头轻轻一钩，就把房间里的情景近近地扯到了我眼中。莉莉安的平板电脑连上了线，一阵地动山摇之后，屏幕稳定在一堵白墙上。白墙渐渐上升，镜头落到一张白色的小床和一个白头发的小孩脸上。是的，我没说错，是小孩，一个脑子里所有乌七八糟的记忆都已被时间涤荡干净的老小孩。

"老叶，你好吗？"片刻的沉默之后，莉莉安先开了口。

"好，嘿嘿，好。"老头摇晃着身子，蚕一样白胖的脸上浮起一团茫然的笑意。

"知道今天是什么日子吗？"

"知道，嘿嘿，知道。"老头把所有的回答都重复了两次，似乎坚持就是一种证明。

"五月……二十五号……你说……是什么……日子？"莉莉安一字一顿地给他递着线索。

老头的五官突然扭成了一团，太阳穴上有一根青筋在游走——那是脑子在找路。路歪歪扭扭，老头走了几步就走丢了，眼角一垂，似乎要哭。

"娟子哦，娟子！"老头别过脸去，冲着门外大声号叫。这家养老院是香港人出资建造的，护士都会讲中文。"娟子知道，你问娟子。"

"乔治啊，乔治！"走廊深处传来一个女人的狂喊，接着便是一片嘈杂和混乱。脚步声，物件翻落声，哭声，安抚声。有人从外边关上了老头的房门，世界重归寂静。

"老叶，老叶！"莉莉安喊了几声，才把老头的魂招回来。老头看着她，又仿佛没在看她，目光穿过她，虚虚浮浮地落在一个无名之地。笑容还在，那笑里却有些悲从中来的意思。

“你知道，娟子在哪里？”莉莉安盯着老头问。

“他们把她拉走了。”老头嘴角一瘪，呜呜地哭了起来。

莉莉安看着老头用手背窸窸窣窣地擦着鼻涕，蚕皮似的脸上满是青黄水迹。两人再无话，便关了视频。莉莉安呆呆地坐着，陷在椅子里的背影很瘦，肩胛骨高高地戳着衣服。

“是生日吗？”我探进头去，小心翼翼地问。

“妈，那是人家的隐私。”我仿佛听见了小雨的提醒。即使是气急败坏，小雨的声音依旧听起来波澜不惊。

我知道我问了这句话，就坐实了自己在偷窥偷听。我只是管不住，都是那两根肩胛骨惹的事。

莉莉安没说话。沉默是最尖利的羞辱，我讪讪退出。走了几步，我才听见她的声音颤颤巍巍地飘出她的房门：“五十五年，结婚……”

五十年是金婚。六十年是钻石婚。五十五年是什么？金钻？还是钻金？

“那个娟子是谁？”我问。

莉莉安走出来，倚靠在门框上，隔着走廊看我用抹布蘸着清洁剂擦拭着水龙头上的水垢。一下，又一下。

“是我。那时演话剧《橘颂》，他是屈原，我是婵娟，后来他就叫我娟子。”半晌，她才说。

我被这句话一下子压瘪，终于知道，天底下能说的话很多，管用的却很少。她心里的那个洞和我的一样，无可修补。

“莉莉安阿姨，你知道院子里有狐狸吗？我拍了几张照片，你和狐狸的。”我突然说。这不是我想说的话，可是我不知道我想说的到底是什么。

女人怔了一怔，突然，脸涨得赤红，毛孔粗如猪皮。

“为什么要偷拍？你想干什么，拿这些照片？”她的声音撕裂了，每个字都冒着青烟。在这个言语和情绪都很节俭的女人身上，我第一次看到了愤怒。

第 14 天

自那天以后，我和莉莉安之间的沟通几乎降到了零。除了我简洁的招呼和她更为简洁的回应（基本由“嗯、哦”之类的语气助词构成），我们几乎完全生活在沉默中。和她在同一张桌子上吃饭，堪比中世纪的任何一种酷刑。我们中间隔的是果冻一样凝结的空气，每一粒米饭都是扎在喉咙里的针。

除了去后院劳作，大部分时间她都待在自己的房间里，安静得让我时时刻刻都活在关于她心脏的各种可怕联想之中。可是每顿饭她都按时出现，除了沉默，并无异常。每一次我经过她严实得没有一条缝的房门（那是去卫生间的必经之地），那些堵在食道里未能消化的食品都在化为柏油一样的液体，从我的毛孔里渗出，将我的皮肤熏成一张黑纸。

你以为你是谁，约克王妃？女神卡卡？迪丽热巴？赵丽颖？怕我会隔着门缝拍下你的两根肩胛骨，奉献给八卦新闻网站？

我突然感觉身上的每一个毛孔盖都在扑哧扑哧地跳动，像迷你蒸汽阀门。我在屋里再也待不下去了，忍不住打开后门，冲进后院，在阳台的台阶上坐下来，牛一样地喘着气。

天空瓦蓝，没有一丝云，像一匹扯得很紧的土布。左侧花圃里，旧年的玫瑰已经爆出无数蓓蕾，维多利亚节里种下的喇叭花正在盛开，红的粉的白的紫的，一朵一朵相互别着苗头。花儿不知人间有瘟疫。花儿也不知这座房子是樊笼。狐狸知道。狐狸已经好几天没来了，狐狸闻得出这里的空气已经变馊。

“妈妈快憋死了，救救我。”

我拿出手机，给小雨发了一条信息。我知道这是枉费心机。纵使我赤身裸体毫无廉耻满街狂奔撕心裂肺，她都不会回音。十九岁零九十八天，我的小雨。

母亲不过是她蜕在世界上的一层皮。可是皮也有毛孔，需要呼吸。

是的，我快要憋死了。我已经两个多星期没见过除莉莉安之外的任何人了。凡·丹伯格太太（她的中文名字叫丹丹）给我的“禁令”（通常以“请”字开场）很长，可以绕地球两圈仍有盈余。

“请不要出门，哪怕是散步，所有的食品我会网购给你们。你可以没有症状，但依旧可能携带病毒。”

“请不要和快递员直接接触，让他把邮包放在雨棚里。”

“请不要把快递直接带进屋里，要先用来苏尔纸巾消毒。”

“请不要和邻居近距离说话，尤其是靠右手那家，她在医院工作，什么病人都接触。”

“如果需要取处方药，请不要去药房，打电话让他们送货。”

“日常所需提前告诉我，请不要临时出门采购。”

请不要……请不要……请不要……

为什么不直接订购一个真空玻璃罩，把我们从头到脚裹住，隔绝病毒，隔绝世界，无菌无毒无声无息无风无雨无悲无喜。反正我们不是死于病毒，就是死于窒息。失去呼吸难道不是一切死亡证明上的直接死因？

这时，我感到耳膜上有一丝颤动。那是风。说风实在有点夸张，至多只是空气发生了一丝精密仪器才能测量得出的轻微位移。我的耳膜告诉我发生了什么事，就在我视线右侧大约 120 度角的位置。耳膜也有眼睛。

我不敢发出动静，只是将颈脖一毫米一毫米地缓缓朝右挪动。我的视野里出现了狐狸。刚刚平息下来的毛孔盖子突然被再次掀起，汗毛一根根竖成了针叶林。

天！那是两只狐狸，一大一小。

这是我第一次面对面地和狐狸对视，从前我们之间隔着一层厚厚的玻璃。我们的目光在空中无声地相撞，六只眼睛都同时怔了一怔。我纹丝不动，它们开始缓缓后退。

我闭上眼睛，太阳在我的眼皮上盖下一个金红色的印章。

“上帝，不要让它们走开，求你……”

我慢慢睁开眼睛，它们依旧还在。它们的视线已经如雷达般将我从头到尾扫描过了几遍，它们嗅出了我的无趣和安全。警觉的探针平复下来，它们对我失去了兴趣，开始在院子里巡游。

那只幼狐还很小，身个只有大狐狸的一半，走路的姿势有些古怪，一蹦一跳的，像澳洲袋鼠。原来它的一只前腿已经伤残，伤腿失去了筋骨的支撑，软绵无力地蜷缩在肚腹之下。它正在努力重建新的平衡系统，用三条腿的力气，来追赶四条腿才能抵达的速度。

我的心揪成一团。 它在还没学会走路时，可能就已经失去了一条腿，世界何等残酷。我不知道伤害它的是什么东西。也许是一块滚落的石头，也许是一根被风刮下的大树枝，也许是一只护家心切的恶犬，也许是一只跟它抢食的同类，也许是一记来自人类的棍棒。不管是什么，我都想用最龌龊恶毒的语言，诅咒他们，愿他们坠入最深黑无底的地狱。我甚至诅咒它的母亲，那只大狐狸。它为什么不用自己的一条腿，来换取儿女的健全？如果不能为儿女赴汤蹈火决然舍身，这世界上为什么还要有母亲？前几次在院子里看见那只大狐狸时，它显得如此安然如此宁静。能够在儿女经历劫难时不动声色的，一定不是真正的母亲。

今天它们行走的速度有点快，几乎像小跑。大狐狸并未格外在意小狐狸的伤腿，甚至没有慢下来等它一等。它们沿着篱笆来回奔跑，像是在逃离一场看不见的灾祸，又像是奔跑在急切的归家途中。偶尔停下来，用前蹄和尖嘴刨土，翻找旧年丢弃在地里的果实。一圈又一圈，周而复始。后来它们跑累了，终于在枫树前停了下来，用鼻尖一抽一抽地嗅着树干，开始啃树皮。疫情已经改变了肉食动物的肠胃。

我悄悄用手机拍了一段视频，发送给了小雨。“两只狐狸同时出现在后院，是什么兆头？”我等了一会儿，没等到回复，鬼使神差似的，便又将视频转发给了另外一个人。

“这是现在院子里的情形。你悄悄走出来，就会看见它们。”我加上了说明。

过了几分钟，我的颈脖感到了一丝重量。我背上的眼睛告诉我：她出来了，没穿鞋子，佝肩耸背，把身子尽量缩成最小体积，悄悄地穿过木头阳台，在我身后坐下。狐狸抬头看了她一眼，很快将她归为我的同类，不再搭理。大的那只靠着树身躺卧着，两只前蹄铺展开来，神情慵懒得像只怀着身孕的猫。它已经不是我最初看到它时的模样了，肚腹圆润了一些，皮毛有了隐隐的金红色的光泽（我不想知道它肚子里的内容）。小的那只从树后的枯叶堆里搜出一只空矿泉水瓶子，用一条前腿帮衬着尖嘴，用力撕扯着塑料瓶身，滋啦滋啦的声响有些瘆人。

“一只空瓶子，能吃出什么山珍海味？”我自语。

“磨牙。”她说。

“也不护好自己的犊子。”我听出了自己语气里那丝不知出自哪一门子的怨恨。

“总有不听话的儿女，和罩不了儿女的父母。”她叹息。

“你没看见那只大的，都不等一等小的，只顾自己跑路。”我依旧愤愤不平。

“它在教它，小的总得学会自己生活。”

这是这几天里，我们之间唯一一次接近于谈心的对话。

“那天，我看见你和狐狸同框，怕它跑了，不敢招呼你，就拍下了，那些照片。”我期期艾艾地说——这是我迂回的道歉。

她没吱声，半天才说：“转发给我吧。”那是她婉转的原谅。

在这个瘟疫划出的牢笼里，我们是难友。除了结盟，别无出路。

“丹丹真贴心。”我找出了一句自认为安全得体的话。

她哼了一声，我听不出那是赞同还是嘲讽。

“她欠我。”她面无表情地说。

我情愿小雨也欠我，欠一座喜马拉雅山一汪太平洋我也认了。可是小雨没给我这个机会，我永远不能像莉莉安说丹丹那样地控诉我的小雨。

“她来的那年，我四十岁。等她长到十八九二十，正该人管的时候，我管不动她了。”她似乎听见了我肠子里走动的心思，就跟我解释。

“她看起来，那么懂事。”我试探着把问话装在了一个陈述句中。

“亡羊。”她说。

“你的车这么久没开，还能动吗？”她很快转换了话题。

“我隔一两天都起动一下，没问题。”

“那好，我们出门。”她拍了拍我的肩膀，站起身来。那不是征求意见，而是告诉我她的决定。

“去哪里？”我吃了一惊。

她呵呵地笑出了声——是那种恶作剧得逞后的得意之笑，状如孩童。

“哪家超市卖猪杂碎，便宜的鸡翼鸡腿？”她问我。

“丹丹说需要什么，她去网购。”我犹犹豫豫地说。

“我喂狐狸的东西，能让她买吗？自找啰唆。”她头也不回，径直朝屋里走去。等我回过神来，我已经尾随着她走进了厨房。

“她不允许我们出门。”我说。我的语气里已经出现了第一丝裂缝，她立刻见缝插针。

“卫生部都没有禁止出门，她的话是法律吗？管个屁用。”我第一次从那张干净的嘴里听见了与消化道相关的词。

“万一……”我欲说还休。

“你我都打过两针疫苗了，再戴上两层口罩，离人三米，要是还染上了，世界上一半的人都得死。”

“可是，要是丹丹知道了……”

“除非你告密。”她坐到车库门前的那张穿鞋凳上，慢条斯理地系着旅游鞋的带子。

我如释重负，每一个毛孔都嘶嘶地通气——那是越狱的欣喜。

第23天

狐狸勾出了我们心底那一丝隐秘的不安分的欲念，我和莉莉安从那天起，就在凡·丹伯格太太（哦不，丹丹）的监控之下过起了双面人的生活。在丹丹看得见的时候，我们是严守规训的中学生，在她看不见的时候，我们是探险家哥伦布、麦哲伦。在早饭和午饭之间的那个空当里，我们每天出门（莉莉安管它叫“放风”）。刚开始我们只是在家门口胆战心惊地转一小圈就回来，后来我们的胆子越来越大，脚踪越来越野，穿过街区公园，走入林间小道，直到一条小溪挡住我们的去路。

莉莉安让我开车带她去家居五金商店买木板、电钻、铁钉、油毡、木屑，去华人超市买猪杂碎、鸡胗子、鸡爪鸭脯，去西人超市买哈根达斯冰激凌（那东西无法网购）。我们购买的货物都不是日常所需——那是丹丹的管辖范围。我们必须持续地、信誓旦旦地让丹丹相信我们足不出户。莉莉安防贼似的防着她的女儿。

我和莉莉安制定了一套缜密复杂的行动方案，来抵抗病毒，应付丹丹，笼络狐狸。我们（确切地说是我）在车库里隔出了一个角落，用新买的电钻砸下一排钉子，来悬挂我们从外边回来时脱下的外套和口罩，免得把脏东西带进屋里。省政府允许室外不戴口罩，若遇见迎面走过的行人，彼此绕开一个安全距离即可。可是我们还是决定小心行事，戴上了丹丹从美国寄过来的医用级别口罩。我们在屋子的每一个进出口处都摆上消毒洗手液，用烧香拜佛式的守时和虔诚，逼迫彼此吞下一把一把提高免疫力的维生素胶囊。

对丹丹隔三岔五发给我的各种指令，我早已应对自如。我及时而恭敬地回复“明白”“知道”“OK”“放心”“好的”“没问题”“交给我吧”“谢谢提醒”“就这么着”……我突然发觉我的语文功底大见长进，尤其在同义词的使用上已经抵达登峰造极的水准。

对于丹丹源源不断的物资供应，我渐渐感觉不安——那纯属是狗咬耗子式的操心。有一天我脱口说了一句“凡·丹伯格先生没意见吧”，话一出口我就后悔了。每次走三步整好的时候，我总会多事地跨出第四步。莉莉安立刻懂了，倒也没恼，冲我一笑，说：“我在上海闹市区的房子，你说可以够我吃多少顿饭？”我想说那得看房子有多大，胃口有多好。这时小雨在我的脑袋里咚咚地擂着鼓，我最终还是没有迈出那第五步。第四步已是弱智，第五步是压根没脑。

丹丹是程序员，在家上班，时间自由，八爪章鱼似的在公事、丈夫、女儿和父母之间浮游。她一天里发来的各种微信信息，可以汇编成一本书。

“精力无穷。”我惊叹。

“从小就是这个样子，一哭能哭整整一宿。一眼没看紧，能爬出十里路。”莉莉安说。

丹丹的信息容易对付，可以随时随地回复。应付她频繁的、不可预知的视频要求，却是件费智商的事。我和莉莉安列出了一串不方便接视频的借口，如上厕所，洗头洗澡，在后院干活，起晚了，正跟网课学太极，午睡，手机没电…… 有一天下午莉莉安不小心使用了一个一时性起的借口，说在和肖阿姨（肖阿姨是莉莉安在北京的老同事）通电话。时值国内凌晨三点半，这个四六不靠的时间点让丹丹起了疑心。她倒是没往别的方面想，只是害怕她父亲脑子里的那一锅酱是不是也洒给了她母亲。丹丹立刻给我打电话求证。当时我们正在家居商店买密封胶，丹丹问我怎么有这么多背景杂音，我急中生智用“正在看电视”和“肖阿姨刚才有点急事要找你妈咨询”为由，最终有惊无险地扑灭了一场有可能烧毁一座森林的大火。

“偷汉子被逮了个正着。”莉莉安嘀咕着说。

我听了笑得天昏地暗，直笑到眼中溢泪。我已经忘了我竟然可以活得如此没脸没皮，忍不住想起《聊斋志异》里那些深夜潜入书生房中的狐狸精。自从院子里出现了狐狸，莉莉安说起话来时不时地就沾了点邪气。伙同外人欺骗母亲不是新闻，母亲生来就是活该受骗的人，这个角色注释已经明明白白地写在了宿命里。而伙同外人欺骗女儿才是新闻——那是莉莉安独一无二的创举。莉莉安的创造力让人目瞪口呆，一天一天地翻着新。

今天我们不出门，我们要动土开工盖狐狸窝。“狐轩”是莉莉安给狐狸窝起的名字，文绉绉的听得我起了一身鸡皮。倒也算不得是心血来潮，自从那次我们在后院看到那只残了腿的小狐狸之后，她就生出了这个念头。后来狐狸还出现过两次，但每次都是大狐狸，我们再也没见过那只幼狐。这几天莉莉安一直坐在餐桌前，在卷尺、计算器、米达尺、圆弧尺、模板尺的重围之中，用最原始的方法设计“狐轩”的图纸。上一次我见到这些玩意儿，是在我爸的办公室——那都是三十多年前的事了。莉莉安一张一张地画，一稿一稿地改，鼻梁在老花镜的挤压之下蹙成一个线团。这就是他们那一代人的样子，事无巨细地较真。

小雨也是这样想我的吧？每一代有每一代的较真，每一代都鄙夷前一代较的那个真。前一代算什么东西？都是些没有一个毛孔的榆木古董，为一些毫无意义的芝麻鸡毛烧脑烧心。

倘若前人不较他们的那个真，还会有万里长城吗？

“你出国还带这些东西？”我好奇地问莉莉安。

莉莉安从鼻孔里哼出一声嘲讽：“带着做个念心儿罢了。都是四五十年前用过的东西了，那时候还是刀耕火种。”

我父亲发迹之前也干技术活，在一个三千人的工厂里管土木工程设计。那时他天天回来吃饭，吃完饭和我一起搭积木，有时也让我坐在他的自行车后座，带我去他的办公室，看他画设计图。偶尔他也驮我去施工现场，我有一个最小号的安全帽。莉莉安的图纸对我来说不是盲文。

“你看哪个方案好？”莉莉安认真地征求我的意见。

我有些受宠若惊，顿时头重脚轻起来，一脚踩到云里。“这一稿像别墅，这一稿是湖边公寓，这一稿是交谊会所。都好，只是不像狐狸窝。”

莉莉安扭过脸来看着我，仿佛吃了一惊。“这话老早就有人说过。当年在干校，老叶写了好几篇检讨，就是因为有人说他把猪圈盖得像安徒生童话里的小屋。”

“他会盖房子？”我问。

“那对他算个什么事，小菜一碟。”莉莉安摇了摇头，对我学龄前水准的提问表示了深切的同情。

“他这个病，有多久了？”

“说不好。当时只觉得他说话忘词，突然有一天，我打开冰箱，里边有一只鞋子。”

我听过很多老年痴呆症病人的故事，哪个里头也没有鞋子。这个细节很温文，远够不上惨烈，可不知怎么的，我感觉揪心。

“他那个大脑，可不是吹的。千个百个寻常人凑在一起，也填不上他的一个角。”莉莉安说到“千个百个”的时候，伸出一个手指头在空中画了一个大圈，把我绕了进去，却把自己留在了外边。本来不过是一份无伤大雅的小自得，却因为这个囊括了我的圆圈，就有了一丝得意忘形的傲慢和轻狂。我一下子被惹恼了。

她以为她男人是谁，爱因斯坦？图林？李政道？杨振宁？

“那又怎样？现在连老婆也认不出。脑子是个定数，早用了早空。”我脱口而出。

这话我从前说过，那时说的是美貌，是对那些找上门来的女人说的，今天我临时把它换成了脑子。说完了我浑身通气，过了一会儿才觉出了残酷。有必要和这个岁数几乎是我两倍的女人较鼻尖上的那点真吗？可是话已出口，说出去的话是泼出去的水，覆水难收。

莉莉安把米达尺搁下，定定地看着我，这一眼看得我浑身发毛。有一个小鼓包在她的额角隐隐跳动——那是憋急了的情绪在急切地寻找出路。我闭上眼睛，等待轰的一声大爆炸，宇宙沦为一片废墟，我成一堆齑粉。

我等待了差不多一个世纪，终于听见了一个声音钻过一条长长的隧道，嘤嘤嗡嗡地传了过来。

“你们仗着年轻就可以这样说话？你妈没教过你？”

宇宙毫发无损，我也没成齑粉，只是蹭伤了一层皮。一股热潮涌上了我的脸颊。我知道我不能开口。假若我此刻开口，从我嘴里飞出去的必定是毒箭和匕首。

我冲进卫生间，哗哗地开着凉水洗脸。她有她的死穴，我有我的。我不知道她的是什么，就像她不知道我的。我不能去碰她的，她也不能来碰我的。伤害面前人人平等。

擦干了脸，我在镜子跟前呆了几分钟，直到鼻孔渐渐变小，才出来。

“我不知道你说的是哪个妈。我有一个亲妈，三个后妈。”我站在她身后，语气平静地说。

她的肩膀颤了一颤，僵住了。我看不见她的脸，但我知道她的五官此刻凝固如木雕。空气绷得很紧，每一口呼吸都割肺，墙上的石英钟嘎啦嘎啦地在耳膜上刮着肉屑。她慢慢地站起来，收拾了桌子上的图纸和绘图仪器，走回自己房间，关上了门。

那是昨天下午发生的事。昨天我们没有再见过面。做完晚饭，我把食物摆在桌子上，没招呼她，只是盛了自己的一份，在卧室里吃完。八点左右，我听见她出屋，独自吃完晚饭，窸窸窣窣地收拾了餐桌和脏碗。

“在有些人的词典里，永远不会有 sorry（抱歉）这个词。”入睡前我给小雨发了一条信息。

发完了我才醒悟：我贬损莉莉安的话，也同样适用于我自己。不用等待，我们都不会道歉。我们还会继续用语言制造匕首刀剑，相互伤害，永不认输，继续生活。

再见到她，已是今天早晨。我们坐在餐桌的老位置上，谁也没再提昨天的事。

“狐狸不是宠物，不住窝里，只住洞穴。”我看着自己的饭碗，低声说出昨天没说完的话。四十三岁的“年轻人”依旧没有学习能力，吃一堑没有长一智。错误不是智慧之母，错误只引向另一个错误。“不如就搭一个棚，给它们躲一躲雨雪。”

莉莉安拨着碗里的粥，很久不出声，竹筷子嗒嗒地敲打着陶瓷碗壁，我第一次发现她吃饭咂嘴。

“那就改名叫狐棚，取个‘狐朋狗友’的音。”她说。

我没敢笑出声。一个名字就这么紧要？不叫棚就遮不了雨？叫了狐棚就能挡住松鼠浣熊？人一老就糊涂。

一顿饭的工夫，我就手刃了她的宏伟计划，把她几天里画的图纸铰成了一堆废纸。吃完早饭我们开始以农民工的方式动手搭雨棚，没有图纸，边干边修正错误。

在今天之前，莉莉安并不真懂“纸上谈兵”的涵义，我让她了解了什么是纸，什么是兵。兵没有纸也能找路，纸没有兵寸步难行。我用一把裹了一块厚海绵的方锤，在枫树前的地上砸下几根短木桩，在木桩上钉了一块木板，木板上粘了一块油毛毡。又在油毛毡上纵横交错地绑了几根被风吹落的树枝——那是我的诱饵，哄着狐狸相信这是树林。

我使用工具的手法自如，十指生风。这不是熟能生巧，我并没有多少机会练兵，我的熟稔来自基因。我爸曾经告诉过我：我过五岁生日时得到一盒积木，我把随盒的范本图丢在一边，坐在凉席上半天没动窝，靠想象搭出了十几座样式各异的房屋；我七岁时把家里的闹钟拆了，在妈妈的惊诧眼光里，只花了十分钟就照原样搭了回去。我爸曾经很可爱，把我的每一种淘气解释成天分。后来他变得面目可憎。在可爱和可憎之间，只隔着几张银行存款单。发迹是人世间最残酷的破坏性试验，没有人可以从发迹中安全脱身。发迹的虎口狼牙吞下了两个最紧要的男人：我的父亲和丈夫。

“天冷了还可以围上防风布。不过，冬天不会有狐狸，它们都要回洞穴。”

我退后几步，歪着头端详我的作品。

“待会儿把猪杂碎从冻箱里拿出来，丢在棚里。”莉莉安说。

她进屋，端来两杯冰水。我们都懒得搬凳子，一屁股坐在草地上喝水，凉得嘶嘶地嘬腮帮子。在她这个岁数上敢喝冰水的女人还真不多见，她有一副牛马一样的肠胃。

“昨天没告诉你，他是受了刺激。”莉莉安突然说。

“啥？”我听得一头雾水。

“老叶是受了刺激，脑子坏了。”莉莉安说。

“什么刺激？”我问完了，虽有忐忑，却无悔意。我决定从今天起有话就说，说了绝不后悔。莉莉安不想让我知道的事，她就不该抛出话头——那是引诱。冒犯有错，可是引诱错在冒犯之先。扔出鱼饵，难道还指望鱼不来上钩？我母亲没教错我怎么说话，是她母亲没教会她怎样打开话头。

“丹丹的事。他一根筋，想不开。”

“什么事，这么严重？”我已经完全上钩，她怎么甩也没用了。

莉莉安叹了一口气，文不对题地说了句：“万事有时。”

“什么事？什么时？”我穷追不舍。

“我不该在那个岁数上有她。四十岁，不是开枝散叶的时令。所以从第一天起，什么都不对头。”

莉莉安喝完了水，开始收拾摊了一地的工具。

“我生小雨时二十三岁，一朵花的时令，那又怎样？”我说。

这是我经过了克制的反驳。假如我真的口无遮拦，我说出来的就会是：“胡扯。”

“她管你吗，你女儿？”莉莉安问我的时候，语气犹豫轻柔，是一种知道分寸的小心翼翼。我不能怪她多事，这一回，是我甩出去的鱼饵。

“完全……不管。”我回答。

第 92 天

“妈，阅读周我和桑迪一家去蓝山滑雪。她爸在那儿有个分时度假屋，不用就过期了。”

吃晚饭的时候，小雨突然对我说。

桑迪是小雨的高中同学，两人又一起进了多伦多大学，都还没定专业，在选通识课程。桑迪的爸是云南一家烟草公司的老总，从国内飞过来探望留学的女儿和陪读的妻子，没想到被疫情耽搁在这里，一待就待了大半年。

我知道用疫情阻拦她不是个特别好使的借口。新冠来来去去好几波了，她的同学在各样的缝隙里游走，趁机票便宜去了温哥华、夏威夷、纽约、墨西哥，胆子大些的，甚至还飞去了葡萄牙海滩度假。而小雨，一直乖乖地守在家里，哪里也没去。蓝山离多伦多只有 170 多公里，开车也不过两个小时，再说，桑迪一家也是靠谱的人。

可是，我心里挡不住有一股子火，正一蹿一蹿地往上冒。阅读假从明天开始，也就是说，我女儿提前了半天告诉我她的行程。

我的脑子唰的一声劈成了两半，一半是家长，一半是看客。家长有很多话要说，一句一句地在喉咙口排着队，等着挤出舌头。

“出发了再告诉我，那不更好？”这句话笃定排在第一。

排第二的那句是：“你一针疫苗都还没轮上，就敢往外跑？”

第三句就不好说了，兴许是：“那个英文写作补习老师下周开始，定金都付了，你让我取消？”

这都是跑在最前面的，还有一些搬不上台面的话，正等在后头，比如：“人家是有钱的大佬，你蹭人家的光鲜，有意思吗？”再比如：“一年到头给你做煮饭婆，阅读周你在家陪一会儿老妈，就这么难？”

看客的那一半一看形势不对头，急急地冲过来，捂住了家长的嘴，把那些溜到舌尖的话生生地塞回了肚子里。

“她不是来和你商量的，她只是告诉你一声而已。那是客气，你别头重脚轻。”看客对家长说。

家长给噎得满眼冒金星，却不得不承认看客有理。

小雨不像她这个年纪的留学生，从来没有非分的要求，比如好车、名包、品牌衣物。今年过春节我给她网购了一件鹅牌羽绒服（她的中国同学人人一件），她推说颜色不好，自己去网邮退了货。她父亲每年汇到我们账号里的钱，不多也不少，她把我划给她的那一份分成十二个月花。她在那个数额围出来的墙内行走，沿扣沿地计划着她的开销，不透支，也不留盈余，但从未生出过跳墙的念头。

小雨几乎是个零麻烦的女孩，从小到大无病无灾。除了打预防针，得过几次一瓶吊针就满血复活的感冒，她从没进过医院。没长过蛀牙、青春痘、沙眼、香港脚，没犯过中耳炎、湿疹，而且视力良好。成绩虽不拔尖，却也从未掉队。从没和同学邻居吵过架，和老师家长顶过嘴。哪怕我和她爸吵得天昏地暗，她也坐在自己的课桌前做作业，眼观鼻鼻观心，纹丝不动。九岁那年，她开口对我提出了第一个，也是唯一的一个要求。那是在我和她爸吵过第一千次架，他拔了一柄牙刷离家的那个夜晚。她走出屋来，靠在墙上，静静地看着我跪在地上收拾一地的碎碗碴，灯光把她的瘦腿扯成两根黑竹竿掷在我眼前。竹竿抖了一抖，她说：“你们离了吧。”她的声音细细的，里头却包着一根铁芯，我立刻知道了分量。

两个月后，我们办完了离婚手续。

离婚后，小雨在我和她爸两边走动，几乎隔一阵子就会在她爸那里遇见一个不同的女人。小雨和每一位都礼貌相处，管她们叫 ×× 阿姨。偶尔会把她们的名字记错，但从不讲她们的坏话。任凭我如何兜着圈子打听，她也不愿开口传那头的闲话。每次从那边回来，既看不出开心，也看不出烦恼，仿佛父母的事只是浮在她皮肤上的水珠子，在是在的，看也看得着，却不入心。

小雨就像是一块弹力极好的海绵，什么样的拳脚加上去，也不能在上面留下凹痕。那份平稳有时让我心中暗暗生出惊恐：这样的宁静底下，会不会掩藏着一个惊天动地的大阴谋？所有日子里的平顺，是不是都在预备着一颗大炸弹，在我毫无准备的时候把我炸成一地碎屑？

这种恐惧时不时会出现在我的梦中，我醒过来一身冷汗，心跳得如同万马奔腾。我宁愿她像别的孩子那样偶尔犯些小浑，如同正常人患场感冒，好将身上的能量丝丝缕缕地消耗一些，而不要攒到火山爆发不可收拾的那一刻。对一个极少提要求的孩子来说，每一个要求都有重量。离她九岁时提的那个要求，已经过去了整整十年。假如我非要阻拦她的蓝山之行，她兴许很长时间不再开口。你可以撬开山石，你很难撬开一个不想说话的孩子的口。我不想在沉默中憋死——这种死法太慢太苦。

作为家长的那口气慢慢地平复了下来，换上了看客的那份心平气和。

“去几天？”

我若无其事的语气让她惊讶，她的回答反倒有些结结巴巴：“四天，算上来回五天。”

“几个人？”我的口气依旧平静，看客一直把守着家长的嘴。

“一车五个人，桑迪一家，还有一个朋友。”

家长的心里咯噔一下，想问是男是女，看客及时拦阻：这个问题是炸药，会炸毁所有的信任通道。家长再次忍下了。

“谁开车？”我接着问。小雨疫情之前考下了临时驾照，但只能在有正式驾照的司机的陪同下开车——那是我最不放心的事。

“桑迪的爸爸妈妈轮换开。”

我松了一口气。

“路上去超市买点菜，自己在家做，别上餐馆吃饭。”我叮嘱她。

“妈——”小雨拉长了语调，那是委婉的不耐烦，“哪有时间做饭，我们会叫外卖，不堂食就是了。”

我们的对话已经走到尽头。对于向来寡言的小雨来说，她的回答已算详尽烦琐。

小雨进了卫生间洗澡。水哗哗地溅在瓷砖上，微启的门缝里飘出薄薄的水雾和小雨断断续续的歌声：

没有了联络

后来的生活

我都是听别人说

……怎么过

放不下的人是我

……

就怕别人问起我……

后来我才知道，那是一首周杰伦的歌，叫《说好不哭》。小雨爱听歌，但很少唱，要唱也只是在莲蓬头底下蚊子似的哼哼几句。水声是最好的屏障，让她感觉安全勇敢。今天小雨的歌声和往常有些不同，羞涩怯弱里微微地带着那么一丝喜气，是从铁窗里猝然看到蓝天的那种欣喜和期盼。母亲是拿来逃离用的。我突然想起了一句不知从哪里听来的话，心里有针轻轻扎了一扎。我们生养了儿女，却要在他们情绪的窄巷里踮着脚走路，生怕碰飞了他们。可是无论我们如何小心翼翼，他们终将离我们远去。

我从橱柜的医药包里找出几个平常不舍得用的 N95 口罩，想让小雨带在路上。推开她的房门，床上摆着她的旅行箱。果真不是心血来潮，这是一场没有母亲参与的事先筹谋。等她告诉我的时候，细节早已在她肚腹里消化成了决定，话一出口就没打算回头。

我比她略大的时候，不也是这样？我和那个男人去民政局领过了证，第二天才打电话回家告知父母。跟我自作主张的婚事相比，小雨不过施了一个人畜无害的小计谋，严格意义上来说还不算是先斩后奏。

旅行箱的盖子虚合着，没扯上拉锁。掀开来，里头是几件换洗的内衣，还有泳衣、毛衣、外套和户外保暖的秋裤。她把每一件衣服都卷成一个圆筒，按尺寸大小排成整整齐齐的队伍。在这点上她像我，容不得肮脏杂乱。这个收拾衣物的方法是她从网上学的，她说这样叠的衣服褶纹少，旅行时打开箱子就能穿，不需熨烫。

我把口罩塞在两排圆筒中间，又觉得不妥，想找个地方单独放置，就打开了边兜的拉锁。指头一探，里边已经装了东西。钩出来一看，是个密封的小纸盒，面上印着一男一女两个年轻人，在夕阳之下亲密依偎。不用看那行英文说明，我就知道了那是什么东西。只觉得脊背上的那根骨头一酥，人瘫软下来，脑子淌了一地。

我害怕了多年的事，终于来了。这就是我那个寡言的、听话的、从不顶嘴的、零麻烦的女儿，在我身后悄悄制造出来的那颗定时炸弹。一个人纵使能掌控眼前的一整片天，也无法看见身后的一小团阴影。我防不胜防。纷乱的想法从各路涌上来，沙子似的，怎么也捏不成团。世上的叛逆我知道多少？至此我才明白有一种悖逆叫沉默，有一种顺从叫阳奉阴违。

假如我能未卜先知，我就会知道那一刻我是何等鼠目寸光。跟后来发生的事情相比，这哪称得上是炸弹？至多不过是一只喑哑的小炮仗。

水声终于安静了下来，小雨洗完澡，头上裹着一条浴巾，从卫生间走了出来，颧上冒着湿气，红扑扑地娇艳欲滴。看见我坐在地上，她吓了一跳，忙过来扶我，一眼就瞅见了我手里捏的那个纸盒，怔住。

“有什么要说的吗？”我颤颤巍巍地问。我的声音裂了，裂成了一簇一簇的毛刺。她就是弹力最好的海绵，她也该知道疼。

她没吱声，只是拆下头上的毛巾，开始擦头发。她的头发很长，一条条黑蛇似的在白毛巾里窸窸窣窣地爬行。终于擦完了，她转身回去卫生间，插上电吹风呜呜地吹头发。我知道她是在想话，我甚至看见了话在她的脊背上爬来爬去，想往喉咙里窜。我不想帮她这个忙。她的沉默可以很长，但是我的耐心更长。我准备在地上坐到万里长城倒塌，南极长出棕榈树，赤道结冰。

她吹干头发，用一根橡皮筋挽成一个松松的髻子，走到床沿坐下，斜对着我。

“妈，我不想像你那样，一辈子只经历过一个人。”她平静地说。这话是解释，听起来却更像是控诉，但完全不是道歉。

“假如你多一些经验，你就不会跟了他，你们就不会那么……吵架……也就不会……有我。”她没看我，只是一下一下地揪着睡袍上的带子，松开，系拢。再松开，再系拢。

那个在紧闭的房门后做作业，脸上永远风平浪静无悲无喜的女孩子，到底还是听进了门外我和那个男人之间刀子一样飞来飞去的每一句脏话，每一个诅咒。

“你不想……有你吗？”我有气无力地问。

她没有正面回答。

“我不想那么早结婚，可是我也不想等到那个时候才有……”她停顿了一下，似乎在找合宜的词，“才有那种经验。”她说。

她已把话说完。每次她用牙齿轻轻咬住下唇的时候，我就知道那是在锁门。她一旦锁门，就不会再开，砸锁也没用。有锁的门还能在合宜的时候打开，一旦失去了锁，你也就同时失去了门——那是永远。所以我从来没敢去砸她嘴上的那把锁，我至多是赖在门外不走，靠耐心挨到下一轮开门的时候。

“是第一次吗？”我知道那是自己在发问，但听起来压根不像是我的声音。

我憎恨自己的贱。我脑子里作为看客的那一半，已经完全被家长那一半制服，爱莫能助。我明知这个问题是粗野的僭越，是没脸没耻的窥视，是不计后果的破门而入，可是我只是忍不住。那辆车里的第五个身份不明的乘客，这时突然变得面目清晰。我看见了他浓密的络腮胡，铁板一样的腹肌和臂肌，还有毛孔里冒出来的油腻汗珠。我听见了他丝毫未经节制的大笑，还有他硕壮的躯体蹍过小雨扁瘦的肚腹和小小的乳房时发出的碎裂声。一场毫无仪式感的破碎。

小雨默默地从我身边跨过，径直去了厨房，开冰箱，取水，喝水。从吐出第一个字时我就知道，我不会得到回音。

可是，我阻拦得了她吗？种子要体验春天，鸟雀要经历天空。我可以掐断一朵花，却压不住一个春天。我可以拴住一只麻雀，却无法捆绑所有的翅膀。一个不顾一切的疯狂母亲或许可以遮暗一角天空，可是，我遮蔽得了小雨渴望探险的眼睛吗？纵使没有蓝山，难道不会有白山、红山、粉红山吗？

我突然开始厌恶自己。我为什么要看见那个盒子？那个盒子是红苹果上的一个小黑孔。假如我没看见那个黑孔，我就不会知道果芯里有虫。岁月依旧静好。

只经历过一个男人就结婚的生活，是生活吗？到底要经历过多少个那样的盒子，才算是真正活过了？

那一夜，我的睡眠被各样的梦境搅成一床满是破洞的旧棉絮，到凌晨时分才沉沉地睡着了。醒来时发现小雨已经走了，她在餐桌上留下了一张纸条：

妈：你放心，没有人可以欺负我。我知道保护自己。

第39天

在和丹丹绞尽脑汁的斗智斗勇过程中，莉莉安是无可推卸的主谋。而我，不过是在错误的时间里出现在错误的地点的被动同谋。我这么说是不是在替自己洗白？我难道没有从中体验到走钢丝般的惊悚和兴奋？在那些险些被识破的紧急关头，我甚至能觉出心在微微颤动。我终于知道我还活着，而且还有点小用处。

但我也不总是那么厚颜无耻，糊涂油蒙心。偶尔我也会良心发现，敦促莉莉安向丹丹主动发起视频邀请。当然，那都是在莉莉安洗漱一新、头脸光鲜、把一切户外痕迹抹除干净之后的事。从莉莉安敞开的房门里，我可以看见她坐在平板电脑前的样子，端端正正的像个从不旷课的高中生，向女儿汇报着一天里的生活内容。偶尔，凡・丹伯格先生也会插进画面，用蹩脚的中文表达着对丈母娘的关心，稀稀疏疏的头发在吊扇刮起的风中飞扬跋扈。

莉莉安对他们娓娓地讲述着日常，耐心地列举着一些作为佐证的细枝末节。我一如既往地伸长耳朵偷听，听着听着幡然猛悟：许多年前小雨的爸爸也时常在早餐桌上对我显示着同样的耐心和温存。原来每一个贴心的早晨背后，都有一个掩藏着幽黑秘密的夜晚。和颜悦色和不必要的细节，是谎言最昭彰的警示灯。可惜我当年太年轻，还看不透。

当然，我这样说是对莉莉安的极大不公。她没有撒谎——至少没有红嘴白牙地撒谎，她只是没有讲出全部实情。就像是在给丹丹看一张人数众多的合影，她小心地裁去了里边的几个人，剩下的部分，依旧是实打实的真相。

昨天和丹丹通视频的时候，莉莉安突然说起院子里有狐狸——她不知不觉间已经走到了离照片上的裁剪边缘很近的地方。这个话题一下子勾住了丹丹的女儿萝丝・玛丽的耳朵，她立刻放下手里的拼图，问外婆狐狸吃树上掉下的苹果吗。丹丹打住了女儿的话头，紧了脸警告母亲："你绝对不能给它喂食。狐狸是最容易产生食物依赖的动物，你喂了一次，它就天天来，按时定点讨食。"

我不得不说丹丹料事如神。起初，莉莉安和我是把食物放到雨棚里的，期待着狐狸在接受食物的同时也熟悉雨棚。可惜，我们关于遮风避雨的家园想象，终是一厢情愿，狐狸并未领情。我们一枚钉一块板搭建起来的雨棚，无论是当时还是以后，狐狸从未光顾过。那天我们放在棚子里的肉食，第二天早上才发现消失了。我们永远无法得知那夜行的饕餮者到底是狐狸，还是松鼠、黄鼠狼、浣熊。

后来我查过网络，知道一只在城市里走动的狐狸，平均一生只能经历过三个夏天。第一号死因居然不是猎杀也不是饥饿，而是车祸。这个数据让我心惊。城市是人和兽的天堂也是地狱，车太多，性命不够。在夏天瞬间即逝的北国，狐狸珍惜每一个逃离车轮、遭遇天空的日子，它们宁愿淋雨也不愿失去天空。

后来我们决定早上在后院干活时，把食物放在身后的草地上引诱狐狸。由于那天搭建雨棚的惊艳表现，我在莉莉安心目中的地位得到小小提升，她现在允许我在她的指导下参与诸如浇水、施肥、除草之类的“技术含量不高”的园艺活。我们的伎俩立即奏效，狐狸来了，每天定时定点（正如丹丹所言），有时是大狐狸，有时是一大一小。刚开始时食物放置于我们身后约十米处，后来距离渐渐缩短，从八米到五米再到三米。最近的一次成功经验是一米五，狐狸在我们伸手可及之处安然吃完了早餐，并绕着我们转圈行走，似有亲近感恩之意，莉莉安深受鼓舞。莉莉安的最终目标是让狐狸从她手中衔走一个苹果。我们依旧还在努力之中。

丹丹提到不可给狐狸喂食时，我的心刹那间提到了喉咙口——丹丹无意之中把她母亲逼到了一个隘口。此时莉莉安无论是沉默还是接应都会落入陷阱。沉默是无言的认罪，开口是公然的撒谎。这两者莉莉安都不擅长，她的神情一定会露出破绽。

事实证明我完全多虑了。莉莉安只是端坐着，轻轻嗯了一声，没有紧急刹车的刺耳噪音，也没有临时撤退的慌乱和惊恐，她用一个音节把局面稳稳地降落在沉默和开口之间的黄金分割线上。她的双面生活里没有可疑的接缝。

和莉莉安相比，我撒谎的本事是学龄前水平。我只会拙劣地涂改事实，比如夸奖小雨的中文作文写得很棒，让她千万不要放弃东亚系的汉语课程；再比如告诉小雨她穿迷你裙裸露出来的大腿有点弯曲，不如穿长裙好看；再比如对丹丹诅咒发誓我们一直足不出户。我不能像莉莉安那样多才多艺，懂得省略编辑剪裁迂回婉转顾左右言其他。我们之间相差了一个“文革”的段位，我望尘莫及。

今天是周三。周三和周六的早上我们绝对不出门，那是丹丹和老人院预约好的时间，雷打不动。现在莉莉安不再和叶千秋单独视频，她和丹丹约好每周三周六早上十点和老头在 facetime（视频聊天软件）上见面。无话可说的难堪，分成两份总比一个人扛起来轻省。

叶千秋出现在视频里的样子，总是平头齐脸，干干净净，每一个纽扣都扣对地方，假牙整整齐齐亮得晃眼。我一向心理阴暗，忍不住想到这一切表象背后的排练——我就是这样把拾掇完毕的莉莉安推坐到电脑跟前的。

叶千秋坐在床沿上，白花花的头发衬着白花花的墙壁，脸上挂着白花花的笑颜，没心没肺地经受着女儿和妻子的一轮轮拷问。

“认得她吗，爸？”丹丹把萝丝·玛丽推到摄像头前。

叶千秋嘿嘿地笑着，不置可否。

萝丝·玛丽不安地扭动着身子。五岁的脑子，还没有找到一张布满皱纹的脸和一副婴儿般的举止之间的那条古怪逻辑。

“叫外公。”丹丹催促女儿。

萝丝·玛丽嗫嚅地说了句什么，突然跑开了。

“爸爸，知道我是谁吗？”丹丹问。

“妹妹啊，我三妹。”叶千秋怯怯地说。

丹丹叹气。失望不长记性，无论走过多少趟弯路，依旧走不到绝望。她总觉得在某个拐弯之处，会出其不意地撞到侥幸，她父亲脑子里的黑锈，会在一夜之间突然洗清。

“那她呢？”丹丹指着莉莉安，锲而不舍地问。

“我女儿啊。”叶千秋毫不犹豫地回答，嘴角泛上微微一丝愠意，仿佛智商遭遇了空前绝后的侮辱。

莉莉安清了清喉咙，伸出一根指头指着丈夫，缓缓地问：“那你知道，你是谁吗？”

老头哈哈哈哈大笑起来，笑出了一个硕大的鼻涕泡。

“我不告诉你。”他说。

我听不下去，跌跌撞撞地跑回了自己的房间，一头钻进被子里，蒙上了耳朵。

上帝，求你不要让我活到那个地步。我不在乎记不记得自己是谁，可是，我不要活到忘记小雨的那一天。不要让我忘记小雨。求你。

不知不觉间，我昏昏沉沉地睡了过去。睡在这里是一个意义模糊的动词，其实失去感觉的只是我的身子，我的脑子完全清醒。它伸出一万只脚，不停地踢打着我的身子："起来啊，你起来，你还没有锁门。你不能让她看见，橱柜里的那样东西。"可是我的身子却无论如何也不肯配合："一分钟啊，你再给我一分钟，我实在，实在是太累了。"结果我的身子非但没有被脑子踢醒，我的脑子反而被身子拉入了万丈深渊。等我睁开眼睛，已经接近中午，我突然想起我还没有准备午饭。这是我一生中最累的一次睡眠，我的筋骨散了一床。

我挣扎着起了床，打开房门，走到厨房，猛然看见莉莉安坐在餐桌边上，怔怔地面朝着后院。狐狸来过也去了，花儿正艳，我不知道她在看什么，她的脊背直直的仿佛绑了一副钢板。听见声响，她转过脸来，神情倦怠，皱纹深刻。"你陪我出门走走吧。"她喑哑地说。

我想说吃了午饭再出去吧，但我最终把话吞了回去。我知道此刻她需要新鲜空气远胜过食物。我们用食品袋包了几片面包，戴上遮阳帽、墨镜和口罩，朝街上走去。

莉莉安的脚力很好，平日行路如风，丝毫不输给我。她说那是在五七干校里练出来的。"文革"时她和叶千秋在河北农村待了三年，却不在一个农场，彼此相隔三个半小时的路程。两人不在同一天休息，轮到她休息时，她就去看他，大多时候无车可搭，都是走路，一来一回就是一天，渐渐练就了一副铁脚板，至今劳健。可是今天她的脚上似乎缺了一根筋，有些软绵，我得放慢节奏等她。叶千秋失忆不是新近的事，住进老人院也已快三年，我原以为一拳一脚的早已把她踢打得皮实麻木了，却没想到每一记都还是新的痛。

天一下子就热了。在多伦多这种地方，季节的转换粗鲁而直截了当，没有试探挑逗前戏过渡，一阵风一场雨之间就完成了。一觉醒来睁开眼睛，太阳就已经长了牙齿。我们走到街区公园时，已是一头一脸的汗，知了咿呀咿呀地扯得人太阳穴发紧。

公园先前是个水库，做泄洪用的，一大片空地，外沿高内里低，像只海碗。如今闸门依旧在，空地却已用作了休闲的草坪。坡上有一家人正在玩飞碟，两个大人一个孩子一只狗。狗大概跑累了，趴在地上喘粗气，脑袋转来转去地目追着空中的那个飞碟。

我们渐渐地走到了坡顶，朝下一看，突然就看见了低坡上的狐狸，不禁同时怔住。四只，三大一小，在人和狗的视野里安静地来回走动。显然已在那里多时，人和狗都已经接受了它们的存在，不惊不乍，各行各事。

这是我们第一次在后院之外的地方见到狐狸。那只小的在草地上一蹦一跳如袋鼠，三条腿的走路姿势让我们一眼就认了出来。而那三只大的却一时难以辨认。狐狸和猫狗不同，皮毛并无明显差异，只要身型大体相同，混在一起时，不仔细看几乎没有可区分之处。

我们缓缓走下坡，在狐狸不远处停住了，看着它们各自低头行路，似乎并无目的，一路走走嗅嗅停停。一只若走近些，另一只便退开去，中间相隔的，总是那若即若离的一两步路，既没有相争生出的怒气，也没有相嬉必需的亲密，眼中无人无己也无彼此，竟是一种全然的陌生和冷漠。我们突然就生出些惶惑来：它们到底是血脉相通的一家子？还是仅仅在途中偶遇的路人？那只时常在后院出现的大狐狸，是它们中间的一员吗？或许，它们哪一只也没来过莉莉安的后院；或许，它们每一只都来过，在不同的时段里，只是我们有眼无珠地把它们认作了同一只。

莉莉安双手拢住嘴，发出了一长串呼喊。哦哦，哦哦，哦……那声音听起来不像是从她的身体里生出来的，更像是风穿过空心竹筒时的气流，悠长，尖锐，带着一股憋急了的劲道，在山坡形成的那只碗壁上一圈一圈地回旋，直到化成回音，依旧连绵不绝。你无法设想一具日暮的躯体，可以制造出如此清亮的声响。这是她平日里召唤狐狸进食的信号。同样的呼唤，此时听起来却和在后院时不太一样，旷野给了一切声音胆量。我们从来没有听过狐狸的叫声，渊博如赵忠祥，也不曾泄露过狐狸声带和喉咙的幽深奥秘。莉莉安的喊叫只是她关于狐狸秉性的一厢情愿的想象，我永远也无法证实狐狸走进她的后院，是因为她的召唤，还是因为食物气味的诱惑。

可是今天莉莉安的呼喊没有得到任何回响，它们甚至没有抬头看她一眼。也许，它们的确来过我们的后院，但我们自以为的老马识途，不过是它们在任何一个有食物的地方的偶然停留。它们经过我们，就如同它们经过公园，经过草地，经过飞碟和狗。我们精心设计的笼络，对它们来说仅仅是一次果腹。这一次和上一次，这一次和下一次，并无任何区别。它们并未在千万座房屋中刻意挑选了我们的后院，它们也未在千万棵树木中格外钟情于我们的那一棵枫树，一切不过是鼻子和肠胃的一场游戏。我们给它们强加了千种情绪，我们忘记了它们原本无心无肺。失去了食物的烘托，它们不认识她的声音。她既不能危害它们也不能哺育它们，她不值得提防也不值得讨好，她的存在此刻对它们毫无意义。

它们不过是瘟疫在改变城市版图后随手丢给我们的纪念品。我们不拥有狐狸，就如同莉莉安不拥有叶千秋，我不拥有小雨。我们只拥有关于他们的记忆。即使是记忆，我们也无法长久拥有。记忆可以随时丢弃我们，我们也可以随时丢弃记忆，没有人知道丢弃会在哪一刻发生。

空气突然变馊。

“回去吧，我饿了。”我对莉莉安说。

第61天

今天早上，在晨光已将睡眠戳出细窟窿眼的时候，我和莉莉安同时被一阵怪异的声音惊醒。像是婴儿发出的声响，但又比婴儿的嗓音尖厉，一声接一声，短促有力。我之所以用了“声响”两个字，是因为我一时无法判定这是哭声，还是笑声。

莉莉安和我同时从各自的卧室冲出来，跑到厨房——从厨房的那扇大窗可以看到整个后院。

是那只小狐狸。

那天我们在社区公园遇见那群狐狸之后，莉莉安回家便兴趣索然。世上没有无条件的爱，莉莉安期待从狐狸那里得到的，其实只是一个似曾相识的眼神，承认就够了，不需感恩。莉莉安不知道她要的东西是狐狸不曾拥有的。八十岁的莉莉安有时还是个孩子。老人其实都是孩子，像孩子一样健忘，却比孩子更能记仇。她对狐狸所有的好奇和热情原本就是心血来潮，来得急，去得也急，至此已心灰意冷。

后来我们不再喂食。狐狸依旧还来，却不再定时，突然出现，突然消失，渐渐行迹稀疏了。

这只小狐狸来过后院多次，每一次都是跟着一只大狐狸，或许是母亲，或许是父亲，或许是族亲；或许是同一只，或许不是。见的次数越多，我们越糊涂，永远也无法厘清它们之间的真正关系。但小狐狸从未单独出现过——今天是第一次。今天它的动作很奇怪，先是伸长腰肢趴在枫树干上，身躯纹丝不动，只是下颌不停地颤抖——那是它在发出亦哭亦笑的喊叫。它已经长大了许多，铺展开来的躯干上肌肉坚实紧致。它贴在树身上的模样，竟有几分像在出声祈祷。

突然，它仰身往后一倒，在草地上打起了滚。夜里下过雨，草上留着水迹，它的皮毛沾湿了，颜色变深。后来，它毫无预兆地腾跃而起，在空中划出一条长长的弧线。清晨的阳光像油画颜料一样厚腻，它的皮毛是一团红色的火焰，每一根毛尖上都刷了金粉，它甩出去的每一滴水都是金光灿灿的珠子。我和莉莉安面面相觑：我们一生未曾见过这样的光线里这样的一只狐狸。赵忠祥的解说词突然消磁。

在划完那个完美的弧线之后，它落地，迟疑片刻，便开始沿着篱笆徐徐行走。莉莉安突然扯住我的衣袖，说：“你看见了吗，小陈？”莉莉安的声音压得很低，低得近乎战栗的耳语，仿佛害怕惊扰了狐狸。她似乎忘了，我们和院子之间隔着一扇由三层防风玻璃制作的玻璃窗。“它……它的前腿。”莉莉安激动得语无伦次。

我这才注意到，狐狸行走时用的是四条腿。左前腿虽略有犹豫，每一步似乎都经过试探，但最终都扎实地落在了地面上。我突然醒悟：它发出的那些声响是笑，是狂欢，而绝无可能是哀伤。它在庆贺它生命中许许多多的第一次：或许是第一个夏天里的第一次独自离家行走，或许是记忆中的第一次四肢落地。这条腿第一次感受到了湿润的泥土和青草，虽然也许依旧有痛楚，但有什么能比得过失而复得的自由呢？

莉莉安转身去开冰箱，拿出面包香肠和火腿，开始做三明治。那是我的早餐风格，莉莉安从来不吃这类东西。莉莉安也许行过了万水千山，但她始终没有丢弃她的中国胃，她的早餐是稀饭、花卷和咸菜。正在我惶惑间，她拿着三明治开门去了后院，赤脚，穿着睡衣，头发打着结子。走到一半的时候，她回过头，用那只闲着的手对我做了个按键的手势——她是要我录下视频。

莉莉安走到草地和花圃连接之处，蹲下来，伸出那只拿着三明治的手，遥遥地招呼狐狸。狐狸已经一阵子没在这个院子里看到过食物了，似乎有些惊讶，犹豫了一会儿，才慢慢地走过来，在离她五六米左右的地方停住了，咻咻地抽着鼻子。

嘎嘎。嘎嘎。她学着发出了狐狸的声音，学得很像。莉莉安的声带像水一样柔软随性，几乎可以瞬间融入她想模仿的声音特质。

狐狸的眼睛闪了一闪——那是一种隐约相识的神情。它朝前走了几步，再次却步不前。莉莉安蹲不住了，八十岁老人的膝盖和筋骨再也载不动八十岁孩子的好奇。她朝后挪了挪身子，坐到了身后的一块石头上。石头在院子的每个角落泛滥成灾：一条碎石子铺成的窄路，一方石卵砌成的花池，一汪石块镶边的鱼池，一个岩石堆成的流水台。每一块石头都不一样，但每一块石头她蒙着眼睛也能认识。莉莉安身下是一块鱼池的围石，石面上有几个凹凸不平的棱角，可是她顾不得，她的心只在三明治和狐狸中间那条看不见的连接线上。

院子里一片静默。风停了，树梢不动，知了屏住呼吸，万物都踮着脚尖踩在由兴奋和恐惧绷扯出来的那条窄线上。唯能颠覆这岌岌可危的平衡的，是诱惑。诱惑无往而不胜。狐狸终于走近来，从莉莉安手里咬下了第一口三明治。莉莉安先前费尽心机没能抵达的目标，却在如此一个毫无准备的早上轻而易举地实现了。

可是莉莉安没有见好就收，她把她的目标又悄悄地往前推了一步：她更紧地捏住了剩下的那大半块三明治。狐狸吃完了第一口，走过来，咬住了第二口。这一次，用“扯”这个动词可能更为贴切。它扯剩下来的那一口，几乎已全在莉莉安的手中了，再往前一嘴，就是她的指头了。莉莉安依旧没有松手，她只是动了动手指，把剩下的面包往前顺出了一寸。

我的心扯得很紧。我的脑子一遇上事就分崩离析，从无例外，此刻已经一分为二。一半是凡·丹伯格太太的雇工，另一半是吃瓜的群众。凡·丹伯格太太的雇工一下子想到了狂犬症。我不知道狐狸带不带狂犬病毒，但我知道狂犬症可以死人。吃瓜群众却唯恐天下不乱，只想把戏看到红口白牙的热闹处。没想到这出戏远还没到撒狗血的地步就收场了，狐狸的最后一招动作太快，我根本无法分清那最后一角三明治到底是它叼走的，还是她放的手。总之，等我看清楚时，她手里已经没有了东西，它嘴里也没有——东西已经落在了地上。它并未着急去找，而是围着她转了一圈，用嘴轻轻碰了碰她的手。

关于这个动作，后来我和莉莉安发生过许多争执。莉莉安坚持是狐狸舔了她，我坚持是闻。这两个动作中间隔的是一条鸿沟。舔用的是舌头，舌头有情感的嫌疑。闻用的是鼻子，鼻子连接的仅仅是肠胃。最后我们只好把我录下的视频一框一框地回放。在某一框里，我们找见了一条粉红色的舌头。“我能没有感觉吗？我又不是木头。”莉莉安不依不饶地说。

不过这都是后来的事，当时我们没有探讨这个问题，我们顾不上。当我从厨房走到院子，挨着莉莉安在石头上坐下时，我发觉莉莉安在瑟瑟发抖。狐狸已经消失。它来的时候只有三条腿和一副空瘪的肠胃，走的时候四肢健全，肚腹里装着一个夹有火腿香肠的三明治，鼻腔里残留着一个女人手指的气味。而我们，在这时才感到了后怕。

太阳升高了，树荫变得浓腻，知了肆无忌惮地扯开了嗓子。有些东西产生了变化。莉莉安似乎跨过了一道坎。到底是什么坎？我说不清楚。这事得问小雨。我能看见的事，小雨都能看见，而小雨能看见的，我却未必。我十九岁零九十八天，永远也长不大的小雨。

“我给你拿件衣服吧。”我对莉莉安说。七月的夏天已经熟透，只是清晨还略有几分凉爽，尤其是在下过雨之后。

她摇头，让我陪她坐一坐。我侧身，半张脸看她，半张脸看鱼池。昨天夜里的雨打落了一些叶子，当饰物用的橡皮莲花已经丢失了一个角。在两片落叶之间，我看见了一抹白色的鱼腹。

“又死了一条。”我说。莉莉安养了一池金鱼，夏天的时候放在室外鱼池里，冬天的时候收回室内的鱼缸里。这些鱼她已经养了十几年，红的依旧不红，白的依旧不白，无精打采的，一味地清癯。我来的时候，池里是二十条，现在是十四条，不算这条翻了肚子的。

“浣熊又跳进池里了，荷叶也咬去了半边。”我猜测。

“许是昨夜的雨，气压低。”莉莉安说。

我弯腰把那条浮在水面的死鱼捞出去扔了。鱼不到一只手掌的长度，却死得一副昭告天下的架势，无比腥臭。

“兴许，就是时间到了。”莉莉安轻轻一笑，“当年老叶买下来，是给我六十五岁生日的礼物，一年一条。是鱼店当作鱼食卖的，一块钱五条，比蚂蚁大不了多少。最劣等的鱼，他说好养。养了十五年，还有活着的，已经出乎意料。”

65条，15年里死了51条，平均每年死3.4条。今年死了6条，超出平均死亡率的76%。我脑子里的键盘在飞快地跳动，泛上来一堆泡沫般的数字。

“他在的时候，鱼死得慢。他走了，鱼也走得快。”莉莉安说。

“鱼也有寿命，他在不在，鱼都一样会老。”我说。

她不回话，望着远处，心不在焉地微笑。

“这么大一个院子，你一个人，将来怎么管？”我问。

“买下这房子的时候，谁会想到是我一个人？院子里所有的石头活，都是他干的。那个流水台的岩石，是他一块一块捡的。他骑着自行车满街跑，看见古怪的石头，只要是无主的，就绑在自行车后头驮回来。”

无主的？我暗笑。在这个城市里，连天空都划了管辖权，真正无主的，只有女人。

“一趟一趟的，我只想着他心里烦躁，就没阻拦他，谁想到这后来的事呢？谁也没想到。”

莉莉安今天说话的语气，像个新寡的妇人在絮叨她逝去的男人。我听着心里发冷。

“小陈，那天你说得对，脑子是个定数。就像是一桶水，早上用完了，下午就没有了，无非是聪明在先还是在后。”

随口的胡言，她竟然拿来当真，我突然生出些愧疚。

第83天

“这样，行吗？”一直到坐进车里，系好安全带，我仍在犹豫不决。

“我看自己的男人，又不是别人的，还得谁批准？”莉莉安说。

“可是，丹丹交代过……”

莉莉安立即将我打住：“丹丹不是我衣服上的虱子，她不用知道每一件事。”

我无语。那头那个是我的雇主，这头这个也是。我一仆二主，顾得了这头顾不了那头。我已经替这头做了无数回的同谋，也不多这一回。我为自己开脱。

当多伦多全城都淹在瘟疫里的时候，老人院是重灾区。但叶千秋在的那家防守得严实，倒没出什么大乱子。这几个星期确诊人数持续下降，他们刚刚恢复了正常探视。莉莉安让我网购了一套法兰绒睡衣，要去看丈夫。莉莉安在上海市区的那幢房子如今租给一家公司做高管居所，月入两万人民币，再加上两头的养老金，即使扣除叶千秋在老人院的费用，她日子过得依旧算得上从容。她像极了她那一代的人，数着口袋里的铜板过日子，指头缝很窄。她又不全像她那一代的人，在当花的时候，她并不抠门。

半路上我们在一家街角便利店停了一停，她要买一束鲜花。满屋的玫瑰百合兰花康乃馨，她脑子都没过一下，就直直指向了小向日葵。一打十二朵插成一竹篮子，黄艳艳的像一把野火。

“还是打个电话预约一下吧？”丹丹的嘱咐一直在我心头拱着，毛烘烘的让我心神不宁。

“干什么？让他们有时间沐猴而冠？我就是想见一见没来得及洗澡的猴子。”

我忍不住笑。 如今和莉莉安厮混熟了，多少知道点她的秉性，说话像南翔小笼包，轻轻一啄一口汤汁。有点刻薄，不够厚道，刚好有趣。那是气顺的时候。假如气不顺，便又多了些姜醋调料。

前台的护士是新来的，不认识莉莉安，也不熟悉情况。我们隔着一百层口罩、脸罩和一千层戒备，开始了嘤嘤嗡嗡的对话。

请先洗手。

我需要量一下体温。

探访人名字?

受探访人名字?

关系?

联系电话?

有任何新冠症状吗？

旅行史？

接触史？

疫苗证明？

核酸检测证明？

……

虽然已经开放探访，但依旧有条件限制：一次只能有两位访客，必须是直系亲属。我不是，但我是直系亲属的生活助理，也算合情合理，倒也没有人难为我。

终于完成了问答、填表、签字画押的手续，小护士要打内部电话请工作人员带我们进去。

“不用，我来过多次，知道他房间怎么走。”莉莉安一口拒绝。

“这个时间，叶先生假如不在房间，极有可能在娱乐室。你知道娱乐室在哪里吗？”小护士好心地问。

“知道，熟门熟路。”

叶千秋果真没在房间里，莉莉安拉着我去娱乐室找人。叶千秋的房间和娱乐室中间，隔着一条长长的走廊。走廊看上去还挺干净，敞敞亮亮的，两边挂着几幅油画，有乡村景致，也有静物写生。正是早饭和午饭中间的那个空当里，四下很安静，有一个清洁工在拖地。我的鼻子犯贱，在浓烈的来苏尔芬香中窸窣穿行，坚持不懈地找到了一丝尿布的气味。迎面走过一位拄着助步器的老太太，正和边上一位年轻些的妇人（估计是女儿）聊天。“牛奶没味，寡淡得像水。”母亲说。“脱脂脱得太厉害了。”女儿说。她们说的是带卷舌音的中文。

走过半条走廊的时候，莉莉安突然停下来，在一爿大玻璃窗前站住了。窗外是老人院自带的小花园，花园里有一株梨树。树大约种下多年了，蓬蓬松松的一大片枝叶，已经挂上了梅子大小的青果。梨树下有一张歇凉的长椅，上头坐着一男一女两个老人。阳光把茂密的枝叶扯成一团一团的影子，胡乱扔在他们身上，有的地方很亮，有的地方很暗，但是他们没有在意。他们半侧着身子，定定地看着对方，两双手相互牵着，像幼儿园里被老师配上对玩游戏的小朋友。两人都裸着脸。老人院的住户不用戴口罩，工作人员和访客则必须戴——那是围着他们筑起来的城墙。

我仔细看了几眼，才认出来那个男的是叶千秋。

莉莉安 一动不动地站在窗前，我看见她暴露在 N95 口罩之外的耳朵垂子从苍白变成粉红，又从粉红变成绯红。我不知道意外、嫉妒、震惊、愤怒这些词在遭遇阿尔兹海默症时是否依旧有效。

我扭过脸去，不敢看莉莉安，我觉得她也是。我们心怀各自的难堪，她为自己，我为她。

过了一会儿，我听见莉莉安轻轻地咳嗽了一声，咽下了她的那份难堪。她推开通往花园的门，我跟在她身后，我们朝着那棵梨树走去。

“老叶，我来看你了。”莉莉安在离那张椅子两步路的地方停住了——那是规定的社交距离。我站在她的身边。

面对面的时候，叶千秋看上去比视频里稍显清瘦。头发和衣服都干净，指甲是新剪的（我视力是 2.0）。看来他是有人管的，他们并未一味做花样文章。女人看上去比莉莉安稍矮胖一些，穿了一件细花洋布太阳裙，裸露的手臂上布满了星星点点的太阳斑，脸是一张平平扁扁的喜饼脸。阿尔兹海默是一样欢喜病，每一个遭遇它的人脸上都没有愁容。

两人同时扭过头来看着我们，并无惊讶之情，似乎一个月以前就在等候着我们的来临。

“哦，来，来看我。”叶千秋喃喃地重复着莉莉安的话，却没有松开那个女人的手。

“我是娟子啊，老叶。”莉莉安摘下口罩对丈夫说。

“乔治，她是谁？”那个女人歪着头打量着莉莉安，好奇地问叶千秋。

“三妹，哦，三妹。”叶千秋对女人解释着。

“你是谁？”莉莉安戴回口罩，反问那个女人。

“我是玛丽啊，你问乔治。”女人拽紧了叶千秋的手，仿佛她已落在河里，而他是漂在水面上的一根木头。

叶千秋耐心地看着女人，腾出一只手来，抚摸着女人的脸颊，那轻柔的样子仿佛女人的皮肤是一块上好的丝绒，稍微用力些就会钩扯出线头。“是啊，娟子，你是玛丽，你是玛丽。”

女人放心地笑了。

他记得娟子，又没有记得娟子。他记得的娟子已经不是《屈原》里的婵娟，他记得的娟子和三闾大夫和话剧团和青春和爱情都没有关系。他记得的娟子是泛指，是进入他眼前的一切事物。

“老叶，这位是小陈，我的朋友，也来看你。”莉莉安把我推到了叶千秋的雷达屏幕中。

“小陈，哦，小陈。谢谢，谢谢。”叶千秋终于松开了那个女人，伸出一只手来给我握。我欠了欠腰，却没接他的手。护士交代过，不可以和病人有任何身体上的接触，比如握手、颊吻——那是防疫要求。

“给你买了花。”莉莉安把手里的竹篮递给男人，“记得这是什么花吗？”

“记得，记得。”叶千秋一遍又一遍地点头。

在阿尔兹海默症病人的嘴里，你不会听到No。没有“不记得”，没有“不知道”，永远只有Yes。阿尔兹海默版的Yes，是对存在感的最后一道把守。

“这是向日葵啊，老叶。你不记得啦？干校的农场里，到处都是向日葵，多得像野草，谁也不稀罕。你来看我，举着一朵向日葵，三四个小时的路，走到我这里已经是一把干柴了。”莉莉安说。

她依旧还在一下一下锲而不舍地叩着那扇没有钥匙可开启的门。她不仅仅是不甘心他，她也是不甘心自己。她的大半人生都是和他一起过的，他们原本是两股结在一起的麻花绳。日子久了，风吹雨淋，它们已经腐烂成你我难分的一体。可是他一意孤行地要撕走他的那一股，他撕得血肉淋漓。他撕走的那些东西不再是他，而他剩下的那些东西也不再是她。他毫无商量余地地抹改了他们的历史。她不甘心啊，她只是不甘心。

叶千秋从竹篮里抽出一朵小向日葵，递给那个女人。女人举到鼻子跟前，闻了又闻。“玫瑰啊，玫瑰。”她呢喃地说，“乔治，扎我。”女人被花茎秆上的绒毛刺了一下，伸出一根手指，递给叶千秋。叶千秋接过来，含在嘴里，轻轻地嘬着：“不疼啊不疼。”

我实在看不下去，扯了扯莉莉安的袖子，想让她走。莉莉安犹豫了一下，但还是站住了。

“我给你买了一套新的睡衣，小陈挑的，很舒服，你摸一摸。”莉莉安把睡衣从包里拿出来，撕了包装，递给丈夫。

100% 纯棉精纺法兰绒，红色的底，海军蓝的条子，胸前绣着一匹马。经典的马球牌设计，159.99 加元，一分钱不打折扣。莉莉安自己穿的睡衣，是沃尔玛的尾货，跳楼价，9.99 加元。

叶千秋接过睡衣，用脸颊触摸着衣服上的细软绒毛，眼睛眯成一条细缝，带着猫一样懒散的惬意。

“下雨的时候要穿鞋子，娟子。”他对那个不是娟子的女人说。

“戴花要戴大红花，乔治。”女人对不是乔治的那个男人说。

“红花。红花。”叶千秋热烈地回应着，“他们有书包，娟子。”

迟暮的记忆是破旧的木桶，里边装的是一辈子的阅历。活得太久，桶装不下，就一层一层地往外溢。最先溢出的是今天，然后是昨天，留在桶底的，是永远不会溢走的前天——那是烙在一个人骨血里的童年和少年。他的前天和玛丽的前天不是同一天，它们是两条平行线，一直并排却永不交叉。他们不需要共情，也不需要理解，他们只需要倾听。失忆的世界不再匆忙，他们可以忠诚地奉献给彼此每一天里每一个醒着的时辰。不再有会议需要参加，不再有项目需要完成，不再有儿女需要拯救，不再有爱情需要修复。失忆的世界里没有斤斤计较睚眦必报，三百六十五天，天天都是自给自足永无磨损的快乐。

通往天堂有许多扇门，其中的一扇叫阿尔兹海默症。

莉莉安傻啊，莉莉安真是傻，还想死死地拽住那个早已没有心了的男人，不肯放手。

“老叶，我们院子里来了狐狸。”莉莉安低下八十岁的身子，蹲在草地上，伸出一只手，把手机里的视频递给叶千秋看。假如按脸对脸的距离来计算，莉莉安是守法公民。假如按最近点计算，莉莉安已经坏了院方的防疫规矩。

“记得吗？这是我们的院子。这个鱼池，这个流水台，都是你搭的，每一块石头。那年夏天，我们刚买了房子。”

莉莉安放的是我拍的那段视频。我突然醒悟，当时她嘱咐我录下视频，目的就是为了今天。

“这只小狐狸，在我们的院子里创造了一个奇迹。奇迹，你知道吗？它残了一条腿，谁也没指望它还能好。可是就在我们的院子里，它站起来了。老叶，它站起来了，它四只脚都落地。”

一个一心沉浸在自己故事里的人，总会在不知不觉中放大一厢情愿的部分。狐狸也许创造了一个奇迹，但未必是在你们的院子里。在你见到它四腿落地的时候，奇迹兴许早已在别的地方完成。莉莉安的眉毛在颤动。一只扑火的飞蛾。不，不是飞蛾。飞蛾不知道死，她知道。她明知无望，却还要试。一次，再一次，直到心死。

“狗，乔治，狗。”那个叫玛丽的女人指了指视频里的狐狸，掩嘴笑了，像个十七岁往十八岁走的少女。

“Shut up, you（你闭嘴）！”我忍不住吼了那个女人一声。我忘了她不过是另一户人家的另一个叶千秋。

“乔治，哦乔治。”女人委屈地看着叶千秋，似乎要哭。

“娟子啊，娟子。”

他们不再有新的话，他们脑子里有限的词汇都已经舀尽。他们只是一遍又一遍不厌其烦地呼叫着彼此认定的名字，痴痴地对望着，仿佛活在一个真空玻璃瓶里。瓶子里只有他们两人，没有世界，没有病毒。她是他的娟子，他是她的乔治。在他们的瓶子里，他们是国王，划分疆土，修订词汇，改变自己和他人的身份。他们没有昨天，他们也不会有明天，他们有的，只是永恒的今天。他们刀枪不入。不安全的是我们。

我们回到停车场，坐进车子里往家开去，一路上莉莉安都没有说话。开到一半的时候，丹丹的电话进来了，先是打给她母亲，莉莉安没接，她又打给我。铃声在封闭的车子里听起来扎耳。我也没接。之后便是一串闪亮的指示灯，是丹丹在留言。我知道那是全方位的火力攻击，我有点怕，因为我还没想好对应的路数。但惧怕并不是我不接她电话的唯一理由。在这一刻，不知怎的，我就是不想听见她的声音。

“我现在才知道，她为什么一定要我们事先和那头预约。他们不是要给猴子洗澡，他们是要先支开那个女人。全世界都知道，只有我，还有那个可怜的小护士，不知情。”莉莉安扭头对着窗外说。

我搜肠刮肚，竟找不到一句可以回她的话。

回家后，莉莉安直接进屋，关上了门。我听见手纸擤鼻涕的窸窸窣窣声。我走进自己的房间，坐在床沿上六神无主。有一句话这一路上一直在我心里突突地炖煮着，到这会儿已经熟透。我知道这句话兴许能治莉莉安。可是这句话太毒，能治人也能杀人。我非得要沾那一手血吗？她不是我的娘我的姐我的姑妈婶子，我甚至都不知道她的中文名字。我管得了这么多吗？

我坐在床沿上给小雨发信息。小雨照例不回音。可是小雨也没在我的脑门里擂鼓。也就是说，小雨没有明目张胆地反对。小雨没反对就算是支持。我站起来，走出去，推门进了莉莉安的屋。

“他早不是他了，他已经死了。你看见的，不过是他留在世上的皮囊。你和死人较什么真？”我恶狠狠地说。

血从莉莉安的脸上慢慢褪下，我甚至听见了液体的流动声。滴答。滴答。她的脸白得像粉笔灰。血流到哪里去了？是脚趾吗？我看不见她的脚，她的脚藏在桌子底下的阴影里。

我不知道我是否救了她，但我知道我肯定已经杀了她。

后来我才从丹丹那里得知：乔治是玛丽死去丈夫的名字。当然，那是墓碑和人口普查数据库里记载的信息。在玛丽现在的记忆里，乔治只是她的弟弟，就如同在叶千秋的记忆里，莉莉安是他三妹一样。玛丽晚叶千秋半年住进这家老人院，开始时一直闹着要回家，直到认识了叶千秋。两人一见如故，形影不离，除了睡觉，每分钟都黏在一起。老人院把实情告诉了两家的儿女，征求他们的意见看是否有必要将其中一位迁移。两家儿女经过协商达成了共识：目前两位老人情绪稳定，心情愉快，没有必要改变这个有益无害的现状。当然，他们也想到了这个荒诞事件中唯一可能受到伤害的人。对付那个人的方法相对简单，就是眼不见为净。丹丹开了绿灯放行。

当他们商量这一切的时候，他们唯独没有想到半路上会杀出一个一无所知的新护士，和一个阳奉阴违的家政助理。

第 100 天

“把她带回家的那天，大雨淹城，天黑得像墨盆。老天都知道是灾祸，只有我们糊涂。”

莉莉安说这话的时候，我俩已经把那一瓶红酒喝得七七八八了。酒真不经喝，一忽儿就见了底。人也真不经酒，莉莉安的脸已经红得像一盏火油灯。

今天莉莉安亲自下厨，荤的素的红的绿的做了一桌子，坚决不让我插手。“今天的菜必须是我自己来。”她说。

“生日？”我问。她没吱声，我就算她是默认。

全部的食材都是丹丹网购的，我没沾过手。这些日子莉莉安使起丹丹来有些狠，隔三岔五一长条的购物单，连葱姜蒜这样的小物件，也列在里头，很有几分撒气的意思。

那天从老人院回来，莉莉安和丹丹通了很久的电话，是读书人的干仗架势。关起门来，但总有门缝，满屋便都漏着烟，却听不到一句粗口。“他的事，我不管了……”我依稀听见莉莉安给丹丹丢下了话。

从那以后，莉莉安再也没去过老人院，每周两次的全家视频，也随了莉莉安的心思，不再定期。现在莉莉安和我说话，不谈老叶，甚至也不怎么提丹丹。莉莉安现在即使有话，说的也都是些无厘头的事，比如种花养草的心得，怎样挑选合宜的茶叶，在干校时从老乡那里听来的神鬼故事，刚出国时闹出来的种种乌龙…… 她常常讲到一半就得紧急停车，我满耳朵都是刹车片的吱呀尖叫声——她害怕再走一步就要撞上她不想撞的红灯。她这一长路哪躲得过那父女二人？她躲得辛苦，我听得也辛苦，她永远也无法真正躲得消停。

现在只要天不下雨，我们依旧出门。我们的活动半径不再拘泥于门前的那一小片天地。我开车带莉莉安去二三十公里外的渔人村，在早期德国移民留下的居民点旧址散步，累了就坐在一条人称“天鹅湖”的小湖边上，拿面包屑喂水鸭子。在 N95 口罩的严格卫护下，我们有时开车到稍远一些的特色店，买一些略有些犯罪感的小东西，比如韩国蛋糕、日本甜点。我们仍旧挑些便宜的肉食喂狐狸，但不再定时定点，一切随缘。我们依旧提防着丹丹的监控，但已经不像先前那么惊恐。没错，我们一直在对丹丹撒谎，但比起丹丹绕着她母亲织的那个局，我们所行的一切不过是雕虫小技。丹丹但凡还有几分脑子，都该自知理亏。每次丹丹来电话，我几乎都是屏着呼吸等待她来揭穿我和她妈共谋的小把戏，好和她来一场滋啦啦冒火花的舌战。我自以为不过是个吃瓜群众，但不知从何开始，我已经择了边，把自己归在了“我们”阵营，竟全然忘了我每个月的工资，是来自凡·丹伯格夫妇的银行账户。

“谁把谁带回家来？”我揪着莉莉安回到了话头。

她把剩下的酒和我一人一半地分了，扬了扬瓶子，看着最后几滴都抖利索了，才哼了一声，说：“福根，他们管这叫福根。我们领回来的，却是祸根。”

我知道她的秉性，催她没用，只是由着她把那剩酒一口喝干了，夹菜的筷子伸出去，又停在半空，像两根偷闲的平衡木。

“丹丹不是我生的。我不能生孩子，流了几次，都保不住胎。到四十岁那一年，他突然说要不咱们就领一个？说这话没几天，他就抱回了这个孩子。现在想起来，他早就有了想法，在一路留意着。那孩子大概三五个月大小，说不上多丑，只是那眉目间不知怎的看上去有几分粗野。我问他是什么来路？他说朋友介绍的，能办合法手续。你少知道点背景，心里能少点成见。他还说丑孩子好养活。我也就信了。

“从第一天起，这孩子就没让人睡过一个安稳觉。没有一样她没得过的病，我简直怀疑她是按着儿科常见病大典来一样一样地折腾我们的。那时‘文革’刚过去没几年，我们回到了北京，都想干点事，单位常常加班。我和他轮着管孩子。一个大男人，他不怕笑话，把孩子绑在背上在办公室里干活。他说孩子长大了有了抵抗力，我们就轻省了。我也信了。后来才知道，她真正的祸害这会儿正藏在一天一样的病里，还没露头呢。

“小学毕业升初中的时候，她来例假，身体果真渐渐强壮了起来，我们才稍稍松了一口气。有一天放学回家，怎么劝也不肯吃饭，说要找她自己的家。领养她的时候，我们跟人换了房子，从 60 平方米换成 40 平方米，城里换到了三环外，就是为了能避人眼目。没想到她初中班级里有一个同学的爸，是老叶单位的同事，多嘴把这事告诉了她。”

这是自老人院那事之后，莉莉安第一次开口管他叫“老叶”，先前实在绕不过去的时候，她只用一个含含糊糊的“他”字。

“从此家无宁日，天天给你气受。大人想不出来的词，她都用上了。你不能想象一个十二三岁的孩子，啥事都还没经过，一张嘴能像一口烟囱，熏死一屋人。隔了这么些年，我想起那些话来，都还会打哆嗦。后来她扬言要到她爸单位闹，我们爱面子，他只好把她领去了她亲生父母的家——幸好那家人还在老地方住。我这才知道，她亲生父母在房山，生她的时候，前头已经有了四个女儿一个儿子。她找上门的时候，她最大的姐姐也才二十三岁，还没出嫁。她亲爸早先是搬运工，后来干不动了，才改了拉人力车。这孩子骨子里这么横，是因为她娘怀她的时候，没给过她一句好听的，她还在胎里就听够了诅咒。

“她找上门去，正巧全家都在。她热切切一张脸贴上去，却没有一个人搭理她，谁都怕她来了就不走。他们家二十多平方米的房子，加上爷爷奶奶是九口人，连再搭张地铺的地方都没有。她亲爸开口就叫她滚，她往人家门槛上一坐，准备坐到天亮。老叶实在不忍，就悄悄给那家的爸塞了点钱，让他给张好脸，才总算把她劝回家来了，哭了一路，号得像狼。我们心想只能对她好些，再好些，她就不再惦记那头了。谁知她隔三岔五依旧还去，还不能踩在饭点上，因为没有人会留她吃饭。老叶只能月月悄悄给钱，他们才勉强跟她说句话。后来她哥哥姐姐就问她讨东西，我们给她买的随身听、计算器、羊绒手套、墨镜，三天两头就不见了。我们明知缘由，心想东西若能买个太平，我们都认了。

“谁知东西买不得太平。那家越冷待她，她越赶着往上贴。她在那家受的每一分气，回来就加倍撒在我们身上。有一天，我加班回家，看见家里没点灯。她的新大衣不见了，一个人坐在地板上，两只眼睛绿莹莹的像狼。我问她吃饭没，她没吱声，半晌才从牙缝里挤出一句话：‘总有一天，我要杀了你们。’我告诉了老叶，他说不能再这样下去了，得破了这个恶性循环，才有救。他就跟单位递了申请，要求调到上海的分部工作。三个月后，我们全家搬离了京城。”

莉莉安停下来，让我再去开一瓶酒。这样的故事，谁能一口气讲完？她的嘴巴挺得住，我的耳朵也不行。我开了新酒，我们接着吃喝，依旧是吃得少，喝得多。

“刚到上海，太平了一阵子。老叶依旧时不时给房山那头寄钱，这回是让他们不要再搭理丹丹。好在那年头那家人没有电话，丹丹只能写信。写了几封信没有回音，渐渐地，这一厢情愿的兴头才败了下去。我们以为这就像生了一场大病，过了这个坎就好了，日子还能回到从前。谁知有一天我骑车出去替单位办点事，经过一家电影院，正正撞见了她和一群男孩在抽烟。紧接着老师打电话到单位，说丹丹已经两天没来上课，期中考三门功课不及格。老师告诉我们丹丹整天和校外的一群孩子厮混，都是些不学好的人。老师恳求我们给孩子转学，省得影响班里其他同学。我们只好又一次跟人换房，大换小，近换远。搬的那个家，我们上班得倒三趟车，一来一回一天在路上浪费三四个小时，就是为了给她换个环境，心想能断了她和那些孩子的联系。后来才知道她的血里有气味，走到哪儿，立刻有人叮上她。谁能说清是人惹的她，还是她惹的人？总之，很快她就黏上了新的一拨人。

“有一天，我们从她的书包里翻出了一盒避孕药。十五岁半，她还没到十六岁。那天我和老叶关起门来，抱头痛哭。这孩子不是一件买错了的衣服，我们可以打包退回去，再换一件新的。她也不是一只讨人嫌的猫狗，你可以跑到一个人不知鬼不觉的地方悄悄扔掉。从她来的那天起，她就是我们永远甩不掉的责任。我们第一次感觉无能为力，不约而同想到了死——那是唯一能摆脱她的方法。老叶说我们攒安定吧，他常常失眠，隔三岔五的要吃安眠药。没想丹丹就在门口，听见了我们的话，总算知道了害怕。她冲进屋来，说：‘爸妈你们给我再换个环境吧，这一次我一定学好。’那是第一次她跟我们认了错服了软。我和老叶心想浪子总算知道回头了，就换个地方吧，一切从头开始。那个时候社会开始松泛起来了，老叶通过他三妹在苏州给我俩找了个新单位，我们全家又挪了地方，去了苏州。”

房山，北京，上海，苏州，我在脑子里飞快地画了一张地图。我现在终于知道了丹丹南腔北调普通话的缘由——那是她居住过的每一个地方在她血液里留下的踪迹。它们不甘寂寞、各不相让地借着她的唇舌发声。

“到苏州后，安置下新家，风平浪静了半年。这次学校没来告状，她成绩单上的分数虽不算好，但至少没有挂科。她每天准时出门上学，晚上我们下班时，她已经在家里做作业了。我们以为她真懂事了，没想到她不是学好，而是学聪明了，知道怎样卸下大人的警觉，把自己缩在我们的盲点里，在我们身后悄没声息地继续玩她的游戏。这次的事闹大了，不再是学校和家长管得了的了。高一的时候，有一天放学她没回家，晚上警察来电话，说她在公共汽车上行窃被抓。她不是一个人，而是一伙人，这伙人已经多次犯案，不仅在公车上，也用万能钥匙撬锁进屋。我这才明白过来，为什么这一阵子她不再问我们要零花钱。她进了少管所，劳教三年。判刑那一天，我和老叶突然感觉轻松：这么长的日子里，我们第一次终于不用担心她和谁在一起了。”

第二瓶酒喝到了一半，我开始感觉晕眩，太阳穴一蹦一蹦的，像有两只蝗螂在斗法，头痛欲裂。莉莉安的脸渐渐变形，成了一张戳了几个窟窿的大饼。有声音断断续续地飘过来，我已经听不太真切。

“为了她……从北京调到上海……到苏州，地方……越来越小，职位越调越低……结果……”

我肚腹突然抽了一抽，像有人在我的胃里捅了一棍子，喉咙一紧，哇的一声毫无防备地吐了。莉莉安拧了一条湿毛巾过来给我擦脸。凉水一激，我清醒了过来，才发觉一地狼藉，满屋弥漫着酸腐之味。两人拿了拖把抹布垃圾桶，一阵叮叮咣咣地收拾干净了，都出了一身汗。莉莉安摇头：“我没事，你倒醉了，白年轻了这么多。”

“后来，怎样？”我问。

我们又坐了下来，酒是不喝了，换了热茶，再接着吃菜，却已索然无味。

“她做下的那些事，我和老叶单位的人都是不知道的，因为是未成年人，没有公开审判。她刑满出狱，老叶去接，却被一个在少管所采访的小报记者撞见，偷拍了照片，放在网上，把老叶一张老脸丢尽。从此他一看见人拍照就紧张。他想了再想，觉得再换个单位换个地方，都是换汤不换药，不如就狠狠心送她出国。要是再等下去，下次她若再犯事，就是成年人了。一旦有了公开的犯罪记录，她就哪儿也去不成了。于是，我们就提前办了退休手续，陪着她出国来念完高中。

“六十出头，势头正猛的时候，我们出国了。我们年轻时学的是俄语，到这儿只能当流水线工人。每次听到国内同事的消息，晋升提级发财，他嘴上不说，鬼知道心里是怎么想的。他脑子开始忘事，刚开始我还想使劲拉扯他，陪他下棋，玩填字游戏，找搭档打桥牌。后来我才明白，他是累了，不想记了，他想把这一切乌七八糟的事都忘了。一个人铁定了心思要放弃，那是一万匹马都拉不回来的。”

我叹息。“那丹丹呢？”

“她到了这里，英文烂得没人和她玩，伶牙俐齿的人，突然成了哑巴。再加上三年监狱，一下子杀了她的气焰。过了二十岁这道坎，她总算把一场癔症犯完了，突然醒来，做起了正常人。念完高中，上了大学，再上研究生。碰上麦克，去了美国，找了份好工作，结婚生子。”

“也算浪子回头……”

莉莉安哼了一声打断了我：“你想说金不换吗？那些馊鸡汤，我一句也不想听。她回头，可我们哪有金子去换她？我们已经一无所有。那些整天拿‘原生家庭’说事的人，全是白痴。按正态分布，我们是顶尖 1% 的好父母。她在她亲娘的肚子里就已经是狼，她生下来本来是要在狼群里活下来的，我们偏偏把她抱到羊圈来——这是我们唯一的错。”

我无语。那小雨呢，我的小雨？小雨的原生家庭是正态分布里的什么百分点？我不敢想。我们从垃圾堆里造就了一个从不惹事的女儿。

莉莉安起身，从冰箱里端出一盒日式小蛋糕——那是我们昨天买的，放到桌子上，又去客厅把茶几上摆的一张旧结婚照拿过来，摆到蛋糕跟前。

“今天是他的生日，我年年都给他过生日，今年是最后一回。”

她让我帮着把桌子上的剩菜和杯盘碗盏都收了，又让我爬上凳子，拿出藏在橱柜顶层的景德镇骨瓷——那是来客人时才用的。她在桌子上摆上三套杯碟，我们各自一套，另一套留在空位上，然后颤颤地点上了蜡烛。

“小陈你说得对，他已经死了。他把自己归零了，现在他的世界里只有玛丽，我和丹丹都是前世的事。过了今天，我也归零，两清了。”

莉莉安鼓起腮帮，噗噗地吹蜡烛。肺气终是不足了，听起来声嘶力竭，绿茶蛋糕的白色奶油上落下了肮脏的烛烬。这是最后的挣扎，过了这一餐她不再有心。

“叶千秋你生日快乐，我送你了，你好走。”莉莉安喃喃地说，口气像祝寿，更像是永诀。八十岁的日子还能归零重来吗？我不知道。

只有最亲的人才伤得了你，刀子捅起来最顺手，不需防备，因为他知道你总在，且不会还手。

莉莉安给我切了一牙蛋糕，我却怎么也咽不下去。奶油太腻，面粉隔夜已经变硬。我扔下餐巾纸，往自己屋里跑去，只觉得两颊隐隐刺疼，过了一会儿才醒悟过来那是眼泪。我已经很久不哭。

我打开屋里的柜橱，从顶层抱下一只黑漆雕花木盒。

“我也不想把它带到你家来，可是我真的没有地方好放。”

我把那只盒子放到餐桌上，莉莉安的眼睛碰到盒盖上那一行烫金字，像燎着了火似的抖了一抖。

廖小雨　2002.11. 10.—2021.2.15

“这是我女儿，莉莉安。她没有故事。她还没来得及有故事。她本来可以至少有一个故事，可是我没允许她。”我泣不成声。

第 89 天

小雨，今天是你和桑迪他们去蓝山滑雪的第三天。记得刚到蓝山的第一天，你给我发过信息也打过电话，报了平安。第二天白天我一直没有你的消息，直到半夜你才发来一条信息，说你们白天去滑了一天雪，晚上去镇里吃了晚饭，然后又在镇上逛了逛，回到公寓就晚了。

你到底也没有听从我的劝告，还是在外面吃了饭。这么冷的天你们只能在室内用餐，我不知那家餐馆是不是遵守了防疫规定，座位设置了严格的社交距离，我有些生气，但转念一想，这天是情人节，让你们憋在公寓里不出门也有点勉为其难。情人节。你并没有告诉我你和谁吃了这顿饭，是所有人都在场，还是和某个身份不明者单独去了烛光晚宴？你没有给我发来照片。我查了你的微信朋友圈（还好，你并未像有些孩子那样把父母隔在圈外），你也没有“破”任何动态。这和你平时的习惯不太一样，平时你连偶尔炒个西红柿鸡蛋也要拍出四五个角度来显摆一番。

这丝异常让我心中突然生出些疑虑，我很想多问你一句话，但最终我还是缩了回去。假若我没有在你的行李箱里发现那个盒子（我至今还不能坦然地说出那玩意儿的名字），我可能就自然而然地问你了——那是天下母亲的招牌做派。可就是那个盒子叫一切最普通的问话也生出歪腻，让我变得难以启齿。做父母的大约都想控制儿女的行踪，却又不敢走得太过，怕得罪了儿女。控制和得罪之间的距离太窄，一口气没喘匀就越线了，我走不好这样的钢丝。不过，你既知道我已经发现了这个盒子，无论我敲不敲门，无论你让不让我进去，你都知道我就在你门外，我的影子本身就是震慑。我感觉稍稍释然。

今天早上起床，我的左眼皮开始剧烈地跳动，仿佛有个木偶戏师傅站在我的头顶，疯狂地扯动着缝在我眼皮上的木偶绳子。左眼跳灾右眼跳财。还是我记反了，该是右眼跳灾左眼跳财？我只是感觉心神不宁。你一天没给我发信息。我知道你们今天也要在外边滑一天雪，桑迪的父亲给你们请了私人教练——那是有钱人的做派。忍了半天，终于没能忍住，傍晚时分我还是给你留了一条语音信息，问你带的防寒服够不够暖和。你没回音。

晚上六点三刻，我接到了一个陌生的电话。平常我从不接陌生电话，不是广告就是诈骗，烦不胜烦。可是今天鬼使神差地我竟然接起来，是个陌生的男人，讲英文。

“我们是安大略省警察署，你是陈太太吗？我们是从你女儿的驾照信息里查到你的电话的。”

“我女儿……闯了什么祸？”我颤颤地问。

愚蠢啊，愚蠢。小雨，你妈对世间灾祸的想象力，最远也只能抵达鼻尖前的三寸地。我只想到大概是你违犯了交通规则，擅自驾车。你只有临时驾照，你只能在有正式驾照的成人监护下驱车，而且车里不能坐有别人——桑迪的车里有五个人。

电话那头是片刻的沉默。是雪崩、海啸之前的那种天地停摆的沉默。我一下子醒悟。

那人轻轻咳嗽了一声，说：“我有不好的消息要告诉你，你女儿乘坐的车，在山道上出了事故……”

后来发生的事情我毫无记忆。

第 85 天

小雨，今天我从警察署拿回了你的行李箱。打开箱子，我把你的衣服一件一件地摊在床上，俯下身去，细细地闻。洗衣机把衣服洗得太干净了，它们现在闻起来只有洗涤剂柔软剂的芬芳，而没有你的体味。你喜欢蓝颜色，从防寒服到内裤，每一件衣物都是蓝。海洋的蓝，松石的蓝，黎明时分的蓝，暮色将至的蓝，婴儿眼睛中的那一丝蓝。你穿上小蓝衣，你的身体裹在里面，蓝是你的小世界，你感觉安全。可是你的蓝并没有包裹好你，它把你丢弃在路旁。你仰面躺着，在白皑皑的积雪里，面朝暗夜的蓝。你去的是一个没有人回来过的世界，一个没有妈妈坐在地板上、带着惊恐唠叨你的自由世界。那个世界里也有蓝吗？

我拉开行李箱边兜的拉链，临行前我塞进去的 N95 口罩少了一个。但是那个盒子，那个封面上印着两个亲密相依的男女的盒子，却完好未动，塑料包装纸依旧严实。小雨，我的孩子，是妈妈吓着你了吗？真是奇怪，在你尚未出发的时候，我多么希望你不会去拆那个盒子。不，我多么希望你压根就没拥有过这个盒子。哦不，我希望连这个盒子的影子，都没有进入过你的梦境。可是现在，当你已经不在这个世界上了的时候，我却希望你用过这个盒子里的东西。假如这是你的第一次，你会带着战栗的疼痛和惊喜上路；假若这不是你的第一次，你的经验会教会你享受。可是，我剥夺了你体验人生的机会。那天我坐在地板上的神情，是一种你从未见过的样子，沥青一样深黑的惊恐和绝望，仿佛你要去做的是一件盘古开天地以来没有人做过的、会让你祖宗、故里、每一个亲人和朋友脸上蒙灰的事。我的神情一定吓住了你，我使你的生命永远定格在一个从未体验过身体奥秘的、十九岁零九十八天的雏儿上。我心如针扎。

带着这样复杂的愧疚，下午我去看望了尚住在医院里的那个男孩子。我已经从警察那里得知：你们那辆车里的第五个乘客的确是个男孩——假如二十四岁依旧还可以被称为男孩。请原谅我，我总是习惯性地把你的同代人都划入孩子的队列。其实当年我生下你的时候，比他还年轻。

警察告诉我：那天开车的是桑迪的父亲，他是这辆车里唯一一个安然无恙的人，浑身只擦破了一块皮，在手背上。掌握方向盘的人，总会在最后一刻听从直觉的强硬介入因而偏离危险，而乘客座上的人，则往往会因为司机的直觉应急动作，陷入毫无防备的危险。直觉不听命于智力、情感、道德，直觉是跑在理性之前的那股子与生俱来的蛮力。直觉不可阻挡。那天坐在前排乘客座的是桑迪的母亲，而后排是你。你被发现时已经没有生命指征，桑迪的母亲则是经过了五个小时的抢救，才宣告不治的。桑迪和那个男孩都受了伤，很糟糕的骨折，但都不致命，目前都还在住院治疗。

警察还告诉我：那个男孩证件上的名字叫“Henry Y. Wang”。显而易见，这是个糊弄洋人的名字，真正能把他从人群的大海里捞出来的定位指南，是那个代表他中文名字的字母“Y”。这个字母缩写落实到纸上，可以是“阴”也可以是“阳”，可以是“云”也可以是“雨”，甚至可以是“元”“渊”“圆”“远”……

我可以瞬间想出三千五百种可能性，可是我没去想。这些可能性对我来说无关紧要。我唯一需要知道的是：把你和他这两个名字首字母都是 Y 的孩子连接起来的，是一条什么样的线。我只需要找出这样一个答案。

我走进病房，他睡着了，一条腿吊在牵引架上，两只手在小腹上交叉成一个圆弧。也许是镇痛剂的效力，他睡得很沉，发出像猫被挠得舒服时的那种轻呼噜。我不得不称赞我女儿的审美标准。他真是一个漂亮的男孩啊，睡态里浮现的是一种刚刚脱离少年的青涩，还没来得及粘上成年人的油滑的纯真。一个人一生中拥有这样干净的日子，何其短暂。和长而无趣的一整个人生相比，这样的年月还占不到一个零头。他的眼窝很深，睫毛像两排尽忠职守的卫兵，举着交错的长矛守护着眼睛。鼻梁挺且直，上唇和下颌的胡子长出了淡淡的新茬。谁会给他刮胡子呢？是护士？还是母亲？此刻我希望有一把剃刀，把他的头枕在我的腿上，用肥皂水给他刮去那些成年人的痕迹。此刻他身边既没有护士也没有母亲，我感觉心疼——是一种因为你而连带着扯出来的心疼。

我还是不要吵醒他吧，打断这样的睡眠是一种罪过。我可以等。我还有什么需要着急的事呢？我再也没有一个女儿需要喂养看护拯救。我现在一天有七十二个小时，我可以等到他把镇痛剂的最后一丝余迹排出他的汗腺。

这时我突然看见他的身子抽了一抽，像婴儿在母腹里的那种悸动。他一定是做了个梦。是什么样的梦呢？他的梦里有你吗，小雨？我希望有。至少梦见你的不再是我孤孤单单的一个人。

在平静了几秒钟后，他的身体突然再次抽搐了一下，夹着脉搏血氧仪的那只手指头也跟着轻轻地跳动着，眉头蹙成一个小小的紧紧的线团。没有人可以解开那样的线团，仿佛全世界的纷乱都缠织在那里，哪一根线头都是陷阱，任何一次碰触都会引发地震。他是在做噩梦。我突然有些不忍。即使他的梦里有你，小雨，我也依旧不忍。我拍了拍他的脸颊，把他拍醒了。

他醒来，眼帘上的两排卫兵猝然闪开，露出他的眼睛。他茫然地看着我，嘴唇微微张开，却没有声音。我猜想他眼中看见的一定是一团迷雾。我静静地等待着他的眼神聚焦，我的脸在迷雾中浮现，五官定形。

“小雨妈妈？”他疑惑地问。

我吃了一惊。“你怎么知道是我？”

“小雨给我看过你的照片，她说……”他的语气突然有些犹豫，“她说临行前不该惹你生气。”

我的血轰的一声涌到了太阳穴，脑门里有人在敲锣。我以为我要绕很久很远的路，经过许多废话，才能抵达那个话题。我没想到他用一根夹着脉搏血氧仪的手指头，轻轻一钩，就将我领过了千山万壑，直接抵达那扇门口。

“她有说是为什么吗？”我没敢看他，我害怕他说出来的话将会污染他眼睛里的那丝洁净。其实在这个世界上没有人是真正洁净的。一个人看见洁净，是因为他的眼睛还不认识泥淖。

“她说你总是不放心她一个人出门。”他说。

这不是我所期待的话，却是我的耳朵想听的。我松了一口气，却又陷入绝望。他松开了他的手指头，我失去了捷径，又落回到原路。我依旧还得靠自己的那一口力气行路，试探，迂回，辗转，顾左右而言其他，一步一步地趋近那个话题。

“亨利（Henry），你的中文名字是什么？”这是我重新开始的第一步。

“王云，云彩的云。”他说。

一个可男可女，但更像是女孩的名字，正符合他略带阴柔的长相。

云催生雨。云和雨。云雨。

小雨，连你俩的名字，都带着这样隐秘的暗示和联想。是天意吗？天造就的，天毁灭。

“王云，给我说说，那天的事。”我说。

“那天我们从滑雪场往回开，原本是桑迪妈妈开车的，可是前一天她喝了太多的酒，宿醉，头疼，就换了桑迪爸爸开。天黑得很早，又开始下雪，对面开过来一辆卡车，贴我们很近，叔叔打了一个急转，滑出去了……”

“小雨，她，痛吗？”我问。我想知道实情，又不想知道实情，我不知道我想知道什么。我甚至不知道我为什么要问这个问题。

“小雨应该，没有。桑迪很痛，因为肋骨戳到了体外。我醒来时，小雨离我最近。她已经没有了呼吸，像是睡了，很安详……”亨利，不，王云的喉咙口鼓起一个大包，他喘不过气。

我捂住耳朵，此刻我不想听见任何声音，包括我自己的哭泣。我知道汉语里关于哭的动词很丰富，细细究来能有十数个。有泪无声者谓泣，有声无泪者谓号，有泪有声者谓哭……但我不知道我的哭声能用什么词来形容。我无泪无声。其实我不是没有眼泪，而是心太空，泪不够。一条蚯蚓似的细水，如何能爬过无际的荒漠，依旧留得下痕迹？

“你和小雨，认识多久了？”我干涩地问。泪水已经在沙漠中蒸腾，地面上只剩下一条裂缝。我知道我问的每一句话都是刀子，我也知道小雨你心疼他，可是也请你心疼你的母亲。他是最后一个见过你的人，我只能通过他来走进你生命的最后时刻。我每刮他一刀，自伤无数处。

他没有立刻回答，仿佛在进行复杂的心算，最后终于力不从心。“记不得具体的日子了，就是在士嘉堡恩慈医院做义工的时候。”

那是小雨高二下学期高三上学期的事了。为了申请大学时履历上能有些亮点，她和桑迪一起去医院做义工。他们在那里相识，算起来，应该有一两年了。

“你们，常常一起玩吗？”我在绕过千山万壑之后，又一次走到了那扇门前。

“我们有时去看电影，喝珍珠奶茶，K 歌，偶尔也参加校园团契。”

“出事的前一天，情人节，你们，去了哪里？”我看见自己的脚尖颤颤巍巍地踩上了问题的圆心。

男孩闭上眼睛，侧过脸去，面对着一堵白色的墙壁。我知道他脑子里正在回放记忆。那些记忆有毛边，拉到哪里都疼。可是我顾不得。我若不知道那个夜晚的事，我这一生不得安宁。

“我们没想到，疫情里蓝山镇还有这么多人。因为室内人数限制，几乎每一家餐馆都满了。幸亏我们事先在一家西餐馆订了座，是想给他们一个惊喜的。”他说。

我们是谁？他们又是谁？是什么惊喜？

他读懂了我眼睛里的问题。

“那天晚上，我告诉他们我们的事。桑迪的妈妈很嗨，使劲喝酒，劝都劝不住。要是那晚没喝这么多……第二天就不会，就不会……”他哽咽住了。

“什么事，要告诉……他们？”我疑惑地问。

“我明年研究生毕业，要和桑迪……”

轰的一声，我的脑子炸成一地碎片，漫天尘土飞扬。愚钝啊，愚钝，我是何等愚钝。小雨，我的女儿，在你人生最后一个夜晚的这出戏里，你只是旁观者、见证人，而不是主角。

“小雨，事先知道这事吗？”我听见自己的声音遥遥地飘过来。

“知道啊，所有的细节，都是我和她一起商量的。”

我不知道自己是怎样离开医院的，也不知道要往哪里去。天黑了，天一黑我就安心。暮色是最好的保护色，涂抹在我的心境上，把我变成不惹人眼目的背景。等我最终停到一条长旋梯跟前时，我才知道我已经走进了地铁站。医院的停车费太贵，今天我没开车。我的脑子不在现场，但是我的脚依旧有记忆，带着我走到了该去的地方。

正是下班的高峰期，地铁车厢里挤满了人。我太年轻，太健康，我的皮肤没有伤口，脸上没有干涸的泪痕。我正常到没有人会想到给我让座，问我“are you OK（你没事吧）”？ 我把自己吊在高高的扶手杠上，身子在速度中摇摆不定。

小雨，我的小雨，假如你已经知道了所有的事情，你为什么还要带上那个盒子？我的心咯噔一声，涌上了一个先前从未想过的问题。那天收拾行李的时候，你到底在想什么？你是不是想蜕下那一层套了你十九年的好女孩皮囊，铁了心要去做一次一生里最绝望也最勇敢的探险？也许你做了，是他把门关死了；也许你到最后一刻被怯弱征服，退缩了回去。真相我永远无从得知。我唯一知道的，是一件铁一般不容更改的事实：你没有动过那个盒子。

小雨，假若你能活到天年，我一定会像天底下所有苛严的母亲一样，劝你在诱惑面前转身离去。假如我有天眼，知道这会是你生命中的最后一个夜晚，我还会劝你吗？是的，我依旧还会劝你，但我会劝你做一次扑火的飞蛾。扔下你循规蹈矩的好皮囊，去偷，去抢，去做一次恶。桑迪还有很长的未来可以疗伤，小雨，我的小雨，你却再也没有机会犯错了。一个没有过错的一生是没有活过的一生。你如果用过了那个盒子，你无须忏悔，不用负疚，因为死洗白了一切，叫所有的过犯归零。死就是到了头，死没有余辜。

小雨，妈妈的小雨，是我吓住了你。我让你天使般洁白而无趣地上路。我一辈子不得安生。

第 101 天

昨天的那顿生日饭（或者叫祭奠饭，两者并无区别），我记得是在中午开始的，却不记得在什么时间结束。何时回到屋里，何时上的床，我已毫无印象。今天醒来时已是早上十点多，我这才发觉我压根没脱衣服，脚上还穿着拖鞋，怀里依旧抱着小雨——我是说装着小雨的那个木匣子。我坐起来，脑袋里仿佛有一把钝锯在来回扯动，连肉屑都不成形。我感觉这次宿醉有可能进入我的个人纪录。

莉莉安已经起来了，但她没有叫醒我。我走到厨房，昨天的狼藉已经不见踪影，唯一留下的蛛丝马迹是三个空葡萄酒瓶子，个挨个整整齐齐亮闪闪地站在台面上，像接受检阅的三军仪仗队首领。这就是莉莉安，连失态都保持着风度和台型。

我们喝了三瓶?

三瓶酒，两个女人，醉是醉了，却还没有成泥。完美的血液酒精浓度，正正地把脑子放置在好斗和嗜睡中间的那个黄金分割线上，话意浩浩荡荡地开了，嗓子也还有力气配合。我们说了多少话？我们把前世今生的伤疤都揭了。一个人完全清醒和彻底烂醉的时候，都是不可能这样剥自己的皮的。没有足量的吗啡，谁忍得下那个疼？过了那个量，谁还能有力气?

酒醒了我们会后悔吗？也许会，也许不会。我们终不过是陌路人，喝过了一百瓶酒依旧还是。陌路人之间没有前因也没有后果。我们一起被推上了瘟疫这艘船，阴云一散我们就会下船，各自赶路。昨天莉莉安说疫情完了我们要结伴出去浪。是的，她没说旅游，她用的就是这个浪字。八十岁的人用起浪字来，和四十三岁的人并无大不同，甚至更肆无忌惮。不用再等女儿懂事、男人好转，反正懂了事的女儿是凡·丹伯格先生的妻子，失了忆的男人是玛丽的乔治，他们和我再无瓜葛。莉莉安说。小陈，你和我一起去浪吧，你也没有需要等候的人。我出你的那份钱，我给你写下保证书，无论路上出现什么状况，心脏猝停，脑溢血，中风，汽车撞死，走路摔死，游泳池淹死，被导游气死，在梦中睡死，吃饭时噎死，你都不用负责。莉莉安还说。

我信誓旦旦地答应了莉莉安，还拍着胸脯说钱我大大地有，保证书我大大地不要。醒来才明白那不过是一句酒话而已，酒话岂可句句当真？疫情之后，我要做的第一件事，肯定不是陪莉莉安旅行。我要带我的小雨回家。小雨离家的时候是十四岁，那十四年占了她整段人生中的74%——我有数字癖，任何事情只有化为数字和百分比才能进入消化系统。小雨，我十九岁零九十八天的小雨，理当长睡在那个她度过童年和少年的地方。只有在那里，她才可能是有娘也有爹的孩子。那个男人或许活到一百岁也成不了好丈夫，但他是一个过得去的父亲，一个在众多女人的怀抱里依旧努力为女儿腾出手来的父亲。我也许还会回到多伦多，也许永远不会。我也许还会见到莉莉安，也许今生永不再见。我并没有刻意对莉莉安撒谎，至少在我拍着胸脯的那一刻，我是真心的，就如同那些当着众人的面说出“我爱你”的男人，在奉上九十九朵玫瑰和一枚钻戒的那一刻，也是真心的。

况且，莉莉安说的酒话，也不见得句句是真。即使在烂醉的边缘、唇门洞开的时刻，她依旧没有告诉我叶千秋是谁。我似乎已经知道了关于他的所有细节，但即使把这些细节一一铺陈组合，我依旧无法搭出一个整体。就如同我即便知道了一件衣服的所有细节，比如纤维成分、纺织密度、颜色、花样、锁边方式、拉链材料，我依旧不知道它到底是外套，衬衫，抑或是裙子。

一阵好奇心猝然涌上心头，我打开手机，在谷歌浏览器里输入了“叶千秋”三个字。屏幕上跳出了几十个词条。田径运动员，硅谷电脑工程师，婚介公司老总，心理咨询师，育苗基地负责人，公司项目经理……真名，网名，化名。我没想到这个名字竟是如此红火，它满足了无数人（包括叶千秋母亲）的美好愿望，或者说，虚荣心。谁不向往天长地久，无论是功名、爱情，还是寿命？

这些都不是我要找的那个人，他们都比他年轻。我在叶千秋的名字前面加了过滤信息，先后试了“学者”“工程师”“北京”“上海”“苏州”几个关键词，词条依次减少，但依旧没有找到线索。当我浏览到“苏州”索引页面的第十四页时，屏幕上突然蹦出一个前面没有出现过的怪异组合：“配偶叶千秋。”

我点入这个词条，发现它是一个陈旧的学术网站。这个页面已经多年未曾更新，有诸多乱码错行漏字。引用了叶千秋名字的那一行内容是：著名建筑学家周黎安和配偶叶千秋（机□工程师）今天下午到访苏州科□大学，据悉市政府有意通过特□人才道将他们引入本市。

我键入“周黎安”的名字，页面上立刻浮现出几张照片——那是我熟悉的脸。确切地说，是我熟悉的那张脸的年轻版本。

周黎安，著名建筑学家，毕业于莫斯科国立建筑大学（前身为莫斯科古比雪夫工程建筑学院）。曾任北京建筑设计院副总工程师、上海建筑设计分院副院长、苏州科技大学建筑与城市规划学院学术部主任。国务院特殊津贴获得者。1998 年获得夏雷特国际建筑奖，是亚洲第一个获此殊荣的女建筑师。

我怔住。昨天的酒，到这一刻才完全清醒。

莉莉安有一句真话吗？

也许，她告诉我的每一件事都是真的，她只是胡乱指派了做事的人。她把最疼的角色都安在了叶千秋身上，因为叶千秋不再有疼痛神经。叶千秋再也不知道疼。我又拿什么来苛责她呢？我是比她勇敢？还是比她诚实？在正态分布中（套用建筑学家周黎安最喜欢的描述方式），我们承受疼痛的阈值大概都在最高的百分之十里，但我们依旧不是勇士。在某些见不得光的时刻，我们都是懦夫，甚至是爬虫。

莉莉安此刻已经在后院干活。夏意已薄，秋声渐起，这个时节院子里当令的是菊花。假如我从来没有和莉莉安一起种过花，我永远不会知道菊花是天底下最贱最不吝力气的花，只要有一条缝，哪怕是岩石，它也敢钻进去，没脸没皮地开他个姹紫嫣红。每隔一两天，莉莉安就要修剪几枝下来插瓶。莉莉安坐的凳子边上，摆着一个带有保温层的餐盒，里边放着一个冰袋，是用来冷却鸡爪子的——她在随时等待着狐狸的光临。

狐狸第一次来到这个院子时，尚是五月中旬，北国还未完全度过霜期。院子里的许多花，在那时尚未栽种入土。那时我们对动物世界的认知，还停留在赵忠祥为我们推开的那一丝门缝里。狐狸给我们带来了严冬之后的苏醒和好奇。一整个夏天，我们从未停止过向狐狸索求，我们的贪婪没有止境。我们问狐狸讨要麻醉药镇痛剂，索取逃离和治愈。狐狸最终为我们打开了赵忠祥没有完全打开的门，门里其实并无奥秘。我们看见的，是我们早已知道却不肯面对的现实。人兽之间的情感交流，不过是两个寂寞女人一厢情愿的臆想。狐狸记住的只有食物，而不是给予食物的人。狐狸对一切喂食者一视同仁。

我们知道了真相，却依旧在孜孜不倦地等待它们的来临，那是因为我们仍然心有所求。现在我们向它们索求的是依赖感。这世上已经没有依赖我们的人，连记忆被掏空了的叶千秋，都不再需要我们。他现在舒舒服服地待在乔治的外壳里，一心一意地依赖着不是娟子的玛丽。

除了狐狸，我们还剩下什么？

第136天

小狐狸死了。

它的尸体是今天早上我和莉莉安收拾落叶时，在雨棚里发现的。大概刚死不久，皮毛依旧闪着血脉供养的光泽，肌肤还留有弹性。它身上既没有外伤，也没有任何经过激烈搏斗的迹象。它的身体松松地蜷成一个椭圆，头垂在两条前腿之间，神态安然，仿佛仅仅是吃得太饱，有些倦怠，需要在一场酣睡中消耗一些多余的脂肪。

夺去它性命的，是一朵雨后绽放的毒蘑菇？或是一场最终销蚀了某个器官的慢性病？这将是一个永远无解的秘密。

这个为狐狸而建的小雨棚，狐狸却从来没有光顾过。久而久之，连我们自己也渐渐忘却了它的存在，由着不需要阳光的野草在里边疯长。在我和莉莉安一枚钉子一块木板地搭建这个雨棚时，我们以人类的固执理念推及动物，认定它会是遮风挡雨的家园。我们赋予了它与温暖、抚养、呵护相关的属性，但我们没有想到它也可以装载死亡。我们绝对没有料到，这只在所有的狐狸中最得我们垂怜的小狐狸，会在这里做完它一生的最后一个梦。我只听说猫在病痛的时候，会默默地去到一个远离人群和同类的地方，舔舐自己的伤口，告别世界。我不知道狐狸也可以这样。它来到我们的后院乞食，纯属偶然。但是它在这个雨棚里静静地死去，却是刻意的挑选。

这只小狐狸的母亲在把它带出树林之前，一定告诉过它：冬天来临的时候，它们会回到树林。或许它的母亲还答应过它：下一个夏天它们还将走出树林，重返城市，在人心里找到一块柔软之处——那里或许还会有猪下水和鸡爪子。假若一只在城市和树林的边缘讨生活的狐狸平均只能活过三个夏天，这一只却只活过了一个夏天。在它一生唯一的一个夏天中，它又在我们的后院度过了多少时光？不知为什么，现在我常常会不知不觉地用“我们的”来形容莉莉安家的后院。这里不是我的家，即使我使用了一千次“我们”，我依然不会成为她的一部分。这是题外话。正题还是狐狸。这只小狐狸的母亲食言了，没能把它带回树林，更没能把它带回到下一个夏季。它甚至还没来得及见识一个真正的秋天，一个每家门前摆着南瓜、玉米和稻草人的装饰品，所有的母亲都期待在餐桌上给儿女切火鸡的加拿大感恩节。

我们震惊，坐在雨棚之前的草地上，相对无语。

后来莉莉安建议我们在雨棚边上挖一个坑，把小狐狸埋在后院。我说怕有动物半夜来掘土挖尸，还有细菌病毒的隐患。最后我们决定通知动物控制中心，让他们来处理后事。疫情拨慢了所有的钟表，城市的节奏延迟了许多个节拍。电话占了很久的线，不禁让人产生是不是有大批动物同时感染新冠的怀疑。两个小时后终于接通了，工作人员似乎堵在每一个街口。等到他们的车终于到来时，已近傍晚。

整个下午院子里格外安静，松鼠在别人的后院搬运松果，野兔躲在别处的树洞里，惊魂未定地颤动着耳朵。蓝松鸦、红脯罗宾失去了翅膀，连麻雀也挑了另一角天空飞行。它们都从空气中闻到了死亡气息。它们在逃离死亡。静默巨大而充满了威慑的力量。

在他们取走小狐狸之前，我剪下了它的一绺毛发，装在一个小小的首饰盒里。我把开着盖的盒子放在一天中最后的一缕阳光里，我看见了一束金灿灿的火苗。小雨，等我带你回家的时候，我会把这束火苗放在你边上。你和它生下来就是一把火啊。就是靠着这把火的气力，它把那条蜷曲在肚腹上的伤腿掰直了；而你，在一对任性自私的男女设下的婚姻陷阱中，一次又一次地闪避了他们射向对方的明枪暗箭。你和它本来都渴望着更多的夏季，它兴许会带着它的孩子，你也会的，在某一天。你们本来还会去一些你们的母亲没去过的地方探险，战栗惊恐，却又兴奋无比，可是你们的母亲没有保护好你们。你们的母亲把你们弄丢了。十九层地狱也不足以惩治她们的罪愆。

小雨，我总觉得这几个月里发生的事情，莉莉安，叶千秋，凡·丹伯格夫妇，大狐狸，小狐狸，甚至疫情，都与你有关。这一切似乎都是某种暗示和隐喻。你想告诉我什么呢，我十九岁零九十八天的女儿？我是你四十三岁的，依旧没有长大的母亲，我还没有想清楚。

但是，人是健忘的。用不了多久，当冰雪降临、万兽归林的时候，这条街上的话题就不再会是狐狸。

很快，话题会变成奥密克戎，一种新兽。

2021.12.20—2022.1.29　于多伦多的皑皑白雪之中

原载于《北京文学》2022年第5期

Yellow Summer Rain*

钟　娜*

外教教英语，但和英语老师不一样。我们的英语老师都是妈妈一样的妇女——矮，壮，戴眼镜，烫卷毛，嗓门大，永远一脸怒容一脸严肃，手背在腰后在教室里巡逻，爱跟我们父母打小报告，说我们下课耍得跟疯子一样，上课喜欢和同桌咬耳朵，还暗恋班上长得乖成绩又好的女同学——不幸的是，我的英语老师刚好就是我妈。

没人知道外教从哪里来。像横飞而来砸中鼻梁的篮球，他们冷不丁出现在教室门口，甩着大长腿走进了我们的生活。仿佛这很正常！一般来说，都是英语老师——也就是我妈——来做介绍。但突然间我们觉得她的英语怎么这么奇怪，这么别扭，听起来如此耳熟，几乎能听出本地方言的味道，仿佛它俩是同胞兄弟。当然，也可能她太紧张，失去了以往的自信。但凡你打过架就会知道，自信乃是胜利的不二法门。

新外教来的这天，我可怜的妈妈站在他身旁用英语说："来，欢迎外教老师。"她的发音是如此不标准，我们没有一个人记住了他的名字，好在他也不会发现。他轻轻咳嗽一声，抓了抓棕色头发，从肩上取下一只曲线形状的黑箱，从里面拿出一把木吉他，把它轻靠在我们脏兮兮的教室墙上。全班都屏住呼吸，

* 意为"黄色的夏雨"，音近"Yellow Submarine"，披头士乐队的代表作《黄色潜水艇》。

* 钟娜，四川人。小说发表于《单读》《小说界》《上海文学》，亦时有英语作品发表。译有《聊天记录》《正常人》《美丽的世界，你在哪里》。现居美国纽约。

看他准备耍什么花样。连我也表现得规规矩矩，因为我知道我妈此刻已走到教室后面，我对她的感应极其敏锐，用后脑勺就可以看见她。

外教环视一周，吸了口气。

“嗨！”他说。后面的我就听不懂了。这才初一下学期，我们刚开始学状语从句，还在背“in front of”和“in the front of”的区别。不过我们倒也不是很关心他要教什么，反正之前的外教一直翻来覆去让我们说绕口令。他转向黑板，拿起一截粉笔，开始写板书。他写得很慢，字也不好看，完全比不上我妈锤炼多年的花体字。过了半天，他终于写完了第一个单词：

YESTERDAY

我听过这个词。它不是特定的某一天，而是指刚刚过去的那天。比如说，昨天我妈批评了我，因为我在数学课上扯陈畅的头发，而她“刚好”路过，目击了全程。（我才不信就这么巧。）

外教又写了几行字，叫我们跟着他念。

“All my troubles seemed so far away...” ①

我懒得把它们抄下来，反正这些东西又不会考，而且我妈已经走出教室，在走廊上和数学老师讲话。

等我回过神来，外教已经拿起吉他，在椅子上坐下，拨弄了几下琴弦。在他手指之下，琴弦颤出温柔的共鸣。然后他唱了起来。

“整整四十分钟，他就教你们唱了首歌？”那天放学后，我妈听完我的汇报，不可置信地问道。“小半首。”我纠正道。不过我倒不讨厌这样。那首歌挺好听的。接下来几天，我找遍镇上所有的 CD 店和盗版摊，想找出这首歌和唱它的人。但因为没记住歌手的名字，我只能对着狐疑的店老板哼唱调子，声音低得像夏天耳边的蚊子——“Yesterday...”我不喜欢在人前唱歌，听众呆滞的

① 英国乐队披头士的代表作《昨日》的歌词，意为“我的烦恼似乎都很遥远”。

目光更让我火大。最后没有一个人知道歌手是谁，我白白浪费了放学后的宝贵时间，吸了很多二手烟，回家挨了我妈很多骂。

第二节课，我们以为外教又要唱那首歌了，结果他拿起半支非常金贵的黄粉笔，在黑板上画了一只圆鼓鼓的船，教我们唱起一首听起来像“yellow summer rain”的歌。我一边听，一边回忆起上小学时，我真的看过一场黄色的夏雨。那是一个下午，放学时分，我们发现窗外树顶上聚集了一圈硫黄硫黄的云。有人捏起鼻子说：“哎呀，老天爷放屁了！又臭又黄！”在一阵狂喜中，我们注视着云朵由黄变紫，几条青筋在其间若隐若现。有些小娃娃哭了起来。老师喊我们在教室里等父母来接。于是我们留在原地。渐渐的，别的小孩都被家长接走了，而我坐在座位上，一动不动。我晓得我妈此刻肯定在教室里回答学生问题，冲他们发火。至于我爸——算了，懒得讲他。天边骨碌碌滚来一串闷雷，轰隆隆盘在我们头顶，接着，雨点像炸弹一般坠在地上，被天和夕阳染成黄色。坐在最后面的一对双胞胎开始吵架，争论为什么云和雨都是黄的。弟弟说那是全镇人口集体放的屁，姐姐说那是空气污染。

尽管我更喜欢弟弟的说法，但不得不承认，姐姐的版本更合情合理。我们镇是出了名的污染大镇，贡献了本地最多的癌症患者，肺癌，鼻癌，肝癌，胰腺癌，应有尽有。光是去年我妈就参加了两个同事的葬礼。她二十年前刚分配到镇上就认识了他们，他们那会儿已经很老了，将近四十岁。学校老师组织了募捐活动，很多老师捐了钱，我妈一个人就捐了五百元之多。老师们去医院探病，有些人从病房出来后就吐了。我妈没去。她说，比起他们瘦骨伶仃的样子，她宁愿记住他们以前的模样，让他们走得更有尊严。我听了下巴都要掉了。何曾想过我妈嘴里会冒出“尊严”这种大词！不过我看得出来，她没去还因为她自己也很害怕，害怕这个镇给老师下了诅咒。不然他们不会像校门口那片田里的小麦那样一茬茬倒下，还未成熟就被雨水糟蹋。

我们镇上有两个大工厂，十几个小工厂。大厂一家产钢铁，一家产化肥。产钢的污染天，产肥的污染水，其余小厂各尽其力。镇建于60年代，政府把田改成厂，再把厂改成镇。陆陆续续来了很多人，有的情愿，有的不情愿。有段时间工厂效益极好，工人挣的钱是教师的五倍，于是变成抢手的婚嫁对象，我妈也被迷昏了眼。但自我出生后，工厂裁了几次员，几个工人自杀了，小区里办了丧事，大喇叭没日没夜播放哀乐。我同学的父亲们纷纷离家，去沿海城市找机会，那些城市只存在于全国天气预报里，我们从未去过。不知道他们最后回来没有。反正我爸再没回来。

我们这里既然是这副样子，我实在纳闷为什么会有人来，尤其是那些外教。说老实话，我们对外教并不友善。第一个外教是黑人，他走到哪里我们都跟着他，央他在漫画书上签迈克·乔丹。至于现在这个外教，尽管我们喜欢听他唱歌，如果在校园里遇到他，我们也不会给他打招呼。老师们也不搭理他，因为他们大多不会说英语，不想在同事面前失了面子。于是英语老师不得不肩负和外教维持表面友好的重任。有几次，我妈带我去参加老师聚会，她都会被临时安排到外教身边，只能眼睁睁地看她朋友在邻桌聊得眉飞色舞。不过我妈毕竟是我妈，非常善于抓住一切机会，她老爱用胳膊戳我去和外教说话，以便训练口语。但我有什么口语可言啊？这简直是考试，比考试还惨，因为考官比考生多。我只有僵坐在板凳沿上，绞尽脑汁地找话说。桌上的菜在我眼前转来转去，白灼虾，八宝饭，东坡肘子，酸菜鱼，可我一个都没享受到，满心想着从句，时态，单复数，可数不可数。最后我干脆放弃了，对着外教哼起来："Yesterday… all your troubles seem to go away…"

我妈皱起眉头瞥我。

外教费力听了一会儿，露出微笑。他举起大拇指，对我说："Good job！"

我妈狐疑地看看我俩，不情不愿地允许我吃完饭后下桌，脱离苦海。

尽管我妈在学校时对外教非常礼貌，她其实并不喜欢他们。"他们臭死了！"她有次对我说，"那天我在走廊遇到那个高个子，哎呀熏得我！怪不得老外那么喜欢用香水！"

我不爱听她在背后说人坏话，便没有吭声，不想纵容她。接着她说："而且他们凭什么拿那么高的工资？我一周教八节课，赚多少钱？两三千！他们一周就教四节课，你猜他们赚多少？起码五千！”

我睁大双眼：当外教居然这么来钱！“你怎么知道的？”我问。

“你刘阿姨跟我说的。”我妈说。刘阿姨是学校会计，我妈跟她处得如胶似漆，老是热情地和她打招呼，从抽屉里献出小零食给她吃。“不然你以为他们为什么要来我们学校？他们是背包客，赚够旅费就走了！”

我低下头。谜题解开了，可我不免有些悲伤。我想象那些外教不情不愿地来上课，心里想着，要不是为了钱，我才不会来这个鬼地方嘞！一厢情愿总是令人悲伤的。

正如我妈所料，这个外教很快也像他的前任那样，从我们的生命中消失了。有一阵，迟迟没有新外教出现。本来由外教上的课重新落入我妈手中，她拿来监督我们背诵课文，或进行随堂小考。

不过即使我妈也看得出来，见识过外教的我们和从前不一样了。一颗拧松了的螺丝钉，无论你再怎么用力拧回去，都没法像原来那样紧实了。于是她也开始设计一些小游戏，诱惑我们专心上课。一开始，她会让我们念她从《英语辅导报》上抄来的绕口令，比如“She sells seashells on the seashore”①，或者“Peter Piper picked a peck of pickled peppers”②。一想起她在家里磕磕巴巴练习的样子，我就忍不住躲在课本背后哧哧窃笑。她于是怒目圆睁地对我吼道：“吴迪！站起来跟大家表演一下你念得有多好！”

我假装扭扭捏捏地站起来，却一鸣惊人，舌头在英语单词间娴熟地绕来绕去，毕竟《英语辅导报》是我在家蹲大号时的首选读物。就连陈畅都转过来，一脸惊讶地看着我。不得不说，我好像对这种押韵又有节奏的东西很有天赋。要是有歌是这样写的就好了，我肯定会非常厉害。

我的精彩表现给我妈将了一军，她于是又想出一个花招。一天，午休结束

---

① 意为“她在海滩上卖贝壳”。

② 意为“彼得·派珀捡起一小块泡辣椒”。

后，我们一群男生打完篮球浑身臭汗地回到教室，发现黑板上写满了英文单词，起码有六十个。有些词我们依稀认得，其他的基本就是天书。

“上课了！”我妈的声音懒洋洋地从教室后面响起。我们转过身，目送她慢慢走上讲台。“今天，我们来学国家和城市的名字。”她骄傲地宣布，“为了帮助你们记忆，我会给你们每个人分配一个名字，作为你们的英文名。”

她一面拿一把木尺轻轻拍打掌心，一面眯起眼，扫视教室，仿佛她能一眼看穿我们的特质，与之和国家城市匹配。“你就是 Jordan，约旦。”她对老是在嚼口香糖的钟丹说。“你是加拿大，Canada。”她对戴牙套的小个子男生刘伟说。年级第一的张宁得到了众人艳羡的“France（法国）”，而她郁郁寡欢的死敌魏鹏得到了“Germany（德国）”。每当一个人分到一个国家，教室里就会响起一片欢呼声，口哨声，幸灾乐祸的笑声，取决于我们对这些地方有什么印象或偏见。分配到城市时的反应就弱了很多，因为城市更具体，也更抽象和中性。我们判断它好坏的标准更为纯粹，就看发音好不好听。

“At-lan-ta.”[①]我妈会一字一顿地说。

“At-lannnn-ta.”我们会拖长了声音念。

“To-ron-to.”[②]

“To-ronnnn-to.”

很不幸，我被分到了“America（美国）”。这在我看来相当讽刺，因为我们都知道美国是超级大国，而我连班级前十都挤不进去，我和我的新名字之间有着难以逾越的鸿沟，我甚至怀疑我妈是故意这么做来揶揄我。不过说实话，分到“America”还不是最惨的。陈畅分到了“Korea（韩国）”，坐在最后一排的赵聪分到了“Japan（日本）”。

下课后，几个最爱捣乱的男生把赵聪围住，阴阳怪气地怂恿他：“Japan，你怎么不去侵略 Korea 呢？”

---

① 亚特兰大，位于美国。
② 多伦多，位于加拿大。

赵聪一个字都蹦不出来，一张白白净净的脸憋成粉紫色，拳头捏得关节发白。连我都看得出他气得浑身发抖。“走开！”他的喉咙深处传来一声低低的怒吼，既是威胁也是乞求。

陈畅依然笔直地坐在座位上，但我知道她肯定都听到了，因为她的小圆耳朵变成了透明的粉红色。于是我抓起抽屉里私藏的粉笔头，向那群好事者掷去。

他们奸笑着散开了，一面叫嚣：“America 发起导弹袭击咯！快闪！”

我虽然解救了陈畅，她却没有感谢我。语文课随堂测验时，她给我传卷子时看都不看我，只把那沓纸往后一甩，卷子全部撒在地上，我不得不弓腰把它们抠起来。

下午放学时，我去教师办公室讨零花钱，发现陈畅站在我妈面前落眼泪。第二天，我妈给她改名叫“Vatican（梵蒂冈）”。自那以后，梳着马尾辫的“梵蒂冈”便坐在我前面虔诚地听课。

就这样，我们的初一生活告一段落。夏天来了又去，到了秋天，我们再次回到教室这座监狱，有些长高了，有些抽条了，有些嘴唇上面生出不软不硬的绒毛，很是搞笑。我们的声音也变了，不像人在说话，像鸭子在嘎嘎叫，或者车轮在铁轨上摩擦。女生一看见我们就皱眉，有些甚至在我们说话时公然用手指堵住耳朵。不过我们不在意，或者假装不在意。

新外教出现时，我们大失所望：他太老了。判断老外的年龄很难，但这个外教的年纪大得都能当我们爷爷了。他的头发白得像粉丝，背拱得像虾，脸上布满了老年斑和弯曲的皱纹。他写板书时，我们几乎为他的手指担心，因为它们看起来比粉笔还要脆弱。尽管天气还很热，他却穿着一件蓝色长袖衬衫，外面套了件棕色背心。他的右手抖个不停，一开始我还以为他很紧张，后来我发现他发抖的节奏非常稳定，很可能自己也无法控制，就像恶霸关虎老忍不住要抖脚一样。

我以为他会教我们一些新的绕口令，因为他显然没有力气唱歌了，而且也没带吉他。但他只是颤颤巍巍地捡起一只粉笔头，在黑板正中间写了一个单词：

然后他转过来，沙哑地用英语问：“能不能告诉我，你的梦想是什么？”

整个教室鸦雀无声。从来没有外教问过我们这个问题，哪怕我妈也没有。他们只会让我们跟着念，管它是歌词，绕口令，还是英文课本。

老外教和蔼地看着我们，没有一点不耐烦，然后说道：“梦想是你想要获得的东西，哪怕最后没能成功。”

我的心脏怦怦乱跳起来。长这么大，我还没找到哪怕失败也要奋力获得的东西。这种渴求让我疑惑，同时也让人兴奋。

张宁举起手来。外教鼓励地朝她点点头，她微微脸红地说：“My dream is to be a teacher.”①

我翻了个白眼。连我都知道这不是梦想——当老师有啥好的？要是我妈能靠打麻将而不是教书谋生，不知道她有多开心。每次陪她上街，只要听到茶馆传来淅淅沥沥的牌声，她整个人就会容光焕发。

外教在教室里悠闲地踱步，等待更多答案。关虎怪声怪气地说：“My dream is a panda.”②

我们嘻嘻地笑起来。外教看向关虎，也露出微笑。“你想变成一只熊猫？不好意思，似乎生理上不太可能。这算不上梦想。”

这时，他一低头，正好迎上我的目光。我看见他的脸，才发现我从来没有如此近地观察一个老外。他头顶的头发快落光了，眉毛又长又邋遢，眼睛下面吊着两只巨大的眼袋，令人想起动物园里看到的某种古老生物，虽然很丑，却带给人莫名的慰藉。

“你的梦想是什么？”他问。

---

① 我的梦想是当老师。

② 我的梦想是当只熊猫。

我一时半会找不出话说。全班的目光落在我身上，等着看我笑话。就连陈畅也半侧过来，用冷静而好奇的眼光打量着我，她的马尾末端轻轻拂过我的铅笔盒，拨动了我最喜欢的那只六角铅笔。

情急之下，我脱口而出："I dream to leave." [①]

"You dream of leaving？" 外教问。

我发现外教会非常含蓄地纠正我们的答案，而不是原样重复。所以我跟着他，提高一点音量答道："I dream of leaving."

"离开哪里？"

我苦苦思索了几秒钟。不知为何，我的脑海中突然出现我们小镇，乌泱泱的河，灰扑扑的树，乱糟糟的街，闹哄哄的火锅店，冷清的公园，昏暗的溜冰场，证券交易所，它对面的北方水饺，书报摊前的退休老人，商场电视前的小学生，傍晚卖西瓜冰粉和兔腰烧烤的摊贩，夏天田埂深处蛐蛐的鸣叫……我仿佛骑在脚踏车上，满镇乱逛，和它们一一道别，正如每年春天，我都会向每一棵银杏树问好，希望它们能听到我的召唤，吐出一点绿芽。曾经我是如此相信召唤的力量……

"离开这里。"我回过神，清晰地答道，"离开家。"

外教盯着我看了一会儿，目光坚定温柔。然后他缓缓地点点头，说："我还是个小男孩时，也有一样的梦想。"

说罢，他走过我的课桌，开始和别的学生说话。我放松下来，试图通过转笔来重获宁静。突然间，我的颈背产生一种奇怪的感觉。一开始我几乎不想承认它的存在，最后，我鼓起勇气，转过身去。如我所料，我妈的身影杵在教室后面，笔直地面对前方。我不知道她是什么时候进来的，有没有听到我的回答。我也看不见她的眼睛，因为一束夕阳斜照进窗，刚好打在她的镜片上。我转过身，假装听其他同学结结巴巴的回答，耳朵却紧紧追踪着我妈的动静。最后，仿佛经过一个世纪，我听到熟悉的高跟鞋声咔嗒咔嗒走出了教室。

---

① 此处语法有错误，大意为我的梦想是逃离。

第二周，我一走进教室就感到异样。空气中有些非同寻常的躁动，几个男生围绕着关虎聚在角落，对着我不怀好意地嗤笑。我一看向他们，他们就移开目光，仿佛和我没有一点关系。我非常熟悉这种诱饵，干脆假装毫不在意，等待他们主动上门。终于，他们中的一个再也无法自已，对我叫嚣道："America！你都被炸了，咋还不去医院？"

他在说些什么？我瞪着他们。我最近心情不太好。自从那节外教课后，我妈就怪怪的。说不上究竟哪里不太对，但的确有些微妙的变化，哪怕像我这样的粗人都注意到了。那天回家后，她既没有骂我也没有打我，甚至连提都没提那件事，反而剥夺了我解释的机会。家里的气氛变了，我们之间礼貌得出奇，吃饭时就像饭馆里不得不共用一张餐桌的陌生人。我渴望这种诡异的气氛快快终止，甚至想捣点乱，让她重新看见我，承认我的存在。

"你在说些什么？"我冷漠地问。

"你还不晓得？美国昨晚被炸了！"坐在关虎旁边的刘伟说道。

一群人咯咯地笑起来。我还是不知道他们在说什么，于是假装去上厕所，在教师办公室门口徘徊。我们的数学老师有台收音机，她喜欢一边批作业一边放很吵的电子舞曲。

这天早上，办公室比平时安静，收音机里放着新闻。我只听到一句："主席向美国总统致电，向遇难者表示哀悼……"紧接着，体育老师的声音说："活该！哪个喊他们多管闲事！"

语文老师叹了口气。"老百姓是无辜的。"

体育老师哼了一声："你们女人家就是心肠软。"

我装作不经意地从门前走过，趁机瞟了一眼我妈。她没有加入对话，而是盯着面前那杯热气腾腾的菊花茶发愣。

等我回到教室，里面已经炸开了锅。更多的男生聚集在关虎和他的小帮派身边，时不时爆发出怪叫和掌声，惹得陈畅张宁这种正在预习功课的好学生频频转身，用眼神警告他们。我远远地望着这群人，看他们哈哈大笑，拿拳头去砸坑坑洼洼的课桌表面，不禁想起了他们的父亲，球队输球了，或者化肥厂厂长卷款跑路的那晚，他们就是这样，在街头小巷买醉。

第一节是数学课，老师使尽浑身解数，又是拿圆规敲讲桌，又是用粉笔头砸人，最后干脆让关虎到教室后面罚站十分钟，才勉强镇住了波涛汹涌的情绪。可当体育老师吹着口哨，慢悠悠晃进教室，宣布外面下雨，课外活动改为自习后，我便知道，关虎的气焰只会更加嚣张。

广播体操改成了眼保健操，之后就是外教的英语课。上课前，我看见关虎和他的跟班们在折纸飞机，然后故意把飞机投向讲台、黑板、紧闭的窗户。每当纸飞机击中目标而坠落，他们便爆发出一阵哄笑。哪怕等外教走进门来，教室稍微安静下来，我的耳里依然回响着他们的笑声。

外教今早和以往没什么区别，但不知为何，可能是我的错觉，我觉得讲台上的他看起来比平时更为瘦小，也更加憔悴，脸上带着惨淡的微笑。他刚转向黑板，第一架纸飞机便横跨教室上空，不偏不倚地落在讲台右侧。他看了眼飞机，慢慢弯下腰，把它捡起来，回身扫了一眼教室后排，平静地说："有人把这个搞丢了。"

他的话像石头落入水塘一般，激起后排一圈轻笑。我越过肩头，窥见关虎端坐在最后一排，双臂骄傲地交叉在胸前。外教把纸飞机放在讲桌上，正要转身，又一架纸飞机从同一个角落飞来，擦过前排同学的耳朵，撞到讲桌沿上，跌落下去。有人偷偷模仿炸弹爆炸的声音。

外教的眼神坚硬起来，满是皱纹的脸上浮出凝重的神色。他两手扶在讲桌外沿，撑起上身的重量，说："看来你们已经听说了。"

有几秒钟，整个教室里鸦雀无声。后排有人大声地擤了擤鼻子。不用想我就知道是关虎，他从小就有鼻炎，一激动鼻子就会嘶嘶作响。

"现在我知道的很少，并不比你们多。"他用比以往更慢的语速说道，"远方发生的事，对它笑很容易……为它哭，却很难。"

他一面说着，一面稳稳穿过课桌间狭窄的过道，以惊人的敏捷向后排走去。

他问刘伟："能告诉我，你为什么在笑吗？"

我敢打赌刘伟和其他人肯定连外教说的话都听不懂。他们在座位上蠕来蠕去，既没看他，也没看彼此。

外教将目光投向关虎。"你呢，你为什么在笑？"他问道。

虽然关虎拼尽全力想维持脸上的蔑笑，我们都看得出，他满不在乎的姿态正在老人沉静的目光下土崩瓦解。他那张结实的圆脸涨得像熟透了的番茄，他此刻的心情肯定也烂透了。

外教对着虚空点了点头，转身回到讲台，拿起粉笔，写下他想让我们讨论的话题：

HOME

于是我们开始磕磕绊绊地形容我们的家，试图描述那些闻起来有鸡汤或中药味的厨房，晒满内裤和袜子的窗台，还有屋檐下燕子筑的窝，里面五只还没开眼的雏鸟，奋力张开鹅黄的喙，等待父母的喂食。

和往常一样，他点评了我们的回答，纠正了语法错误，但有点心不在焉。下课铃响了，他没有立即离开，而是从笔记本里抽出一张邮票大小的彩色微缩胶片，然后请前排的人往后传递。他说，这张胶片是五十多年前拍下的，那时他比我们没大多少。松林旁的小木屋是他外公外婆的家，如果我们仔细看，会发现背景里站了一个小男孩，那就是他。"你们刚才向我分享了你们的家。我想给你们看看我的家。"他说。

胶片传到手上时，我盯得眼睛都酸了，还是看不清男孩的脸。但那半透明胶片里的湖面是如此波光粼粼，我几乎能感到五十年前的阳光灼烧着我的肌肤。

"你喜欢你的家吗？"我问。

他微笑着摇摇头。"要等到离开很久以后。"

说罢，他收回胶片，朝我们点点头，独自一人蹒跚离开。关虎和他最忠诚的部下坐在原位，闷闷的，一动不动。我们其他人在教室后面的空地上踢足球，假装没看见他们的愤怒和羞辱。

最后，我听到关虎一脚踹向桌腿，低低地咒骂道："死老头！"

关虎的怒火和我们的记忆都非常短命，总会有更多的八卦和麻烦来占据我们的大脑。升入初三后，一周一节的外教课也取消了，尽管我们一开始还很想念，渐渐也就习惯了更多的作业和更频繁的考试，接收了更高的眼镜度数和更重的书包。老师们开始频频谈起中考，警告我们它将决定我们去哪里读高中，那高中又将决定我们去哪里读大学，而大学又将决定我们最后过上怎样的人生。一步出错全盘皆输的恐惧鞭策着我们，于是我们前所未有地忘我学习，不再思考自己是谁，有什么梦想这种可有可无的问题。我们偶尔会在校园里碰到老外教，看到他在花园里散步，在樱花树下和新学生聊天。我们没有停下来跟他打招呼。

我和我妈之间也出现了新变化。我的声音不可逆转地变粗变低后，她不再在人前揪我耳朵，甚至开始尊重我的隐私。我们都知道，真正的变化总会来临，或早或晚。而她似乎提前接受了它，不再流连在烟雾缭绕的麻将桌边，转而开始花钱打扮自己。我变得沉默，那些我想说却从未出口的话压在胸口，我不得不转向纸笔，将思绪倾注在笔记本上。陈畅也在我面前发生了肉眼可见的变化：她的胸口更鼓了，四肢更加修长，头发被她妈妈剪短，美其名曰有助于她专注学习。我经常看见她思考时下意识用手拂开肩头的头发，指间除了空气别无一物，不禁有些感伤。

一天傍晚，我放学回家，发现屋里没人。我下了碗方便面，开始做作业。等我听见开门声时，已经晚上八点。一串钥匙疲软地落在桌上，我走出来，给我妈倒了杯白开水。

她坐在椅子上，向后倒去，头枕椅背。听到动静，她睁开眼，向我疲倦地笑了笑。"你记不记得那个外教？"她问。

她向我讲述了经过：这天下午，她经过外教的教室，发现他没来上课，也不在办公室。她到教师公寓一楼敲门，等了十分钟，没人回应，便绕到后窗往屋里看，发现外教倒在地上，失去意识。她找来门卫开了门，屋内一片狼藉，满地都是纸箱和行李，既像初来乍到，又像将要离开。他的身体还温温热，也有呼吸，很微弱，苍老的脸上满是泪水。为了什么而哭呢？我妈来不及细想了，她喊来校医和救护车，跟他们去了镇医院，垫付了一千多块的住院押金。

外教在ICU里住了三天，医生最后宣布放弃。两周后，一个大个子美国女人出现在学校。我们看到她从教师办公室出来，捧着一大束百合和菊花。她大概四十多岁，黄头发下面一张粉脸，绿风衣松松垮垮地挂在壮硕的骨架上。校长和主任也在，尽管我妈就在一旁充当翻译，他们还是宁愿满脸堆笑地向那个女人点头哈腰。上课铃响了，校长和主任送她下了楼，我妈匆忙赶回办公室，走廊里再次空无一人。

晚饭时，我问起那个大个子女人。我妈不以为然地撇撇嘴。“她准备把她爸的遗物交给学校处理。一样都不拿走。”我妈摇摇头，“你说这像话吗？天底下哪有这么无情的女儿？不过她自己也说，从小到大就没见过他几面。他好像退伍之后一直在亚洲当记者。”

“那你准备怎么办？”我问。

“什么怎么办？”

“他的东西。”

我妈惊讶地看了我一眼。“书大概会捐给图书馆吧。其他估计也就扔了，或者让小张卖给收废品的。”

“那些书能不能给我看一眼？”我顿了顿，补充道，“我想提高英语成绩。”

她过了好几秒才理解我的意思。我感到一道犀利的目光扫向我的脸，便下意识地把它绷紧。瞬息之间，她的表情发生了变化，就像那天我在外教课上看到的那样，深不可测。她张了张嘴，仿佛要说什么，最后只叹了口气，把杯里剩的水一饮而尽。她拿手背擦擦嘴，简短地说："好嘛。明天早自习前来我办公室。"

第二天早上，我们骑着自行车去学校。我谨慎地跟在我妈后面，保持一个车身的距离。这天早上雾很大，我妈骑得很慢，她结实的小腿需要把踏板狠狠往下压，才能被另一边缓缓地托起。为了看清雾里的红绿灯，她不得不眯起双眼，向前耸着脖子。我观察她，第一次意识到她的背也发宽了，顶上的头发也稀落了，从背影看，她和那些她瞧不起的广场舞太婆已经如同姐妹。但此刻的我来不及内疚，满心想的都是外教留下的东西，害怕过了今天，它就会混入图书室无人问津的尘封书架，再也不见天日。不知过了多久，我听见轮胎下发出细小的爆破声，知道我们终于来到学校附近，农民已把收获的麦粒铺在马路两边，等着稀罕的太阳把它们烘干，再让学生的自行车轮胎将它们脱壳。

我们停好车，经过养着锦鲤的水塘，穿过开满七里香的走廊，一口气来到三楼教师办公室门前。幸好还没人来，门依然结结实实地锁着。我妈一面喘气，一面在包里掏钥匙。她的身体突然一僵。

"怎么了？"我看着她。

"哎呀，"她缓缓转向我，面无表情地说，"我把钥匙忘家里了。"

一阵强烈的绝望从我心底卷起，我一眨不眨地盯着这张再熟悉不过的脸，居然感到一丁点恨意。下一秒，这张脸上突然荡开一圈挑衅的、带着一丝悲伤的笑意。

"你连这个也信！"她故作爽朗地说道，一巴掌重重拍在我背上。我倒吸口气，与此同时，听到她包里清脆的金属碰撞声。"你以为每个人都像你一样丢三落四哦？"她揉了揉眼睛，将钥匙戳进锁孔，猛地将门拽开。

一股浓重的灰尘和油墨味扑面而来。进门后我才发现，我已经很久没来过这个办公室了。它一点没变，我还记得地理老师桌上半死不活的仙人掌，语文老师柜边褪色的电影明星海报，五颜六色高矮胖瘦的保温杯，一沓沓下学期用的课本和试卷。这时，我妈打开柜子，从里面拖出一只纸箱，砰一声把它放在桌上。

“都在这儿了。你来看吧。”她说。

我快步来到桌前。箱里有几本英语课本，一小沓皱巴巴的杂志，一本很新的便携式汉英字典，几份旧报纸。我快速翻了翻杂志，发现里面几乎全是广告，正文被埋在西装汽车女人家电的图片中。我打开汉英字典，看到有一页的页角被折了起来，上面的词条是“理睬”“理当”“理短”“理发”。旧报纸下面是他随身携带的皮封笔记本，前几页有一些潦草的数字和草书，记下了又划掉，之后便全是空白。哪里都不见那张彩色胶片的踪影。

我妈给自己倒了杯菊花茶，在一旁悠悠地问道：“怎么样？”

我突然觉得她的声音非常刺耳，仿佛她早已料到这一切。

“你把其他东西放哪儿去了？”我问。

她诧异地睁圆了双眼。“没有啊。都在这里。”

“我不信。”我听见自己的声音微微颤抖，“不可能只有这么点东西。他给我们看了……”

“都在这里了。我骗你做啥？怪得很！”她愉快地笑起来。

我说不出话来，喉咙紧得发痛。我能感到她在谨慎地观察我。最后，她发出一声冷笑。

“你以为这里面能有啥？又不是什么金山银山！”

见我没有回答，她继续说道：“对你够仁至义尽了。清早就陪你过来。结果找不到你想要的，就往我身上撒气！对不起，你老娘不吃这一套！”

我痛苦地闭上双眼。事情朝着预料之外的方向飞速倒去。脑中的乱麻越缠越紧，我希望她可以马上闭嘴，好让我找到乱麻尽头的那根银针。

“你以为他是什么好人啊？他死了，女儿都不管的！这种人，流浪一辈子，抛妻弃子，是断了根的！”

“你不要说了！”我听到自己的公鸭嗓像破锣一样撞响。与此同时，笔记本飞过半空，哗啦啦砸在房间那头的地板上，封皮像断翅一般耷起。

我妈呆住了。她红了眼圈，带着哭腔喊道："你在发什么疯？"

我头皮发麻。自父亲离开以来，这是我们第一次发生如此激烈的冲突，它将在我们之间留下一道伤口，永不愈合，隐隐作痛。而我这才意识到，离开，就是由像这样的一步又一步组成。

窗外传来轰隆巨响，随后噼里啪啦连绵一片，犹如万千颗黄豆同时落地。我抬起头，发现外面下起了瓢泼大雨。一开始还辨不出雨点，只能看见它不停打断的风景——对面白瓷砖的教学楼，楼背后的松树，地平线上棕红的工厂烟囱。接着，钻进一丝微风，掀起了沾满尘埃的窗帘，搅活了屋内凝滞的空气。我嗅到青草、热浪和灰尘的味道。

走廊苏醒过来。沾湿的楼梯上传来高跟鞋的叩击，运动鞋的摩擦，童年无忧无虑的嬉笑。

我拾起笔记本，走近妈妈。她低着头，在衬衣一角上擦拭眼镜。她没有看我，哑着嗓子说："要上课了，你选好没有？"

我抹干脸上的水，看着她，等待胸中的撕扯暂时消失。

原载于"单读"公众号 2022 年 8 月 3 日

戴草帽的夏天

赵　彦*

那年夏天整整三个月她都戴着一顶乳白色的拉菲草编织的大草帽，草帽的一侧缀着一颗蓝色的绒布蝴蝶结，帽檐镶着一道白色的宽丝带，自从仿真丝里子被一个金属发卡蹭出破洞后，每次戴帽子她都小心翼翼地把头发拢起来，以免将洞口撑得更大。从看护的老太太家回到自己家里要过一条河，地铁还没修建时可以很轻松地就从小路直接穿过去，路过一家烟草店进到公园里面，然后再从公园穿出去。地铁站建好后，主街被一分为二，公园成了一家房地产开发商的新楼盘，去公园的路于是被完全封死。现在到河边必须坐一站公交，下车后再爬一段坡，那段建在一家小公园里的坡在她简短的行程里具有终点的地标意义，因为出公园就是她家的那幢居民楼。因而到了夏季，那顶大得出奇的太阳帽就会成为她一座移动的避难所，从城市的一端到另一端。一出门或一下公交车，她就会把自己紧缩在帽檐下，就像一把伞骨收拢的伞——不到万不得已不会打开自己。连一个手指头都不会。

她很在意上下坡时轻度弯曲的罗圈腿会不会引来周围的目光，除此之外，她会习惯性地将手摁在被手机耳机线缠绕着的上衣口袋里的一枚钥匙上，以便扯出耳机线接听女儿和女儿男友的电话时不至于绞成一团。这段只有二三百米的坡之所以让她气喘吁吁原因出在那条有旧伤的左腿上。不过女儿

---

*　赵彦，1974年生，浙江人。著有长篇小说《伪人》，评论集《我们都是二手动物》。康普顿斯大学拉美文学博士在读，现居西班牙马德里。

男友说那是因为糖尿病的缘故，只要你的身体变成一架功能失调的制糖机器就无须找其他的原因了，未消化完全的葡萄糖的鬼影已早出没在你身体里所有的部位了。

她从未被它击倒过。或者还不到时候。她只是觉得有点轻微的症状而已。她的两个哥哥，其中一个因为糖尿病已经去世了，另一个像她一样正处在发病初期。过早离世的大哥还有其他毛病，不过给他致命一击的还是糖尿病。去世前他眼睛几近失明，视线里的全黑加剧了他的恐惧和孤独感，那时候他一个肾也已萎缩了，肺部有阴影，还有尿血，每天用导管接出来的血又红又稠，就像油漆。最后一天他声称黑眼眶里出现了去世多年的母亲，就像防伪标签一样贴在他的瞳仁上，他说他还看清了病房里的其他摆设。没有人怀疑他，因为他准确地说出了墙角的三把椅子，床头一罐他爱吃的糖水荸荠。应该是回光返照给了他清晰的一击，四个小时后，也就是傍晚五点二十八分，他辉煌的视觉在那根正在输液的滴管上寿终正寝——护士发现他心跳停止了。

她把这当成他们家族一个连续剧，糖尿病成为在他们手里连续传递的接力棒：大哥去世前母亲也死于糖尿病，而外祖母年纪轻轻就去世了，症状与糖尿病相仿。但她并没有认真看待这起家族病。她认为自己还不到时候。她刚过完五十八岁生日。此外，她还有个远在异国他乡的男友，两人每天都会联系，心脏这部分活跃在情爱关系上的机能给了她以生机。女儿对她与男友交往到什么程度浑然不知，她也不打算隐瞒女儿，可是这一切如果在暗底下进行会更刺激。她男友的生活和个人故事脉络清晰，主线是他自己，副线是他女儿四口之家的那个烂摊子，比如几天前他女儿就在加油站附近被一个顺风车司机强奸了。由于语言不通，由手机软件翻译过来的信息还过得去的准确率足以让她大致了解他那边寂寞又渴望有个异性相伴的独居生活。

“如果他是个黑人你能接受吗？”女儿用“黑人”这个词威胁她，因为他们一家都把黑人当成另一个世界里的人。最近一个跨境诈骗团伙落网的新闻刚刚上了热搜——一个黑人团伙利用手机上的一款App软件对单身妇女进行诈骗，目标主要是年长的已婚或离异的妇女。骗子们用甜言蜜语通过聊天让她们上钩。

她不介意有人对她说甜言蜜语。非但不介意，她还喜欢他在那头说的那些貌似不得体的调情的话。那些既似性暗示又像是语法错误的信息让她在一片模模糊糊的词语迷障中感觉到幸福。“我想用嘴袭击你的大腿上部的上面”“我思念你粉红的带血的心脏”，她更愿意把这类语言怪胎归之于手机翻译软件的殷勤和呆傻劲儿。要是一个男人直接对她说“我想操你”“我想摸你”之类的，要是翻译软件不帮她柔化那些见不得人的男性性念头，她早就用耳光把说这类话的人扇过去又扇回来不知多少回了。

当然，这一切仍旧得益于她与他的交往是在暗底下进行的。两人从未见过对方真人。

每天傍晚她准时去老太太家，第二天上午回来。五年来，每一天她都在等着雇主儿子在电话里告诉她今天可以不用去了，因为他母亲，那个九十多岁的老人心脏停止跳动了，就在刚才，就在打她电话的几分钟前，老人的心脏突然被紧握了它九十年的血管松开了，那些血管像菊花的花瓣那样散开了。早已半瘫痪在床的老太太就这样在自己家里告别了人世，在被皮肤碎屑铺白的床单上，在卫生间漏水的马桶边上，在吃药吞咽口水的那一秒钟里，在睡眠中一句梦话和另一句梦话之间，在打开一只眼皮同时合上另一只眼皮之内……老人与我们这个活力四射的世界所保持的那一点点微弱的联系毫无征兆地就这样中断了，生命的火苗舔到了死亡火柴棍上的最后一毫米。这样的一天，雇主的儿子盼望了很多年了。因而在每周一到两次的例行电话里，他都会用一种心灰意懒但又满怀希望的口气问她他母亲是否已经有便秘的倾向了。

不知道他从哪儿得知老人只要持续几天便秘就是大限将到，这个大学后勤部负责账务的校工对此深信不疑，每次通话最后一句都是用来查问他母亲运行正常的消化功能是否到了最后一刻。她掌握的信息更为务实和科学：老人们最后几个小时的身体状态更与呼吸道相关——因为喉部肌肉变得松弛，临终老人都貌似含有一口痰，一旦那口暂时的痰下去了人也就过去了。

老人家里值点钱的东西几年前就被她儿子搬空了，有些被他挪到了自己家里，有些则被变卖了。视力不佳的老太太对此心知肚明却并不愿意儿子以这种方式提前转移财产。白内障严重起来后老太太经常会指着门廊里那盏落地灯问她她儿子是不是又来偷东西了。有时候这样的质疑需要一些适逢其时的配音，一些子虚乌有，就像是一个人匆匆踏过客厅的地板噪音，拂过耳膜时老人就会异常激动起来。她已经无数遍地告诉过老人那不过是一盏普通的落地灯，但老人脑子里已将它合成了一个贼的形象，之后，只要辅以任何一点动静，贼的形象就会具化为她儿子的身影，那个“儿子”身后还拖着一条细长的不光彩的阴影。

“鬼鬼祟祟地站那儿干吗？”

“夜光杯去哪了？”或者：“你还嫌拿得少吗？”“昨天你数了多少钱？”

“他走了？”在一番问话没有人回应她之后，老人就会把头扭向她。

以前她会认真地回答她，现在她什么也不说了。

每天从老太太家回家她都会心情愉悦，因为在年轻的时间里，事物不会错位，都有其充分发展的空间，至少一盏落地灯不会被无辜地看成一个偷东西的儿子。这段回家的路程也让她演习时间是如何慢慢远离我们的。例如，她会在穿越小林子时想起一些如今已再也见不到的人，她会想起父亲的一个朋友，尽管与他见过的次数有限。那位朋友比父亲小十多岁，之所以想起他是因为有次曾开玩笑地问过她长大后愿不愿意嫁给他。当时她父母和其他朋友正在参加另一个朋友的婚礼，他们打趣这个帅气的年轻人为什么不找女朋友，为了让气氛更欢乐些，二十出头的他于是不厌其烦地一个一个问过婚礼上所有的女性，连才七八岁的她也不放过。多少年后，所有的人都将这个场景忘记了，只有她还记得这个玩笑。几年后这个朋友忽然死于自杀。

公园的那片小树林里有几棵高大的椴树和金合欢树，树底下的草坪长年绿油油的，灌木很少，因为有人定期做清理。也没有杂草。供行人通行的小路上砌了一些水泥小台阶，为的是减缓上下坡的陡度，小台阶呈之字形扭扭曲曲沿着那面山坡绕上去。她很少在那片林子里停下脚步，因为每次经过那儿人都很多，早上是晨练的人，傍晚是散步的人，中午还有几个推婴儿车的保姆。

不过她喜欢那片林子。

女儿男友从搬过来住的第一天改造和修缮工作就没有停止过。他不停地在家中敲敲打打，更换款式老旧的家具，动手制作有储物功能的橱柜，甚至连浴室地板都被他撬过几回了，因为要补上一些踩裂了的瓷砖。女儿男友将家当成一个需要不断修改的魔盒，因为每次修改都会带来新感觉。前夫离开时厨房里还吊着一排实木做的橱具，如今那只防火板整体橱柜已被烟火和湿气侵蚀得卷起了蓝色的贴纸。客厅也被改变了几次格局，女儿男友在沙发后的墙上钉了几块搁板，塞进去几张他收藏多年的唱片和碟片。女儿和男友上学时就认识了，他高她一届，拜充沛的荷尔蒙所赐，稍稍使点劲他就把她追上了。之后女儿就再也没有变心过。不久两人就形影不离，直至无父无母的男友搬过来和她们一起住。

她在老太太家每晚都睡得很好。小房间的窗户外正好有个小庭院，晚上很安静，席梦思又软又厚，尽管有点窄小，但她能在上面睡个囫囵觉。老太太一入夜就没声音了，从来不会麻烦她，因而她在老太太这里更像是个守夜人。就这女儿男友搬过来与她们一起住有了充分的合理性，至少他可以充当女儿的伴侣兼保安。不久后，三个人就把空出来的一个小房间出租了，为的是增加收入。女儿和男友在网上挂了租房信息，将出租理由写得煽情而诚挚，就是希望找一个会积极生活、勤勉工作并且能懂得享受生活的人。

有个男租客就这样闯进了他们的生活并在这儿一住就是三年。他们从没担心过他会走，每三个月付一次的房租让女儿和男友对未来有了更多的信心。两人一直想要有一个自己的家。女儿男友拼命存钱，把三分之二的工资都存入了银行，她也将自己一半的收入存到女儿名下，因而到了月末三人会约一个日子专门去银行里查看存折上的数字。尽管看不看那个数字都在那里。

女儿男友十岁那年父母去世，之后被姑妈一家收养，少年时那段寄人篱下的生活让他迫切地盼望有一个自己的家。他每天会在餐桌上谈论他的计划，这是他最为憧憬和激动的时刻，因为每次谈论都将他往未来的理想生活推近一步。他已记不得自己父母的模样了，好多年前，一起罕见的事故引发了两列火车在郊外的一段铁轨上相撞，死了很多人，他父母是其中的两个。

她最初和他联系还以为他是个在海外生活多年的华人，因为说话语气怪怪的，也看不懂她发给他的一些新词。他在手机上打出来的每个句子都有穿戴整齐的主谓宾，用她的说法是一些“穿制服的句子”。但要命的是他连“制服”也不知道是什么意思。因而最初聊天他们大部分时间在讨论句子的语法问题。他那种像外星人般的认真劲儿非常吸引她。很快这类争论被揭了老底，在一次谈话之后，他向她承认他不懂中文，所有到达她手机上的信息都是通过一款翻译软件来传递的，他很惊异在这样的情况下他们仍旧能够沟通某些东西——他说现在用这类手机翻译软件交朋友的不止他一个。

他在一家加油站上班。每天的工作是拖着一柄加油枪插入一台又一台疲乏的车辆，因而他认识自弗里德利希·本茨发明汽车以来的所有喷油嘴和汽油泵的造型。这份工作如同塑料生殖器的性生活，每天插入拔出，但是没有乐趣。在那家前不着村后不着店的加油站，拥有一些喷油嘴和汽油泵的知识是必须的，也是娱乐的，因为他那两个同事，其中一个隔天才来上班，另一个已经很多年不开口说话了，自从脑部 Broca（布洛卡）区受损后，同事就只会说几个有限的单词。但这并不是什么问题，国道线改道后，来这里加油的车辆越来越少了，没有人知道这家加油站还能再撑多久。圣诞节后就有人传说这家加油站要关门了。

在那个社交软件上她认识了不少人。他只是其中之一。她之所以加入这种时髦的交友活动是因为女儿男友给她下载了这款软件，还偷偷将她照片发布在了账号的首页，之后又与女儿合伙修改了她的年龄，至于她那张照片也不是真的，被 PS 过几次，于是她就生活在一具比自己本人年轻漂亮几倍的身体里，一座实际上不属于她的肉体豪宅中。他们把她的鱼尾纹修成了一块平滑完整的皮肤，将她的发型改短了还加了颜色，给她修了眉线，眉毛上添上了一颗小小的栗色的美人痣。起初这只是一个玩笑，她也不当真，可等后来两个年轻人渐渐忘记这件事的时候，她已经与他们当中，即那些被她的年龄与照片吸引的人中的一个聊上了，就是那个在加油站工作的男人。他费劲而认真地通过翻译软件每天找她说话。还装作是她附近的一个人。直到有一天露了馅。

他告诉她十多年前他妻子就去世了，有个女儿，女儿养了两个孩子。女儿十八岁就与一名汽车修理工同居并有了孩子，之后结婚，但那家伙是个要命的酒鬼，女儿的噩运自此开启。他的酒鬼女婿一周至少有两天喝得人事不省。于是女儿就陷入了这种离了又复，复了又离的循环中。到了离婚季她就带着孩子来父亲家与他同住，以避难者的身份理直气壮地霸占他家的浴室和两个房间，让尿臊味成为一种配料独特的气味蒸腾在整条走廊里，至于厨房也整天不得空闲，不是煮这个就是烹那个；几个月后，当复婚季来临，母子三人就拖着大大小小的行李回到了他们地窖一样又潮湿又冷的房子里。这顺势也煅就了他的生活节律：女儿和外孙们一来家里便乱作一团，其中一个小的还要喂奶，另一个则喜欢捣乱，会将家里仅有的两只兔子身上的毛拔得一干二净，将工具箱里的扳手藏在毯子下面让人找不着，有一次甚至从路边拖回来一张脏兮兮的油毛毡说是要在后院做帐篷。现在正处于女儿第三次复婚当季，秩序的轮廓慢慢回到了家中每一样事物上，没有噪音，没有那股刺鼻的臭味，也不会有东西忽然失踪或者现身。在电话里他装作对女儿在公路上被人强奸无感（其实很介意），因为现在他可以四脚朝天在床上躺一下午也不会有人催他去洗榨汁机或去安抚那两只可怜的赤身裸体的兔子。他也可以在家中随便哪个房间里抽烟。到了周末不上班的日子，或者到轮休日，他还可以用手机与她聊上整整一天。

但实际上他们从未聊上过一整天。一到家她就非常忙，吃完中饭后，得给那只坐月子的母猫做鱼粥，清扫卫生间里的头发。租客每天上班前都要洗澡，却从不擦洗浴缸。她在老太太家待了一段时间后就染上了老太太式的恐惧症：害怕掉落在地上的毛发，哪怕是一根很短的头发或者一小撮胡须茬儿。对她来说与其是一种洁癖，不如说已是一个瘾了。最初她被老太太逼着去角落里逡巡找那些不幸掉离人体的毛发，现在她已主动地将找到头发当成乐趣，如同一个得偿所愿的寻宝者。马桶前，沙发上，老太太的床沿边，厨房的地板上，阳台角落……这些“宝藏”出没处从来不会让人失望。当你害怕的事物变得如此渺小时，你会觉得生活很有趣，因为一根头发既不会翻转过来绞死你，也不会凑上来咬你一口，你却怕它怕得要命，恨不得把它们从世界各个角落都消灭干净。

老太太丈夫死于一场意外，发现时尸体已在家里腐烂几天了。他被人用保鲜膜缠了一圈又一圈藏在一只行李箱里，血迹已发黑凝成了痂，而那段时间老太太却还以为他出差了。这起事故勉强可以解释老太太害怕头发的原因。凶手是给他们家做吊顶的一名工人，当时因为天花板漏水他们对客厅和阳台进行了大改造。这起案件一直没有侦破，直到那名装修工两年后暴病身亡并于死前向警察供出细节。因而老太太的儿子一直想把这套不吉利的房子卖出去，他在中介挂了好多年，但一直没合适的买主找上门来。

她不相信灵魂，也不相信有什么恶鬼，因而能在这套被人称作凶宅的房子里一待就是五年。无神论是她唯一的宗教。仗着这股子强大的唯物主义劲头，她也才能在离婚后一个人带女儿生活了很多年。有前夫的时候，她可是顶着一把伞生活的人 。

几年前二哥劝她再组个家庭。二哥是个乐观主义者，为了让她梅开二度，他与他妻子为她设计了很多种认识单身男性的方式：参加老年协会组织的各种聚会，以找工作的名义给离退休单身男性做钟点工，参加老年专场的电视相亲活动……因为这些倡议里都有一个“老”字都被她拒绝了，后来被逼无奈只在一家婚介所报了名。但事实根本不像他们想的那样，那些被安排见面的临近风烛残年的老头哪一个都不是她要找的对象。有一个老头刚吃过一顿饭就想和她上床。从餐厅出来后那老头很诚恳地就说要带她去看看他的住处，因为他家有个三室一厅，都空着，要是愿意她可马上搬过去与他同住。于是就有了那一幕——两人刚把门打开，老头就在门廊里迫不及待地脱内裤了。但她运气很好，卡进老头西装短裤拉链里的一根马黄带在关键时刻帮了她，老头滑稽地在门廊里折腾了十分钟，最后主动放弃了他邪恶的念想。

后来她才知道，那老头连那三室一厅也是假的。老头有个分居多年的妻子，家中儿女成群，没有人会同意他再婚。后面再见的几个也不怎么靠谱。有个老头不知道是严肃还是有社交恐惧症，尽管年龄合适，但半天才蹦出一句话来，见面一个小时里，他只说过三句话。之后又有一个奇怪的，见面就说只想同居。再之后，她就不再接婚介公司的电话了。

天气热起来后阳台上的帘子一直低垂着，因为一到下午阳台上就热得简直就像只烤炉。母猫对天气的敏感成了他们家一只会移动的温度计，哺乳期加剧了它的天赋，因为生下小猫还不到半个月，要是中午它出去遛遛的话，就说明这天天气不错，至少不会热得让人窒息。阳台上有一把椅子用于它的眺望和侦察，那也是它在这个家中地位的象征。但现在它似乎更愿意站在栏杆上俯瞰，有后代这件事让它的假想敌范围扩大了，现在它必须站得更高才能侦察到潜在的敌情。女儿最近为了奖赏它给它换了个新的猫爬架，但目前它对运动还提不起兴趣来。

没人知道它是怎么怀孕的。来这里后它一直没出过门。这幢楼似乎也没什么人养猫。

几天前她发现自己眼睛里有了一个黑点。起初她以为是没休息好的缘故，因为老太太最近每天晚上都睡不安稳，她经常得半夜起来去查看她的状态。今天她觉得左眼眼球上的黑点似乎变大了，滑动的方式也诡异，它在上下浮动而不是左右位移。昨天女儿扒开她眼皮用嘴吹了吹，还用放大镜查看了她并不清澈的眼球。女儿确认她眼珠上有异物，但不明显，也不建议她老想着这事儿。刚才她在镜子里盯着自己的眼睛又看了看，并没发现什么黑点——可那黑点分明就在她的视线里，只要她看东西，总会有一个似阴影又不似阴影的东西。如果要看的东西离眼睛很近，那个小黑点就会变大。

他今天说的还是老一套。一年前两人就开始聊要去看对方，然而每次结论都一样。她担心的东西很多，但理由是老生常谈：一、飞机得飞行十个小时，不知道能不能撑下来；二、她不会英文，无法想象在机场之类的地方如手机被盗或断网不能使用翻译软件该怎么联系对方；三、如果上床，问她快乐不快乐，从哪里进去更舒服，还得先问机器，也就是说，当他们光着身子时边上得有两部手机在用另一种方式交媾。当他们相处时边上永远会有两个第三者。

他们也视频过多次。这些都是年轻人流行的交友方式。因而她不相信他会是个假人。她在视频里看到的是一个货真价实的白人——尽管女儿男友说视频也可以作假。他还用手机给她看过他家：那面被他大外孙涂得五颜六色的墙壁，两只拔光了毛的钉在墙壁上的兔子照片，以及单身汉特有的荒芜的卧室。他没给她看加油站，因为加油站不允许视频聊天。他生活很简单，不是在加油站上班就是在家中睡觉，偶尔会与几个朋友去当地一家酒吧打发时间。

没有别的了。

视频中他是个小秃头，发际线退得很后，但还没到谢顶的程度。小肚子呈扁弧状。常规体型。不是什么美男子。他比她大两岁。他不介意她实际上不是照片上那个更年轻的女性。他在意的是她那座虚假的人体豪宅里生活的是谁的灵魂，是谁在使用与他说话的这个人的灵魂。

他说他五年前几乎就没有性生活了。找过两次“性工作者”。他这次打出来的字非常正式——“性工作者”。与性工作者交媾就像一只剥了壳的蜗牛将它脆弱的软体探进了一只公用玻璃茶杯。这句话她很难理解，可能他想说的是第一他很敏感，第二就是对方也不卫生。后来他只好让她们“吹箫”。“吹箫”这个词翻译软件翻成了“吹一种毛竹乐器”。他还问她她是怎么解决性问题的。

问得这么直接，幸亏有翻译机器在帮忙。

她在镜子里看到自己的后脑勺长了很多白头发，眼角的鱼尾纹也变细加深了，但她还是更关心眼珠上那颗黑点会不会变大，以及能不能消失。

晚饭时女儿和男友都建议她去看医生。他们还在手机上帮她预约了眼科医生。六点，女儿和男友出门散步，她收拾东西去老太太家。那只带来带去的背包每天装的东西都一样：一副老花眼镜，一只手机充电器，一瓶面霜，一小袋用以解馋的话梅和几本有时候想看的旧杂志，两件轮换的干净睡衣。

老太太这几天开始尿频了，最近还尿过几次床。老太太床前有一只痰盂，但只供应急之用，因为老太太尿味很大，尿得也慢，蹲在痰盂上不如不费点力将她弄到卫生间去的好。因为尊严问题她才勉强把老太太这具只会呼吸的人形物叫作“人”。老太太已叫不出她名字了，她吭哧吭哧从喉部发出来的噪音中勉强有几个接近她名字的发音，有时候这几个发音与一大堆咳嗽声混杂在一起，有时候则完全被淹没在似乎是另一种语言的噪音中。

老太太儿子将自己母亲的尿频视作是一个“好征兆”。他开始估算自己的母亲可以最快消逝的可能日期。

而她在电话里告诉他，尿频之前也有过。

老太太儿子每周一到两次的电话都是她刚到他母亲家时，这样有便于他查询自己母亲白天所经历过的情况，以及预判入夜可能的突发事件。他最近手机全天候地开着，不介意她甚至凌晨给他打电话。

因为老人们通常都在凌晨咽气的。

他对母亲的死已加快了等待的节奏，他甚至把殡仪馆的电话也给了她，将它压在客厅的电话机旁让她收起来。她从没见过他妻子，她不知道老太太儿子是不是个光棍，从他的言行看来像，因为他从不谈论他的家庭。她应聘时是他接待的，面试电话也是他打的，名义上是面试，其实她根本没有什么竞争对手，因为没有几个人能胜任在发生过恶性凶杀案的房子里护理死者遗孀，每个来这里见他的人谈完话就走了。老太太儿子在她过来前对房子做过一些必要的修缮工作，他自己十多年前就不住这里了。他给厨房新装了水龙头，拆掉了旧的抽水马桶，所有的房间都换了锁。一切都弄停当才离开。老太太当时还能在房间里自己走动（最近两年才不行了），但丈夫被杀的那个房间从不曾打开。很多年前那间房就被从里面钉死了。他们一直等着那名倒霉的现在还不知道在哪儿的新买主上门来。

老太太睡觉时她翻阅从家里带来的旧杂志或看手机。她只看图片和养生类的文章。有时候她也会把白天男友发给她的那些手机信息再回顾一下——那些语法轻微错误的问候和亲昵之语。女儿和女儿男友偶尔会来个电话。二哥也会隔三岔五发几张自己孙子孙女的照片。她的乐趣那么有限，每一个点滴都值得放大并一遍遍地回味和温习。

她也做梦。她经常梦见父亲那位长得帅气的朋友，但等她长到少女年纪她就再也没见过他了。他结婚了，然后很快有了两个孩子。再后来，他有一天跳进了一条湍急的河流。

老太太入睡后她盯着床对面的那面白墙，她想看看如果眼睛珠子一动不动，那粒黑子儿会往哪儿移。

男租客在家的时候不多，她很少见到他，她回家他恰好在上班。女儿和女儿男友都认为这名男租客是他们唯一也是最后的一任房客，因为他们已经攒够了房子的首付，很快就会有一个写着两个人名字的新家等着他们，到那时，这对新人就会搬去新房子而她将独享这套二居室。届时这里每一个角落都将是她的了。

他们甚至谈论过猫的归属。他们要把猫留给她，因为他们走了她会很孤独。

但这只猫与她不亲。女儿从朋友家领养它就已经两岁了，然后六岁时忽然怀孕，蹊跷的妊娠令它脾气暴躁，坐月子期间变本加厉，一言不合就向任何一名家庭成员亮出爪子。

女儿不在家的日子她简直有点不敢靠近它。

女儿和男友最近忙着去看楼盘。女儿男友相中了一套带顶层花园的三居室，价格很实惠，还能打点小折。但顶层花园不过是女儿男友想象出来的。那套房子楼上有一个不计建筑面积的五平方米的平台，只是需通过天窗才能出去。女儿男友打算买下来后做一张通往平台的梯子，运上一些土，然后在平台上种上些凤仙花搭个丝瓜架子什么的。这样他们有一个往上的自由空间了。

他们喜欢在餐桌上讨论这些。每次谈论想象中的“顶层花园”或“顶层菜园”时，女儿男友都想起他老板家的别墅。他去过一次就对那里念念不忘。那次他与另外一名同事前去帮忙，同事负责拆除游泳池底的灯管，而他则帮忙弄电脑。干完活后老板带他们游览了整座花园，还请他们吃了一顿饭。他们俩都很喜欢老板家养的那些造型怪异的热带植物。

“热带植物得有人伺候，还要特殊的肥料，没那么容易养。”女儿虽然也很羡慕男友老板家的花园，但对自家楼上那个未来花园既期待又抱以怀疑的态度。

既然他们已经有够付全部首付款的存款，只要办下按揭房子就将是他们的了。因而夏天两人放弃了出远门去旅游的计划，本来这是他们谈了又谈作为认识十周年的纪念活动之一。刚开始谈恋爱时所有的人生计划都很务虚，但现在一天比一天写实，现在节衣缩食成了这份写实计划的首要原则。

她男友的女儿是在超市下班回家路上被人强奸的。男友女儿本来可以开走家中那辆带拖斗的皮卡车的，但丈夫开着它中午去给一辆抛锚的汽车送零件后车子就没回来，丈夫的电话打不通，她于是等啊等等到了下午四点钟。五点钟她自己乘公交车去上班。下班已是深夜十二点了。她搭上了一辆恰巧停在超市门口的顺风车，以前她也搭过别人的车。一路上为了驱赶疲惫她与让她上车的那个陌生人有说有笑的，没想车子最后驶进了一个小树林。她就是在那里被人不明不白地奸污的，完事后那家伙还不愿意将她送回来。她满身泥污，不知道离家有多远，衣服被扯烂了，糟糕的是包和手机也不见了，高跟鞋鞋跟也断了一只。她又饿又困，在公路上摸着黑光着脚走了半天，但再也不敢搭车了。凭记忆加摸索，她一路往北，走到第二天上午才看到离家最近的一个垃圾填埋场。他听说这件事后勃然大怒，当晚就提刀要把那个兔崽子给宰了——不是那个强奸犯，而是前一天以送零件名义出门实则醉倒在某酒吧彻夜未归的操蛋女婿。在衣服里藏上一把刀口锋利剁肉刀的他在女儿家门口大叫大嚷，叫那个龟孙子滚出来，他一边骂骂咧咧一边朝他们家的擦鞋垫一个劲地吐唾沫。肇事的醉鬼彼时还醉意未消，听到老丈人的咆哮只敢从卫生间的窗户里稍稍张望一下。

于是他们谈过多次谁去看望谁的话题又浮出水面。

因为他女儿一家的问题同时也是他的问题，他的房子现在成了母子三人最经常的避难所，他随时得为被抛弃或一气之下离开的母子三人敞开大门，随时得洗净那个榨汁机并空出厨房和卧室让尿臊味成为一种长时间的熏陶流通在整幢房子内部。他当然会去机场接她，无须担心她会流落在一个不知名的小机场而恰逢他或她的手机又断电之类的突发事件。他也不会像那些不负责任的网友把她扔在一个陌生机场，甚至转卖给一个妇女走私团伙。他给了她他工作的加油站电话，但这个电话实际上没什么用，因为几个月前他就告诉她加油站可能要关闭了。

她也不懂他说的带当地口音的英语。

但是他们都想见到对方。

医生让她凑进去往远处看。看机器里的那只气球。

她把头搁上断头台模样的一个凹槽里。这个姿势让她很不舒服，因为下巴上的铁片又尖又硬，让她没法流畅呼吸。显然她能看清图片尽头的那只热气球。

热气球又亮又小，呈水滴状，同时她还能看到一个小黑点。当她换上另一只眼睛时，那个小黑点仍在那儿，似乎是机器图片里的。因而医生觉得她还要做另一个测试。

眼科门诊外面的走廊上有很多等检查的人。有个看上去与她年龄差不多的女的眼睛里长了一粒息肉，这个同龄人看所有的东西都缺了一个角。“看什么都不完美……我能看到的东西其实都是完整的，但被它挡住了。”同龄人的息肉肉眼就能看到，就在左眼的眼角上方，有颗直径约一毫米的肉丁，微红，长了有快一个月了。因而手术很简单，把那块息肉切除就可以了。

“你越是觉得自己没看完整就越想看，但看完整了后你又能怎么样……你周围的一切还是不完整的。”同龄人眯紧着那只长了息肉的眼睛，当她睁开眼时能看到眼白上因为过于频繁地开开合合而布满了血丝。

而她的“小黑点”根本看不到。但它神出鬼没地粘在她看的任何物体上，同时还能自己上下滑动。这让医生困惑不已。

她把下巴架上第二架检测仪器上的“断头台”。这次医生让她注意视线黑区里的白色光点，要是能看到光点就按下手中的小鼠标。

结论是飞蚊症。

不过医生仍建议她做进一步的检查。他还让她有空没空闭上眼睛，看是否能看到那个小黑点。他的意思是，那个小黑点是否漂浮在黑色之上。

她不太能理解黑色漂浮在黑色之上这句话的意思。

失明去世的大哥最初只是眼睛微血管有点肿胀，之后玻璃体破裂，然后就慢慢看不见东西了。因而她关心的是血管有没有变粗。医生告诉她，人的微血管管径只有6—9微米，肉眼根本看不出来大小，他建议她再做一下别的检查。

排队等候检查的人当中还有几个是彻底失明的，他们眼前垂着的是一张断然的黑幕。还有个人一生下来就只能分辨黄色和绿色。另外一只眼睛只能看到窄窄的一条缝，他的眼皮再也撑不开了，做了很多手术都没用，尽管眼球看上去又大又亮。这里每个人眼睛里的世界都与他人不一样。对他们来说，视网膜已不同程度地失效。他们只用大脑看世界。

老太太整个白天都没醒过来。自从早上她离开后老太太一直在熟睡中。下午她进去时老太太也没有像往常那样睁开眼睛等着她。茶杯里的水仍保持着她离开时的刻度，床底下也没有痰迹。

窗户和早上一样半合着。灯打开后老太太勉强撑开了眼皮，因为灯光刺激到她的泪腺了，橘色的光在她牛奶色的眼珠上反复弹跳，这让她彻底清醒了过来。不过她很怀疑老太太还能看到什么。前些日子老人还能把客厅里那盏落地灯认作儿子，现在可能什么都没有了。老太太也听不见任何声响，她的整个知觉系统都失灵了。不过她还能吃。昨天她吞掉了一整碗粥，今天她用手比画着，意思是仍想喝粥。

她给她熬了滑口的皮蛋瘦肉粥。

每个周末老太太儿子都会过来把需要的菜买好放在冰箱里，并非他总是趁她不在的时候，而是他空闲的时间不确定。最近半年他还给自己的母亲请过几次白天上班的钟点工，但经常换，因而她也不认识那些钟点工。他放好菜后会给她留一张条子，写明哪些食物哪天吃。老太太年轻时吃肉，也抽烟喝酒，所以阳气旺，能在丈夫去世后的房子接着再住上很多年。老太太神志清醒时她们从未谈论过那起凶杀案。老太太从不说“那间房子”。有一年有一个警察给他们家打电话，起因是那起案件结了而她儿子还没去签字。

她将浴室里的热水打开，但老太太不想洗澡，只想在床上待着。很可能老太太也闻不到什么气味了。现在她所有的细胞活力都集中起来只执行一个功能：让吃下去的食物顺利地从肛门里出来。

她给老太太儿子打电话。

老太太儿子表示不想在深更半夜把医生叫到家里，白天他也没时间，尽管学校放假了但仍有很多工作。他也不想拖延时间了，他不能人为地影响生死这个自然进程。他的意思是，一个人活到九十岁应该知恩图报了，不要再奢望更多的时间。

她打开电视机，为的只是让房间里有点声音。尿完后老太太又睡着了。她不怕死，她母亲就是死在她怀里的。她大哥去世时她一个人看护了他两个晚上。因而合上眼了她有时候会看见大哥指着他眼皮里最后出现的三把椅子朝她绽开一种幸存者的微笑。他幸存者的感觉来自他最后恢复的视觉。

她仔细查看过隔壁那个上锁的房间。里面一片漆黑。给人的感觉像是有张桌子顶在门背后，或者有木板之类的东西将门缝给钉上了。那种密不透风的黑暗就像是从宇宙的深处借来的。

最初他们怀疑那名男租客是同性恋，因为他从来不在外面过夜，也不交往什么女孩子。女儿男友有段时间好奇地查看过他晾晒在阳台上的衣物，目标是那种经过伪装的花内裤或者什么类女性的织物。女儿也参与了这项秘密的侦察活动，但两人都无恶意。

让他们失望的是男租客只是自带洁癖，并无其他异样的发现。

女儿于是笃定而信誓旦旦地向男友保证她喜欢的肯定不是这种类型。内向和有洁癖的男人不是她的菜。

女儿男友因此心生自豪，女友以委婉的方式颁给他的这枚直男勋章让他觉得受用，尽管勋章的光芒充其量只能落到两个人的眼睛里，别人无视。女儿男友是个乐迷，还喜欢看足球，因而他不能理解一个几乎足不出户显示不出任何兴趣爱好的同性。

女儿男友做机械设计，供职于一家电脑公司，除了在电脑屏幕上画一些基建和机器零件图案，偶尔也接点其他设计活。因而日复一日年复一年，电脑上那些生硬的三维图和线条让他酷爱的迈克尔·杰克逊那张魅脸变得不合法起来，现在只有客厅里那几张残存的唱片和光盘提醒他曾经是另一个人。

几天前女儿和男友又去售楼处看房子了。两人围着楼盘的塑胶模型走了一圈又一圈，在蹀躞中想象里的那个花园已经在未拆除的脚手架上开花结果了，屋内的一切装修设施也齐备了，家具们也已各就各位。楼盘下半年就可交房，现在是最后期限，因为只剩下最后两套房子了，而看房电话还连接不断。有些买主嫌顶楼夏天会热，也有像女儿男友那样贪图那额外的五平方米的平台的。看房回来后女儿男友就对母女俩下了最后通牒，他认为没有比这套房子更令人称心的了。他打算付上房价的百分之六十，而不是楼盘广告上要求的百分之四十。他不想让自己背上过重的债务包袱。

那是一个美好的开始，有一套自己的房子，有一个小家，之后还有个孩子 。

他们仍旧继续着这类没有结果的讨论。他的意思是他没有这么长时间的假期，尽管不在乎那份工作，挨不过今年圣诞那家连年亏损的加油站就要关门了，但他必须考虑在一个兢兢业业的岗位上拿到退休金这类事。在机场走失那类事故尽管几率很小，但的确发生过。因而他们又谈论起他来看她而不是她飞去看他。两年前她给他发过一张手绘地图，是一些上下班会看到的景物，她把这些简笔图形组合称作“地图”：一到冬天就干涸的那条河，河边行人如织的公交车站和一趟行驶中的公交车，一家有旱冰溜冰场的公园和一群正在滑冰的聋哑儿童，一片小树林，小树林中的上坡，她家贴有砖红色瓷砖的楼房。

他在那张独特的“地图”上获得了一种缥缈的期待。

他让她试试经常做眼保健操，既然小黑点是一种物理上的存在，运动方式也许管用。“把它看成一粒灰尘将它挤出眼眶。”这种低于医学范畴的治疗方式如果管用的话，糖尿病也可以通过多食盐将它中和，或者多喝水将糖分稀释。

同事现在只剩下一个了，就是那个只会说几个词的人。另外一个已找到了一份新工作，在一家超市做值夜安保。那名同事本来就长得五大三粗，适合搬弄真正的枪支而不是将一管油枪在一些洞眼里捅来捅去。大家都知道加油站迟早得玩完。

有时候他与他那个不利落的同事会迎来一支车队，那是运气最好的时候，例如前阵子一家锰矿厂运送它流水线上的机械设备。那是离他们最近的一家大型工厂，但也有一百多公里了，要翻几座山。不过锰矿厂不是天天扩充它的生产线的。还有次他们迎来了一个部队运送新兵，浩浩荡荡的车队加起来有一公里长，但中途有几辆车抛锚了，之后所有的车都索性停下来加油并补充供应。那些新兵们在老兵的撺掇下在这儿喝啤酒，聊天，在公路沿线铺开了牛肉、沙丁鱼罐头以及几瓶咸得卡喉咙的盐渍橄榄的长条盛宴并邀请加油站仅有的两名职工（即他们俩）加入。那时加油站的小卖部还在营业，除了薯条、三明治和咖啡，还卖口香糖和桥牌。

现在这里只有几趟固定时间会经过的班车和不知什么时候光临的越野车。越野车通常都是因为迷路才停下来，打探好路线后大部分立即就起程。驾驶越野车的都是喜欢四处走走的年轻人，他们载着压缩饼干、水、帐篷和睡袋，带着狗（或猫和猫砂）、指南针和躺椅，行李如同一坨乌云罩在车顶上。加完油后有些年轻人会在地下油库上的水泥阴影里躺一会儿，听一会儿音乐。他与同事并不介意能将他们的心脏震出胸膛的音乐，因为只有这些年轻人的光临才能给这里带来生机，一旦离开，加油站就重新变成了一张静物明信片。到了夏季，要是车子一直开着不让引擎凉上那么一会儿，就是发动机不出问题路面上滚烫的柏油也会把车胎融成面条的。这一带光秃秃的，没有什么树林，也没有灌木和苔藓，路面上全是砂石，夏季正午时分地面温度可达五十摄氏度以上。

几年来他和他的同事们就在这样安静而寂寞的环境中等着一辆又一辆侥幸停下来加油的车子。要是碰上饶舌的司机还能说上一会儿话，如果一整天都是那类埋头赶路或对他们不无戒意的司机，他们就不会有说话机会。加完油有些人连个烟屁股也不会留下。（加油站专门有个吸烟区）能听的歌都听腻了，网络时好时坏。几乎不说话的同事喜欢玩填字游戏，每天从各类报纸剪下一沓拼字游戏，然后在那里百无聊赖地玩上一整天。

他女儿又要搬过来住了。几天前他女儿给他打电话，搬家的理由是那个兔崽子又三天没回家了，自从她被人强奸后他变本加厉地泡在小酒吧里，也不再对她有兴趣了，他有两个月没碰她了，可糟糕的是她却怀孕了，当然不会是那个肇事逃逸的强奸犯的，因为几个月前她就没来月经了。一切如此糟糕，女儿的意思是，堕胎已经来不及了，接二连三地像头母猪生了一只又一只猪崽，而该死的公猪还整天不着家，新找的这份超市工作眼看着又得黄掉。

这次他没有像以往那样鼓励她赶紧来这里避难。自从有了这个女儿后，他就生活在一座没有门的地狱里，女儿所遭遇的一切都会把他卷进去，撒旦已成了她的贴身侍从，而现在顺便也成了他的近卫，他没法逃脱它的“看护”。目前他是她唯一的后方与大本营了，但女儿每次在他这里养精蓄锐后没过多久就会重复之前的那一套。至于那个龟孙子不会伤他一根毫毛，当妻子带着一大一小来岳父家避难时，他就像刚出狱的惯犯抓紧时间行乐，喝酒，泡妞，撒泼，玩轮盘赌，吸大麻，因为他算准了没多久就会重归婚姻的牢狱。没有了她他根本过不下去，但只要一复合，他就故伎重演。他于是把家里的电话线拔掉，为的是不再听到女儿可怜兮兮的求助声。

她耳朵里灌满了这些乱七八糟的信息。她没再提见面的事。每次聊天结论都相似，“什么时候能见上面”，这是他们谈话的起点也是终点，但不会有过程。没有一个人会跨过那两个点来一段货真价实的约会。但他真的希望看到她，他甚至想看她眼睛里的那个小黑点。

“看和想不是一回事。我的意思是每次我们以为看到的东西首先都是大脑先想出来，是大脑认为这样，眼睛只是它的一个工具。大脑最擅长玩这种把戏了……”

她不明白他说的意思。

“我说的是你眼睛里的小黑点。”他怕她生气补了一句。

他去开了可乐或者啤酒之类的饮料，他总是在这种时候喝东西。接着她手机屏幕上出现了以下一行字：“有些人失明后还能看到东西是因为大脑在帮他们想东西。实际上眼睛的功能已经没有了。我们很难确定我们想到的东西是不是真的存在。比如，我们的大脑让我们觉得我们眼睛上有个小黑点，可实际上并没有呢。”（原话布满了各种语法错误，她是根据自己理解整理出来的）

这话听起来费解，但能安慰人。可她不想再聊下去了。

“他的意思是这个黑点是我想出来的。”她想。

一切迹象表明老太太又睡死了。上午离开时老太太也没醒来，于是她给她儿子打了电话。但老太太儿子没接电话，之后也没有回电话过来。不过老太太呼吸匀称让她觉得还没到时候。老太太可能只是进入昏迷状态了。她还发现她体温也有点低。

她忽然觉得自己尽管不怕死但还不能理解死，不能与死和解。比如，为什么人死后体温就没有了呢？为什么人死后身体慢慢消逝而不能瞬间就没有了踪影？为什么我们只能在自己的身体里想事情？为什么我们不能知道别人在想什么？诸如此类的。小时候她就想过这类问题，后来觉得想这类问题非常幼稚，因为人是一颗星体，自转的同时还在公转，公转的时候，那些朝向我们自己内部的问题就会显得幼稚而可笑，但公转的速度总会慢下来，人一衰老，公转就会慢慢停下来，于是那些问题又浮出水面。

父亲走得最早。有一天母亲发现父亲在另一个房间很久没出来了，他弯着腰蹲在那里一动不动至少有一个多小时了。几年后轮到母亲在一个重症病房里走完了她的全程，不过不是蹲坐着而是平躺着。大哥步了母亲的后尘。为此，二哥为了晚点去见他们——自己的父母和大哥——天天锻炼身体，与妻子去公园里跳广场舞，吃电视广告推送的保健品，还像她一样收藏各种养生公众号。

老太太呼吸其实没这么匀称，有时候会突然急促起来，但之后又能恢复正常。痰也多了起来。还有其他不寻常的症状，比如皮肤微湿凉（比正常体温低两度），腋窝里全是汗。昨晚还尿了裤子，早上她来时闻到了一股很重的臊味，内裤也是半干的。准是睡觉期间尿下的。老太太身上的味道越来越重了，目前所有的细胞都停止了自我修复，发散出来的气味对周围的一切都具有警告的意味。如果老太太醒过来她想帮她洗个澡。尽管每次将她弄到浴室里都很费劲，老太太那么沉，肉不多，但骨架的分量分明还在。

但老太太没有再醒过来。

她再次给老太太儿子打电话。电话关机了。

她将写有殡仪馆电话号码的纸片从电话机下抽出来，但想了想又塞了回去。

半年前老太太当着她的面又写起了遗嘱。不过只有几行字。老太太有帕金森综合征，有些字只能写出半个形状。老太太儿子说她至少写过十几份遗嘱了，连她本人都不记得到底写过几次了，活得那么长寿，写遗嘱成了她唯一的麻烦同时也成了她的乐趣之一，因而她几乎年年写，月月写，有时候服用的药物让大脑处于亢奋和狂热的状态，她抓起笔就写，写出来的遗嘱又长又抒情，要是碰到情绪烦躁的日子，语句里就夹杂怨气冲天的泥沙。那些遗嘱现在都被她儿子收在一个盒子里。盒子里有了不下十个版本的遗嘱。

她在枕头上找到了老太太两根头发，就像两根透明的尼龙线一左一右栖落老人的耳边。在抽水马桶边上也有几根。每次有收获都能让她兴奋起来。她将它们塞进一个透明的专用捡毛发的塑料袋里，之后，将卧室门合上，在膝盖上摊开了一本杂志。但她脑子一直嘤嘤嗡嗡地响，好像是眼睛里那个小黑点飞行时发出的。

老太太不知怎么地醒了，指了指床头柜上的那杯水看着她。但老人只是用杯子沾湿了嘴唇，干燥的上唇沿杯口费力地滑行了一番后就粘在那里一动不动了。

毯子仍旧紧紧地裹在她身上，但全是汗。额头也是冰的。老太太现在就是一堆失去控制的肉。

没多久她又睡去了。

第二天中午大学校工才给她回电话。他说手机忘在办公室了，上午才拿到。她把他母亲那些似乎是异样的症状告诉了他。他说会过来看看。

“就在这几天了，”老太太儿子自信满满地说，“我希望不要拖泥带水。”

不要拖泥带水，意思是速战速决。

老太太儿子不明白关掉一堆运行了九十来年的破零件为什么那么难，为什么不能像一张屏幕摁一下遥控键它就能黑掉。也有可能是他摸不到那只摁键的手。

餐桌上，女儿兴致勃勃地向她宣布一个消息：售楼处给他们打了一个折扣，因为那幢楼下面有个小变电房，而之前没有任何买家注意到这个。那些已付款的购房者都被设计者蒙蔽了，而机灵的男友懂各种各样的建筑结构和电路图，他围着楼盘模型上伪装成方形盒状的一个玩意儿看了又看，觉得它既不会是装饰物也不像是一个建筑附体，因而他成了第一个向售楼小姐发问的人。而售楼小姐也很诚实。就这样，他们拿到了比其他买家多半个点的折扣。也就是四万块钱。

首付必须在一个月内付清。但签了合同后，他们下班前就把钱打过去了。回家路上女儿和男友还在一家建材市场看了几分钟装修材料，主要是看看是否有那种可以在屋顶搭藤类植物的钢材架。而女儿其实想弄个草坪，如果有个架子什么的，阳台空间就会小得像间鸡舍。

在这对未来的新房主人的想象中，五平方米比世界上任何一座花园都大，因为它是一个无限的花园，他们可以把认识的每一种植物都种在那座花园里，甚至可以种上一些不认识的花卉，不存在的植物。花园承载了他们过多的梦想，以至于忽略了房屋的其他装修问题，例如客厅是否要吊顶，厨房实木打造还是用防火材料，阳台要不要封玻璃，小卧室是先装修成书房还是直接做成婴儿房。

这些细节要是一一讨论起来都挺吸引人的。因为这类问题就像伊甸园初建时将影响到后来的人类：要不要栽一棵苹果树？要不要种一丛以后可以戴在耶稣头上的荆棘？要不要养一条邪恶的蛇？要不要让那条蛇爬上那棵致命的苹果树？这让他们变得兴致勃勃起来。

两人也谈到了结婚日期。他们决定将婚期延至年底，那时候房子应该装修好了。也有可能会拖到明年，因为他们不想那么快把她一个人和猫留在这里，尽管他们的新计划里她从来都是隐形的。

她在眼科等叫号时又看见了那名同龄人。同龄人手术很成功，现在正等着做复检。不过割掉的息肉可能会复发，一段时间后还能看到一些“不完整的东西”。

所有的化验指标都像她料想的那样在正常范围里。给她做检查的医生多此一举地问她是不是很担心这个小黑点。

仍旧是上次那个医生。检查前他往她眼睛里滴了几滴眼药水，目的是为了放大瞳孔。很快，她的视线糊成了一团，什么也看不清了，但那颗小黑点却一如既往。它成了她眼睛里的一颗黑太阳，无论从哪个角度都能看到它。

与糖尿病有关的尿糖、尿酮体、尿蛋白几个数值也与上次差不多。医生告诉她她眼睛的玻璃球体干干净净的，没有任何检查结果能让他对她的病症做出一个负责任的判断。失明？他觉得是想多了；白内障，根本就不会形成黑点。

但她觉得自己眼睛里的那个黑点迟早会变成一块黑幕，直至有一天醒来，那块黑布让她与世界彻底隔绝。因而假想中的那个早上是这样的：醒来后她像往常一样第一件事就是去取睡前搁在卫生间玻璃架上的假牙，在眼睛里那块黑布的遮掩下，她以为天还没亮，熟悉的路径让她很快就走进了卫生间并在镜前灯下摸到了那副假牙。但她拧不亮镜前灯，因而她以为是家里保险丝断了或可能小区停电了。将那副假牙卡进空荡荡的牙龈里之后，她在马桶上坐了下来，她决定在这里坐一会儿兴许能等到天亮。因为她睡不着了，昨晚她睡得太多了。

大哥最后半年是在阳台上度过的。他每天听着楼底下聒噪的汽车声，电视机里此起彼伏的新闻主持人的声音，妻子在厨房或客厅里不慎碰到某件家具的脚步和器物碰撞的合声……声音是这个世界最后与他交流的信息。没有人比一个看不见的人更忙了，因为失去眼皮这个开关功能后，听力补偿了视觉所失去的一切，任何一点声音都能唤起你充沛的注意力，而你不能像合上眼睛一样关掉耳朵。黑暗是失明世界唯一残存的生物，因而你能看到一层又一层的黑暗，但穿不透它们，有时候这些黑暗还会绞缠在一起，在这样一种紧密的缠织中，你忽然发现原来黑暗是透明的，慢慢地，这样一种透明让你看到了一切。

他最后还是拒绝了女儿的请求。他劝她打掉肚子里的孩子，她不会再有精力抚养第三个孩子的。但女儿说不，她不想谋杀自己的孩子。她宁愿自己死也不会让肚子里的这个孩子失去来到这个世界的机会。

他还与她谈到了那个不负责任的酗酒者，他的女婿。奇怪的是每次他都能成功逃离由岳父护送过去的戒酒俱乐部，在那里待上两天后，迅速得到同伴们的信任并在他们的掩护下溜出戒酒俱乐部的大门回到家中。他工作有些年头的汽车修理厂已经辞退了他，因为配送零件这类活再也不适合他了，他不仅经常误点还私自变卖零件。尽管失去了养家糊口的能力，女儿的怒火却一离开家就消失殆尽，只要与他一分开，女儿想的下一个问题就是他什么时候来接他们母子仨。眼下女儿正处在怒火初发阶段，父亲的话还听不进去，她一门心思都在如何选择一个周末把那辆装了生活必需品的有拖斗的皮卡开到自己父亲家门口——所有行李中最重要的是那张婴儿床，这张婴儿床将被第三次启用。她已经辞去了超市的收银员工作，而搬家的东西也早收拾好了。

地狱不会只来一个——他在手机屏幕上打出以下信息——大意是——加油站月底就要关门了，加油站最终没有撑下去，不过他被告知可以领退休金了，尽管被打了折扣，现在他的梦想是成为一名光荣的农场主……有人说地狱的隔壁是天堂，他打算尽一己之力推倒这堵墙。但农场主的想法实施起来有些困难，因为这一带缺水，种植业所依赖的丰沛的地下水资源和安装灌溉设备的地形条件这里都不具备。他也不能保证水果都能够卖出去，不过可以采摘做果酱或制成各种水果罐头，这一带有的是拉美移民，随时可以雇到便宜的工人。地也不要钱，可以随便开垦，梦想都很廉价，但多数人并不感兴趣，因为多数人的梦想穿着现实的湿衣服，飞不起来，就是能飞起来也飞不高。

“养上几只孔雀和一群火鸡作为农场侍卫。”他在手机上继续抒情，“坐在树荫下啃着大苹果看孔雀和火鸡跳华尔兹舞。你要是愿意，可以天天欣赏这类庄园节目……在一个远离人类的地方这些禽类是能派上大用场的：孔雀以它的残暴做果园里的警卫和保安，肉量巨大的火鸡是我们的面包和食物仓储，鸽子是我们的联络员，一只用以传递情书，另一只在我们吵架时帮我们叼求和信……”

他知道，天堂都是想象出来的。世界上所有的天堂不过是几个跑来跑去的多巴胺相互摩擦发出来的一场火光幻影，至于那些在这样的光线中飞来飞去的小天使，也不过是一群一落地就会摔死的穷到连衣服也穿不起的小屁孩。他们可能根本就见不上面。她也不会真的愿意欣赏他的孔雀和火鸡华尔兹舞。如果竖起耳朵，打字的这会儿他都可能听到不远处女儿的皮卡隆隆驶来的声音。

他一厢情愿地拨亮他们的希望之火，将灯芯从瓶子拔出来一点点，以便让现实的影子变得更透亮一点，在这样的光线之下，她眼睛里的那个小黑点也会变小，自我融化，及至消失。

老太太儿子用一种如释重负的口吻在电话里通知她说他母亲闭上了眼睛。巧得很，中午他去送食物时发现她不行了。好像预感她今天会走，早上刚起床给她送吃的的念头就非常强烈，以至于得立即拔脚出门才行。

老太太儿子的声音很激动。但那种激动是出于对自己直觉的嘉奖而不是自己母亲的死。

她原以为老太太会死在她陪夜的晚上，或者某个凌晨。老太太嗓子眼里致命的吞咽声会像闹钟一样将她凌晨的梦震醒。

但老太太放过了她。

她摘下门厅挂钩上的那顶拉菲草草帽将它重新戴上头顶，对着镜子，将帽檐上的绒花往左边拨了拨，之后，换了件素色的衣服。她确定这是今年最后一次戴这顶遮阳帽了，因为夏季很快就要过去了，九月已经来临，遮阳帽将被收起，用熨斗熨平那些小尖刺后塞进衣橱的一个角落等待次年光临的夏天。这顶草帽过于夸张的帽檐对她来说有点过于宽大了，大到可以将整个世界都挡在外面，尽管她的世界现在一天天变小，每天都会失去一些东西。

几年来走的这条路也不用再走了，她可以安安静静地坐在女儿和女儿男友即将撤离的家中，守着猫，一边读着手机里的信息，一边盯着眼睛里或许存在或许不存在的小黑点。

而不久之后她也会像老太太那样将门厅里某个竖起来的东西认作女儿或女婿。

这样的日子很快就会来临。

于马德里

原载于《香港文学》2022 年第 4 期

2022年选系列封面绘图画家介绍

文瑶 1996年就读于广西艺术学院美术系油画专业。现为广西艺术学院美术学院副院长，副教授，硕士研究生导师。中国美术家协会会员，广西美术家协会理事，广西青年美术家协会常务副主席，漓江画派促进会理事。

《漫步》 文瑶　150 cm × 200 cm　布面丙烯　2021 年

文瑶画作短评

文瑶的画有野兽主义的气度，也有印象主义的灵动。大块的坚定运笔，有味道的经营布局，再加时不时的一些小点缀，使文瑶的画透出自己的独有韵味，画面效果既有装饰趣味又不缺油画的厚重。

……文瑶的语汇里还有着贴近他性情的逗乐与调侃式的把玩心态，他总是不按常规地强化出对象的某种特殊的形貌状态，无论是画人物或者风景，他的处理总会有一些让人眼睛一亮的闪光点出现。这样的能力来源于他对现实对象的独特体察与概括性的整体把握，尊重事实而又能跳出常理的束缚。

——黄菁（广西艺术学院教授）